KB052558

2

시아란 지음

저승
최후의
날

저승 최후의 날 2

차례

저승사자들은 산 사람의 수명을 미리 안다. 이를 하늘이 내린 수명이라 해서 천수天壽라고 불렀다.

그러나 시왕저승에서는 이를 달리 말했다. 수명은 사람들이 스스로 지은 업에 따라서 길게도 정해지고 짧게도 정해지는 것이지, 하늘이 감히 지어서 내려 주는 것이 아니라고 보았다. 지은 업이 언제 어떻게 돌아올지는 쉬이 판단할 수 있는 것이 아니었다.

그 쉽지 않은 일을 저승에서는 지난 오천 년 동안 시도해 왔다. 어느 정도는 성공적인 듯 보였다.

염라대왕부 선명청원에는 그 일을 담당하는 천수과라는 부서가 있었다. 우도왕부의 수명부와 연동하여 살아 있는 사람들의 천수를 계산하는 곳이었다. 천수과에서는 오랜 세월 누적된 각종 초자연적인 수명 예측 방법을 체계화하고 일부는 기계화해 '천수 예측 시스템'을 만들어 운용하고 있었다. 그 정확도는 대단히 높아서, 예기치 못한 죽음까지도 예지할 정도였다. 남과 다투다가 죽거나, 사고로 사망하거나, 병으로 요절하는 이들의 단축된 수명조차도 전후 며칠 단위로 근접하게 예측해 내곤 했다.

그 위대한 시스템이 가장 최악의 순간에 예측에 실패하고 말았다.

"진심을 말씀드리자면, 저는 의미가 없으리라고 봅니다."

염라대왕부 비서실 가운데에 위치한 개방형 테이블에서, 천수과의 수명 예측 엔지니어인 고진영 수석이 비관적으로 고개를 가로저으며 말했다. 맞은편에는 염라대왕부 비서실 직원들이 앉아 있었다. 몇 시간 동안 비서실장 대행을 맡게 된 강수현 비서관과 안유정 윤회정책비서관이었다. 그들 사이의 테이블 위에는 천수 예측 시스템의 현재 상태를 적은 대형 두루마리가 놓여 있었다. 복잡한 도면에 온갖 주석이 붙어 있었다.

그 도면을 손가락으로 툭툭 두드리며 진영은 단호하게 말했다.

"저희는 포기했습니다. 그러니까 기대하지 마십시오."

수현은 그런 그를 곤란한 시선으로 마주 보았다.

살아 있는 생존자들이 모두 사망할 때 시왕저승도 위기에 처하는 것이 사실이라면, 생존자들이 언제까지 살아 있을지 예측하는 것이 곧 시왕저승의 남은 시간을 예측할 방법이었다. 그래서 수현은 염라대왕에게 생존자들의 천수를 다시 계산해 봐야 한다고 건의했던 것이다.

하지만 그 일을 해 보자고 불러 온 엔지니어가 자포자기 상태였다.

"그래도 한번 돌려 보면 안 될까요?"

넌지시 묻는 유정에게 고진영 수석은 다시금 고개를 가로저었다.

"값이 어떻게 나올 줄 알고 돌려 봅니까."

"그동안은 그래도 잘 동작하지 않았나요?"

어떻게든 이야기를 진행시켜 보려는 유정에게, 진영은 심란한 목소리로 대꾸했다.

"잘 동작했으면, 1400만 명이 한날한시에 죽는다는 것 정도는 미리 알았어야 할 것 아닙니까?"

그랬다. 천수 예측 시스템은 가장 치명적인 죽음을 놓치고 말았다. 우주에서 내려온 죽음. 천체 방사선에 의해 지구상의 거의 모든 생명체가 절멸하는 이 끔찍한 재해를, 저승에 있는 아무도 예측하지 못했다. 그래서 전혀 대비하지도 못한 채 현재 진행형으로 아수라장을 겪고 있었다.

꺼져라 한숨을 내쉰 진영은 지친 목소리로 투덜거렸다.

"앞서 비서실로 여러 번 보고 드렸지 않습니까? 최근 들어서 예측의 오차도 심해지고 아예 오작동하는 경우도 종종 있었단 말입니다. 그러다가 결국 이 꼴이 났습니다."

"그래도 일단 돌려 볼 수는 있지 않습니까?"

수현의 물음에 진영은 고개를 저었다.

"예측값이 나온다 칩시다. 그 값을 믿으실 수 있습니까? 지금 어느 때보다 수명 예측이 확실해야 하는 상황 아닙니까? 저는 부정확한 값에 의존하느니, 처음부터 그냥 이 시스템을 믿지 마시라고 말씀드리는 겁니다. 담당 엔지니어로서 이런 말씀을 드리면서 기분이 좋겠습니까? 저도 황당하고 답답해서 이럽니다."

난처함을 느끼며 수현은 테이블에 턱을 괴고 생각에 잠겼다.

비서실에서 여러 업무에 종사해 본 경험으로 인해 수현은 어떤 일을 준비할 때 마감 시간을 먼저 정해야 한다는 믿음을 갖고 있었다. 마감 날짜가 정해지면 일할 수 있는 시간의 총량이 정해지고, 그 기간 내에 무엇을 어떤 순서로 처리해야 하는지, 무엇을 포기해야 하는지를 정하기가 쉬워진다. 그래서 이번에도 수현은 마감을 분명히 해 두고 싶었다. 마지막 생존자가 사망하는 순간이 언제인지, 그래서 시왕저승이 무너지는 순간까지 며칠이 남은 것인지를 알고 싶었다.

하지만 진영이 말한 것 또한 분명 틀린 말은 아니었다. 만약 천수를 예측한 결과 지나치게 길거나 짧은 값이 나오면 어떡하나. 그걸 믿고 저승의 시간표를 짰다가는 예기치 못한 순간에 무슨 일이 벌어질지 알 수 없는 일이었다. 진영은 자기 손으로 그런 오판의 빌미를 주고 싶지 않은 것이리라.

"이야기 중입니까?"

그때 회의에 참견하는 목소리가 들려왔다. 수현은 돌아보았다. 시영이 서 있었다.

"아, 실……."

무심코 시영을 비서실장이라 부르려던 수현은, 한순간 머뭇거렸다. 염라대왕은 그를 일단 파직했음을 비서실에 공표해 놓았다. 바로 다음 날부터 직위에 복귀하는 것이 전제였고, 이것이 문책의 의미라기보다는 시영을 온전히 쉬게 하려는 배려임을 쉬이 짐작할 수 있었지만…… 아무튼 그는 현재 비서실장이 아니다.

한 가지 문제라면, 수현이 비서실에 소속된 이래 이시영은 내내 비서실장이었다는 점이었다.

"……그, 음, 시영님. 나오셨습니까."

다른 마땅한 호칭이 떠오르지 않아 수현은 떨떠름하니 말했다. 그 말을 들은 시영은 편하게 미소지었다.

"예, 산책이라도 좀 하려고 나서는 참입니다만, 이야기가 진지해 보여서 잠시 참견하고 싶어졌습니다."

"그러셨군요."

수현은 시영을 이 대화에 끼게 해도 될지 고민스러웠다. 딱히 시영이 현재 평관원 신분이라는 둥 트집을 잡고 싶은 것은 아니었다. 오히려 시영이 걱정스러워서였다. 또 괜한 고민에 빠지게 하고 싶지 않았다.

　그런 걱정을 갖고 시영의 안색을 살핀 수현은, 문득 조금 신선한 충격을 받았다. 이야기에 잠시 참견하겠다고 말하는 시영의 표정은 여태껏 본 적이 없을 만큼 평온하고 가벼워 보였다. 조금의 긴장도 찾아 볼 수 없이 그저 고요했다. 수현은 시영을 굳이 막지 않아도 될 것 같다고 생각했다. 헛기침을 한 번 하고 수현은 마치 시영이 그 자리에 없는 것처럼 이야기를 이어 나가기 시작했다.

　"아무튼 그래도 앞서 오작동을 계속 수정해 오셨던 거죠?"

　곁에서 느긋하게 이야기를 듣고 있는 시영의 존재를 신경 쓰던 진영은, 수현의 질문을 받고 시선을 돌렸다.

　"그렇습니다만."

　"정확히 그 과정이 어떻게 되나요?"

　수현의 물음에 유정이 먼저 응답했다.

　"서로 다르게 나오는 수명 예측값들을 일정 조건으로 계산해서 모으는 걸로 아는데요."

　이어서 진영도 고개를 끄덕였다.

　"그렇게 요약됩니다. 매달 망자 몇 분을 표본으로 삼아서 사망 시각과 수명부에 나오는 천수를 대조하고, 그 값을 최대한 일치시키는 방향으로 계산 시스템의 가중치를 조절합니다."

　"가중치 조절 과정은 복잡한가요?"

　물어오는 수현에게 진영은 코웃음을 치며 대답했다.

"그건 설명해 드려도 이해 못 하실 겁니다."

진영은 내뱉어 놓고는 한발 늦게 회의 자리에서 꺼낼 말은 아니었다는 생각이 들었다. 진영은 서둘러 부연 설명을 이어 갔다.

"그래도 대충만 요약해 설명해 드리면…… 저희가 가진 방법들이 많습니다. 간단한 걸로는 주역을 응용한 방법도 있고, 지금은 안 쓰는 방법으로는 천문과 별자리의 운행을 보는 방법도 있고. 좀 복잡한 걸로는 우도왕부에서 입력해 준 행실록 정보를 가지고 계산하는 방법도 있고 말입니다. 그렇게 나온 값들을 수학적으로, 논리적으로 섞습니다. 그저 행렬이나 가중치를 곱해서 나오는 값이 아니라, 이 사람에게는 이 시스템을 켜고, 저 사람에게는 저 시스템을 끄고, 가중치를 다르게 먹이고 하는 수많은 조건들이 있습니다."

설명을 쭉 들은 뒤 유정이 다시금 요약해 말했다.

"그래서 어디서 뭐가 잘못되어서 이렇게 오차가 났는지 알기가 어렵다는 말씀이시죠."

"바로 그겁니다. 저희가 최대한 고쳐 가면서 쓰려고 했습니다만, 요 한두 해 사이에 갑자기 오차가 점점 벌어지더니 말입니다……."

계속 자포자기성 발언을 이어가는 진영에게 수현은 끈질기게 질문했다.

"앞서 뭘 잘못 수정했을 가능성은 없습니까?"

하지만 진영은 고개를 저을 뿐이었다.

"그럴 가능성은 없다고 봅니다. 최근에 흐트러지기 전까지 정밀도는 양호했고, 선대 엔지니어께서 보수한 이후로 저희는 손댄 게 없습니다."

그때였다.

"과연 그럴까요?"

옆에서 계속 듣고만 있던 시영이 불쑥 입을 열었다. 회의를 이어 가던 모두의 시선이 시영에게 쏠렸다. 시영은 조금 머쓱한 듯 말했다.

"아니, 그냥 해 본 말입니다."

진영은 눈살을 찌푸리며 시영에게 물었다.

"비서실장…… 아니, 뭐라고 불러야 합니까. 여튼간에. 그럼 저희가 뭘 잘못해 왔다는 말씀이십니까?"

불쾌함이 묻어 나는 질문이었지만, 시영은 차분하게 대답했다.

"잘못했다는 자각 없이도 누구나 잘못은 할 수 있기 때문입니다. 옳다고 믿는 걸 한 번쯤 의심해 보는 것은 중요하다고 생각합니다."

수현은 시영의 그 말을 듣고, 문득 마음속에 걸리는 것을 발견했다. 수현은 진영에게 물었다.

"……그러고 보니 방금 말씀하셨죠. 천문 예측은 꺼 놓으셨다고. 정확히 왜 꺼져 있는지 아십니까?"

"정밀도를 올리기 위해 꺼 놓은 걸로 압니다."

"언제부터죠?"

"적어도 오십 년은 넘었습니다. 삼대 전 담당자 때의 일입니다."

그때 다시 시영이 물었다.

"정밀도를 올리는데 어떻게 방해가 된 것인지는 알고 계십니까?"

"……그건 확인해 봐야 합니다."

시영은 턱을 매만지며 말했다.

"실은 제가 어렴풋이 기억이 납니다. 천수 계량법을 개선하기 위해서 몇몇 예측법들을 제외하겠다는 보고가 대략 1950, 1960년대에 있었던 기억이 있습니다만. 이유를 기록한 서류가 비서실 어디에 보관되어 있을 겁니다."

이 자리에 있는 어느 누구도 그때는 저승에 근무하고 있지 않았다. 오직 오랜 기간 비서실에 근무해 온 시영만이 기억할 수 있는 디테일이었다.

"제가 찾아 볼게요."

유정이 눈을 반짝 빛내며 일어나 서가 쪽으로 향했다.

진영은 엉뚱한 이야기가 시작되었다고 생각하는지, 불편한 투로 하소연하듯이 말했다.

"그렇지만 선대 분들이 이유 없이 끄신 게 아닐 겁니다. 저는 다 전례에 따라서……."

하지만 시영은 쓸쓸히 웃었다.

"전례와 원칙처럼 위험한 게 없더군요."

진영은 무슨 생뚱맞은 소리냐고 되묻는 듯한 표정이었지만, 옆에서 듣고 있던 수현은 웃을 수도 없고 그렇다고 고개를 끄덕일 수도 없어 애써 허공만 쳐다보고 있었다.

그때 유정이 서가에서 두루마리 하나를 집어 들고 돌아왔다.

"여기, 서류가 남아 있습니다."

수현은 서류의 제목부터 서둘러 확인했다. '4294(辛丑年) 천수과 보고 및 조치 사항'이라고 적혀 있었다.

"이건…… 단기네요. 1961년 문서로군요."

시영은 고개를 끄덕였다.

"그렇다면 이게 맞을 겁니다."

수현은 두루마리를 펼쳤다. 천수과에서 천수 예측 시스템의 정기 점검을 진행하였는데, 여러 가지 중대한 개선 사항들이 있어 보고한다는 내용이었다. 한 세대 이상 전의 공문서로, 얇은 붓으로 빠르게 휘갈겨 적은 국한문 혼용 보고서가 길게 이어지고 있었다.

수현은 찬찬히 문단을 훑어 내려가다가 한 곳을 짚었다.

"여기 이 내용인가요? 천문에 의한 예측법은 소위 '제2차 한국전' 사건과 연관 있어 운용에서 배제함."

그 내용을 읽은 시영은 곧 구체적인 기억을 되살려 낼 수 있었다.

"그러고 보니 그런 일이 있었습니다. 천수 예측 시스템이 한

번 심하게 오작동을 해서, 몇 년 내로 떼죽음이 발생한다고 잘못 예견했었습니다. 그걸 고쳐서 보고한 기록입니다."

그 말을 들은 진영은 거 보라는 듯 말했다.

"그러니까 앞서 수정해 온 걸 새삼 의심할 필요가 없다는 겁니다. 다 이유가 있어서 고쳐 온 거고, 지금 저희가 그걸 돌이켜서 얻을 게 없을 텐데요."

하지만 시영은 여기서 생각을 멈추고 싶지 않았다. 의심할 필요가 없다고, 다 확실하다고 장담하는 목소리를 쉽게 믿었던 결과로 인해 그 많은 일들을 겪었다.

진영의 진정성을 의심하는 것은 물론 아니었다. 하지만 자신이라고 해서 진정성이 없어 오판을 한 것은 아니었다. 궁지에 몰렸을 때, 혼란을 앞뒀을 때, 앞서 이루어져 온 일들이 틀리지 않았다고 믿고 싶어질 것이다. 그 무서움을, 시영은 뼈아프게 깨달았다.

"수현 군, 혹시 좀 더 자세한 이유는 안 적혀 있습니까?"

시영의 물음에 수현은 계속해서 두루마리의 나머지 부분을 살피기 시작했다.

"잠시만요…… 여기 천수과에서 올린 오측誤測 보고서가 첨부되어 있습니다."

아랫부분에 붙어 있는 상세 보고서에는 시스템에 손을 대기로 한 결정의 이유가 적혀 있었다.

시왕저승은 앞서 1950년에 발발한 한국전쟁과 그로 인해

3년간 발생한 대규모 전사자를 예측한 바 있었다. 미리 대비를 했고, 그 결과로 많은 억울한 영혼들을 안전하게 거두어들일 수 있었다. 그런데 오래지 않아 천수 예측 시스템이 다시금 흉흉한 결과를 내놓기 시작한 것이었다. 한국전쟁 휴전 후 수명부를 재조사하는 과정에서 경자년庚子年, 즉 1960년에 수명이 끝나는 것으로 예측되는 사람의 숫자가 최소 백만 명 이상 확인되었다.

당시 한반도 정세는 계속해서 불안했다. 그래서 두 번째 한국전쟁이 일어나 많은 인명 피해가 나는 게 아니냐는 우려가 있었다.

마침내 1960년이 찾아왔다. 남한에서 4.19 혁명이 발발하였다. 사회의 요동을 통해 예측이 들어맞기 시작하는 것으로 판단한 당시의 시왕저승은 망자의 대량 유입에 대비했다. 혁명은 시민들의 승리로 끝났고, 내전과 같은 끔찍한 혼란이 찾아오지는 않았다. 예측했던 규모의 사망자는 발생하지 않았다. 수명부에 경자년이 찍혀 있던 이들도 죽음의 위기에 처하는 기색이 보이지 않았다.

사람이 덜 죽은 것은 다행스러운 일이었지만, 그와 별개로 천수 예측에 중대한 문제가 있었던 게 아니냐는 지적이 나올 수밖에 없었다. 해가 바뀌고 나서, 염라대왕의 지시로 천수과가 과거의 예측 결과를 전수조사 했다. 그 조사를 통해 천문 예측 시스템이 일관되게 잘못된 예측을 내놓은 게 원인으로 지목

되었다.

하지만 예측이 왜 틀렸는지까지는 규명하지 못한 채, 다른 예측 시스템들로 충분하다는 판단하에 천문 예측을 시스템에서 배제하는 것으로 마무리되었던 것이다.

수현과 함께 보고서를 읽어 나가던 중 유정이 앗, 하는 탄성과 함께 말했다.

"저기, 잠깐만요. '천문 예측'이 '경자년 죽음'을 예측했다고요?"

경자년은 갑자로 쓰는 기년법이다. 하나의 갑자는 숫자로 세는 기년법의 여러 해에 대응할 수 있었다.

"올해 갑자가 어떻게……."

유정이 무슨 말을 하려는지 짐작하고, 수현은 당혹스럽게 중얼거렸다. 그러자 진영이 떨떠름하니 대답했다.

"아니 그야, 경자년이겠습니다만……."

같은 갑자는 60년마다 돌아온다. 1960년에 60을 더하면, 2020년. 올해 또한 경자년이었다.

60년의 시간이 지난 뒤 보고서를 다시 읽어 보니 그 내용이 전혀 다르게 읽혔다. 수현은 등골에 전기가 달리는 것 같은 느낌을 받고는, 보고서의 '경자년' 표기를 가리키며 말했다.

"혹시 이때 이미 예측이 되었던 거 아닙니까?"

곧이어 유정이 보고서의 다른 부분을 지목했다.

"여기, 이거 보세요. 그 시기에 나이 어린 사람들만 골라서 전부 천수가 경자년 양력 유월에 끝나는 걸로 나왔다고…… 그 무렵 태어나 오늘날까지 생존한 사람들이 이번 재해로 사망할 게 예지되었던 거 같은데요."

알두스 폭발로 인한 재해가 발생한 것은 2020년 6월 7일이었다.

1950년대에 태어나 60여 년을 살고, 다른 요인으로 사망하기 전에 알두스 폭발을 마주하게 될 이들의 운명이 이미 그 시점에서부터 예언되어 있었다.

진영은 심각한 표정으로 물었다.

"그럼 선대께서 오판하셨다는 겁니까?"

시영은 그런 진영을 달래듯이 말했다.

"맞는 판단이라고 내린 결론이 결과적으로 오판일 수도 있습니다."

수현도 고개를 끄덕이며, 다시 보고서의 다른 부분을 읽어 나갔다.

"네, 그때 배제한 근거는 타당합니다. 이렇게까지 많은 사람들의 수명이 불과 하루 이내의 특정 시간으로 예측되는 것은 명백한 오류임에 틀림없다고 되어 있네요. 천문에 의한 예측법은 불상不詳의 사유로 망가져 버린 것으로 간주하고 앞으로 사용하지 않겠다고. 맞는 말이죠. 맞는 말인데……."

백만 명 이상이 같은 순간에 사망할 이유를 전쟁 말고는 상상할 수 없었던 것이다. 이번 재해 초기에도 진광대왕부에서는 핵전쟁을 의심했었다. 그나마 그런 예측이 1960년 경자년에

빗나가 버리자 예측 자체가 완전히 잘못되었다고 믿어 버렸던 것이다.

당시에는 합리적인 판단이었다. 그렇지만 이제 와서 생각하면, 아찔할 정도의 오판이었다.

진영도 차츰 당시에 무슨 일이 있었는지 마음속으로 납득하기 시작했다. 하지만 자신이 계승한 과거의 결정에 치명적 결함이 있음을 인정하는 것은, 마음을 무겁게 하는 일이었다.

시영은 진영에게 넌지시 권했다.

"이제라도 한번 그 시스템을 되살려서 계산해 보면 어떻습니까?"

진영은 한참 침묵하다가 머뭇거리며 대답했다.

"……검증은 해 봐야 합니다."

시영은 고개를 끄덕였다.

"표본은 많습니다."

"사망 시각 대조군이 필요합니다. 특히 재해 때 바로 사망 안 하신 분들 목록이 있으면 좋겠는데요."

"가지고 있을 겁니다."

점점 과거의 실수를 극복할 수 있다는 전망이 서는지, 진영의 말에 약간의 자신감이 붙어 갔다.

"그럼 그 자료를 어서 주십시오. 천문 예측을 합산해서 실제 사망 시각과 근접하게 나오는 것이 확인된다면, 그 위에서 저희가 가중치 모델을 새로 짜 볼 수 있습니다."

시영은 빙긋이 웃었다.

"좋은 접근입니다. 그러면 생존자 전체에 대한 계산 결과가 언제쯤 나오겠습니까?"

"이 경우엔 통합 시스템으로 예측하지 못해서 사람 한 명 한 명마다 수작업을 해야 합니다."

"살아 계신 분이 이제 백 분이 안 됩니다."

"백 명 정도라면야……."

그때 계속 둘의 대화를 지켜보고 있던 수현이 헛기침을 했다.

어느 틈에 시영이 회의의 주도권을 잡아 가고 있었다. 그야 당연했다. 그는 수십 년간 일해 온 노련한 비서관이요, 비서실장이었다. 하지만 수현은 지금 시영이 다시금 많은 결정에 관여하려는 것이 불편했다. 정확히는 안쓰러웠다. 그가 염라대왕에게 파직된 취지는 일을 손에서 놓고 쉬라는 뜻이었을 텐데. 이럴 줄 알았으면 처음부터 대화에서 쫓아 낼 것을 그랬다고 수현은 때늦은 후회를 했다.

"이시영 님, 도움 말씀은 감사하지만 제가 정리하도록 하겠습니다."

짐짓 차갑게 말을 자르고 드는 수현에게 시영은 겸연쩍게 웃어 보였다.

"미안합니다. 부담스러웠습니까?"

"아니요, 그런 게 아니라……."

수현은 곤란하게 한숨을 내쉬었다. 염려스러운 마음이 가득한데 그걸 어떻게 전달하면 좋을지 정말 어려웠다. 차라리 시영이 무엇이든 하지 말기를 바라는 일관된 마음이라면 표현하기가 쉬울 터였다. 그런데 그게 아닌 것이 문제였다.

원칙을 의심해 보자는 시영의 말이 수현에게는 너무나 새롭게 느껴졌다.

수현은 큰짐을 벗어 던진 것처럼 보이는 시영이 앞으로 어떤 이야기를 꺼내고 어떤 식으로 대화를 이어 나갈지 궁금해지기 시작했다. 그렇지만 그건 역시, 내일 시영이 복직한 뒤부터여야 하리라.

수현은 결국 염라대왕이 세워 준 권위에 기대서 조금 쌀쌀맞게 시영에게 말했다.

"……이시영 관원은 좀 머리를 쉬십시오. 비서실장 대행 명령입니다."

그 말을 들은 시영은 싱긋 웃더니, 수현에게 고개를 숙였다.

"그렇게 하겠습니다, 강수현 비서관."

＊

안유정 비서관과 하정 수석은 염라대왕의 직접 호출을 받고 집무실에 불려와 있었다. 안유정 비서관은 업무상 여러 차례 드나든 적이 있었고, 하정 수석은 직접 보고를 하겠다며 거의 쳐들어오다시피 한 적이 있었지만, 부름을 받고 방문하는 것은 또 다른 부담감이 있었다.

하지만 두 관원 모두 염라대왕이 급하게 자신들을 부르는 이유를 어느 정도는 짐작하고 있었다. 비서실장이 일시적으로 파직에 이르게 된 사건에 대해서는 이미 알음알음 소문이 퍼져 있었다. 그 결과로 사후 심판 재개 준비를 전부 중단하라는 지시가 내려온 것도 당연히 전달받은 상태였다. 염라대왕이 자신들 두 명을 콕 집어 호출했다는 것은 그 일과 관련된 것이리라고 짐작할 수 있었다.

예상했던 대로 염라대왕은 그 결정에 대해 본인의 목소리로 다시 한번 설명했다. 상황의 변화로 인해 사후 심판의 재개는 어렵다고 판단하였으며, 모든 준비를 중단할 수밖에 없었다는 것. 그로 인해 안유정 비서관과 하정 수석이 준비해 왔던 기획들도 자리할 곳이 없게 되었다는 내용이었다.

안유정 비서관은 조금 침통한 기분으로 그 설명을 듣고 있었다. 그런데 그때 옆에서 이야기를 듣고 있던 하정 수석이 입을 열어 염라대왕에게 청했다.

"어째서입니까? 재검토를 요청드립니다."

유정은 놀라서 하 수석 쪽을 바라보았다. 사정은 이미 알 만큼 알 텐데 싶었던 것이다. 더군다나 염라대왕 어전이었다. 발언이 너무나 파격적으로 느껴졌다.

하지만 염라대왕은 조금의 분노도 동요도 없이 짐짓 침착하게 하 수석에게 물었다.

"진짜 이유가 궁금한 것입니까?"

하 수석은 잠깐 생각하더니, 곧바로 대답했다.

"……아니요, 이유는 이미 전해 들어서 압니다. 하지만 쉬이 받아들일 수가 없습니다."

빠른 포기였다. 옆에서 유정은 가슴을 쓸어 내리면서도, 하 수석의 마음만큼은 깊이 공감하였다. 염라대왕은 고개를 끄덕이며 하 수석에게 말했다.

"이해합니다."

유정의 눈에 비친 염라대왕의 모습은, 비서실에서 일하며 본 이래 가장 지치고 번민하는 모습이었다. 저승 시왕의 우두머리요, 절대자이며, 엄준한 심판자이자 최종 의사 결정권자인 염라대왕은, 지금 그런 그조차 견디기 어려울 만한 압도적인 고민과 걱정을 이고 있었다.

염라대왕은 말했다.

"우리에게 남은 시간이 그리 길지 않습니다. 앞서 회의에서 여러분과 논의한 것은, 최소 약 1년 정도의 시간을 두고 망자들에 대한 사후 심판을 속성으로라도 진행하자는 것이었습니다. 하지만 만약 그보다 짧은 시간이 주어진다면……."

그러곤 유정에게 질문을 던졌다.

"안유정 비서관, 가능한 방법이 있겠습니까?"

유정이 보기에 염라대왕 또한 스스로 답을 알고 있을 게 분명했지만 담당자인 유정의 의견을 내 주기를 바라는 것이 느껴졌다. 유정은 최선을 다해 생각했다. 만들어 놓았던 계획들을. 어떻게든 동원해 보려던 인원들과 고민들을 헛되지 않게 만들 방법이 없을지 생각했다. 시왕저승의 관원 수 4만여 명, 진입한 망자의 수 1,425만여 명. 그리고 실시간으로 줄어드는 이승의 생존자 수. 재해 상황에서 기대할 수 있는 남은 이들의 수명. 유정은 고통스럽게 인정할 수밖에 없었다.

"……아니요, 없습니다. 자격 여부를 떠나서 시왕저승의 모든 관원을 전부 동원한다고 해도 그런 속도로는…… 무리입니다."

남은 시간이 너무나 짧았다. 도저히 불가능한 일이었다.

염라대왕은 고개를 끄덕이고는 다시금 유정에게 질문했다.

"그대도 이 결정에 이견이 있습니까?"

유정은 생각하는 것들을, 느낀 감정들을 있는 그대로 말해도 될지 잠시 주저했다. 묻고 있는 이는 염라대왕 폐하였다. 어려운 분이었다. 무례하거나 그릇된 이야기에는 때로 불호령으로 답하는 분이셨다. 하지만 자신에게 질문하는 염라대왕의 시선에서 유정은 전혀 다른 모습을 보고 있었다. 염라대왕은 진심으로 유정의 생각을 묻고 있었다. 이 터무니없는 재해의 와중에 한 번 결정을 철회하였다. 그래서 그 결정에 영향을 받게 된 관원들을 일부러 불러 의견을 묻고 있었다.

유정은 솔직한 마음을 드러내기로 결심했다.

"저도…… 포기가 잘 안 됩니다."

조금 어렵게 입을 연 유정은 염라대왕에게 말했다.

"윤회정책비서관으로서 주무 분야에 대해 고언을 올려도 되겠습니까?"

"물론입니다."

그 대답으로 안심할 수 있었다. 유정은 조금씩 속에 담아 두던 안타까운 마음을 털어 놓기 시작했다.

"……저는 사후심판을 어떻게든 재개한다는 결정이 매우 기뻤습니다. 단지 제 주무 분야여서만이 아니라…… 윤회는 저희가 망자들의 생전 행동에 부여할 수 있는 유일한 포상이자 징벌입니다."

염라대왕은 고개를 끄덕이며 유정의 말을 들었다. 유정은 하소연을 하듯이 계속해서 이어 나갔다.

"이러한 제 의견이 공직상 부적절하다는 것은 잘 압니다. 하지만 계속 생각했습니다. 사망하신 뒤에 되도록 좋은 곳으로 향하시기를 바라는 이들이 있었습니다. 반면에 이곳으로 오기만 하면 중벌을 내려야 마땅하다고 생각한 이들도 있었습니다. 윤회 정책이, 육도의 운행이, 그들의 내세에 더 나은 선택지를 주기를 바라면서 여지껏 일해 왔는데……"

윤회정책비서관 업무를 수행하면서 언젠가 죽어 저승에 올 이들의 면면을 보게 될 때가 있었다. 지금을 살아 가는 이들은 어떤 죄를 짓고, 어떤 잘못을 저지르고, 어떤 식으로 타인을 향한 악업을 쌓는지를 알아야만 정교한 윤회 계획을 세울 수 있었다. 그 과정에서 보고 싶지 않아도 보게 되는 일들이었다.

표상이 될 만한 선행에도 불구하고 그 공을 인정받지 못한 이가 있기도 하고, 부당한 차별과 멸시를 견디면서도 오롯이 존엄을 지켜 나가는 이가 있음을 유정은 알았다. 한편으로 이승의 세간에 드러나지 않은 지리멸렬한 악행을 저지른 자, 손쉽게 타인을 고통의 구렁텅이에 빠트리고도 반성조차 하지 않는 자, 제 손으로 퍼트린 폭력과 증오에도 세간의 단죄를 피해 간 자도 있었다. 그들이 저승에 도착해서 공정한 재판을 받기를 바랐다. 그리고 육도윤회가 그들을 도울 수 있기를 바랐다.

"본래대로라면 영혼이 삭아 갈 때까지 평등대왕부나 도시대왕부에서 교정받아야 할 이들도 많았습니다. 그들이 아무 제재도 받지 않고, 착하게 살아오다가 비명에 죽은 분들과 함께 간다는 것을 저는 도저히……."

유정은 감정이 북받쳐 올라 말문이 막히고 말았다. 숨을 한번 고르고, 유정은 고개를 떨구며 말했다.

"……죄송합니다. 주무 비서관으로서 부적절하다고는 생각하고 있습니다."

망자를 심판하는 일 자체는 판관들의 몫이었다. 개별 심판을 떠난 윤회 정책을 고민해야 할 유정이, 특정한 망자에 대한 사감私感을 가지는 게 바람직하지는 않을 터였다. 염라대왕이 그 부분을 지적하며 꾸지람을 내리더라도 할 말이 없으리라고 유정은 생각했다.

하지만 오히려 염라대왕은 근심이 실린 깊은 한숨만 내쉬었다. 그리고 유정에게 말했다.

"……나라고 그 마음을 어찌 모르겠습니까."

염라대왕의 그 목소리가 유정의 마음에 울렸다. 깊은 공감이 느껴졌다. 유정은 자신의 토로가 온전히 전해졌고, 염라대왕으로부터 적당한 반응을 받을 수 있었음에 안도하고 감사했다. 단지 염라대왕이 자신의 주장을 온전히 수용해 주지는 못하리라는 점은 유정 또한 잘 알고 있었다.

예상했던 대로 염라대왕은 차분히 유정과 하 수석을 차례로 바라보며 말했다.

"그러나 정말 다른 이유 때문이 아닙니다. 우리에게는 지금 도착한 모든 망자들에게 공정한 처우를 해 줄 수 있는 자원이 없습니다. 시간도 부족하고, 머릿수도 모자랍니다. 우리가 그들을 기꺼이 용서한 것도, 부당히 징벌한 것도 아닙니다. 그저 우리는 한계를 맞이하였을 뿐입니다."

유정은 조금 슬프게 고개를 끄덕이며 염라대왕의 말을 들었다.

"만약 죄에 대하여 벌이 있다면 모두가 남은 삶을 누리지 못하고 일시에 죽는 것이 가장 무서운 벌일 것입니다. 누대로 이어져 온 혼백들의 업이, 이날 한순간 정산되지 않으면 안 되었던 이유가 있었을 것입니다."

그렇게 말한 염라대왕은 잠시 침묵했다. 그리고 한탄하듯이 내뱉었다.

"……그리고 그 벌은 우리 또한 함께 받은 것 같습니다."

하 수석이 말했다.

"폐하께서 자책하실 이유는 없으십니다."

염라대왕은 고개를 저었다.

"자책하는 것이 아닙니다. 단지 이제 와서야 나 또한 깨우치는 바가 있어서 그렇습니다."

하 수석의 반대를 받아 주고 유정의 생각을 있는 그대로 듣고자 했던 염라대왕은, 마침내 자신의 경험을 말하기 시작했다. 강철 같고 추상秋霜과도 같던 염라대왕의 마음을 굳게 닫아 둔 빗장이 천천히 열렸다.

"나와 그대들을 포함해 우리 모두는 저승의 관원들입니다. 이승에서 하지 못 하는 일을 할 수도 있고, 수명 걱정 없이 해야 할 일을 해 왔습니다. 하지만 그렇다고 해서 우리가 영원불멸하는 존재나 전능한 신은 아닙니다. 이런 일을 겪고 나서야 깨닫습니다만."

그렇게 말하는 염라대왕은 결코 절대자로 보이지 않았다. 지금 이 순간만큼은 염라대왕 역시 저승의 한 관원으로서, 어쩌면 그저 죽음의 세계에 발을 디딘 한 명의 영혼으로서 말하고 있었다.

"우리에게도 한계가 있었습니다. 해내지 못할 일이 있으며, 죽음을 걱정해야 하는 순간이 있었던 것입니다. 우리는 보상해야 할 혼신들에게 보상하지 못하고, 벌을 줬어야 할 혼신들을 흘려 보내는 벌을 받은 셈입니다."

그렇게 말하고는 염라대왕은 눈을 질끈 감았다. 그 모습을 본 유정은 고개를 떨구었다. 염라대왕이 얻었다는 깨달음의 무게가 너무나 무거워 보였다. 보는 것만으로도 그 무게가 유정에게 내리 지워지는 것 같았다.

시왕저승의 관원들은 죽음 이후의 삶을 관장하고 살아 있는 이들의 목숨을 계량하며 밝혀지지 않은 선업과 악업을 찾아 내는 능력을 가지고 있지만, 그렇다고 딱히 전능하거나 신과 같은 존재인 것은 아니었다. 단지 사는 세계가 다를 뿐 이승을 살아가는 사람들과 크게 다를 것이 없는 유한한 존재에 지나지 않았다.

죽어서 후회하는 이들이 있었다. 생전에 능력의 부족과, 환경의 어려움, 또는 의지의 부족으로 인해 못다 한 일에 대한 후회를 저승까지 가져 오는 이들이 있었다. 윤회정책비서관으로서 유정은 그런 후회를 안타깝게 여겼다. 하지만 그것 또한 그들에게 주어진 인과의 결과일 것이라고 생각했다. 이번에는 그 인과가 저승의 자신들에게 주어진 것이다.

유정은 이 상황을 받아들일 수밖에 없었다. 마음 깊이 통감할 수밖에 없었다. 하지만…… 그저 받아들이고 넘어가기에는 그 무게가 너무나 무거웠다.

"……폐하, 제가 주제넘게 여쭙는 건 아닌지 모르겠습니다만."

그때 정중한 목소리로 하 수석이 염라대왕에게 물었다.

"망자들을 전부 이승 물속으로 내보낸다고 칩시다. 그럼 저희들 관원들도 뒤따릅니까?"

다음 수순에 대한 질문이었다. 염라대왕은 답했다.

"고민해 볼 필요가 있겠습니다."

이제 새로운 고민을 시작해야 할 시점이었다. 염라대왕이 이 둘을 부른 이유는 앞선 계획이 번복된 데 유감을 전하고 함께 공감하기 위해서이기도 했지만, 그다음을 준비하는 데 있어서도 두 관원의 역할이 빠질 수 없으리라 판단했기 때문이었다.

그때 안유정 비서관은 어떤 결심과 함께 입을 열었다.

"폐하, 저는 남겠습니다."

유정은 단호하게 염라대왕에게 말했다.

"이 저승이 어떻게 되든 저는 여기 남겠습니다. 윤회정책비서관으로서 마지막까지 할 일을 다 하겠습니다. 이 혼백이 흩어져도 광명왕원에서 흩어지겠습니다. 폐하의 말씀처럼 이것이 저희들의 남은 업이라면, 전부 온전히 받아들이려고 합니다."

옆에서 유정이 말하는 것을 빤히 바라보던 하 수석이 불쑥 말했다.

"이분이 왜 남이 하려던 말을 빼앗아 가시나?"

"네?"

놀라 되묻는 유정에게서 시선을 돌리며 하 수석은 염라대왕을 바라보고는 말했다.

"저도 같은 말씀 올리려고 했습니다. 한계란 게 올 때까지 일하려 합니다. 저승과 운명을 함께하지 이승으로는 안 갈 생각입니다. 그러니 만약 저희 관원들에 대해서 뭔가 조치하시려면 참고해 주십시오."

염라대왕은 두 관원의 각오를 차분히 들었다. 고개를 끄덕인 뒤 염라대왕은 답했다.

"알겠습니다. 고려하겠습니다."

이어서 잠시 생각에 잠겼던 염라대왕은 다시금 강직한 목소리로 말했다.

"그대들 덕분에 우리가 다음에 무엇을 해야 할지 보이는 것 같습니다."

유정은 염라대왕이 결정권자로서의 모습을 회복해 가고 있음을 느꼈다. 곧바로 염라대왕은 업무 지시를 내렸다.

"본래 비서실장이 내렸어야 할 명령이나, 현재 공석이므로 내가 지시하겠습니다. 먼저 하정 수석에게 새 업무를 할당합니다."

지목을 받은 하정 수석은 굳은 표정으로 지시를 들을 준비를 했다.

"망자들이 빠르게 이승으로 돌아갈 수 있도록 환생문 관리에 만전을 기하여 주기 바랍니다. 그리고 윤회청에 전하십시오. 최단 시간 내에 모든 망자들이 오도전륜대왕부에 도착할 수 있도록, 다른 대왕부들과 협의하여 이동 경로를 점검해 주기 바랍니다."

"……알겠습니다."

하 수석이 고개를 조아렸다. 염라대왕은 이어서 유정을 바라보았다.

"그리고 안유정 비서관, 비서실 차원에서 계획 초안을 하나 마련해 주기 바랍니다."

"뭐든 지시하십시오."

"조금 전 이야기한 것처럼, 퇴거 계획을 짜려고 합니다. 망자들의 이동은 물론, 각 대왕부 관원들 중 희망자들은 이승으로 돌아갈 수 있도록 할 것입니다. 이 또한 제한된 시간 안에 모두 진행하기 위해서는 면밀한 계획이 필요합니다. 23시 정각까지 초안을 만들어 주면 내가 직접 챙기겠습니다."

각오는 했지만 거대하고 긴급한 지시였다. 유정은 올 게 왔구나 생각하면서도 조심스럽게 다시 물었다.

"여섯 시간 내로 말씀이십니까……?"

"그즈음이면 천수과에서 우리에게 남은 시간에 대한 초기 예측치가 나올 것입니다. 그로부터 바로 역산해 실행 계획으로 만들 수 있도록, 모든 경우의 수를 미리 준비할 필요가 있습니다."

그래, 이런 분이셨다. 결단이 내려지면 타협의 여지는 없다. 유정은 벌써부터 일 생각으로 아찔해지려 했다. 최대한 정신을 붙잡고 염라대왕에게 고개를 조아렸다.

"……최선을 다하겠습니다."

염라대왕의 지시 사항은 계속되었다.

"그리고 강수현 비서관에게 전달해 주십시오. 앞서 저승사자들을 이승에 제한 없이 파견하도록 허락하였는데, 좀 더 많은 것을 허락하고자 합니다."

유정은 수첩을 꺼내 받아 적을 준비를 했다. 염라대왕이 전달할 사항을 일렀다.

"저승사자들로 하여금 이승의 생존자들에게 제한 없이 접촉할 수 있도록 허락하겠습니다. 만약 그렇게 해서 그들의 수명을 하루라도 늘릴 수 있다면, 그렇게 할 수 있도록 조치하기 바랍니다. 그들의 수명이 곧 우리의 수명이 될 것입니다."

"이해했습니다. 전달하겠습니다."

메모를 적어 나가며 유정은 결심했다. 유한한 존재임을 깨달았다면, 주어진 유한한 시간 동안 최선을 다하자고. 할 수 있는 일을 다 하고, 존엄하게 마지막을 맞이하자고. 마치 이승에서 죽음을 기다리며 살아 가는 이들처럼, 지금 해야 할 일에 후회가 남지 않도록 하자고.

3장

저승에서 관직을 차지한 이가 바뀌는 주기는 들쑥날쑥한 편이었다. 힘 쓰는 일이나 머리를 쓰는 일로 선업을 쌓아 나가는 것이 목적인 역사나 기술자들은 몇 년 후 직을 내려놓고 이승으로 돌아가곤 했다. 그에 비해 저승에 혼백을 그냥 둔 채 일하는 평범한 관원의 경우 백 년 이상 근무하는 경우도 많았다. 이들의 공통점은 정해진 임기가 없다는 것이다. 떠나야겠다는 마음이 확고해졌을 때 스스로 떠난다는 게 유일한 퇴직의 기준이었다. 그야말로 회자정리 거자필반, 인연의 법칙으로 운영되는 곳이 이곳 시왕저승이었다.

보직자가 바뀌는 시기에는 나름대로 이·취임식을 치르며, 떠나는 이의 왕생을 빌고 새로 온 이를 격려하는 것이 일반적이었다. 염라대왕부 비서실에서도 늘 그렇게 해 왔다. 하지만

6월 10일 0시를 기해 취임한 신임 비서실장에게 취임식을 열어 줘야 한다고 생각하는 이는 아무도 없었다. 이임한 관원이 16시간 만에 복직하는 상황에서 새삼스러운 것은 물론이요, 초유의 재해 상황에서 그런 것을 챙기고 있을 여유는 없었다.

시영은 집무실 의자에 앉은 채로 복직 순간을 맞았다. 겉으로는 아무것도 바뀌지 않았다. 하지만 염라대왕은 엄정한 명령으로 그에게 다시 권위를 부여했다. 시영은 테이블 위의 복숭아 나뭇가지를 바라보았다. 그것 또한 겉으로는 아무것도 바뀌지 않았다. 하지만 그 작은 오브제가 가진 의미는 이제 예전보다 더 막중했다.

심호흡을 한 시영은 업무에 착수할 준비를 했다. 기다렸다는 듯이 누군가가 집무실 문을 두드렸다.

"실장님, 강수현입니다."

"예, 들어오십시오."

예상했던 바였다. 시영은 흔쾌히 입실을 허락했다. 문을 열고 들어선 수현은 무거운 책임감과 함께 묘한 기대감을 품고 있는 듯했다. 수현은 거두절미하고, 빠르게 본론을 꺼내놓았다.

"복직하시자마자 첫 보고를 무거운 안건으로 드리게 되어 죄송합니다만, 천수과에서 일차 예측 결과를 가져왔습니다."

수현의 손에는 방금 전 천수과에서 보고해 온 서류가 들려 있었다. 천문 현상에 의한 수명 예측을 사용해 재계산한 결과였다. 안도할 만한 점은 알두스 폭발로 사망한 이들의 수명이 비로소 정상적으로 계산된다는 것이었다. 비록 시스템 통합이 이루어지지 않아 오차 범위는 매우 큰 편이었지만, 정밀하지 않은 결과라도 우선 얻기 위해 현재 생존자들의 수명을 예측한 결과가 보고서에 담겨 있었다.

처음 보고서의 숫자를 보았을 때는 아찔했지만, 보고할 때가 되자 의외로 담담해졌다. 수현은 시영에게 보고했다.

"저희에게 남은 시간은 60일에서 70일 사이로 보인다고 합니다."

모든 생존자가 사망할 것으로 예측되는 시점으로부터 역산한 결과였다.

"……그렇습니까."

"네. 더 정확하게 좁히는 작업을 계속 진행한다고 합니다."

시영은 무겁게 고개를 끄덕였다.

"보수적으로 봅시다. 오늘부터 60일 후라면 며칠입니까?"

"8월 9일입니다."

"앞으로 모든 계획의 마감일은 그날로 정합시다. 그리고 생존자들의 현황 파악을 서둘러 주기 바랍니다. 미뤄 왔던 상황실 개장을 최우선으로 진행해 주십시오."

빠르고 명쾌한 지시사항이었다. 수현은 자신이 알던 이시영 비서실장이 온전히 복귀했음을 느꼈다. 엷게 미소 지으며 수현은 고개를 끄덕였다.

"알겠습니다."

하지만 뒤이어 시영의 입에서 나온 지시는 수현의 예상을 벗어나 있었다.

"그리고 잠시 자리 비울 테니 누가 찾으면 곧 돌아온다고 전달 바랍니다."

"네? 바로 어디를 가시려고……."

복직한 지 오 분 만에 자리를 비우겠다는 말에 놀란 수현이 묻자, 시영은 차분한 목소리로 대답했다.

"폐하께 건의드릴 사항이 있습니다."

그 순간 수현은 깨달았다. 시영에게 휴식이란 멈춤이 아니라, 망가진 자신을 정비함으로써 다른 일을 할 수 있는 정신력을 충전하는 시간이었구나. 조금 전 회의에 끼어든 것도 그렇고, 건전한 일 생각으로 가득했구나.

비서실장 직무에 열 시간 이상 공석이 있었던 적은 수현이 근무한 이래 처음 있는 일이었다. 그 천금 같은 휴식을 시영이 누리기를 수현은 내심 바랐지만, 시영은 역시 시영이었다.

웃을 수도 울 수도 없는 수현에게 시영은 추가로 요청했다.

"그리고 조금 전에 모였던 망자분들을 다시 모셔 주기 바랍니다."

조금 전의 망자들이라면 전문가 망자 그룹을 말하는 것이리라. 모으는 것은 어렵지 않았지만 수현은 머뭇거렸다.

"……그, 빼고요?"

"예."

누구라고 콕 집어 말하기 뭐해 얼버무렸지만, 이야기는 통했다. 수현은 정상재 망자를 제외한 다른 전문가들을 불러모아야 한다는 지시로 이해했다. 수현에게 지시사항을 남긴 시영은 그 길로 집무실을 나섰다. 비서실을 가로질러 계단참을 거쳐 염라대왕 어전으로 향했다. 의전관들이 문을 열어 주었다. 복직 후 처음으로 염라대왕을 알현하는 자리였다.

염라대왕과 독대하자마자 시영은 산신노군이 남긴 말에 대한 추가적인 검토가 필요하다고 요청했다. 직위에 돌아온 지 채 십 분도 지나지 않아 곧바로 새로운 일을 꺼내 들어 찾아온 시영을 보며, 염라대왕은 조금 황당하다는 듯이 물었다.

"이시영 비서실장, 설마 쉬는 내내 그런 궁리만 하고 다녔던 것입니까?"

시영은 조금 능청스럽게 대답했다.

"배려해 주셔서 가급적 생각은 하지 않으려 하였습니다."

그런 시영의 모습에서, 염라대왕은 약간의 여유를 읽었다. 몇 시간 동안이라도 직에서 내쫓은 것이 도움이 되었던 것 같았다. 염라대왕은 시영을 의문스럽다는 듯 바라보며 다시 물었다.

"믿어도 되겠습니까?"

"업무에 참견하려고 하자 강수현 비서관이 퇴거를 명하였습니다. 안심하십시오."

거듭 농을 섞어 답하는 시영을 보며 염라대왕은 조금 마음을 놓았다.

"알겠습니다. 자세한 설명을 바랍니다."

시영은 산신노군이 남긴 말에서 '거자필반'이라는 단어가 들어 있었던 것을 보고하였다. 산신노군이 헛된 표현을 쓰지 않았을 것이라는 추측도 설명했다. 그 네 글자에서 아직 밝혀내지 못한 어떤 진리가 있다면, 한번 찾아 볼 필요가 있지 않겠느냐고 시영은 또박또박 설명했다. 경청하던 염라대왕은 곧 고개를 끄덕였다.

"어떤 제안인지 충분히 이해하였습니다. 이시영 비서실장 본인도, 그 탐구가 무엇을 목적으로 하는 것인지 이해하고 있습니까?"

"예."

그 네 글자가 무엇을 의미하는지 짐작하는 바도 없이 시영이 말을 꺼낸 것은 당연히 아니었다.

"어쩌면…… 만약 저희 시왕저승이 이승에서 잊혀지더라도 후일을 기약할 방법이 있을지도 모릅니다. 그리고 연락이 두절된 저승들과 다시 연락을 회복할 방법이 생길지도 모릅니다."

회자정리의 원칙에 의해 한번 인연을 맺은 저승 세계와 연이 끊어졌다. 거기에 거자필반의 원칙을 적용한다면, 사라진 저승과도 다시 이어질 수 있다는 말이 된다.

시영은 감히 산신노군을 다시 만나야겠다는 생각을 하지는 않았다. 그런 허황된 기대를, 사적인 희망을 품는 것은 용납될 수 없었다. 그보다 중요한 것은 한번 사라진 저승을 되돌릴 수 있다는 가능성이 이 시왕저승의 앞날을 결정할 수 있다는 점이었다.

60일이 흘러 모든 생존자가 사망하고 나면, 시왕저승은 앞서 사라진 복사골과 같은 운명에 처할 것이다. 그 경우에 어떻게 '다시 만날' 수 있을 것인지, 시영은 그 방법을 알아 낼 수 있을지도 모른다고 생각했다.

"어떻게 탐구할 계획입니까?"

염라대왕의 물음에 시영은 답했다.

"신뢰할 수 있는 이들과 터놓고 이야기를 해 보고자 합니다."

대답하는 시영의 안색을 살피며 염라대왕은 잠시 고심했다. 그러고서 시영에게 이것만은 말해 두어야겠다고 생각했다.

"당부를 하나 하겠습니다. 그대가 나서서 결정을 내리지는 마십시오."

시영이 가장 힘들고 지쳐 있을 때, 시영이 가졌던 결정권과 무거운 책임감은 서로 뒤섞여 독이 되었었다. 염라대왕은 시영이 또다시 같은 실패에 처하지 않기를 바랐다.

"이전과 같이 어떤 결론을 내려야 한다는 마음에 쫓겨 섣부른 판단을 하지 않기를 바란다는 것입니다."

염라대왕의 당부를 들은 시영은 신중하게 고개를 끄덕였다.

"명심하겠습니다."

차분한 대답을 들으니 염라대왕은 시영의 내심을 짐작할 수 있었다. 서두르고는 있으나, 마땅히 서둘러 해야 할 일이기에 서두르고 있을 뿐이었다. 예전과 같이 쫓기거나 압박에 시달려 발등에 불이 떨어진 듯 서두르는 것은 아니었다.

염라대왕은 시영이 하고자 하는 일을 허락할 마음이 들었다. 그는 시영에게 말했다.

"……만약 여의치 않다고 판단되면, 다음 일을 맡길 것이 있으니 내게 알려 주기 바랍니다."

"다음 일이라 하심은……?"

시영의 물음에 염라대왕은 작성 중이던 서류를 두드려 보였다.

"퇴거 계획입니다."

테이블 위에는 몇 번이나 고친 듯한 두루마리 문건이 펼쳐진 채 놓여 있었다. 염라대왕은 그 서류를 지긋이 바라보다가, 다시 시영에게로 시선을 돌렸다.

"아직 안유정 비서관에게 전해 듣지 못했을 겁니다. 사후심판 재개 계획은 내가 직권으로 정지하도록 조치했습니다. 대신 우리에게 주어진 시간이 그리 길지 않다는 것을 안 이상 질서 있는 퇴장이 필요할 것입니다. 모든 망자들을 60일 이내에 오도전륜대왕부로 이송하고, 동시에 관원들 중 희망자에 한해 환생을 시킬 필요가 있습니다."

시영은 조금 놀랐고 또 감탄했다. 시영이 잠시 자리를 비운 사이에도 염라대왕부의 비서실은 바쁘게 큰일을 치러 내고 있었다. 저승의 안전을 보장받았다고 믿고 세우기 시작했던 모든 계획이 철회되자마자, 저승의 붕괴를 전제로 한 새로운 계획이 입안되어 염라대왕의 손에서 구축되고 있었다.

사실 시영이 제 구실을 할 수 있는 상황이었다면 곧 시영이 이끌고 나갔어야 했던 일이기도 했다. 시영은 염라대왕에게 존경과 감사를 담아 고개를 숙였다.

"혜안이십니다."

"우선 이 안건은 내가 직접 비서관들과 함께 챙기도록 하겠습니다. 그대가 복귀하여 합류한다면 많은 수고를 덜 것입니다. 그러니 마무리되는 대로 보고하도록 하십시오."

염라대왕은 덧붙였다.

"하지만 만약 해야 하는 다른 일이 생긴다면 그때에도 보고하기 바랍니다."

"알겠습니다."

참여해도 좋지만, 그럴 수 없게 되더라도 보고하라. 시영은 염라대왕이 자신에게 폭넓은 활동의 자유를 부여했음을 깨달았다. 대답하는 시영의 어깨는 무거우면서도 가벼웠다. 거듭된 신임의 무게는 무거웠지만, 그 신임이 부여해 준 자유는 홀가분하기 그지없었다.

새로운 고민과 새로운 일들을 시작할 때가 왔다.

*

"모여 주셔서 감사합니다."

비서실 부속 회의실에 전문가 망자 일동이 다시 소집되었다. 시영과 수현이 배석했다.

"저승의 미래와 관련해 상의해야 할 내용이 한 가지 있어서 모여 주십사 요청을 드렸습니다."

시영은 모인 망자들을 둘러보며 회의의 주제를 설명했다. 참석자는 채호연 박사과정, 김예슬 연구원, 홍기훈 박사, 그리고……

"미래는 무슨 미랩니까."

나성원 책임이었다. 그가 불만스럽게 이죽거렸다.

"아니 기껏 모여가지고 결론을 내 놨더니 엎어 버리셨잖아요? 또 이제 와서 뭘 하시자는 겁니까?"

짜증과 오기가 느껴지는 말투였다. 호연은 옆에 앉은 예슬에게 속닥거렸다.

"저분 왜 오신 거야?"

예슬은 성원 쪽을 께름칙하게 바라보면서 조용히 말했다.

"안 부르는 것도 좀 그렇긴 해…… 저분이 뭘 잘못한 건 없잖아."

망자들을 불러 모은 건 수현이었다. 수현도 정상재 교수는 부르지 말자고 생각했을 뿐, 정상재 교수에게 비교적 호의적이었던 나성원 책임까지 배제할 생각은 하지 못했다. 괜히 불렀나 싶으면서도, 그렇다고 딱히 부르지 않을 명분도 없었다.

그때 시영이 성원 쪽을 향해 짤막히 고개 숙여 사과했다.

"결정을 번복하기로 한 것은 전적으로 제 책임입니다. 혼선으로 인해 걱정을 끼쳐 송구합니다."

순순히 사과하는 시영을 보고 조금 당황한 듯한 성원은, 또다시 성난 목소리로 시영에게 따져 물었다.

"책임을 뭘 어떻게 지실 거냐고요."

"우선 제가 말씀드리는 내용을 들어 보시고, 의견을 나눌 가치가 없다 판단되시면 나가셔도 좋습니다."

시영은 일단 회의 참석을 설득했다. 그 답을 들은 성원은 잠시 말이 없더니, 의자 등받이에 깊이 기대며 시큰둥하니 대꾸했다.

"……또 왜 사람을 악당 만들고 그럽니까. 말씀하세요."

썩 협조적인 모습은 아니었으나, 그렇다고 판을 깨고 나갈 것 같지는 않았다. 시영은 망자들을 둘러 보면서 준비했던 주제를 꺼내기 시작했다.

"우리가 마지막으로 내린 결론은 이승의 생존자 사망과 사후세계의 운명이 긴밀하게 묶여 있다는 것이었습니다."

다른 이야기를 하기에 앞서서 제한된 시간에 대해 말해야 했다.

"생존자들의 남은 수명을 토대로, 우리에게 앞으로 60일 정도의 시간이 주어졌다는 것을 확인했습니다."

"60일……."

예슬이 막막한 목소리로 중얼거렸다. 호연은 곧장 손을 들고 물었다.

"저희가 뭐라도 도와드릴 게 없을까요?"

호연에게서는 무력하게 끌려다녔던 이전의 상황을 반복하지 않으려는 마음가짐이 엿보였다. 의욕을 불태우는 호연을 바라보며, 시영은 차분히 대답했다.

"도움을 구하려고 모셨습니다."

그리고 빠르게 본론으로 진입했다.

"갑작스러우시겠지만, 저승이 사라지지 않을 방법이 무엇이 있을지 다 같이 상상을 좀 해 주셨으면 합니다."

"……네?"

도움을 주겠다고 말을 꺼내긴 했지만, 시영이 하는 이야기는 너무 영문 모를 내용이었다. 더군다나 어제 '저승이 사라질 위기에 처할지도 모른다'는 주장을 간신히 관철시킨 참이었다. 이야기가 또다시 다른 언덕을 향하는 기분이 들어 호연은 적잖이 당혹스러웠다.

그런 호연의 혼란을 느꼈는지, 시영은 호연 쪽을 바라보며 덧붙여 말했다.

"채호연 망자님이 제기했던 가설을 부정하자는 것이 아닙니다. 그 전제하에, 그럼 우리가 대책으로 무얼 할 수 있을지 고민해 보자는 것입니다."

모두들 한참 동안 답이 없었다. 질문이 너무 갑작스럽기는 했다. 시영은 회의를 소집한 이유를 보다 소상히 설명해야겠다고 생각했다. 그러기 위해서는 산신노군으로부터 시작할 수밖에 없었다.

"……실은 사라지시기 전 마지막에 산신노군께서 제게 말씀하셨습니다. '회자정리 거자필반'이라고. 헤어짐이 있으면 만남도 있다는 뜻입니다. 어쩌면 헤어짐을 돌이켜 다시 만날 방법이 있을지도 모른다는 생각이 들었습니다."

"아……."

비로소 시영의 속내를 알게 된 호연이 작게 탄식했다. 시영은 설명을 이어 갔다.

"저는 노군께서 그 말씀을 통해 이 사태를 수습하거나 회복할 방법이 있음을 내비치셨다고 생각합니다. 하지만 그 네 글자 속에서 어떤 가능성을 도출할 수 있을지 저 혼자서는 고민하기가 어려웠습니다. 그래서 여러분을 모셨습니다."

더는 혼자 고심해서 결정하지 않으리라는 다짐을 되새기며, 시영은 모인 이들에게 도움을 청했다.

"무엇이든 좋습니다. 이 저승이 사라지지 않는 방법에 대해 한번 이야기를 나누어 보고 싶습니다. 아무쪼록 의견을 부탁드립니다."

시영의 소상한 설명과 차분한 요청에 가장 먼저 응답한 것은 나성원 책임이었다.

"나가도 된다고 하셨죠?"

그는 여전히 부루퉁한 목소리로 말했다. 호연은 어떻게 저렇게 무례할 수가 있는지 당황스러운 나머지 성원을 빤히 쳐다보았지만, 성원은 눈길도 주지 않은 채 시영 쪽만을 응시하며 불만을 표출하고 있었다. 시영은 큰 동요 없이 성원에게 물었다.

"아무 의견이 없으십니까?"

"상상력대회에는 어울리고 싶지가 않네요."

여전히 부정적이고 사나운 반응이 이어졌다. 그때 곁에서 홍기훈 박사가 점잖게 성원의 태도를 지적하고 나섰다.

"앉아만 계시지요."

무슨 참견이냐는 듯 돌아보는 성원의 시선을 마주 받아 내며, 기훈은 다시 힘주어 타일렀다.

"정상재 교수님이 그렇게 엇나가셨다고 나 박사님이 함께 행동하실 이유는 없습니다."

그 이야기를 들은 나성원 책임의 표정이 확 일그러졌다. 그러고는 이내 항변하듯이 기훈에게 말하기 시작했다.

"아니, 누가 누구랑 함께 행동을 한다고 그러세요? 전 그 사람 지금 어디 갔는지도 몰라요. 그냥 돌아 가는 게 좀……."

정상재 교수의 의견이 묵살되는 광경에 짜증이 나기는 했지만, 그렇다고 대놓고 그의 편을 들어 주기도 싫은 듯했다. 성원은 말을 더 보태기를 포기하고는 팔짱을 낀 채로 고개를 설레

설레 젓더니, 곧 자포자기한 듯 대꾸했다.

"에이, 모릅니다 난."

다시 성원이 침묵하자, 원래의 이야기로 돌아 올 분위기가 조성되었다. 이야기를 이어 가기가 쉬운 주제는 분명 아니었다. 호연이 조심스레 입을 열었다.

"비서실장님 말씀처럼, 그 산신노군님 말씀처럼…… 뒤집을 수 있는 일이면 얼마나 좋을까요. 그런데 그 방법을 상상하라고 하셔도…… 어렵네요."

뭐라도 논의를 시작해 보려고 운을 뗀 것이었지만, 막상 이야기를 이어 가려다 보니 첫걸음을 떼는 것조차 어려웠다. 시영이 무엇을 바라고 의견을 요청하는지는 알 수 있었지만, 갑자기 의견을 내려고 해도 지나치게 막연했던 것이다.

사실 과학적으로 따지자면 저승이 어떻게 존재할 수 있는지부터가 의문의 대상이었다. 논리적 상상을 해 나갈 어떠한 유의미한 이론과 토대가 없는 상황에서, 저승의 미래를 어떻게 바꿀 수 있는지 가설을 세우는 것은 마치 파도 앞에 모래성을 쌓아 올리는 일 같았다. 그만큼 곤란한 일이었다.

그렇지만 그럼에도 불구하고……

"……어렵지만 억지로라도 한번 논리를 만들어 나가 봅시다. 그러지 않으면 계속 고민만 할 것 같습니다."

기훈은 그렇게 제안했다. 일단 침묵 속에서는 아무것도 진전될 수 없음은 명백해 보였다.

"저도 그게 낫다고 생각해요."

예슬도 동의하고 나섰다.

호연은 그 말에 공감하면서도, 마음속에서 솟아나는 주저와 불안을 쉬이 억누르기가 어려웠다. 그랬다. 상상력을 발휘하기가 힘들다기보다는, 아무 말이나 하기 조심스럽다는 측면이 분명히 있었다. 과학적 추정을 할 근거들이 부족한 저승 세계였다. 게다가 감히 저승의 미래를 예측해 보겠다고 나섰던 정상재 교수의 주장을 논박한 지 얼마 지나지 않은 상황이었다. 또다시 사상누각을 지을 수는 없는 일이었다. 고민 끝에 호연은 시영과 수현을 번갈아 바라보며 부탁했다.

"혹시 뭔가 말이 안 되는 이야기로 흘러가는 것 같으면 말씀해 주세요."

저승에 도착한 지 며칠밖에 지나지 않은 망자들이 도와줄 것은 그저 자유로운 상상뿐이었다. 근거와 토대가 부족한 이야기가 나온다면 경험이 풍부한 두 관원들이 지적해 주기를 바라는 것이 최선이라고, 호연은 생각했다.

"예, 그렇게 하겠습니다."

"저도 유심히 들을게요."

시영과 수현이 각각 호연의 걱정에 응답했다.

그렇게 뭐라도 이야기를 해 보자고 무대를 마련해 놓고도, 한동안 의견이 나오지 못했다. 고민 속에 적막이 조금 더 이어진 뒤, 예슬이 가장 먼저 입을 열어 조심스럽게 논의의 막을 열었다.

"……일단…… 특정 사후세계를 기억하는 이승의 모든 사람들이 사망하면, 그 사후세계에도 영향이 온다는 게 확인되었으니까요. 단순하게 생각한다면 원인을 반대로 뒤집으면 막을 수 있겠는데요."

앞서 기훈이 말했던 대로 억지로라도 논리를 만들어 가 보려는 시도였다. 말을 꺼내기까지, 대체 이런 식의 단순한 발제가 무슨 소용이 있을지 예슬은 염려가 컸다. 하지만 막상 이야기를 꺼내 놓고 보자, 예슬은 던져 볼 만한 의문이 아니었나 하는 생각이 들었다.

곧이어 기훈이 예슬이 꺼내 놓은 생각의 뼈대에 살을 붙여 나갔다.

"그 명제를 부정하려면 이 저승을 기억하는 사람들을 안 죽게 하거나, 죽지 않을 사람들이 이 저승을 기억해 줘야 할 겁니다."

정말 단순히, 전제 조건을 뒤집어 본 것이었다. 말은 쉽지만 현실적으로 일어날 수 있는 일인지 장담할 수 없다는 게 가장 곤란한 지점이었다.

끙끙거리며 고민하던 호연은, 문득 마음속에 짚이는 게 있었다. 호연은 예슬을 돌아보며 물었다.

"어, 혹시 지하나 그런 곳에는 생존자가 있지 않을까? 왜, 핵 벙커나 그런 데. 소설이나 영화 같은 데서도 가끔 나오잖아. 지구 멸망 상황에서 계속 살아 남을 수 있게 장비나 그런 걸 갖춘

…… 조금 전에 생존자 현재 상황도 추적한다고 했으니까. 아까도 동굴 안에 한 분 살아 계셨었고…….”

옆에서 듣고 있던 수현이 호연의 추측을 긍정했다.

“말씀대로입니다. 현재 생존자분들께서는 대개 다 그런 곳에 계셔서 살아 계신 분들입니다.”

호연은 실마리를 찾은 것 같았다.

“그러면 영향 안 받고 오래 살아 남을 생존자분들을 찾아 보면……!”

하지만 예슬이 호연의 섣부른 기쁨을 가로막았다.

“저기, 그런 데서 살아 계신 분들의 수명이 60일 남짓으로 측정되었다고 하셨으니까.”

“아 참…….”

저승의 앞날이 60일 남았다고 계산이 끝났다면, 시왕저승을 유지시켜 줄 이들이 모두 그때까지 사망한다는 것은 이미 확정된 결과였다. 호연이 말한 것과 같은 특수한 상황에서조차 그 이상의 생존이 담보되지 못하는 것이었다.

호연은 다시 깊은 생각에 잠겼지만, 논의의 흐름은 끊어지지 않았다. 기훈은 호연의 의견에 다른 방향의 상상을 더했다.

“비서실장님, 만약 수명이 더 긴 생존자가 시왕저승의 존재를 새로이 믿게 된다면, 저승의 시간이 늘어날 수도 있겠습니까?”

기훈의 물음에 시영은 고개를 끄덕였다.

“가능성 있는 상상인 것 같습니다. 수현 군 의견은 어떻습니까?”

"저도 같은 생각입니다. 그런데 그게 과연 쉬울까요…….."

수현이 고민스럽다는 듯 중얼거렸다. 그 말을 들은 호연이 물었다.

"저승사자가 내려가서 저승의 존재에 대한 포교 같은 거 못할까요?"

염라대왕부 비서실장이 자유로이 토론해 보자고 모은 자리가 아니었다면 무슨 황당무계하고 불경한 소리냐는 이야기를 들었음직한 질문이었다. 하지만 지금 터무니없음의 정도를 가릴 상황이 아니었다. 수현이 호연에게 답했다.

"지금 염라대왕께서 저승사자가 생존자에게 접촉해도 된다고 허락하시긴 했는데요. 가능하면 생존을 도우라는 말씀이셨지, 포교 활동 같은 걸 하려면 한번 여쭤 봐야 할 것 같습니다……그런데 만약 허락을 받더라도 어려울 겁니다."

부정적으로 나오는 수현에게 호연은 다시금 물었다.

"그 이유가 궁금한데요. 왜냐면 저희들은 저승이 어떻게 움직이는지 아는 게 없으니까요."

결국 이 논의를 진행시키는 데 있어서 가장 큰 어려움은, 이승과는 전혀 다른 저승의 법칙을 망자들이 거의 알지 못한다는 것이었다. 의견을 나누기에 앞서서 설명이 필요한 부분이었다. 수현은 눈빛으로 시영의 허락을 구했고, 시영은 고개를 끄덕였다. 허락을 받은 수현이 설명을 시작했다.

"저승사자가 이승으로 내려갈 때에는 사람의 영혼을 목적지로 삼아서 움직이게 됩니다. 즉, 이미 시왕저승으로 오실 분들 주변에만 내려갈 수 있습니다."

"그 반경을 벗어나지는 못하는 겁니까?"

기훈이 질문했다.

"벗어날 수는 있는데요. 저희가 벽이나 물체를 통과해 다닐 수 있다뿐이지 사람이 걸어다니는 거랑 이동 속도는 별 차이가 없다 보니까요. 어디 계신지도 모르는 다른 생존자를 찾아다니기란 쉽지 않을 겁니다."

수현의 설명을 듣던 호연은, 그 정도까지만 해도 이미 엄청나게 초자연적이고 대단한 능력이 아닌가 생각했다.

"그래도 돌아다니다 보면 어떻게 안 될까요?"

예슬이 물었지만, 수현이 대답하기에 앞서 이번에는 기훈이 고개를 저으며 말했다. 수현이 설명한 저승사자의 이동 능력이 기대에 비해 실망스러웠던 모양이었다.

"사람과 별반 다르지 않은 속도로 이동해야 한다면, 아마도 어려울 거라고 생각합니다. 지금까지 살아 계신 분이라면 깊은 지하시설이나 바다 속 잠수함 같은 곳에 계실 텐데, 그런 곳을 출발지로 삼는 것도 곤란하거니와, 새로운 생존자 또한 비슷하게 찾아 내기 어려운 곳에 계실 겁니다. 더 초자연적인 이동 수단이 없는 거라면 굉장히 힘든 탐색이 될 거라고 생각합니다."

"아, 그렇겠군요……."

기훈의 추측에 예슬 또한 납득할 수 있었다. 역시 쉽게 돌파구가 보이지 않았다.

그때 호연이 다른 의견을 제시했다.

"이 모든 게 결국 사람들이 사망해서 생기는 문제니까……
죽은 사람을 부활시킨다면 어떨까요?"

저승의 존재 이유를 뿌리부터 뒤집는 듯한 말이었다. 말하는
호연도, 일단 아무 말이나 막 던져 보는 거라고 스스로를 설득
해야 했다. 호연의 말을 들은 예슬은 한순간 '무슨 예수님도 아
니고'라고 생각했다.

그렇지만 억지로라도 이야기를 이어 가 보자고 먼저 제안했
던 기훈은, 이야기를 꺼냈던 취지에 맞게 호연이 던진 주제를
받아들였다.

"말이 안 되는 것 같아도 계속 이야기를 해 봅시다. 인간의
부활이 만약 어렵다면, 인간이 아닌 다른 동물에게 사후세계를
믿게 만들어도 되겠군요."

정말로 아무 이야기라도 꺼내면서 아이디어를 찾아보자는
분위기였다. 논의가 이런 식으로 흘러가도 되는지 염려스러웠
던 예슬도, 곧 그 마음을 잠시 내려놓기로 결심했다. 예슬은 주
저하는 마음을 일부러 억누르며 떠오르는 생각을 아무렇게나
이야기해 보았다.

"지금 심해 어류들만 살아 있는 거죠. 물고기들에게 종교 전
도가 가능할까요?"

예슬의 이야기를 들은 호연이 불쑥 말했다.

"이건 좀 엉뚱한 생각인데요. 사람이 신앙을 가져서 여기 일하는 분들이 다 사람 모습인 거지, 심해 아귀가 염라대왕님을 믿는다면 염라대왕님도 아귀가 되는 거 아녜요?"

점점 이야기가 엉뚱한 데로 가는 기분이었지만, 적어도 이런 식으로라면 어색하고 무거운 침묵이 이어지지는 않을 것이었다. 시영 또한 가벼운 마음으로 응수했다.

"그런 일이 없도록 사람 모습도 가르쳐야겠군요."

"어떻게 이해를 시키죠?"

예슬의 물음을 들은 호연이 궁리를 하면서 말했다.

"저승사자가 내려가서 말을 걸어 본다든가…… 비서관님, 이것도 힘든가요?"

수현이 대답했다.

"네…… 동물들하고 직접 의사소통이 안 되는 건 사람이나 저승사자나 똑같습니다. 개가 귀신을 보고 짖는다는 것도 그냥 낯선 존재를 목격해서 짖는 거지, 무슨 영적인 게 통한 건 아닙니다."

그야말로 허공에 돌다리를 지어 나가듯이, 놓을 바닥이 없는 곳에 돌을 놓고 기둥이 없는 들보를 놓듯이, 이야기가 이어져 가고 있었다.

그때 산통을 깨는 목소리가 들려 왔다.

"한심해가지고서는 정말."

나성원 책임이었다. 어렵사리 대화가 이어지던 회의실은 도로 찬물을 뿌린 듯이 조용해졌다. 그도 그럴 것이, 말이 되든 안 되든 어떻게든 이야기를 이어 나가 보자고 다들 무리하고 있는 마당에, 힐난씩이나 받으면 누구라도 움츠러들지 않기가 어려웠다.

기훈은 눈매를 찌푸리며 성원에게 항의했다.

"박사님, 지금 일종의 브레인스토밍 중입니다. 지나친 비판은 자제 바랍니다."

브레인스토밍이란 아이디어 창출을 위해서 평가를 유보한 채 아이디어를 제시하는 회의 방법을 말했다. 그런 형태로라도 애를 쓰고 있는 와중에 폄하가 지나치다는 게 기훈의 생각이었다. 하지만 나성원 책임은 도리어 기훈을 마주보며 더욱 성을 냈다.

"홍 박사님, 박사님은 이야기 수준이 너무하다고 생각 안 하십니까? 뭔 물고기한테 저승을 가르치네 마네. 60일밖에 안 남았다면서 별 이상한 고민이나 하고 앉았잖아요."

"저희도 막막해서 이러죠."

듣다 못 한 호연이 짜증을 내며 성원에게 말했다. 그러자 성원은 이번에는 호연을 바라보며 어처구니없다는 듯 대꾸했다.

"아니, 막막한 일을 왜 합니까? 60일이 아니라 6억 년 기다려서 아귀가 진화해서 사람 되고 나면 펼쳐 보게 어디다 낙서라도 남겨 놓든가요. 저승에 염라대왕님 계신다고."

"자꾸 그렇게 비아냥거리지 마시고요!"

조롱에 가까운 말에 버럭 화를 낸 호연은 다음 순간 멍하니 중얼거렸다.

"잠깐, 낙서라고요……?"

그러고서 호연은 침묵했다. 뭔가 생각할 거리가 있었다.

"저승에 염라대왕님 계신다고 낙서를……."

예슬도 뭔가가 마음에 걸리는 모양이었다.

"……."

기훈도 마찬가지였다. 성원과 옥신각신하던 기세는 온데간데없고, 턱을 매만지며 돌연 뭔가를 생각하기 시작했다.

세 명의 주위로 뭔가 기묘한 조바심이 내려앉은 것만 같았다. 어떤 생각을 하는지 일제히 침묵하는 세 망자를 보며, 조금 전 비아냥거리며 말문을 열었던 나성원 책임은 불안한 듯 눈치를 보기 시작했다.

"……내가 뭐 못할 말…… 했습니까?"

성원의 물음에도 골똘히 고민하는 이들은 침묵했다. 더 안절부절못하게 된 성원은 식은땀을 흘리기 시작했다.

"아니, 본인들 말로 브레인스토밍이라면서, 사람을 이렇게 무안을 주면……."

기훈이 침묵을 깨고 답했다.

"그게 아닙니다. 하신 말씀이 맞는 것 같아서 그렇습니다."

"예?"

성원은 당황해 물었다. 기훈은 살짝 들뜬 목소리로 말했다.

"낙서란 건…… 결국 기록이지 않습니까?"

그리고 예슬이 생각을 덧붙였다.

"기록을 남긴다는 건 즉 경전을 남긴다는 거고…… 시왕신 앙의 경전을 남긴다면요?"

순간 호연은 온몸에 전류가 흐르는 기분을 느꼈다. 어려운 수학 문제를 붙잡고 한참 동안 끙끙대다가 먹히든 안 먹히든, 맞든 틀렸든 갑자기 계산식이 몇 단계씩 전개될 때와 비슷한 기분이었다. 약간 흥분한 목소리로 호연이 물었다.

"여러분. 그걸로 많은 문제가 해결되지 않아요?"

같은 조바심을 모두가 공유하고 있었다. 어떤 종류의 해답에 근접했을지도 모른다는 두근거림이었다.

"다른 생존자들이 혹시 지구상에 살아 남아 있어도 저승사자 분들이 찾아다니기는 어렵다면서요. 하지만 어떻게든 기록물 을 남겨 놓으면, 훗날에라도 생존자들이 볼 수 있지 않을까요?"

호연의 주장에, 기훈도 고개를 끄덕이며 첨언했다.

"예, 그리고 이건 좀 무리한 가정일 수도 있습니다만, 설령 인류가 생존하지 못해도…… 그다음에 지구상에 다른 문명을 일굴 존재들이 확인할 수도 있을 겁니다."

다시금 이런저런 가설을 세워 나가는 다른 망자들을 보면서, 나성원 책임은 두 손 두 발 다 들었다는 듯 내뱉었다.

"아니 왜 또 다들 갑자기 공상과학소설을 쓰고 그러세요? 나 름 과학 한다는 사람들이 이래도 됩니까? 미치겠네 진짜."

그런 성원에게 호연이 쏘아 붙였다.

"박사님, 여기 저승이고요, 저희는 블랙홀 방사선에 죽었어요."

따지고 보면 그랬다. 과학적으로 말이 안 되기로 생각하면, 다들 죽어서 여기 와 있는 것 자체가 가장 말이 안 되고 비과학적인 상황이었다. 성원은 달리 받아칠 말을 찾지 못했는지 어휴, 하고 신음을 토하고는 입을 꾹 닫았다.

"요컨대 어떤 말씀이십니까?"

논의에 약간의 진전이 보인다고 여긴 시영이 물었다. 호연이 나서서 요약했다.

"지금 시왕저승을 믿는 분들이 모두 사망하셔도 다음에 다시 믿게 만들면 되지 않겠냐는 거예요."

예슬도 덧붙였다.

"경전이 남아 있으면 후대에 신앙을 복원하는 게 어쩌면 가능하지 않을까요?"

이승에서 죽은 다음 염라대왕을 만날 거라고 생각하는 이들이 모두 사망한다면, 이 저승도 사라질 것이다. 하지만 염라대왕을 만날 수 있다는 신앙이 경전과 같은 기록물을 통해 후대에 전해진다면, 그렇게 신앙이 회복된다면 어쩌면 저승도 회복되지 않겠냐는 것이었다.

"그런 방식의 거자필반말입니까."

시영은 말했다. 떠난 방식 그대로 다시 돌아올 수 있지 않느냐는 말은, 시영에게도 그럴듯하게 들렸다.

"저는 꽤 솔깃한데요."

수현도 시영에게 말했다.

"문제는 이승에 시왕저승과 관련해 남은 기록물들이 얼마나 있겠습니까?"

기훈이 제기한 의문에 호연이 의견을 꺼냈다.

"저는 아예 새로 만들어야 한다는 생각이 드는데요. 저승사자분들이 어떻게 안 될까요?"

"사자로 내려가면 물건을 들 수가 없습니다."

수현이 호연의 아이디어를 부정했다. 그러자 호연은 다시금 방법을 제안했다.

"그러면 이승의 생존자분들께 부탁을 하면 안 될까요?"

"그건…… 그건 정말 해 봐야 알 것 같긴 합니다. 말을 걸 수는 있으니까 가능은 하겠는데요."

수현은 신중하게 대답했다. 믿어 보고 싶은 아이디어였기에 더욱 조심스러웠다.

그런데 그때 나성원 책임이 손을 들었다.

"저기, 진짜 죄송한데, 자꾸 면박을 주셔도 내가 이 말은 좀 해야겠습니다."

다시금 모두의 시선이 성원에게 모였다. 성원은 피로감을 느끼는 표정으로 말했다.

"아니, 암만 그래도 이건 좀 아니지 않습니까? 얼렁뚱땅 완전 이상한 결론으로 가고 있는 거 아십니까 다들?"

호연은 다시금 그에게 참견하지 말라고 쏘아 붙이려 했지만,

수현이 살짝 손을 들어 제지했다. 수현은 되도록 차분함을 유지하려고 애쓰며 성원에게 질문했다.

"망자님께서는 구체적으로 어떤 부분이 이상하다고 생각하시나요?"

그 사람에게 물어서 무엇 하냐는 게 호연의 솔직한 생각이었다. 하지만 옆에 앉아 있던 예슬 또한 성원 쪽을 바라보면서 말했다.

"저도 궁금한데요. 정말 궁금해서 여쭤보는 거예요. 그래야 논의가 되잖아요."

물론 예슬도 성원의 비협조적인 태도가 썩 좋게 느껴지지는 않았다. 하지만 돌이켜 보면, 상대 또한 공부를 할 만큼 한 과학자였다. 앞서 있었던 일에 대한 감정만으로 마냥 불평을 하지는 않을지도 모른다는 생각이 스쳐 지나갔다. 그가 비아냥거리듯 말한 내용이 오히려 힌트가 된 상황을 겪고 나니 더욱 그랬다. 그가 뭐라고 근거를 드는지 예슬은 들어 보고 싶었다.

갑자기 마음껏 이야기해 보라는 분위기가 조성되자 성원은 오히려 조금 주춤하는 것 같았다. 그러더니 곧 우물쭈물 입을 떼기 시작했다.

"아니, 그…… 말이야 쉽지, 그게 가능하다는 증거가 있습니까?"

"확실히, 증거나 사례가 애매하군요."

기훈은 순순히 긍정했다. 그러자 호연이 시영의 눈치를 살짝 보면서 말했다.

"이미 사라져 버린 저승은…… 존재하죠."

호연의 말을 들은 시영은 조용히 고개를 끄덕였다.

약간이나마 우호적인 분위기가 조성되자, 나성원 책임은 조금 편해진 목소리로 자기 주장을 펴기 시작했다.

"그럼 되살아난 저승은 있느냐는 겁니다."

성원은 작정한 듯 길게 말했다.

"님들 말씀이 다 옳다고 쳐요. 그럼 세 가지 문제가 생겨요. 첫째로, 지구상에 대체 누가 살아 남아서 그걸 읽어 볼 거냐는 거죠. 이걸로 이미 할 말 다 한 것 같은 기분인데…… 둘째로, 그렇게 나중에 저승을 믿는 사람들이 다시 생겨 난대도 이 저승은 한 번 사라져 버리는 거 아닙니까? 그리고 마지막으로, 정말 똑같이 부활을 한다고 해도 같은 저승이겠냐고요? 내가 죽고서 나랑 똑같은 사람이 다시 태어난대도, 그게 나겠냐고요?"

조목조목 설명하는 성원의 이야기는 그간의 막무가내 같은 불평과는 다르게 상당히 조리 있었다. 호연은 그 점에 적잖이 놀랐다. 한편으로는 반성했다. 아무리 친근하게 나오지 않는 상대라 해도 그 나름의 입장에서 들어 볼 만한 가치가 있는 이야기를 할 수 있는 것이다.

"……확실히 저희가 전혀 모르는 영역이로군요."

기훈 또한 성원이 집어 낸 점들을 부정하지 못했다. 어쩔 수 없었다. 이 논의는 처음부터 문제를 안고 있었다. 모호한 단서를 가진 시영의 제안으로, 저승을 잘 모르는 망자들이, 저승과 이승이 공히 한 번도 겪어 보지 못한 문제의 해결책에 대해서 이야기를 나누고 있었다. 무슨 이야기를 하더라도 가장 결정적인 부분에서 막힐 수밖에 없었다. 근거가 있느냐, 확신할 수 있느냐고 물으면, 누구도 답할 수 없었다.

그때 시영이 발언했다.

"솔직히 말씀드리겠습니다. 저는 지금 이쪽 세 분께서 말씀하고 계신 이야기가 아주 허황되게 들리지는 않습니다."

시영은 호연 쪽을 바라보며 말했다.

모두가 잊어버려서 사라지는 저승을 누군가에게 다시 기억시켜서 되살릴 수 있지 않느냐는 생각은 분명히 끌리는 부분이 있었다. 그야말로 산신노군이 남긴 말에 정확히 들어맞는 흐름이 아닌가. 만날 때가 있으면 헤어질 때가 있듯이, 잊혀질 때가 있다면 다시 기억될 날도 올 수 있으리라.

그럼에도 불구하고 시영은 덧붙였다.

"하지만 그건 이전에 정상재 망자의 이야기를 들을 때도 같은 느낌이었습니다. 나성원 망자께서 지적한 말씀도 타당하다는 생각이 듭니다."

그렇게 설득력 있어 보이는 의견을 지나치게 빠르게 수용한 결과 일을 크게 그르칠 뻔했다. 시영 스스로 최종 판단을 내리지 말라고 염라대왕은 당부했었다. 그래서 시영은 신중하고 싶었다. 시영은 오직 지금 자신의 마음속에 남아 있는 의문들에 대해서 말하기로 마음먹었다.

"저는 소육왕부가 무너질 때 그 자리에 있었습니다. 눈앞에서 많은 망자들, 관원들, 건물들이 사라졌습니다. 그렇게 사라져 간 이들이 어떻게 되었는지 저는 알지 못합니다. 따라서 현재 저희가 파악하고 있는 생존자분들께서 모두 사망하신 뒤, 이곳 시왕저승에 남은 영혼들이 어떻게 될지 역시 저는 알지 못합니다. 그 뒤에 시왕신앙이 회복되었을 때 무슨 일이 일어날지도 알 방법이 없습니다."

불가지不可知의 영역에 그저 말이 된다는 이유만으로 가설을 채택해서는 안 된다는 것이, 정상재의 의견을 따라갔다가 되돌아오면서 시영이 얻은 교훈이었다.

"정말 전혀 알 수 없는 영역인가요?"

조심스럽게 묻는 호연에게 시영은 고개를 끄덕였다.

"앞서 겪었던 일이 아니기 때문입니다."

시영의 말을 들은 성원은, 말 잘 꺼냈다는 듯이 맞장구를 치며 기훈과 호연 등을 차례로 바라보았다.

"거 봐요. 정상재 교수 주장을 엎을 때 홍 박사님이 뭐라고 그랬어요. 전례가 없다는 걸로 증명을 할 수는 없다고 그랬지 않습니까? 이건 더하잖아요. 확인도 안 된 걸 가져다가, 상상 속에서 막 이런 게 가능하지 않을까 이러고 있는데 지금……."

그때 예슬이 끼어들 듯이 중얼거렸다.

"……전례가 정말 없을까요?"

"뭐라고요?"

방해를 받아 불쾌하게 되묻는 성원에게 예슬은 다시금 고쳐 말했다. 아니, 주장했다.

"저는 아마도 전례가 있을 거라고 생각하는데요."

그렇게 말하는 예슬에게는 나름의 확신이 있어 보였다. 호연이 의아한 듯 물었다.

"그걸 어떻게 알아?"

"아, 여기 저승에 그런 일이 있었을 거라는 게 아니야. 그거 말고. 사라졌다가 다시 시작된 신앙. 인류 역사가 그렇게 짧은 편도 아니고, 분명 한 번 종교나 신앙으로 성립했다가, 사라졌다가, 나중에 다시 기록이나 전통으로 되살아난 경우가 있을 거라는 생각이 들어서."

예슬이 말하는 내용은 정말 매력적으로 들렸지만, 호연은 곧 부정했다.

"아니, 하지만…… 아무튼 그런 곳은 없었다는 게 정 교수님 조사 결론이었잖아?"

정상재 교수가 일을 그르친 것은 조사 결과에서 엉뚱하고 거대한 결론을 끄집어냈기 때문이었다. 하지만 그 근거가 된 색인 조사 자체는 정 교수뿐 아니라 기훈과 성원, 그리고 우도왕부의 관원들이 함께하며 진행했던 일이었다. 오천 년간의 시왕 저승 역사 속에서 다른 저승이 사라진 기록도 발견하지 못했는데, 하물며 되살아난 경우가 있었다면 지금처럼 막막한 상황을 겪을 일도 처음부터 없었을 터였다.

그러나 설명을 들은 예슬은 다시 새로운 가능성을 꺼내 들었다.

"그런 일이 시왕저승의 기록에 없었다는 거지, 전 세계에 없었다는 걸 말해 주지는 않아."

"아……."

예슬의 대답을 들은 호연은 감탄사를 흘리더니, 다시 예슬에게 물었다.

"그러면 기록에 의존하지 말고 다른 저승들을 직접 조사해 보면 알 수 있지 않을까?"

"어쩌면?"

또 다른 화두가 던져졌다. 호연은 시영을 향해 물었다.

"비서실장님, 기록에 없는…… 모르는 저승들을 조사할 방법이 있을까요?"

"모르는 저승들 말씀이십니까……."

"네, 시왕저승 바깥을 어떻게 탐험이라도 하다 보면, 그런 곳이 찾아지지 않을까 생각이 드는데요."

조금이라도 말이 되는 것 같으면 말이라도 꺼내 보자는 식으로 호연이 제안했다. 수현이 머뭇거리다가 참견했다.

"저기, 망자님, 이웃 저승이라는 게 그렇게 연결이 되는 게 아닌데요……."

그러자 호연은 바로 수현에게 질문했다.

"혹시 설명을 좀 해 주실 수 있을까요?"

어려운 부분이 있다면 왜 어려운지를 알아야만 다음 단계로 이야기를 진행시킬 수 있을 거라는 마음에서, 호연은 적극적으로 묻기로 마음먹었다.

기훈도 호연에 이어 수현에게 말했다.

"저도 알고 싶습니다. 배경지식을 좀 더 알면 더 나은 의견을 드릴 수도 있겠습니다."

수현은 고개를 끄덕이고는 설명을 시작했다.

"저승은 믿음으로 이루어진 영혼의 세계입니다. 저승의 경계를 넘기 위해서는 건너편 저승의 존재를 알고 있어야 합니다."

특정 저승에 대해 이미 알고 그 저승을 믿는 망자들이 그 믿음대로 저승에 들어간다. 또한 이미 죽은 망자들은 건너편 저승에 대한 지식이 있어야만 그곳으로 넘어갈 수 있다.

시왕저승의 입구인 사출산을 지나 한참 더 나아가면, 저승의 경계에 도달할 수 있다. 아무 것도 모르는 이가 그곳에 도달하면 그저 끝없이 이어지는 아무 것도 없는 대지만을 만나게 된다. 하지만 다른 저승에 대한 충분한 지식과 함께 뚜렷한 목적의식을 갖고 나아간다면, 이윽고 다른 저승에 도달할 수 있게 된다.

"저희는 그런 식으로 이웃 저승들을 확인하고, 또 교류하고 있어요. 인접한 문화권의 저승은 그 신앙에 대해 전해지는 내용을 저희가 알기도 비교적 쉬운 편이고요. 이해하는 건 더 쉽고요."

이어지는 수현의 설명에 시영이 덧붙였다.

"중국에서 믿는 시왕신앙에 따른 저승과는 이미 고려 시절부터 교류가 있었습니다. 일본 쪽의 신도神道 저승과도 빈번하지는 않지만 꾸준한 교류가 있어 왔고요. 한반도에서 발생한 민속 종교의 저승도 그렇게 연결된 것입니다. 마찬가지로 저는 산신노군께서 시왕굿 노래를 가르쳐 주셨기에 이곳으로 올 수 있었던 것이고 말입니다."

"문화권이 많이 다르면 더 어려워지는 건가요?"

예슬이 물었다. 시영은 고개를 끄덕였다.

"건너편 저승에 대한 지식을 얻기 어렵다는 측면을 제외하면, 문화의 차이보다는 물리적 거리가 더 영향을 주는 걸로 보입니다. 몇 대 전 염라대왕 폐하께서 계시던 무렵, 배화교拜火敎의 저승에 차사들을 파견하려 한 적이 있습니다. 자세한 전후 사정은 전해지지 않지만, 차사들이 도착은 하였으나 길이 험해 굉장히 고생했다는 기록을 읽은 기억이 있습니다."

호연은 의아해했다.

"가는 길이 험해서 고생을 하기도 하는 건가요? 영혼이잖아요?"

"영혼도 피로를 느끼는 것은 물론이거니와……."

그 피로가 자신에게 가져다준 결과를 생각하면 시영은 지금도 마음 한구석이 아찔했다. 삿된 회상을 빠르게 기억 저 멀리로 밀어 넣으며, 시영은 설명을 이어 갔다.

"……저승길을 넘다 보면 깎아지른 산과 같은 험한 지형을 경험하게 됩니다. 또 시야를 가로막는 안개에 휩싸이거나 하는 일이 생기곤 합니다. 그야말로 길을 잃어 버려 오도 가도 못하는 상황에 처할 수도 있습니다. 육신의 제약이 없다고 해서 가는 길이 어렵지 않은 것은 아닙니다."

호연은 곧바로 다른 가능성을 물었다.

"그럼 통신은요? 저승 간에 연락은 주고받으시잖아요. 무선 통신기도 다들 쓰고 계신 것 같고…… 라디오 전파 같은 걸 멀리 보내서 찾을 수는 없나요?"

시영은 부탁한다는 듯 수현을 바라보았다. 시왕저승의 거의 모든 부분을 파악하고 있는 시영이었지만, 정보통신 관련 부분은 아직 남에게 설명할 만큼 완벽히 이해하지 못한 상태였다. 수현은 이승에서부터 정보통신 기기들을 직접 손에 쥐어 본 어린 관원이었고, 이 부분을 잘 이해하고 있었다. 시선을 받은 수현이 머리를 긁적이며 대신 답했다.

"그 부분은 제가 말씀드리도록 하겠습니다. 저승 간 통신은 다 유선이에요. 저희 쪽에서 통신케이블을 끌고 가서 건너편에 단말기도 놔 드린 거거든요."

"아니, 저승에 그런 인프라가 가능합니까?"

기훈의 물음에 수현은 겸연쩍게 고개를 끄덕였다.

"40년쯤 전에 통신 분야 기술을 아주 잘 아는 분께서 저승에 오셔서 염라대왕님께 자기가 저승에 전화선 깔아 주겠다고 호언장담을 하셨다더라고요. 통신용 구리선은 화탕지옥에서 폐기된 구리 솥을 녹여서 만들었다고 들었습니다."

"와 대박……."

호연은 혀를 내둘렀다. 그때 예슬이 다시 시영에게 물었다.

"그럼, 지금 갈 수 있거나 연결되는 저승은 어디인가요?"

"상설 통신이 연결된 곳은 중국 시왕저승과 일본 신도 저승 두 곳만 남았습니다. 갈 수 있는 곳은 좌도왕부의 담당자들에게 확인해 봐야겠습니다만, 아마 큰 종교들의 저승으로는 갈 수 있을 겁니다. 대표적으로 기독교 저승이라거나……."

"기독교 저승은 지리적으로 거리가 있는 편 아닌가요? 예루살렘이 기준이 아닌 건가요?"

이어진 예슬의 질문에 시영은 담담하게 답했다.

"사람들 간의 거리입니다. 염라대왕 폐하를 인식하는 사람들과 기독교 믿는 사람들은 한반도에서 섞여 살지 않았습니까? 마찬가지로, 세계화가 진행되면서 세계 주요 종교의 신도들이 한반도 안에 어느 정도는 들어와 살았을 것입니다. 그러니 쉬이 찾아갈 수 있겠지요."

이 지점에서 시영은 자신이 이 모든 설명을 통해 하려던 말을 정리해 꺼냈다.

"단, 그런 종교와 그런 저승이 있다는 것을 우리가 안다면 말입니다. 신앙이 끊겨 소멸했다가 되살아난 저승이 만약 어딘가에 있다고 해도, 그곳이 어떤 곳인지 아무것도 모르는 상태에서는 결코 찾을 수도, 건너갈 수도 없습니다."

호연은 아쉽다는 표정이 되어 말했다.

"그러면 제가 아까 '모르는 저승'에 대해 여쭤본 건 의미가 없었겠네요."

"유감스럽지만 그렇습니다."

결국 저승의 구조를 잘 모르는 상태에서나 쉽게 입에 올릴 수 있었던 헛된 희망이었던 건가 하고 호연은 낙심했다.

그렇지만, 시영이 이어 가는 말은 아직 끝나지 않았다.

"대신, 여러분들은 이승에서 비교적 최신 지식을 배워서 온 분들이시지요. 그런 일이 있었을 만한 다른 종교에 관해서 혹시 짚이는 내용이 없으십니까? 딱 하나라도 가설 속 저승의 존재를 특정할 수 있으면, 조사할 방법을 고민해 볼 수도 있습니다."

그렇게 시영이 새로운 토의의 장을 열고 나서자, 어두워져 가던 호연의 얼굴에 화색이 돌았다. 옆자리의 예슬은 호연의 변화가 새삼 다행스러웠다. 이제 쉽사리 꺾이지는 않을 것 같았다. 그런 호연을 응원하는 마음을 약간 실어서 예슬이 제안했다.

"그럼 일단 '되살아난' 저승을 가졌을 만한 신앙의 조건부터 생각해 보면 어떨까요? 종교로 치면, 지금은 종교로 다시 믿지만 과거 어느 시점에 믿는 사람이 없어졌던 적이 있는 종교가 되겠네요……."

이제 그 종교를 찾아야 하는 상황이었다. 예슬은 그렇게 의견을 던지고는, 머릿속에서 여러 종교들을 다시금 떠올려 보았다. 정말 아무 곳도 없을까? 고민하는 예슬의 옆에서 기훈이 질문을 꺼냈다.

"조금 전에 비서실장님이 말씀하신 배화교는 어떤 종교입니까? 고대 종교라면 단절의 가능성이 있지 않습니까?"

예슬은 고민하던 와중에 답했다.

"아마 조로아스터교를 말씀하신 것 같은데요. 중간에 신앙이 끊어진 적이 없을 거예요. 교세가 크게 줄었지만 아주 사라지지는 않았고……."

그때 수현 쪽에서 질문이 날아왔다.

"혹시 아즈텍 신앙은 어떤지 아시나요? 제가 생전에 들은 적이 있는데요."

예슬은 고개를 가로저었다.

"그건 정말 단절되어서 믿는 사람 찾기 어려울 거예요. 스페인 침공 때 종교로서는 완전히 맥이 끊겨서……."

그때 호연이 불쑥 말했다.

"토르는?"

"토르?"

움찔하며 되묻는 예슬에게, 호연은 허공에 주먹으로 망치질을 하는 시늉을 하며 말했다.

"왜, 영화로 나온 천둥의 신 있잖아. 그것도 원래는 종교던가?"

"어…… 원래는 그렇지? 북유럽 신화니까. 기독교가 전래되면서 북유럽 쪽 종교는 12세기쯤에 거의 교체가 되었을 텐데……."

예슬은 그렇게 중얼거리고는 골똘히 생각에 잠겼다. 호연은 예슬의 그 반응을 부정으로 받아들였다. 역시 이것도 아닌가 하고 머리를 긁적이고 있던 호연에게, 수현이 슬쩍 질문을 건 넸다.

"……그런데 이승에선 요새 북유럽 신으로 영화도 나오나요?"

호연은 고개를 끄덕였다.

"아, 네. 시리즈로요. 인기가 많았어요."

수현은 호연의 대답을 듣고는 머리를 긁적이며 더듬더듬 다른 이야기를 꺼내 놓았다.

"이게 토론에 도움이 될지 어떨지는 잘 모르겠는데요…….

사실 최근 십여 년 사이에 시왕저승으로 오는 망자 분들이 꽤 많이 늘었습니다. 비서실에서 무슨 영향인지 조사해 봤는데, 대중매체 영향으로 분석된다고 결론을 냈었고요. 그렇게 유입 되어 오시는 분이 좀 유의미할 정도로 많았거든요."

호연은 염라대왕과 처음 마주했던 회의 자리에서 들었던 이 야기를 떠올려 냈다.

"아, 그 이야기 하셨었죠. 한국 전통문화에 대한 문화 매체가 요새 좀 많이 늘었으니까요."

수현은 고개를 끄덕이고는 이어서 말했다.

"그러니까 혹시 그, 북유럽 신으로 영화가 나왔으면 거기도 가능성 있는 거 아닐까요?"

호연도 고개를 끄덕이며 동의했다.

"그렇네요? 그런 식이면 영화에 나오는 토르를 신으로 모실 수도 있는 거 아닌가?"

막 던지듯 꺼낸 말이었지만, 잠시 깊은 생각에 잠겨 있던 예
슬이 바로 반응했다.

"모셔."

"응?"

불쑥 단언하고 나선 예슬에게 놀란 호연이 되묻자, 예슬은
마침내 떠올려 낸 가능성을 말했다.

"……북유럽 전통 신화는 분명 기독교 전래와 함께 지역 종
교로서의 영향력을 완전히 상실했지만, 19세기 유럽에서 복고
낭만주의의 영향으로 바이킹이나 켈트 쪽 신화들이 재발굴되
었어. 그리고 유럽의 여러 민족주의 사상에 영향을 받으면서,
구미권에서 어느 정도 종교로서의 위세를 회복했고……."

조금 전 예슬의 반응은 부정이 아니었다. 가능성을 파고들고
있었던 것이다. 이는 처음 토르 이야기를 꺼낸 호연도 깜짝 놀
랄 이야기였다.

"진짜야? 진짜로 토르를 믿는다고?"

예슬은 고개를 끄덕였다.

"유럽의 현대 이교주의異敎主義 신앙에 대해서 들은 적이 있어.
소위 오딘Odin교. 현대에 와서 북유럽 다신교 전통을 되살려 유
지하는 사람들이 있다는 이야기."

호연은 순간 한 줄기 빛이 보이는 것만 같았다. 예슬의 이야
기를 종합해 보면, 북유럽에서 오딘이나 토르와 같은 신들을

믿던 다신교 신앙은 중세에 기독교가 빠르게 전파되면서 신앙으로서의 흐름이 끊기고 만다. 하지만 19세기에 들어서 문화적 전통을 다시 되살리려는 사람들이 나타나, 다시 현대 신앙으로 부활했다는 것이다. 처음에 세운 조건에 정말 근접하게 들어맞았다.

쉽사리 믿기지 않아서, 호연은 의문을 꺼내 보았다.

"어, 하지만 진짜 그런 사람들이 진지하게 종교로서 믿는 게 …… 맞을까?"

말하면서도 신자들에 대한 예의가 아니다 싶었지만, 솔직히 의문이 들었다. 그런 호연의 의구심에 답한 것은 기훈이었다.

"사실일 겁니다. 그 말씀을 하시니, 인터넷에서 보도를 하나 본 기억이 납니다. 미군에서 군인의 종교에 따라 용모나 복장 규정을 완화시켜 적용해 주는 제도가 있다는데요. 최근 토르를 숭배하는 북유럽 전통신앙을 가진 사람들이 수염을 기를 수 있게 허용해 주었다는 내용이었습니다."

이 또한 호연으로서는 깜짝 놀랄 만한 소식이었다.

"에…… 황색지나 패러디 뉴스가 아니고요? 진짜로요?"

기훈은 고개를 끄덕였다.

"저도 그런 줄 알고 검색해 봤더니 꽤 신뢰할 만한 매체에서 보도가 되어서 놀랐던 기억이 선명합니다. 게다가 전사자 묘비에도 그쪽 종교의 심볼을 새길 수 있도록 허용되었다고도 들었습니다."

대화를 지켜보고 있던 시영이 물었다.

"요컨대 군인들이 그 북유럽 신앙으로 병적을 등록했다는 의미입니까?"

"그렇습니다."

시영은 천천히 고개를 끄덕이다가, 예슬에게 물었다.

"김예슬 망자님, 북유럽 신화에 대해 어느 정도 지식이 있으십니까?"

"전공은 아니지만 교양 수준으로는 알고 있어요."

시영은 다시금 재촉해 물었다.

"그럼 그 저승들에 대한 서술이나 묘사를 알고 계십니까?"

예슬은 기억을 더듬어 설명을 시작했다.

북유럽 신화에 나타나는 저승은 여러 가지 종류가 있었다. 가장 유명한 것은 누가 뭐래도 전장에서 명예롭게 전사한 전사들이 향한다는 오딘 신의 궁전 발할라Valhalla였다. 또 그곳에 들어가지 않은 전사들이 향하는 프레이야 신의 정원 폴크방Fólkvangr이 있고, 그 밖에 전장에서 죽지 않고 평안히 죽은 이들이 무난하게 향하게 되는 안개의 땅 니플헤임Niflheim이나 그곳에 존재한다는 저승의 땅 헬Hel 등을 꼽을 수 있었다.

특히 그중 발할라에 대해서는 일반인도 알 만큼 그 모습에 대한 지식이 퍼져 있었다. 전장에서 싸우다 명예롭게 죽은 전사들이 가는 사후세계로, 그곳에서 전사들은 먼 훗날 세계 멸망의 순간인 라그나뢰크Ragnarök를 맞이할 때 오딘 신의 편에 서서 싸울 유령 전사, 에인헤랴르Einherjar로 다시 태어난다. 황금 방패로 장식된 궁전에서 머물며, 낮에는 끝없는 전투로 몸을 단련하고, 밤에는 바닥나지 않는 술과 고기로 가득한 연회에서 쾌락을 누린다. 발퀴리Valkyrie라 불리는 존재들이 발할라의 저승 사자에 해당하며, 전장에서 죽음을 맞이한 명예로운 전사들을 선택해 발할라로 맞이한다.

"저는 국내 무속신앙 연구가 주 전공이라 정말 교양 수준으로만 아는 거지만요. 더 정확한 서술은 '에다' 같은 현지 전통 문헌에 더 상세히 나올 거예요."

예슬이 설명 끝에 부연했다.

그렇지만 시영이 듣기에는 이미 상당한 수준의 정보였다. 처음 듣는 다른 저승세계의 모습이지만, 어렴풋한 상상 속에서 그 모습을 떠올려 보는 데에는 큰 무리가 없을 정도의 내용은 갖추어져 있었다.

시영은 이 정보만으로 미지의 저승을 찾아갈 수 있을지 고민해 보았다. 아주 불가능하지는 않으리라는 생각이 들었다. 만에 하나라도 있을 가설 속 저승을 찾아보자고 했고, 정말로 그 가설 속 저승이 눈앞에 나타난 것이었다.

정말로 매혹적인 상황이었지만, 시영은 다시금 마음속에서 제동을 걸었다. 조금만 더, 조금만 더 신중할 필요가 있었다. 시영은 슬슬 이 지점에서 이 회의를 잠시 멈춰야겠다고 생각했다.

"……일단 지금까지 세워 주신 가설을 요약해 보겠습니다."

시영은 손가락을 꼽아 가며 지금까지의 쟁점들을 하나씩 짚어 나갔다.

"먼저 시왕저승을 믿을 수 있도록 하는 경전을 이승에 전하는 방안을 이야기해 주셨습니다. 생존자분께 부탁해서 경전을 새로 기록해 남기게 하자는 의견도 있었습니다. 그리고 그런 식으로 신앙을 되살릴 수 있는 것인지, 그렇게 했을 때 무슨 일이 일어나는지는, 그런 일을 정말로 겪었던 다른 저승을 직접 탐색해서 확인할 수 있겠다는 의견이 나왔습니다."

곧 시영은 예슬 쪽을 돌아보았다.

"그리고 김예슬 망자님께서 그 후보지로 북유럽 신화 속의 저승 '발할라'를 꼽았습니다. 그리고 발할라의 모습과 특징에 대한 최소한의 정보도 제공해 주셨습니다. 물론 실제로 찾아갈 수 있는 저승인지는 좌도왕부와 의논해서 확인해 볼 필요가 있겠습니다."

일부러 바라보며 이름을 불러 준 것은 좋은 의견에 대한 감사의 표시라는 걸, 예슬은 쉽게 알 수 있었다. 그렇다고 온전히 기분이 좋기만 한 것은 아니었다. 이 저승의 결정에 영향을 미치고, 또 여러 다양한 문화들과 다양한 신앙에 대해 설명하게 되었구나 하는 생각이 예슬의 마음 한구석에 남았다. 정말로 천국에서는 멀어지고 있구나 하는, 낙심인지 안심인지 모호한 감정과 함께였다.

저승 최후의 날　85

예슬이 그런 속내를 곱씹는 동안, 시영은 회의실에 배석한 일동을 돌아보며 물었다.

"누락된 내용이 있습니까?"

그때 나성원 책임이 물었다.

"그게 다 사실이 아닌 걸로 판명되면 어떻게 됩니까?"

시영은 단호히 대답했다.

"반대로 이 모든 것이 사실인 걸로 판명되기 전까지는, 어떠한 유의미한 후속 조치도 비서실에 지시하지 않으려고 합니다. 이번에는 결코 서두르지 않을 것입니다. 또다시 한번 내려진 결정을 번복하는 일은 없도록 할 것입니다."

그러고 나서 시영은 호연 쪽을 바라보며 양해를 구했다.

"이 부분을 이해해 주시리라 생각합니다."

"네, 알겠습니다."

호연은 고개를 끄덕였다. 시영이 신중하고자 하는 그 이유를 너무나 잘 알기 때문이었다.

시영의 정리 발언은 계속되었다.

"조사를 고려해 볼 허락은 이미 구해 두었습니다만, 어떤 조사를 진행할지에 대해서는 염라대왕께 따로 보고를 드린 뒤 진행하는 게 옳을 것 같습니다. 제가 보고를 드리고 와서, 필요하다면 여러분께 다시 역할을 부탁드리겠습니다."

"네. 적극적으로 도울게요!"

"저도 같은 생각이에요."

호연이 힘주어 말했고, 예슬 또한 동참의 뜻을 밝혔다.

"여러 의견에 거듭 감사드립니다."

시영은 호연과 예슬 쪽을 바라보며 말했다. 뒤이어 시영은 나성원 책임 쪽을 바라보면서 언급했다.

"특히 나성원 망자께서도 유의미한 기여를 해 주셨습니다. 필요한 지적들이었습니다. 감사합니다."

이 같은 시영의 반응을 전혀 예상하지 못했는지, 나성원 책임은 겸연쩍게 시선을 피하며 중얼거렸다.

"아니, 내가 뭘……."

그 모습은 제법 쑥스러워하는 것처럼 보였다. 그런 성원을 보면서, 호연은 자신이 느꼈던 답답한 첫인상에 비해서는 생각보다 대화가 통하는 사람이었다는 생각을 했다.

*

다시 찾은 염라대왕실. 시영은 의전관들이 문을 열어 주기를 기다리며 생각에 잠겼다.

산신노군께 앞으로 일어날 일들을 고하던 순간을 다시금 상기했다.

그 대화의 흐름 속에 자신에게 전해져 온 여덟 글자의 의미를 생각했다.

그 순간을 그런 형태로 맞이할 수밖에 없게 만들었던 그때까지의 상황을 반추했다.

염라대왕은 그런 자신을 계속해서 신임하였고, 섣부른 결정을 하지 말도록 당부했다. 시영 또한 그러고자 했다. 또다시 자신이 성급히 내린 결정으로 온 저승의 방향이 휘청거리기를 바라지 않았다. 그렇지만 한편으로 시영은 산신노군이 남긴 단서를 어떻게든 자신의 손으로 풀어내고 싶었다.

문이 열리고 시영은 방에 들어서며 모종의 각오를 다졌다.

"이시영 비서실장입니다. 재차 보고드리고자 방문 드렸습니다."

시영이 고개 숙여 인사하자, 염라대왕은 곧장 물었다.

"이야기를 나누어 보았습니까?"

"예."

시영은 망자들과 함께 '거자필반'에 대해 의견을 나눈 결과를 보고했다. 믿는 사람이 있기에 저승이 존재하고 그들이 모두 사라져서 저승이 무너진다면, 다시 믿는 사람이 나타나면 되지 않느냐는 이야기가 오갔다. 어떤 형태로든 시왕저승에 대한 기록물을 남긴다면, 훗날 언젠가 그 누구라도 그 기록물을 해독한 뒤 시왕저승의 존재를 알고 믿도록 만든다면, 그때 시왕저승이 되살아날 수 있지 않겠느냐는 추측에 대해 시영은 염라대왕에게 설명해 나갔다.

그리고 무엇보다도 그 모든 것을 증명하기 위한 유력한 단서가 나타났음을 보고했다. 신앙의 단절과 부활이 일어났을 것으로 의심되는 이국異國의 믿음. 그 믿음에서 유래한, 아직 시왕저승이 접해 보지 못한 저승의 모습에 대한 증언에 대해서.

시영의 요약된 설명을 모두 들은 염라대왕은, 자신의 입장에서 다시금 그 모든 이야기를 한 줄로 요약했다.

"신앙의 단절에 대비해, 시왕신앙을 계승시키거나 부활시킬 수 있는 가능성으로 이해하면 되겠습니까?"

"예."

곧바로 요점을 파악해 내는 상사에게 존경심을 담아, 시영은 고개를 숙였다. 시영의 긍정에, 염라대왕은 충분히 납득했다는 듯이 고개를 끄덕였다.

"내가 바르게 잘 이해한 모양입니다. 노군께서 남기신 거자필반이라는 말씀에도 충분히 부합한다고 여겨집니다."

그러고는 염라대왕은 시영에게 물었다.

"그렇다면 망자가 언급한 구주歐洲의 저승을 확인한 뒤에 다시 결정을 내릴 셈입니까?"

"그렇습니다. 최종 결정은 유보하였습니다."

"좋은 판단입니다. 확언할 수 없는 단계에서 결정을 서두르지 않은 것을 다행스럽게 생각합니다."

조금 전의 당부를 잘 따라 준 시영을, 염라대왕은 치하했다. 그리고 곧이어 시영에게 지시했다.

"그러나 결정을 내리기 위한 조사에는 서두를 필요가 있어 보입니다. 적절한 인원을 인선하여 그 미지의 저승에 대한 탐사에 착수하도록 조치하여 주기 바랍니다."

염라대왕의 지시를 들은 시영은, 곧바로 대답하지 못하고 잠시 머뭇거렸다. 정확히 예상할 수 있었던 업무 지시였다. 염라대왕께서 만약 하명하시지 않았더라도, 시영 스스로가 결정했어야만 하는 일이었다. 김예슬 망자가 말한 북유럽 신화 속의 저승 세계 발할라가 정말로 존재하는지 확인하기 위해서는, 누군가가 발할라의 정보를 가지고 저승길을 넘어가야만 했다. 한 번도 가 보지 못한, 정말로 저승으로서 존재하기나 하는지 의심스러운 다른 세계를 향해, 그야말로 안개 속에서 앞길을 더듬는 것처럼 길을 떠나야만 했다.

그리고 시영은 인선에 관해 이미 염두에 두었다. 염라대왕부의 비서실장으로서 시영은 임무에 가장 적합한 이를 지목할 의무가 있었다. 하지만 동시에 이것은 시영 자신의 또 다른 각오에 의한 것이기도 했다.

시영은 각오를 다지고 입을 열었다.

"그 인선과 관련하여 건의 드리고자 하는 바가 있습니다."

"말하십시오."

염라대왕에게 깊이 고개를 조아리며, 시영은 청했다.

"제가 직접 가려고 합니다."

시영의 말을 들은 염라대왕은 한동안 말이 없었다. 무표정으로 시영을 지긋이 응시하고만 있었다. 그 침묵이 염라대왕의 당혹스러움을 말해 주고 있었다. 이것은 염라대왕이 전혀 예상치 못한 내용이었다.

염라대왕은 시영의 청을 어떻게 받아들여야 할지 고민했다. 앞서의 당부를 받아들였을 것이라고 생각해 안심했던 것은 착각이었는가? 여전히 무언가를 해내야만 한다는 궁지 속으로 스스로를 내던지려고 드는 것인가? 염라대왕은 깊은 한숨을 내쉬었다.

아무리 저승의 대왕이라 해도 눈앞의 혼신魂神이 속으로 무슨 생각을 하는지 꿰뚫어 볼 방법은 없었다. 저승에 판관과 녹사가 있고, 행실록과 업경이 있으며, 굳이 망자의 영혼을 불러다 하문下問하는 것은 그 때문이었다.

시영에게 직접 물어보아야 마땅했다. 염라대왕은 입을 열었다.

"……내가 그대에게 성급한 결단을 내리지 말라 이르지 않았습니까?"

그렇게 묻는 염라대왕의 목소리에는 조금 날이 서 있었다. 하지만 힐문하려는 것처럼 들리지는 않았다. 시영은 그 목소리에서 여전히 신뢰를 읽을 수 있었다. 허튼 답을 하지 않을 것이라는 믿음 위에서 던지는 물음임을 알 수 있었다. 시영은 생각해 온 바를 소상히 고했다.

"말씀하신 것처럼, 저승에 영향을 끼치는 결정에 대해서는 앞으로 결코 서두르지 않을 생각입니다. 하오나, 이 조사에는 제가 직접 나서는 것이 가장 적합합니다."

"근거가 무엇입니까?"

"우리가 알지 못하는 저승을 찾아 나서야 하는 일입니다. 저승과 저승의 경계를 넘는 일은 제가 가장 잘 할 수 있는 일입니다."

출신부터가 다른 저승인 시영이었다. 본디 복사골에서부터 시왕굿 노래 하나에 의지해 염라대왕을 찾아온 경험이 있었다. 이후에도 저승 간에 통신선을 만들 때, 다른 저승과 협의를 진행할 때, 염라대왕부를 대표해 저승을 건너곤 했던 시영이었다.

사적인 결심을 떠나서도, 적어도 염라대왕부 안에서 다른 저승으로의 길을 떠나는 능력이 가장 뛰어난 것은 바로 자기 자신이라는 게 시영의 판단이었다.

그러나 염라대왕에게는 여전히 이유가 되기에 부족했다.

"그대가 부재하면, 비서실은 어찌할 생각입니까?"

"제가 부재하더라도, 폐하께옵서 살피신다면 염부閻府의 기강이 흐트러질 일이 없으며, 강수현 비서관이 저를 대신하여 많은 실무를 능히 챙길 수 있음도 이미 확인한 바 있습니다."

당연하지만 비서실이나 좌도왕부의 관원들 중에는 자신만큼은 익숙하지 않더라도 저승 간의 여행을 어떻게 해야 하는지 숙지한 이들도 존재했다. 그들에게 맡기는 방법도 있었다. 하지만 그들은 모두 실무를 담당하고 있었고, 저마다의 전문 분야에서 저승의 위기 상황에 맞서고 있었다. 모호한 근거로부터 얻은 실낱같은 가능성을 확인하는 도박을 위해, 누군가의 당면 업무를 멈춰 세우고 먼 길을 떠나라고 지시할 수는 없었다.

반면에, 비서실장인 시영의 부재는 조직이 능히 감당 가능할

테다. 공교롭게도 이것은 염라대왕이 시영을 파직한 십여 시간 동안 시영이 느낄 수 있었던 것이었다.

모든 책무가 자신의 어깨에 걸려 있고, 자신이 어떠한 결정을 내리지 않으면 안 되며, 스스로 모든 것들을 헤쳐나가야 한다고 믿었다. 하지만 시영이 비서실장직을 잠시 내려놓은 동안에도, 유능한 상사와 부하들은 거침없이 해야 할 일들을 처리해 나갔다.

어찌 보면, 그 사실을 깨닫게 해 준 것은 다른 누구도 아닌 염라대왕이었다. 시영은 앞서 염라대왕이 자신에게 부여해 준 행동의 자유를 상기시키며 간청했다.

"해야 할 일이 있으면 보고하라 하지 않으셨습니까. 해야 할 일을 하고자 하오니, 아무쪼록 윤허하여 주십시오."

염라대왕은 이시영 비서실장이 이런 성격이었던가 하고 마음속으로 되물었다. 수십 년을 지켜본 유능함에는 여전히 의심할 여지가 없었다. 책임감이 막중하고 원리 원칙을 중히 여기는 강고한 성격은 장점이자 단점이었고, 이번에 크게 부러질 일이 일어났었다. 그런 이시영 비서실장이, 스스로 발안한 어떤 일을 반드시 해 내야겠다며 반대를 무릅쓰고 간청하는 일은 매우 드물었다. 하물며 상사인 염라대왕 자신이 건넨 당부와 지시를 능숙히 그 발판으로 삼는 유연함은 생경할 정도였다.

염라대왕은 시영의 이 같은 요청을 거부해야 할지, 반겨야 할지 확신하기 어려웠다. 정말 평소답지 않게, 염라대왕은 약간의 원망을 담아 시영에게 물었다.

"……일전에 스스로 파직을 청한 것을, 이런 식으로 재현하려는 것입니까?"

입 밖으로 내어 놓고 나서, 염라대왕은 내심 깊이 탄식했다. 구업口業을 짓고 말았다. 가장 신뢰하는 부하 관원에게, 마치 저승에 끌려온 아무 망자를 꾸짖듯 내뱉고 말았다.

하지만 염라대왕의 그처럼 사나운 반응마저도 시영은 유연하게 받아들였다.

"외람되오나 그렇게 보셔도 무방하옵니다."

이 또한 예기치 못한 답변이었다. 시영은 염라대왕을 향해 거듭 간청했다.

"전례와 원칙을 추종하여 판단을 그르친 책임을 갚고 싶습니다. 전례와 원칙이 없는 판단을 현명하게 내릴 수 있도록 이번에는 직접 다리를 놓고자 합니다."

염라대왕은 계속 침묵했다. 시영은 다시 덧붙였다.

"저희에게 남은 시간이 얼마 없음을 익히 알고 있습니다. 최대한 신속히 조사를 마치고 돌아오겠습니다."

시영은 그 말과 함께 가만히 자신을 응시하는 염라대왕의 시선을 겸손히 피해 고개를 조아렸다. 염라대왕은 그런 시영을 계속해서 가만히 바라보았다.

큰 시련이 있었다. 염라대왕은 시영이 평정심을 잃고 횡설수설하는 모습을 보았다. 그가 무슨 두려운 일을 겪었는지, 무슨 참담한 책임감을 느꼈는지를 시간이 지난 후 들었다. 큰 결정에 관여했다가 그것을 다시 되돌리기 위해 직접 나서는 모습을 보았다. 그렇게 직접 나선 결과로 무엇을 떠나보내야 했는지 잘 알고 있었다.

생각해 보면, 염라대왕이 오랫동안 익숙해져 있었던 이시영 비서실장의 모습은 이미 진작에 뒤흔들리고 있었다. 직접 다른 저승으로 떠나겠다는 시영의 요청은 염라대왕에게 너무나 새로운 모습이었다. 하지만 보고를 누락했을 뿐 시영은 이미 이애경 망자를 시왕저승으로 소천시켜 오는 일에 직접 나섰었다.

원칙 위에서의 책임과, 원칙을 벗어난 곳에서의 책임. 어느 쪽이든 강한 책임감의 발로임에는 틀림없었다. 그렇다면 그것은 여전히 염라대왕이 알던, 염라대왕이 신뢰하던 이시영 비서실장이 맞았다. 단지 그 곧은 마음이 드러나는 방법이 좀 더 유연해진 것이리라.

마침내 염라대왕은 시영의 변모한 태도에 대한 입장을 정리했다.

"직접 나서고자 하는 마음이 확고한 것을 잘 알겠습니다."

그렇게 말하고는 염라대왕은 계속해서 정리 중이던 서류 쪽으로 시선을 옮겼다.

"그럼 퇴거 계획안은 내가 서둘러 정리해야 하겠습니다."

이어 염라대왕은 만감이 교차하는 표정으로 시영을 바라보았다.

"그대가 내게 업무를 미루는 것은 처음인듯 싶습니다. 이는 실로 전례가 없는 일입니다."

"송구합니다."

시영의 사죄에, 염라대왕은 씁쓸하니 미소 지었다.

"전례 없는 일들이 벌어질 만한 시기입니다. 괘념치 말기 바랍니다."

그리고 시영의 변화를 반기기로 마음먹었다.

그가 신뢰하던 비서실장은 대재해와 함께 짧은 시간 사이에 많은 일들을 겪었다. 그 결과로 깨달은 바와 마음먹은 바가 있다면, 그 또한 신뢰할 수 있으리라.

염라대왕은 시영에게 명령했다.

"청한 바를 윤허합니다. 비서실장은 뜻하는 대로 조사를 실시하고, 결과를 신속히 보고하기 바랍니다. 그 이후에 무엇을 진행할지는 내가 결정하겠습니다."

그 허락에 담긴 믿음을 시영이 모를 리가 없었다.

"감사합니다."

시영은 염라대왕 앞에 다시금 깊이 고개를 조아렸다. 그런 시영을 보며 염라대왕은 말했다.

"어찌 생각하면 산신노군께서 그대를 저승길을 건너 이곳으로 보내신 의미를, 지금 이 순간 찾는 것 같기도 합니다."

"……황공합니다."

산신노군께서 자신을 이곳으로 보낼 때, 선업을 쌓으라는 덕담을 내리셨다. 그간 백여 년간의 봉사와 복무를 통해 지어 온 좋은 인과들이 많았으리라. 하지만 전 인류와 함께 모든 영혼이 마주하게 된 이 순간에, 해야만 하는 일을 해 내는 것이야말로, 산신노군이 시영을 통해 내다보고 준비한 숙명이었을지도 모른다. 시영은 다시금 각오를 다졌다.

그런 시영을 염라대왕이 격려했다.

"그대 스스로 자칭한 대로, 그대는 저승의 경계를 넘는 일에 있어 우리 저승에서 가장 뛰어난 인재입니다. 그 능력을 온전히 발휘하여, 목적한 바를 달성하고 돌아오기를 바랍니다. 그대 자신을 믿어도 좋습니다."

가장 강력한 신임의 표현이자 무사의 기원이었다.

시영은 염라대왕의 염려 어린 덕담에 고개 숙여 감사를 표했다.

"그리하겠습니다."

*

시영은 비서실로 복귀하였다. 회의실 문밖에 강수현 비서관이 기다리고 있었다.

"실장님, 기다리고 있었습니다. 보고드릴 것이 있는데요."

"무슨 일입니까?"

따로 수현에게 뭔가 지시해 둔 것이 없었던 시영이 의아해하며 묻자, 수현은 빙긋 웃으면서 말했다.

"아마 빠르게 필요로 하실 것 같아서 미리 알아봤습니다. 김예슬 망자님이 제공한 정보를 좌도왕부에 전달하고 1차로 확인을 받았습니다."

시영은 굉장히 마음이 놓이는 것을 느꼈다. 그랬다. 염라대왕부의 비서실은 이토록 유능하다.

"미리 챙겨주어서 고맙습니다. 어떻다고 합니까?"

수현은 좌도왕부에서 전해 들은 내용을 보고했다.

"발할라와 관련해서는 좌도왕부에서 존재 정도는 알고 있는 것으로 확인되었습니다. 단지 이승 여러 나라의 문화에 따르면 그런 곳이 있을 수 있다는 정보만 수록되어 있고, 본원경 수준의 정보는 없었다고 합니다."

만약 그 저승 세계의 존재를 확신하거나 교통할 수 있을 정도의 정보가 모여 있었더라면, 당연히 시영도 알 수 있었을 것이다. 어쩌면 상황이 이토록 엄중해지기 전에 한두 번이라도 교류를 시도해 보았을 터였다. 정말로 기록 너머에 있었던 것이다. 수현의 보고가 이어졌다.

"갈 수 있겠냐는 물음에는 확답하지 못했습니다만, 지리적으로 인접한 저승들을 경유해서 방문할 수 있는 경로를 뽑아본다고 했습니다. 그 부분은 2차로 연락이 올 겁니다."

"알겠습니다. 참고하겠습니다."

시영은 부속 회의실의 문을 열고 들어섰다. 조금 전 회의를 마친 후로 줄곧 기다리고 있던 망자들이 돌아보았다. 단지 나성원 책임은 그사이에 자리를 뜬 모양이었다.

"기다려 주셔서 감사합니다. 방금 전 염라대왕께 조금 전에 오간 이야기들을 보고드리고 왔습니다."

"뭐라고 말씀하세요?"

초조하게 묻는 호연에게 시영은 대답했다.

"승인을 받았습니다."

망자들 모두 안색이 눈에 띄게 밝아졌다. 작은 단서에서부터 출발해 토의를 거쳐 만들어 낸 작은 희망이었다. 이제 그 희망이 사실인지 아닌지 확인할 첫발을 디딜 수 있게 되었다.

염라대왕전을 물러나 나오는 길에, 시영은 전문가 망자 그룹에게 다른 역할을 부탁할 구상을 하기 시작했다. 발할라로의 조사는 자신이 직접 나설 예정이었다. 그럼 그동안, 좋은 의견을 제시해 주었던 망자들에게도 무언가 할 수 있는 일을 부탁하고 싶었다. 시영은 마음을 가다듬고 생각해 온 내용들을 설명하기 시작했다.

"이제 크게 두 가지 일거리를 준비하려고 합니다. 첫 번째는, 조금 전 정보를 제공해 주셨던 북유럽 신화 속의 저승 '발할라'의 존재를 확인하는 것입니다. 저승의 경계를 넘는, 일종의 탐사 작업이 될 것입니다. 그래서…….."

그때 갑자기 호연이 손을 번쩍 들며 소리쳤다.

"그 탐사에 절 보내 주세요!"

"예?"

"호연아?"

시영과 예슬이 놀라 동시에 되물었다. 하지만 호연은 의욕이 넘치는 상태였다.

"저승도 위험할 수 있다는 이야기를 처음 꺼냈던 게 저예요. 이번에야말로 제가 할 수 있는 일이라면 뭐든지 하고 싶어요. 저승 간의 이동 방법만 알려 주시면 직접 발할라까지 다녀올 각오가 있어요."

예슬은 당황해서 호연을 붙잡아 뜯어말렸다.

"너 갑자기 무슨 엄청난 소리야……? 그렇게까진 안 해도 돼!"

말리는 예슬을 돌아보며 호연은 말했다.

"비서실 사람들 다들 바쁠 거 아냐? 우리처럼 여유 있는 사람들이 이 저승에 있겠어?"

"하지만 그게 꼭 너일 필요는 없잖아."

예슬은 거듭해서 호연의 재고를 바랐지만, 호연의 결심은 굳었다.

"이건 나 자신을 위해서기도 해. 어제 그 상황 한번 겪고 나니까, 정말 뭐라도 내 손으로 해 내야겠다는 생각이 지워지지 않아. 꿰다 놓은 보리자루처럼 앉아서 말만 하고 있는 건 이제 질색이야."

그렇게 말하고서 호연은 잠시 시영을 바라보았다.

여러 경과가 있었지만, 결과만 놓고 보면 호연이 끝끝내 문제를 제기하였기 때문에 시영이 생존자의 영혼을 거두어 오는 일에까지 나섰었다. 그 일이 일어나는 내내 가만히 앉아서 지켜보기만 하고, 말로만 싸워야 했던 상황이 호연은 너무나도 싫었다. 이번에는 자신이 직접 나서고 싶었다. 단지 호연은 그 생각을 입 밖으로 꺼내어 말하지는 않았다. 그걸 내놓고 말하면, 이시영 비서실장을 지나치게 곤란하게 할 것처럼 여겨졌다.

"그래도 그렇지, 가는 길이 얼마나 위험할지 어떻게 알고!"

거듭 만류하는 예슬에게 호연은 씩 웃어 보였다.

"괜찮아, 죽기밖에 더 하겠어? 이미 죽었고."

물론 그런 말로 예슬의 걱정이 풀릴 리는 없었다. 예슬은 터무니없는 소리를 하는 호연과 투닥였다.

그때 시영이 단호히 고개를 가로저으며 호연에게 말했다.

"아닙니다. 채호연 망자님께는 다른 일을 부탁드리려고 했습니다."

"네? 다른 일이라뇨?"

놀라 되묻는 호연에게 시영은 대답했다.

"앞서 이야기된 가설에 의하면, 후일 지상에서 시왕저승을 기억해 되살릴 수 있도록 하기 위해 기록물을 만들 필요가 있지 않겠습니까?"

"네, 그렇죠……?"

"그렇다면 그 기록물을 어떻게 만들 것인지 고민할 필요가 있습니다. 만약 신앙을 되살리는 것이 가능하다면 즉시 활용할 수 있도록, 모여 계신 분들께서 미리 연구를 진행해 주셨으면 좋겠습니다."

시영은 이어 예슬 쪽을 바라보며 말했다.

"김예슬 망자님, 생전에 저승과 민속 신앙에 대해 연구하셨다고 들었습니다. 연구 책임을 맡아 주십시오."

예슬은 다시 화들짝 놀라야 했다.

"제, 제가요? 하지만 제가 저승에서 일하는 사람도 아니고……."

주저하는 예슬의 모습에도 불구하고, 시영은 단호히 예슬에게 임무를 부여했다.

"바로 그래서입니다. 저승에 소속된 관원들은 현재 위기 대응 업무에 매진하고 있습니다. 전문성을 지닌 망자들께서 참여해 주신다면, 다른 중요한 업무와 병행해 진행이 가능합니다. 그리고 우리 저승 관계자들이 그런 연구를 객관적 관점에서 이끌어 나가기는 어려울 것입니다. 이승에서 관련된 연구를 진행해 본 경험이 있는 분께 맡겨야 한다는 게 제 판단입니다."

"제가 대체 뭐라고 그런……."

"지식이 필요하면 다른 전문가를 더 찾아오면 됩니다. 리더십이 필요하면 비서실에서 지원하고요. 처음 제안을 떠올렸을 때의 그 뜻을 잘 살려서, 방향을 제시해 주시면 됩니다. 가능한 일이 많지 않겠지만, 그 노력에 대해 드릴 수 있는 보상이 있으면 드리겠습니다."

"보상……이라고 하셔도……."

갑작스러운 제안에 몸 둘 바를 몰라 하는 예슬에게서 시선을 돌려, 시영은 호연과 기훈에게 각각 당부했다.

"채호연 망자님, 친구분의 연구 활동을 지원해 주셨으면 합니다. 홍기훈 망자님께도 참여를 당부드립니다."

이어서 시영은 예슬에게 우군을 붙여 주기로 했다.

"수현 군, 김예슬 망자님이 시왕저승의 기록 관련 연구를 할 수 있도록 업무를 방해하지 않는 선에서 지원 바랍니다."

"아, 알겠습니다."

일사천리로 업무 지시를 내리는 시영을 멍하니 바라보고 있던 수현은 화들짝 대답했다.

그때 호연이 시영에게 물었다.

"그럼 발할라 탐사는 누가 가는 거죠?"

시영은 대답했다.

"제가 갑니다."

"네?"

호연이 당혹스럽게 되물었다.

"실장님?!"

수현은 경악했다.

호연이 곧바로 다시 시영에게 소리쳤다.

"제가 가겠다니까요!"

하지만 시영은 일말의 흔들림조차 없었다.

"이미 염라대왕 폐하께 그런 내용으로 보고를 올렸습니다. 이 일은 제가 책임지고 살펴야 할 영역입니다."

"실장님, 적임자를 보내셔야지 왜 직접 가십니까!"

수현의 당혹스러운 외침에 시영은 딱 잘라 대답했다.

"수현 군, 나 이상의 적임자가 있어 보입니까?"

한순간 말문이 막혀 시영을 빤히 바라보는 수현을 마주보며 시영은 말했다.

"저승 간에 이동하는 것이 그렇게 쉬운 일이 아닙니다. 더군다나 건너편 저승의 정확한 모습에 대한 정보가 그리 많지 않은 상황이지 않습니까? 자칫 저승의 경계에서 길이라도 잃으면 영영 저승길 미아가 될 수도 있습니다. 그리고 이런 식으로 말하기는 뭐하지만, 시왕저승의 여러 관원과 차사들 가운데 저승 너머 다른 저승으로 가장 많이 다녀 본 것이 누구겠습니까."

조금 전 염라대왕에게 이미 한 번 자기 입장을 보고해 보았기에, 수현에게 다시 같은 내용을 설명하는 것은 큰 고민 없이 가능했다. 시영에게서 단번에 잘 짜여진 이유가 쏟아져 나오자, 수현은 시영이 단단히 마음먹었음을 알아차렸다. 하지만 수현은 시영의 결단을 그리 쉽게는 받아들이기가 어려웠다.

"그렇지만 실장님께서 부재하시면 업무가……."

머뭇거리는 말로라도 어떻게든 시영의 결심을 막아 보려는 수현에게, 시영은 엷은 미소와 함께 대답했다.

"잘 진행되지 않았습니까?"

이번에야말로 수현은 정말 뭐라 더 할 수 있는 말이 없었다. 그랬다. 시영이 파직되어 있는 동안, 수현은 비서실장 대행으로서 염라대왕부와 저승에 큰일이 생기지 않게 하려고 노력했다. 걱정했던 것보다는 수월했고, 해 낼 수 있다는 자신감에 조금 우쭐한 기분까지 되었었다. 하지만 수현은 그 뿌듯한 결과가 이런 식으로 시영에게 호출될 줄은 전혀 예상하지 못했다.

속상했다. 차라리 일을 태만히 해서 문제를 발생시키고, 시영이 없으면 일이 안 된다고 하소연할 걸 그랬다는 생각이 제일 먼저 수현의 머릿속을 스쳐 지나갔다. 물론 말도 안 되는 소리였다. 이 엄중한 상황에 그럴 수도 없을 뿐더러, 그런 행동으로 얻을 수 있는 것이 없었다. 수현은 자신이 그저 시영의 돌발 행동을 붙들어 놓고 싶을 뿐이라는 것을 자각했다.

"……좀 쉬고 돌아오시자마자 이런 식으로 나서시다니요."

수현은 탄식하듯 한숨을 내쉬었다.

달리 생각해 보면, 시영이 비서실장으로서 저승 전체에 대한 책임을 혼자 감당하는 대신, 그 책임을 남에게 적당히 미루어 놓고 자신이 고민하던 일에 나서겠다고 하는 것은 수현에게는 정말로 새롭게 느껴지는 모습이었다. 익숙지 않아서 일단은 말리고 싶었다. 하지만 한편으로는 시영이 어깨의 큰 짐을 내려 놓은 것처럼 보이기도 했다.

수현은 결국 시영에게 깊이 고개를 숙였다. 승복의 표시였다.

"보고까지 마치셨다니…… 알겠습니다. 부디 무탈히 다녀오십시오."

"예, 염려 고맙습니다."

시영은 다음으로 호연 쪽을 돌아보았다. 호연은 계속해서 시영을 똑바로 응시하며, 자신을 보내 달라는 말을 눈빛으로 전하고 있었다. 시영은 그런 호연을 설득하기로 했다.

"그리고 채호연 망자께서 말씀하시는 뜻도 충분히 이해했습니다. 자원해 주심을 감사히 생각합니다. 하지만 이 업무는 망자분께 부탁드리기에는 지나치게 위험이 큽니다."

"하지만……."

호연은 그런 위험 정도는 감수할 작정이었지만, 호연이 더 항변하기에 앞서 시영이 빠르게 말을 덧붙여 나갔다.

"무엇보다, '회자정리 거자필반'이라는 짧은 글귀에 대해 처음 의문을 가지고 이 모든 논의를 시작한 것은 저 자신입니다. 앞선 실수와 같은 일을 저지르지 않기 위해서라도, 직접 조사를 통해 의심의 여지가 없을 때까지 완벽하게 검증하고 싶습니다."

그리고 그 말까지 듣고 나자, 호연의 마음속에서는 시영의 행동이 조금쯤 이해가 되기 시작했다. 호연이 지나치게 소심하게 행동했던 자신을 극복하고 싶었던 것처럼, 시영 또한 자신이 저질렀던 실수를 더 나은 방법으로 만회하고 싶어 한다는 것을 알 수 있었다.

조금 결은 다르지만, 시영에게도 이 조사에 직접 나서야만 할 이유가 있어 보였다. 다른 저승을 방문하는 일에 대한 전문가임을 자처하고, 업무 인수인계에 대해서도 큰 걱정이 없는 상태인 데다가, 공감할 만한 이유까지 갖추었다. 호연은 여전히 자신이 발할라 탐사에 나서고 싶었지만, 시영을 말릴 명분도 없다는 것을 느꼈다. 오히려 시영이 그 일을 맡아야 할 너무나 정당한 이유들이 많았다.

그렇지만, 역시 포기할 수는 없었다. 아무리 예슬을 도우라는 부탁을 받았지만 시영이 돌아와 결과를 보고할 때까지 무력하게 주어진 일만 하고 있을 수는 없다고 생각했다. 현장에서 무언가를 해 내고 싶었다. 채호연이라는 영혼에게 무엇이 가능한지를 보이고 싶었다. 정상재 교수가 말한 것처럼 미숙하고 성급하지 않다는 것을 증명하고 싶었다.

그때 강수현 비서관이 시영에게 걱정스럽게 질문했다.

"그래도 역시 제가 동행하는 편이 낫지 않겠습니까? 아니면 비서관 누구라도……."

시영은 고개를 젓고 수현에게 달리 당부했다.

"수현 군은 유사시 실장 권한을 대행해 주기 바랍니다. 염라대왕께서도 사무를 친히 챙기실 예정이십니다만, 수현 군까지 자리를 비우게 두고 싶지는 않습니다."

"그래도 혼자 떠나시면 유사시에 위험하실 수 있습니다."

수현의 그 말을 들은 순간, 호연은 포기하지 않을 방법을 떠올려 냈다. 호연은 재빨리 시영에게 청했다.

"그럼 제가 동행하게 해 주세요."

"예?"

되묻는 시영에게, 호연은 강하게 호소했다.

"강수현 비서관님 말씀대로예요. 혼자 가시는 것보다는 두 명이 가는 것이 탐사에 더 효과적이지 않을까요? 다른 저승으로 가는 길을 열어 주시면, 제가 현장에서 조사든 탐색이든, 뭐든 도와드릴 수 있어요. 가만히 앉아서 모든 게 잘 되기만 기다리고 싶지는 않아요."

호연이 그렇게 나서자, 수현은 차라리 잘 되었다는 듯 호연의 편을 들었다.

"네, 차라리 그렇게 하시면 저도 안심하겠습니다. 같이 떠나십시오."

동행 조사. 시영은 잠시 고민했다.

어차피 걸어가기에는 먼 길. 구름차를 몰고 저승의 경계를 넘을 작정이었으므로, 같이 타고 날아가는 데는 문제가 없다. 이동은 자신이 책임지면 되고, 그외의 탐사 활동에서 호연이 딱히 부적격이라고는 생각하지 않았다. 시영 자신이 직접 나서겠다는 결심을 굳히느라 딱히 동행자의 존재를 상정하지 않고 있었을 뿐이었다.

그리고 호연이 시영을 보며 생각한 것처럼, 시영 또한 호연을 보면서 약간의 동질감을 느껴 왔다. 시영은 자신이 배석한 회의에서 계속해 의견을 묵살당하던 호연의 모습을 떠올렸다.

그때와 같이 뒷전으로 밀려나는 상황을 호연은 결코 받아들일 수 없으리라. 시영은 그 마음을 짐작할 수 있었다. 무엇보다 그때 가만히 지켜보며 논의가 정리되기만을 기다렸던 시영 자신이, 호연의 그 마음을 외면해서는 안 된다는 생각도 들었다.

시영이 깊은 생각에 잠겨 있는 동안, 예슬은 호연을 다시 한 번 만류했다.

"진짜 꼭 가야겠어⋯⋯?"

호연은 그런 예슬을 계속해서 달랬다. 그러면서 말했다.

"응. 너는 너밖에 할 수 없는 일을 해 줘. 나는 내가 할 수 있는 일을 하고 오고 싶어."

예슬은 호연이 위험한 상황에 처하기를 바라지 않았다. 오랜 친구인데다, 이 낯선 저승 세계에서 온전히 의지할 수 있는 유일한 대상이기도 했다. 하지만 한편으로, 예슬은 정상재에게 비난을 당하고 의기소침해 있던 호연의 모습도 선명하게 떠올릴 수 있었다. 그때는 안타까웠고, 지금은 불안했다. 하지만 만약 둘 중 하나를 골라야 한다면⋯⋯

예슬은 그래도 지금의 호연이, 본래의 호연에 가깝다는 생각에 이르렀다. 항상 당당하고, 하고 싶은 말을 할 줄 알고, 화가 나면 소리도 치고, 자신감이 넘치는 친구, 채호연.

"⋯⋯무리하지 말고."

그저 무사하기를 빌 수밖에 없으리라.

염려로 가득 찬 예슬의 승낙을 들은 호연은, 씨익 웃어 보이면서 능청스럽게 말했다.

"응. 조심할게, 진짜로. 잘못되어 봐야 죽기밖에 더 하겠어?"

"그런 농담 좀 하지 마!"

이미 죽어서 저승에 올라온 마당에 도무지 웃을 수 있는 말이 아니었다. 예슬은 호연의 어깨를 가볍게 때렸다. 호연은 그런 예슬을 보며 웃었다. 막 나가는 우스개로라도 예슬의 불안을 달래고 싶었다.

마침내 시영이 입을 열었다.

"……좋습니다. 그럼 함께 조사에 나섭시다."

그 말을 들은 호연의 얼굴이 확 밝아졌다. 호연은 곧바로 자리에서 벌떡 일어나 시영에게 고개를 숙여 인사했다.

"감사합니다! 최선을 다해 볼게요!"

시영은 그런 호연에게 마주 고개를 숙였다.

"예, 저야말로 잘 부탁드립니다."

이제, 각자의 역할이 어느 정도 정리되었다. 시영은 다음에 해야 할 일들을 하나씩 정리해 나가기 시작했다.

"그럼 수현 군, 바로 출발하려고 하니 구름차를 대기시켜 주시기 바랍니다. 제가 부재중인 동안 지시는 폐하께 직접 받으시고요. 필요할 때는 저를 대행해 비서실 결정권을 행사하기 바랍니다."

"네, 실장님."

"채호연 망자님은 6층 주차장에서 뵙겠습니다."

"네!"

"김예슬 망자님께는 시왕저승의 기록물 확보 방안에 대한 전권을 위임합니다."

"……네, 노력……해 보겠습니다."

"홍기훈 망자님께서는 원하신다면 함께 연구에 참여해 주시면 감사하겠습니다."

저마다 자신의 역할을 수용했지만, 기훈은 시영의 부탁을 듣더니 곧 고개를 저었다.

"아니요, 기록물과 관련된 연구라면 제가 큰 도움이 되지는 않을 것 같습니다. 더욱이 저는 외국 생활을 오래 했기 때문에, 문화적으로 부적절한 의견을 제공할 수 있다고 생각합니다."

기훈은 자신의 전문 분야가 아닌 영역에 무리해서 나서지 않을 작정이었다. 정상재의 무리한 연구와 그 실패를 지켜본 입장에서, 기훈은 잘 알지 못하는 분야에 섣불리 나서는 것이 얼마나 무모한 일인지 새삼 다시 느꼈기 때문이었다. 그 자신은 천문학의 특정 분야에 대해 연구하는 이였고, 문화적 기록물에 관련해서는 감히 참여할 자격이 없다고 판단했다.

"하지만 저 혼자서는 많이 버거울 텐데요."

예슬이 조금 서운한 듯 말했다. 하지만 기훈은 다시금 사양의 뜻을 분명히 했다.

"제가 참여해서 할 수 있는 일이라면 다른 아무 누구라도 할 수 있는 일일 겁니다. 그리고 저보다 나은 분이 분명 저승 어딘가에 계실 겁니다."

책임을 진 상태로 혼자가 되는 것이 두렵기는 했지만, 그 감정과 별개로 예슬은 기훈이 그렇게 말해 준 것이 오히려 고마웠다. 기훈의 신중한 모습에서, 예슬은 정반대로 전혀 그렇지 않았던 정상재를 겹쳐 보았다. 그 입담 현란한 교수에게 이분만큼의 분별력이 있었더라면 일이 이렇게까지 꼬이지도, 호연이 그만큼 마음고생을 하지도 않았을 텐데.

하지만 역시 혼자서 한다고 생각하니 너무나 막막했다. 예슬은 다른 방법을 고민했다.

"전권……을 주신다고 하셨죠."

예슬은 시영을 바라보며 조심스럽게 물었다.

"그럼 혹시 다른 전문가를 더 모실 수 있게 요청 드려도 되나요? 시왕저승의 기록에 대해 연구한 거라면, 저 말고도 전통문화에 대해 잘 아는 분들을 좀 더 모셨으면 좋겠는데요."

"타당한 의견입니다. 수현 군, 섭외를 부탁하겠습니다."

시영은 곧바로 예슬의 요청을 수락했다. 수현 또한 기꺼이 시영의 지시에 응했다.

"알겠습니다. 현재 진입하신 망자분들 가운데서 전통문화 관련된 전문가를 찾아서 염라대왕부에 모시도록 하겠습니다."

그리고 시영은 다시금 호연을 바라보았다. 조금 갑작스럽지만 함께 동행하며 지금껏 저승 역사에 존재하지 않던 문제를 같이 풀어나가야 할 처지가 되었다. 저승에서 백 년 이상을 지내 온 시영에게도 어렵고 곤란한 일인데, 죽은 지 며칠밖에 지나지 않은 망자에게 너무 큰 짐이 아닐지 계속 걱정스러웠다.

"정말 괜찮으시겠습니까?"

염려를 담아 묻는 시영에게, 호연은 당당하게 대답했다.

"각오한 바예요."

마주 보는 호연의 시선에는 절대 꺾이지 않으리라는 자신감이 비쳐 보였다. 그것이 과연 순수한 자신감인지, 아니면 어떤 종류의 만용인지, 시영은 구분할 수 없었다. 그리고 구분하고 싶지도 않았다.

왜냐면 지금 시영 자신의 마음 또한 자신감과 만용의 경계선에 걸쳐 있기 때문이었다.

＊

광명왕원 6층 구름차 차고에 관용차가 세워져 있었다. 시영은 운전석에, 호연은 조수석에 앉아 있었다. 발할라를 찾아 출발하기에 앞서, 좌도왕부로부터 여행 경로에 대한 브리핑을 듣고 있었다. 차의 대시보드 위에는 스피커폰 모드로 켜진 통신기가 놓여 있었고, 그 너머에는 좌도왕부가 연결되어 있었다. 오도전륜대왕부의 대피 시설에서 반출 자료를 정리하던 좌도왕부 대외과의 백목진 기획관이었다.

통신기 건너편의 백목진 기획관은 매우 곤란한 목소리로 설명을 해 왔다.

〈쫌 곤란한데예. 가보지도 않은 저승을, 정보만 갖고 새로 찾아가는 거, 고마 쉽지가 않아예.〉

"쉽지 않은 건 알지만 어떻게 해 볼 방법이 없을까요?"

〈저승 간 이동에 대해서 뭘 어데까지 들으셨는지 모르겠는데예, 옆 저승 갈려면은 이웃나라처럼 가까운 편이 좋다 아입니까. 거, 믿는 사람들이 쫌 섞여 있어야 건너가기가 좋지예. 갑자기 막 북유럽 전통에 나온다 카는 저승, 이런 데까지 갈라카면…… 쫌 버거울 겁니다.〉

시영이 물었다.

"경로가 그럼 어떻게 되겠습니까?"

〈아, 우째 되긴요, 경유를 좀 많이 하셔야지예. 일단은 가까운 데, 중국 시왕저승부터 찍고서…….〉

좌도왕부가 파악하고 있는 저승 간의 연관 관계에 따라서, 여러 인구가 섞여 있을 만한 다른 종교들의 저승을 연달아 방문하면서 이동하라는 이야기였다.

〈거기, 중국 쪽 염라청에서 정보를 쫌 더 보충해 갖고 또 출발을 하시지예. 발할라에 대해서는 지금 있는 정보만 가지고는 딱 도착한다고 말을 몬합니다.〉

호연은 시영 쪽을 돌아보면서 물었다.

"그게 가능한가요?"

시영은 긍정했다.

"중국 시왕저승은 우리보다 압도적으로 큰 조직과 자료를 보유하고 있습니다. 발할라와 관련한 정보를 보충할 수 있을지도 모릅니다."

통신기 너머에서는 백목진 기획관이 계속해서 이동해야 할 경로를 불러 주고 있었다.

〈중국 다음에는 티베트 불교로 넘어 가시면 되겠고예, 거서 힌두교하고 조장신앙鳥葬信仰하고 거쳐 가, 중앙아시아로 해서 …… 거서 인제 우예든 또 넘어 가셔야겠고예. 저희가 예측해 가지고 안내할 수 있는 범위는, 마 여까지입니다.〉

종교적으로 유라시아를 횡단하다시피 하는 경로였다. 호연이 물었다.

"거기서 끝나나요? 그 너머에 이슬람교 저승이나 기독교 저승을 경유할 수 있지 않나요?"

백목진 기획관은 한숨을 쉬었다.

〈저희가 이슬람교 저승 정보는 충분히 갖고 있지를 몬합니다. 그리고 기왕에 기독교나 이슬람교 저승을 갈 것 같으면은, 여서 바로 넘어가셔도 됩니다. 한국에도 믿는 분들 계시고예.〉

"어…… 그렇네요? 그럼 그냥 바로 기독교 거쳐서 북유럽으로 점프할 수 있는 것 아닌가요?"

그때 시영이 말했다.

"기독교 저승은 다른 저승들과 좀 다릅니다. 방문하거나 거쳐 가기가 좀 저어되는군요."

"다르다뇨?"

"그건…… 직접 가 보면 압니다. 저는 되도록이면 경유하고 싶지 않군요."

〈저도 똑같은 생각입니다. 거는 경유지로 삼기는 좀 어렵지 않을까예.〉

시영과 백목진 기획관이 모두 걱정스러운 반응을 보이자, 호연은 일단 수긍하기로 했다.

"알겠어요. 그럼 말씀하신 대로 중국 시왕저승부터 방문하면 넘어 갈 수 있는 거죠?"

〈저는 문화적으로 또 물리적으로 최대한 가까운 저승들만 알려 드린 거고예. 중국 다음에 가시는 곳들은 중국에서 정보를 보충해야 길이라도 쫌 보이실 겁니다. 거서 또 다음으로 넘어 가실 수 있을지 없을지, 그건 들고 계신 정보가 얼마나 꼼꼼한지, 또 건너편에 그 저승이 실제로 존재하는지에 따라서 결정이 되겠지예. 마…… 지리적으로 가까우면 좀 더 쉽기는 할 거고예. 근데 제가 끝까지 책임은 못 지겠습니다.〉

백목진 기획관이 선을 긋자, 시영이 말했다.

"그 부분은 내가 어떻게든 하겠습니다."

〈예. 실장님께서 직접 가신다 카니까 이만큼이나 말씀을 드리는 거고예. 솔직히 말씀드리는데, 저 같으면 이 정도 내용 가지고는 찾아갈 엄두도 안 납니다.〉

백목진 기획관의 단언에 시영은 쓴웃음을 지었다.

경로가 확정되었다면, 남은 것은 길을 나서는 것뿐이었다. 백목진 기획관은 통신기의 자료전송 기능을 이용해 시왕저승에서 파악하고 있는 인접 저승들의 본원경 내용을 보내 왔다.

시영은 마음을 다잡고 호연에게 말했다.

"그럼, 출발하겠습니다."

"네."

호연은 긴장된 표정으로 고개를 끄덕였다.

천천히 차량을 가속하자 구름차는 염라대왕부의 하늘로 나아갔다. 호연은 진광대왕부에서 올 때 이미 한 번 본 풍경이었지만, 차창 밖으로 저승 풍경이 쏜살같이 스쳐 지나가는 모습은 굉장히 신비로웠다.

구름차의 속도는 점점 빨라졌고, 여러 대왕부를 순식간에 가로지르더니 머지않아 삼도천을 건넜다. 구름차는 이제 진광대왕부에 면한 죽음의 땅, 사출산 위를 날고 있었다. 칼날 나무로 덮인 산 사이의 계곡을 가로지르는 구름차의 옆에서 순간 밝은 섬광이 땅으로 내리꽂혔다.

"저 빛은 무엇인가요?"

호연의 물음에 시영은 짤막히 답했다.

"저승에 망자께서 도착하실 때 솟는 빛입니다. 생존자분께서 또 한 분 사망하신 모양입니다."

구름차가 사출산의 계곡 깊은 곳을 뚫고 나가자, 산세가 점점 험해지기 시작했다.

"지금 중국 시왕저승 쪽으로 사출산의 경계를 넘어 갑니다. 조금 흔들릴 수 있으니 꽉 잡으십시오."

시영이 말을 꺼내기 무섭게 구름차가 불안하게 흔들리기 시작했다. 호연은 차창 머리맡의 손잡이를 꽉 붙잡았다. 몸이 좌석에서 떠오를 것처럼 진동하는데 이 차에는 안전벨트가 없었다.

"안전벨트도 없어요?"

호연의 불평에 시영은 짧게 웃으며 답했다.

"망자님, 저승에서는 벨트가 없어서 큰일 날 일이 보통 없습니다."

아 참, 하고 호연이 납득하는 사이, 구름차는 사출산의 가장 험한 계곡을 통과해 날아갔다.

차 안 여기저기를 붙잡아 가며 애써 자세를 유지하던 호연은, 흔들림이 멈추지 않자 점점 불안해졌다. 불안을 달래 볼 심산으로 호연은 시영에게 물었다.

"그런데 대체 왜 한국계 시왕저승하고 중국계 시왕저승이 나뉘어 있는 거예요?"

시영은 능숙하게 골짜기의 굽이치는 갈래를 피해 차를 몰아 가며 대답했다.

"실제로 전승이 다르기 때문입니다. 둘 모두 시왕경十王經으로 칭해지는 대승불교 문헌들에서 유래했지만, 조선 땅의 시왕신앙은 원래부터 있던 민속 신앙 속 저승의 개념에 결합되어 지금의 모습이 되었습니다. 그에 비해 중국 쪽 시왕저승 믿음은 좀 더 불교와 도교에 깊이 연관되어 있습니다. 결과적으로 두 믿음의 구조가 많이 달라져, 독립된 저승으로 기능해 왔습니다."

"그렇군요⋯⋯ 그럼 저편 저승에 갈 때는 뭘 참고하면서 가나요?"

호연의 이어진 질문에 시영은 통신기에 붙은 화면을 가리키며 대답했다.

"좌도왕부가 문헌들 가운데 중요 부분만 압축해 놓은 자료를 갖고 있습니다. 지금 표시되는 부분은, 어디 보자⋯⋯ 서유기에서 제천대성 손오공이 저승에 당 태종을 구하러 가는 대목을 요약해 놓은 부분이군요."

익숙한 고전소설 이름에 놀란 호연은 통신기 화면을 들여다보았지만, 깨알 같은 한자가 빠르게 흘러가고 있어 도무지 읽을 수가 없었다. 그 내용을 계속 곁눈으로 훑으며, 시영은 구름차를 몰고 있었다.

호연은 자신이 이해할 수 있는 가장 확실한 형태로 이 여행 방법을 정의하기로 했다.

"내비게이션 같네요!"

"그렇게 봐도 좋겠군요."

눈앞에 가파른 절벽이 나타나자 시영은 핸들을 크게 꺾었다. 구름차가 그 절벽을 돌아 나오자, 마침내 풍경이 일변했다. 중국 시왕저승의 진광대왕부 사출산에 진입한 것이었다.

계곡 좌우로 칼나무가 자란 산기슭이 이어진 풍경은 한국 시왕저승의 그것과 다를 바가 없었다. 하지만 그 산속에서는 쉴 틈 없이 번쩍이는 섬광이 빛나고 있었다. 그 하나하나가 망자의 도착을 알리는 신호였다. 새로운 망자의 유입이 이제 드물어진 한국계 시왕저승에 비해, 이곳은 아직도 새로운 망자들을 무수히 받아들이고 있었다.

"사람들이 계속 죽고 있는 거예요?"

두려움 섞인 호연의 질문. 시영은 고개를 끄덕이며 걱정스레 눈가를 찌푸렸다.

"그런 모양입니다. 아직도 멈추지 않았다니……."

두 명의 염려는 자연스레 같은 결론으로 이어졌다.

"괜찮을까요?"

"……가 봐야 압니다."

이곳은 대륙의 저승이다. 기본적으로 갖추어진 조직의 규모가 달랐다. 하지만 그만큼이나, 이번 재해로 인해 밀려 들어온 망자의 수는 상상을 초월했을 터였다. 아직도 멈추지 않은 죽음의 물결. 이곳 저승의 안부가 걱정이었다. 한국계 시왕저승의 진광대왕부도 저승 안의 모든 역사力士들을 총동원해서야 혼란을 수습할 수 있었던 걸 생각하면, 구름차 좌우로 무수히 빛나는 망자의 섬광을 보면서 도무지 낙관할 수 없는 상황이었다.

그리고 걱정은 현실이 되었다.

사출산 계곡이 모이는 분지에 중국 측의 진광대왕부 청사가 자리하고 있었다. 작은 언덕에 무리 지어 선 요새와도 같던 한국 측 진광대왕부와는 달리, 분지를 에워싼 거대한 성채 모양이었다. 각 계곡의 입구를 막아선 관문들로부터 사출산 안쪽 구석구석으로 향하는 장성長城이 이어지고 있었다. 벽돌로 지어진 높은 성벽, 그 안에 자리한 진광대왕의 전각까지, 중국다운 규모를 자랑하는 웅장한 모습이었다.

그리고 그 모든 것들이 폐허가 되어 있었다. 시영은 사색이 되어 구름차의 속도를 늦추고 지상의 모습을 살피기 시작했다. 관문은 무너져 있었다. 중과부적으로 몰려든 망자들은 이미 온전한 정신을 완전히 잃어 버리고 맹목적으로 환생문이 있는 저승 안쪽을 향하는 악귀惡鬼로 화한 지 오래였다. 그렇게 이성을 놓은 수많은 영혼들이 무너진 관문을 넘어 가고 있었다. 성벽 또한 곳곳이 붕괴되어 있었다. 내부의 전각들도 온통 부서지거나 주저앉아 있었다.

"저거 건물 아니에요?"

호연이 가리킨 것은 진광대왕부 한복판에 있는 궁전이었다.

"예, 이곳의 진광대왕부 청사인 유광전幽光殿입니다만……."

용마루가 드높이 솟은 거대한 전각이었을 건물은, 기둥이 모조리 꺾여 지붕이 내려앉아 있는 처참한 모습이 되어 있었다. 무너진 건물 좌우로는 무수히 많은 망자들이 몰려들어 서로 다투는 아비규환이 펼쳐져 있었다. 관원들의 모습은 보이지 않았다.

피신했거나, 아니면……

끔찍한 광경에 호연은 사색이 되었다. 시영은 핸들을 고쳐
쥐었다.

"염라대왕부가 무사한지 확인하러 가야겠습니다!"

당연히, 시영 자신이 소속된 한국 측의 염라대왕부를 말하는
것이 아니었다. 대왕부 하나가 완전히 함락된 이상, 분명 이 거
대한 망자들의 파도가 중국 측 시왕저승 전체를 집어삼킬 것이
분명했기 때문이었다. 목표로 했던 경유를 위해서일뿐만 아니
라, 상황이 이런 것을 안 이상 달려가 보지 않을 도리가 없었다.

구름차가 다시 빠르게 저승 하늘을 날아가기 시작했다. 진광
대왕부를 지나자 이내 바다만큼 넓은 강이 나타났다. 삼도천이
었다. 삼도천을 건너기 위해 건설되었음직한 항구와 터미널 또
한 초토화되어 있었다. 삼도천에 배는 자취를 감추었고, 셀 수
없이 많은 망자들이 맨몸으로 정신없이 강을 건너고 있었다.
가끔 탁한 강물 속에서 붕어처럼 생긴 거대한 물고기가 나타
나 망자들을 집어삼켰다. 떠내려가는 망자와 잡아먹히는 망자
가 적지 않았음에도, 무수한 영혼들이 삼도천의 건너편에 도달
했다.

초강대왕부 쪽도 몰려든 망자들에 의해 큰 피해를 입어, 설치
된 항구 시설과 도로, 정문, 주요 전각이 죄다 파괴되어 있었다.
좀 더 가다 보니 초강대왕부에 부속된 화탕지옥이 모습을 드러
냈지만, 구리가 끓고 있어야 할 솥들은 죄다 엎어지거나 말라

붙어 있었다. 지옥의 옥졸들은 물론, 그곳에서 형기를 보내고 있던 망자들 또한 흔적을 찾을 길이 없었다.

초강대왕부에서 송제대왕부로 넘어 가는 길에 설치된 관문인 업관業關들은 아직 건재했으나, 몰려든 망자들로부터 공격을 당하고 있었다. 악귀가 된 망자들이 뒤엉킨 채 거의 관문을 타고 넘을 기세였고, 도깨비 투구를 쓴 업관 역사들이 벽을 기어오르는 망자들을 계속해서 밀쳐 내고 있었다.

송제대왕부에서는 업관에 지원을 나가는 관원들과 후방으로 피신하는 관원들이 서로 뒤엉켜 있었다. 진작 정상 절차대로 심판을 받았던 다수의 망자들도 함께 도망치고 있었다. 부속된 한빙지옥의 얼음 속에 목만 남겨 놓고 간힌 망자들이 자신들도 피난시켜 주기를 바라며 아우성치고 있었으나, 비정하게도 아무도 신경 쓰지 않는 모양이었다. 뒤이어 나타난 오관대왕부와 검수지옥의 상황도 크게 다르지 않았다.

"어떻게…… 어떻게 이렇게 될 수가 있죠?"

경악하여 묻는 호연에게, 시영은 침통한 목소리로 자신의 추측을 말했다.

"원래 저희 쪽보다 받아들이는 망자의 수가 열 배 이상 많았습니다만, 이번 재해로 최소한 몇 억 단위의 망자들을 한 번에 받아들여야 했을 겁니다. 사출산에서부터 수용이 어려웠을 것이고, 망자들이 칼나무 숲을 헤매다가 영혼이 망가져 미쳐 날뛴 결과라고 봅니다……."

호연은 자신이 처음 죽어서 사출산에 떨어졌을 때를 상기하고는 오싹해졌다.

"……칼나무에 베이면 그렇게 되는 거였어요?"

"예. 그래서 저희는 사출산 구조대를 운용하고, 여기서는 산 구석구석에 요새를 만들어 망자를 수용하고 있었던 겁니다."

시영의 대답을 들은 호연은 아찔한 느낌에 눈을 질끈 감았다.

마침내 시영이 모는 구름차는 중국 측의 염라대왕부에 도착했다. 중국 염라대왕부는 겉으로 보기에는 무사해 보였다. 황색 기와지붕으로 덮인 수많은 건물들 사이로, 한국 시왕저승과는 많이 다른 모습으로 독특한 두 채의 거대한 동양풍 전각이 위치해 있었다. 각각 중국의 광명왕원과 선명칭원이었다. 시영은 구름차를 광명왕원 뒤편의 주차장으로 몰아 갔다. 원래는 방문자를 맞이하는 관원이 상주하고 있는 곳이었지만, 지금은 아무도 보이지 않았다.

차를 세운 뒤, 시영과 호연은 광명왕원 건물 안으로 들어섰다. 주차장 쪽으로 난 입구로 들어서면 곧장 건물의 5층으로 들어서게 되어 있었다. 건물의 중정 주변을 지나자 바로 중국 염라대왕부의 대외 연락 부서인 제명계부諸冥界部의 사무실로 진입할 수 있었다. 외빈 전용으로 분리된 이 복도에는 인기척이 없었으나, 복도가 광명왕원 건물 한가운데를 관통하는 중정 옆을 지나는 구간에서 건물 안의 아수라장이 고스란히 내려다보였다. 눈에 들어오는 모든 층의 복도에서, 관원들이 저마다 두루마리 뭉치나 커다란 짐을 들고 허둥지둥 뛰어다니고 있었다. 1층에서는 갑옷을 입은 일군의 역사들이 건물을 뛰쳐나가고, 3층에서는 셀 수 없이 많은 업경들이 반출되고 있었다. 4층에서는 두루마리 뭉치를 잔뜩 챙겨 든 두 관원이 복도를 뛰다 정면충돌했는데, 서로에게 화를 낼 겨를도 없이 떨어진 두루마리를 주워 다시 뛰어가는 데 바쁜 광경도 보였다.

그 광경을 눈으로 훑으며 시영과 호연은 제명계부로 들어섰다.

사무실 안도 소란스럽기는 마찬가지였다. 상당 부분 현대화된 한국계 시왕저승과 달리, 중국 시왕저승의 업무 부서들은 아직 중국 전통양식에 더욱 가까운 모습이었다. 나무로 된 좁은 업무용 책상이 여럿 놓여 있었지만, 자리는 텅 비어 있었다. 벽에는 나무로 된 서가가 빼곡히 자리해 있었고, 관원들은 그 서가에 달라붙어서 서책, 두루마리, 궤짝 등을 사무실 밖으로 반출하느라 정신이 없었다.

그 와중에, 관원들에게 업무 지시를 내리던 중국 전통 양식의 판관복을 입은 관리가 시영을 알아보고 황급히 달려왔다.

"이시영 비서실장! 여긴 어쩐 일입니까? 고려 시왕저승은 무탈합니까?"

"진계림 부부장님, 저희라고 무탈할 수야 있겠습니까만, 도대체 여기는 무슨 일이 있었던 겁니까?"

제명계부의 연락 담당관인 진 부부장은 말하기도 끔찍하다는 표정을 짓고는 상황을 간략히 설명했다. 대체로 시영과 호연이 오면서 예상한 대로였다. 삽시간에 억 단위로 밀려든 망자로 인해 대부분의 망자들이 사출산에서 뒤엉켜 악귀가 된 채 진광대왕부로 쏟아져 들어왔고, 중국계 시왕저승은 손쓸 틈도 없이 망자들에 대한 모든 통제 능력을 상실했다. 현재는 관원들과 역사들이 최대한 시간을 끄는 동안 모든 주요 자료들을 전륜대왕부로 대피시키고, 이성을 잃어버린 망자들을 환생문으로 직행시키기 위한 유도로를 급히 만들고 있다는 게 진 부부장의 설명이었다.

"잠깐, 그럼 재해로 사망한 망자들에게서 아무 이야기도 듣지 못하신 겁니까?"

"갑자기 천만 명씩, 그것도 이미 온통 망가져서 나타나는 망자들을 무슨 수로 응대하리까?"

시영의 물음에 진 부부장은 혀를 내둘렀다. 시영은 중국계 시왕저승이 중요한 정보를 놓치고 있음을 알아차렸다.

"그럼 이분들이 왜 사망했는지 이유도 모르고 계시겠군요?"

시영은 그렇게 말하고 호연을 돌아보았다. 호연은 시영의 의도를 알아차리고, 곧장 원인 설명에 들어갔다.

"천문 현상에 의한 지구 멸망 위기가 시작되었어요."

알두스에서 일어난 폭발. 블랙홀로 추정되는 천체로부터 쏟아져 나온 제트. 엄폐물 너머의 인간까지 차례로 사망케 할 정도로 강력한 치사량의 우주 방사선 유입. 그 사실을 국내외의 한국계 천문학자들이 생전에, 그리고 사후에 분석해서 확인했다는 것. 진 부부장은 호연의 설명을 들으며 크게 탄식했다.

"장한가長恨歌에 '이 세상이 영원하다 해도 다할 날이 있으리라天長地久有時盡'라는 가사가 있는데, 실로 그리되어 버렸단 말이외까?"

"예, 도덕경의 가르침도 다 헛것이 되어 버렸습니다."

시영이 그 탄식에 맞장구를 쳤다. 현인 노자老子가 도덕경에 이르기를, 하늘과 땅은 스스로를 내세우지 않기에 이윽고 영원하며, 성인 또한 자기 뜻을 내세우지 않기에 마침내 뜻을 이룬다고 했다. 이 가르침의 뿌리가 된 '천장지구天長地久'라는 말조차 이제는 한시漢詩의 구절처럼 공허해지고 말았다. 하늘이 나서서 땅을 죽이려 들었다.

뒤이어 시영은 자신들이 멀리 유럽의 다른 저승을 방문하려는 길이라고 밝히고, 그곳까지 가는 길에 있는 다른 여러 종교의 저승들에 대한 원천 기록 열람을 요청했다. 하지만 진 부부장은 깊은 한숨을 내쉬며 손사래를 쳤다.

"무얼 찾아오셨는지는 알겠지만, 보시다시피 피난을 위해 이미 많은 자료들이 반출되었소이다. 이제 와서 자료를 열람하는 건 도저히 어렵소."

시영은 낭패라는 듯 입술을 깨물었다. 그런 시영에게 진 부부장이 물었다.

"그런데 이 어려운 시기에 서역의 저승에는 어쩐 일로 가시는지?"

호연이 자연스레 그 물음에 대답하려는 찰나, 시영이 먼저 입을 열어 호연의 말을 가로막았다.

"저희 염라대왕 폐하의 지시를 받아 전갈을 전하는 길입니다. 내용은 알지 못합니다."

시영의 행동에 호연은 조금 의아함을 느꼈지만, 일부러 답하지 못하도록 순서를 가로챈 것으로 보아 분명 다른 생각이나 배려의 결과일 것이었다. 호연은 잠시 눈치를 보며 침묵하기로 했다.

"흠, 그래도 그쪽은 이런저런 대책을 세울 여지가 있는 듯하여 천만다행이외다. 보다시피 저희들로서는 망자들을 인도할 준비를 하는 동안 도망치고 막아서는 게 고작이니……."

수심 가득한 표정으로 진 부부장이 다시금 한숨을 내뱉었다. 시영이 물었다.

"그렇다면 다른 대왕부에서도 저희가 자료를 얻기는 어렵겠습니까?"

"이미 대왕들께오서도 파천播遷길에 오르셨기에 무리일 거외다. 정말 유감스럽지만 직접 길을 찾아보시거나, 서역 큰 종교 저승으로 우회하시든가 하는 것 말고는 방법이 없겠소이다."

"알겠습니다."

진 부부장의 유감스러운 거절에, 시영은 더는 청하지 않았다.

고개를 꾸벅 숙이고 서로의 무탈을 빈 뒤, 시영은 호연과 함께 제명계부 사무실을 빠져나왔다. 구름차로 돌아가는 복도 안에서, 호연은 시영에게 속삭였다.

"아까 탐사 내용 이야기하려는 거 일부러 막으신 거죠?"

시영은 걸어가며 고개를 끄덕였다.

"……좀 이따가 설명 드리겠습니다."

세워 놓았던 구름차에 다시 타고 문을 닫은 뒤에야, 시영은 호연을 제지했던 의도를 설명했다.

"저희로서도 아직 확신을 가질 수 없는 상황이지 않습니까? 만약 저희가 아무 성과가 없이 돌아가게 되더라도, 저희 시왕 저승에는 큰 문제가 생기지 않습니다. 이미 염라대왕께서 저승 전체의 퇴거 계획을 마련하고 계십니다. 하지만 이곳에서는 …… 상황을 보건대, 오히려 방해가 될 것 같습니다."

진 부부장은 이쪽 염라대왕의 신임이 두터운 이였고, 동시에 시영에 대한 신뢰가 깊은 이였다. 그에게 저승의 부활 가능성과 같은 정보를 전달하면, 진 부부장의 성격상 곧장 상부에 보고를 올릴 것이고, 그렇게 되면 지금의 피난 지시보다 우선하는 다른 일거리들이 쏟아져 나올 터였다. 그렇지 않아도 총력 동원 상황인 이곳에 또 다른 일거리를 던질 수는 없다는 게 시영의 판단이었다.

그 설명을 호연은 납득하면서도 께름칙한 마음을 놓기 어려웠다.

"⋯⋯그래도 전했어야 하지 않을까요?"

시영은 짧게 고민하고는 답했다.

"좀 더 진전된 결과가 나오면 그때 전하기로 합시다."

미뤄 두기였다. 그렇게 미뤄 놓은 일이 제때 달성되리라는 보장은 없다는 걸 서로 잘 이해하고 있었지만, 호연은 더 묻지 않았고 시영도 달리 더 말을 덧붙이지 않았다. 무엇보다 가야 할 길이 아직 멀었다.

"그보다, 발할라 탐색은 이제 어쩌죠?"

백목직 기획관은 중국 시왕저승에서 출발할 때 다음으로 향할 저승들의 정보를 현지에서 보충해야 할 거라고 말했다. 이렇게 되면 당장 다음 단계조차 진행하기 힘든 상황이었다.

호연의 걱정스러운 물음에 시영은 대안 두 가지를 제시했다.

"⋯⋯저희가 현재 가진 희박한 정보만으로 어떻게든 길을 찾아가 볼 수 있겠습니다. 아니면, 조금 전 진 부부장님 말씀처럼 '큰 종교'의 저승을 거치는 방법이 있습니다."

"기독교 말씀이시죠?"

시영은 고개를 끄덕였다.

"예, 그곳을 말하는 게 맞습니다."

"어느 쪽이 더 위험할까요?"

호연의 물음에, 시영은 자신이 아는 한도 안에서 설명했다. 스스로 다른 저승에 파견을 나갔던 기억과 앞서 저승에서 일했던 이들의 기록을 참조하면, 부족한 정보로 다른 저승을 찾아

가는 경우 험한 길을 거치게 되는 경우가 많았다. 영혼 세계에 실체가 있을 리 만무함에도 '물리적으로' 길이 험해지는 것이었다. 조금 전 시왕저승 간의 경계를 넘을 때 구름차가 크게 흔들렸던 것처럼, 걸어가면 험한 산을 마주치고 날아가면 천지를 분간할 수가 없게 된다.

"그러다가 자칫하면 안개 너머로 영영 길을 잃는다 전해집니다."

시영은 그 말을 꺼내면서 소육왕부를 집어삼키던 하얀 안개를 떠올렸다. 믿음을 잃은 저승이 사라지듯, 가야 할 곳을 잃어버린 영혼도 그렇게 삼켜져 버리는 것이 아닐지. 시영은 머릿속 한구석에서 그렇게 추측했다.

"기독교 저승은 가기 꺼려진다고 하셨죠?"

"그곳은 정말 많이 이질적입니다. 제가 판관으로 임용되고 얼마 지나지 않아, 천주학 저승을 한 번은 살펴야 한다면서 사절단을 파견한 적이 있었습니다. 저도 동행했습니다만…… 함께 갔던 역사나 관원들 모두, 오래 있지 못하고 되돌아왔습니다. 그 저승에 있는 존재들과는 소통이 어렵습니다."

시영은 그렇게 말하며 조금 진저리를 쳤다.

호연은 그 '존재'에 대해 생각해 봤다. 기독교의 저승이라고 하면 바로 떠오르는 것은, 단테의 신곡을 위시해 여러 기독교 문화 속에서 언급되는, 이른바 천국이었다. 천국에 있는 존재들이라면 천사임이 당연하겠지만, 시영이 저렇게까지 거부감을 느끼며 '소통이 안 된다'는 말을 꺼낼 만한 존재들이라는 생각이 쉬이 들지는 않았다. 천사라고 하면 호연의 머릿속에 가장 먼저 떠오르는 것은, 날개가 달리고 머리에 빛나는 고리를 쓴 아름다운 신의 사자들이었다.

"그래도 그곳을 경유하면, 여기서 바로 이동하는 것보다는 쉽게 넘어갈 수 있지 않을까요?"

호연은 천사에 대해 막연한 호감을 품은 채로 그렇게 말했다. 시영은 고심하는 듯한 표정이다가, 곧 결심을 내린 듯 고개를 천천히 끄덕였다.

"……좋습니다. 도전해 보죠. 그게 현재로서는 최선이겠군요."

시영은 다시 구름차에 시동을 걸었다. 출발한 지 얼마 지나지 않아 고도가 점점 올라가기 시작했다. 소란스러운 중국 염라대왕부의 풍경이 저 아래로 밀려나고 있었다. 앞에는 색을 분간하기 어려운 탁한 저승 하늘이 시야를 가득 채웠다. 시영의 조작에 따라 저승 간 내비게이션으로 이용되는 통신기 화면 위로 성경의 구절로 보이는 깨알 같은 글씨들이 나타나기 시작했다. '보라 내가 새 하늘과 새 땅을 창조하나니 이전 것이 기억되거나 마음에 생각나지 아니할 것이라…….'

구름차가 조금씩 흔들리기 시작하자, 시영이 당부했다.

"하늘 위쪽으로 날아올라 기독교도들의 저승 세계로 진입할 겁니다. 그 뒤에 발할라로 넘어 가기 위해서는 망자님의 도움이 필요합니다. 알고 있는 내용을 최대한 상기하면서 그곳으로 가야 한다고 되뇌어 주십시오."

"이해했어요!"

호연은 힘차게 대답했다.

구름차가 크게 한 번 흔들리고, 하늘 저편에 눈부신 빛이 보이기 시작했다. 그 빛을 본 시영은 뒤늦게 호연에게 한 가지를 더 당부했다.

"그리고 채호연 망자님,"

"네?"

"두려워하지 마십시오."

응? 하고, 호연은 시영의 당부에서 이상한 익숙함을 느꼈다. 어디선가 똑같은 말을 듣거나 본 적이 있는 것 같은데……

다음 순간, 구름차의 모든 창문이 빛으로 뒤덮였다.

*

한편 한국 쪽 염라대왕부의 선명청원 2층에 위치한 빈 사무실에는 모종의 기획 회의가 소집되었다. 회의실 가운데에 놓인 넓은 테이블을 둘러싸고, 세 명의 망자들이 앉아 있었다. 테이블 위에는 필기용으로 쓰라는 듯 빈 종이로 된 두루마리 여러 개와 함께 만년필이 비치되어 있었다.

그 세 명 중 한 명인 예슬이 헛기침을 하며 회의 시작을 선언했다.

"음, 안녕……하세요? 아니, 다들 사망하셨고 안녕 못 하시겠죠. 네…….'

진담인지 농담인지 모를 말을 꺼내며 겸연쩍게 미소 짓는 예슬을 보고 나머지 두 명의 회의 참석자도 씁쓸한 웃음을 흘렸다. 예슬은 다시 태도를 다잡고 자신을 소개했다.

"갑작스럽지만 시왕저승의 기록물 연구를 담당하게 된, 사단법인 지리산민속문화연구센터의 김예슬 연구원이라고 합니다. 급하게 모시게 되어서 죄송하네요…….'

저승을 되살릴 목적으로 모인 또 다른 전문가 망자 그룹이었다. 예슬은 광명왕원 어딘가에 틀어박힌 정상재 교수와 별로 마주치고 싶지 않았다. 그래서 회의실을 아예 분리해 달라고 요청했다. 수현은 그 요청을 받아들여 이들의 회의실을 다른 건물에 잡아 주었다. 기훈은 자신의 역할이 당장은 많지 않을 것 같으니 대신 귀찮은 이들을 잡아 두겠다며 광명왕원 제4회의실에 남았다. 회의실로 돌아오지 않는 호연과 예슬의 행방에 대해, 정 교수나 나성원 책임에게 적당히 둘러댈 모양이었다.

지금 이곳에 자리한 다른 두 명은 비서실을 통해 급하게 찾아 모은 망자들이었다. 막 초강대왕부를 벗어나고 있던 망자들의 선두 그룹 중에 한국 전통문화에 대해 조금이라도 알 만한 사람들을 되는 대로 수소문해 데려온 것이었다. 둘 중 안경을 쓴 여성이 고개를 가로저으며 말했다.

"아녜요, 이런 상황에서 도움 드릴 수 있어서 저는 감사할 따름이죠. 제가 뭐 얼마나 도움이 될지는 잘 모르겠지만요. 참, 저는 한국콘텐츠문화원 창의소재지원팀 조성영 선임입니다."

곧이어 깡마르고 얼굴에는 정리 못 한 수염이 듬성듬성 솟은 남자가 고개를 꾸벅 숙였다. 그는 자신을 유명 동영상 스트리밍 사이트 채널 주인이라고 소개했다.

"TV고려진의 BJ고려맨이라고 합니다. 아, 저기, 본명은 진성관이구요."

별로 의도한 것은 아니었지만 예슬과 조 선임 두 명 모두 잠시 닉네임 BJ고려맨을 바라보며 잠시 침묵의 순간을 보냈다. 찰나에 흐르는 어색한 기류를 모를 수가 없었다. 고려맨, 아니 성관은 헛기침을 하며 첫인상 수습에 나섰다.

"가짜뉴스 채널 아닙니다! 인종차별이나 유사역사학 취급 안 합니다! 요즘에는 조선왕조실록 리뷰 시리즈 올리고 있었구요."

"'고려맨'이면서요……?"

떨떠름하게 묻는 예슬에게 성관은 거듭 해명했다.

"그건 저기, '코리아맨' 하려다가 역사니까 한자로 써야지 해서 붙인 이름이라……."

그때 손가락으로 테이블을 톡톡 두드리며 생각에 잠겨 있던 조 선임이 짤막히 한숨을 내쉬고 분위기를 정리했다.

"긍정적으로 생각하죠. 기록물을 흥미 있게 만드는 데 도움을 좀 받을 수 있겠네요."

성관은 헤벌쭉 웃으며 고개를 꾸벅 숙였다.

"어유, 콘문원 분께 저승 와서 칭찬도 다 듣고, 감사합니다."

대화 무드가 무르익자 예슬이 다시 이야기를 주제로 되돌렸다.

"저희가 기록물 연구를 하게 된 건, 이미 설명 들으셨겠지만 지상에서 저승의 존재와 여기 시왕저승의 모습을 다시 믿게 만들기 위한 거예요. 그걸 위해서 뭘 해야 하고, 어떻게 해야 하는지 같이 고민해 봤으면 해요."

조 선임은 잠시 궁리하더니 만년필을 집어 들고 빈 두루마리 종이 위에 내용을 정리하기 시작했다. 생소한 종이 감촉에 잠시 멈칫하기도 했지만, 이내 정리된 도면이 나타났다. 조 선임은 종이 위에 육하원칙대로 칸을 나누어 그렸다.

"누가, 언제, 어디서, 무엇을, 어떻게, 왜. 결국 5W1H라고 생각이 되네요."

예슬과 성관은 같이 고개를 끄덕였다. 조 선임은 빠르게 논의의 틀을 잡아 가기 시작했다.

"하나씩 짚어 보죠. 누구에게 저승을 다시 믿게 만들 것인지. 언제 어디서 그들이 기록물을 확인하도록 할 것인지. 기록물은 어떤 내용으로 되어 있고, 그걸 어떻게 지상에 내려 보낼지. '왜'는 이미 정해져 있는 거고요."

조 선임은 '누구'와 '언제'와 '어디서'를 크게 아우르는 동그라미를 그렸다.

"그리고 이 세 가지는 사실 한 가지고요. 지구상에 사람은 다 죽었어요. 그러면 다시 종교를 믿을 사람들이 언제 어디에 나타날지부터 예측을 해야 해요. 결국 '누구'라는 질문 하나에 다 요약되는 거죠. 이것부터 이야기 나눠 보면 어떨까요?"

그렇지만 예슬 입장에서 이 주제는 이미 앞서 비서실 회의에서부터 다루어져 온 주제다 보니 딱히 새롭지 않았다. 예슬은 반복되는 논의를 피하기 위해 설명을 시작했다.

"그 부분에 대해서는 이미 저희 선에서도 한 번 이야기가 있었어요. 일단 누구든 살아 있을 거라고 믿어 보고, 기록물을 남겨 보자는 쪽으로 이야기가 흘렀는데요."

"오, 역시 그랬군요."

조 선임은 흥미롭다는 듯 반응했다. 예슬은 부연해 설명했다.

"현재 여기 시왕저승으로 올 수 있는 생존자 목록도 확보가 된 걸로 알고 있고요."

그 말을 들은 성관이 굉장한 관심을 보이며 물어 왔다.

"진짜요? 생존자가 있다고요? 막 지하 방공호 이런 데 계신 건가요? 영화나 게임에서처럼?"

예슬은 앞서 수현에게서 전해 들었던 생존자 현황을 떠올리며 답했다.

"네, 이곳 시왕저승으로 올 수 있는 생존자분들은 전부 다 해서 여든 분 정도 계셨어요. 살아 계신 장소도 다 확인한 걸로 아는데 제가 들은 건 없고요. 그리고 그 외의 생존자 규모가 얼마나 되는지는 저승 관원분들도 쉽게 알 방법이 없다고 하고요."

그때 조 선임이 예슬에게 물었다.

"그렇다면 그 여든 명 정도 되는 생존자분들이, 인류 멸망으로 안 가고 오래 살아 남으실 수 있도록 지원하는 게 최우선 아닌가요? 기록물 준비보다 그게 우선이 아닐지……."

하지만 이 또한 이미 결론이 나와 있는 문제였다. 그리고 들려 줄 수 있는 답은 썩 희망적이지 않았다. 예슬은 조금 어두워진 표정으로 말했다.

"그 생존자분들의 수명이 60일 정도밖에 남지 않으셨다고 해요."

"예? 60일이요? 그런데, 그게 다 파악이 된다구요?"

성관이 화들짝 놀라며 묻자 예슬은 고개를 끄덕였다.

"네, 저승에서 관리하는 수명부를 사용해서요."

"……하긴, 그런 게 없으면 저승이 아니겠죠."

그 말을 들은 조 선임은 조금 허탈한 모습이었지만 납득이 간다는 듯 고개를 끄덕였다.

한편 성관은 놀람과 흥미로움과 당혹감이 뒤섞인 듯 입을 다물지 못하고 있었다.

"와…… 그런데 그러면 여기 저승도 60일 뒤에 멸망하구요?"

"그럴 수 있다고 보고 있어요. 처음 모셔올 때 말씀 들으셨겠지만, 그래서 기록물을 만들어서 저승의 명맥을 유지시켜 보려는 거예요."

사실 그렇게 명맥이 유지될 수 있을지 어떨지는 시영과 호연이 발할라를 탐사하고 돌아온 뒤에야 확실하게 알 수 있는 것이었다. 그렇지만 예슬은 괜히 불확실한 부분에 대한 이야기를 남겨서 눈앞의 두 명을 혼란스럽게 하고 싶지 않았다.

그때 조 선임이 예슬을 바라보며 말했다.

"김예슬 연구원님, 그러면 우리 저승으로 올 사람들은 60일 내로 모두 돌아가시는 게 확실하지만, 우리가 모르는 생존자들은 수명이 얼마나 될지 모르는 거네요? 그럼 어쩌면, 다른 나라에서 다른 종교 믿는 사람들 중에는 대규모 생존자가 나올 수도 있지 않을까요? 아무래도 한국보다 미국이나 이런 데는 시설도 훨씬 더 잘 되어 있을 테고요."

옆에서 성관이 맞장구를 치고 나섰다.

"일리가 있습니다! 외국이면 핵방공호라든가 그런 곳도 있을 거고요. 생존주의 활동 같은 거 하시는 분들은 집에다가도 방공호 설치도 하고 그러니까요. 막 그런 데서 오래도록 살아남는다거나, 막 지하 문명을 건설한다거나 하고. 터널 제국 같은 게 생기는 거죠, 지구에."

성관의 말은 끝에 이르러서는 다분히 흥미 본위로 빠진 경향이 있었으나, 언급하려는 내용 자체가 썩 틀린 내용은 아니었다. 예슬은 조 선임과 성관을 각각 돌아보며 고개를 끄덕였다.

"네, 저희도 그런 추가 생존자를 염두에 두고 기록물 작업을 하려는 거예요. 불확실하긴 하지만……."

조 선임은 고개를 끄덕이고는 말했다.

"불확실하더라도 우선 후보로 올려 두죠. 생각나는 건 다 적어 보자고요."

그렇게 말하고서 조 선임은 종이 위의 '누구'라고 쓰여진 자리 밑에 '미지의 생존자'를 적어 넣었다.

"그 밖에는 없을까요?"

예슬의 물음에 조 선임과 성관이 저마다 아이디어를 내 놓기 시작했다. 먼저 조 선임이 말을 꺼냈다.

"사람만큼 똑똑하지는 않더라도 어느 정도 지혜로운 동물들에게 비슷하게 가르쳐 보는 건 어떨까요? 그림 같은 걸 남겨서라도. 상당히 똑똑한 유인원들도 있잖아요. 침팬지라든가."

하지만 예슬은 다시금 고개를 저었다.

"자꾸 비관론만 말씀드리게 되는 것 같네요. 그것도 이미 이야기가 나왔었어요. 인간들이 다 죽었는데 동물이라고 멀쩡할 리가요. 이미 동물로 환생도 안 되는 상황이라고 들었어요."

뒤이어 성관이 또다시 들뜬 목소리로 말을 꺼냈다.

"그러면 지금 지구 대멸종 상황인 거죠? 여섯 번째 대멸종이네요! 하지만 지구에서 또다시 지적 생명체가 진화하지 않을까요? 그렇게 태어난 '신인류'를 타깃으로 하면 어떨까요?"

이번에는 조 선임이 손사래를 쳤다.

"에이, 공룡이 멸종하고 나서 인간이 나타나기까지 6000만 년이 넘게 걸렸잖아요. 그리고 정말 지구가 방사능으로 소독당해서 바다 속 물고기들밖에 살아 남지 못한 거라면 더할 거고요. 어류에서 인간까지 진화하는 데 8억 년이 넘게 걸렸어요. 우리가 이승에 내려가서 아무리 용을 써도 몇 천만 년 뒤까지 살아남는 기록을 남길 수는 없어요. 물리적으로요."

"······안 되려나요?"

떨떠름한 성관의 물음에 조 선임이 대답했다.

"수억 년 전 땅 위에 있던 것들 지금 다 어디 가 있어요? 석탄이나 석유 되어서 땅속에 다 파묻혔죠."

그 말로 납득한 듯 성관은 더 말을 잇지 못한 채 끄응 하고 머리를 긁적였다.

문제는 거기서 더 논의가 진척되지 않는다는 것이었다. 가장 기본적인, 누구를 상대로 기록물을 만들어 저승을 다시 믿게 만들지부터가 큰 난관이었다. 예슬은 조금 전 '거자필반'을 주제로 시영이 주재했던 회의의 풍경을 다시 보는 기분이었다. 지구 멸망 상황이란 이다지도 엄혹한 것이었다.

"······결국 지금 살아 있는 생존자들이 없으면 미래에 진화해 나타날 지적 생명체라도 염두에 두어야 하지 않을까요?"

예슬이 주저하며 꺼낸 말에 조 선임도 다시 부정을 하지는 못했다. 짤막한 한숨을 내쉰 조 선임은 짧은 넋두리를 중얼거렸다.

"그야 그렇긴 한데요······ 차라리 외계인들한테 포교를 하는 게 빠르겠는데요."

아하하, 하고 조금 곤란한 웃음을 지으며 예슬은 화제를 흘려 넘겼지만, 성관은 과장되게 손뼉을 짝 치면서 조 선임의 넋두리를 치켜세웠다.

"그거 되면 대박이겠네요 진짜. 지구의 저승을 우주로! 가장 한국적인 것이 가장 세계적인 것이다!"

그냥 흘린 넋두리에 반응이 돌아오자, 조 선임은 반쯤 즐거운 듯 반쯤 귀찮은 듯 반응했다.

"아니, 뭐 그래도, 이미 멸망한 지구에 외계인이 찾아오기라도 하겠어요?"

"재해 현장을 조사하러 찾아오는 거죠!"

"그래요, 그럴 수도 있겠네요."

결국 '누구'에 대한 결론을 확실히 내릴 수 없었다. 어딘가 지상에 인간 집단이 생존할지도 모른다는 가능성, 또는 끝장나 버린 지구에서 다시 문명을 이룰 만한 생명체가 나타날 거라는 가능성에 배팅하고, 일단 할 수 있는 일을 해 보는 수밖에는 없다는 것이 지금 내릴 수 있는 최선의 결론이었다.

대상이 누가 되었든, 그 존재들이 시왕저승의 존재를 알고 그것을 사후세계로 믿도록 만들어야 했다. 그 정보를 전할 기록물의 내용이 다음 토의 주제가 되었다.

"염라대왕이나 시왕신앙의 원전元典이 분명 있긴 할 거예요.

제가 창의소재 포털 운영하면서 사후세계 신앙을 다루는 자료 굉장히 많이 모으긴 했었거든요? 어디 절에 걸려 있다는 시왕도, 저승시왕의 이름과 지옥의 이름 같은 것들…….”

조 선임이 그렇게 운을 떼자, 성관이 끼어들었다.

“그럼 그거 참조하면 되겠네요!”

그런 성관을 바라보는 조 선임의 시선에 약간의 짜증이 깃들였다.

“BJ고려맨 님, 지금 인류 멸망 상황이에요. 인터넷은 무사할 거 같아요?”

“……어, 그렇네요.”

“네, 저희 문화원 창의소재 포털도, 선생님네 스트리밍 사이트도 다 터졌을 거예요. 그렇게 어디서 주워다 모은 정보는 이제 다 사라졌다고 봐야 해요.”

조 선임은 그렇게 성관의 아이디어를 기각한 뒤, 예슬에게 물었다.

“연구원님이 그래도 사후세계 관련 문헌들에 대해서는 제일 잘 아실 것 같은데요? 전공 아니세요?”

예슬은 내심 대비하던 질문이 들어오자 긴장해 침을 꿀꺽 삼켰다. 대비했던 이유는 두 가지였는데, 우선은 당연히 나올 만한 질문이었기 때문이었고, 다음으로는 썩 상쾌한 대답을 할 수 없기 때문이었다.

“원전이라면…… 동양에 여러 저승 신화가 있지만, 시왕신앙에 대한 내용은 도교와 대승불교가 결합되고 나서 나온 여러 경전들에 뿌리를 두고 있다고 여겨져요. 불설예수시왕생칠경佛說預修十王生七經이 대표적이고요. 불설수생경佛說壽生經도 있고."

경전의 정확한 이름들이 흘러나오자 조 선임과 성관이 예슬을 기대 어린 눈으로 바라보기 시작했지만, 예슬은 그런 두 명의 기대를 곧장 실망시켜야만 했다.

"문제는 저라고 그 경전 내용을 다 암송할 수 있는 게 아니라는 거예요."

당연한 이야기였다. 예슬이 비록 사후세계 문화에 대해 연구하는 사람이었지만, 한자로 된 방대한 원문을 전부 외울 수는 없었다. 21세기였고, 그럴 필요가 없었다. 많은 자료들이 전산화되어 컴퓨터에서 바로 열람할 수 있는 형태로 제공되었다. 또한 반드시 도서를 참고해야 하는 경우 대학 도서관과 제휴하여 상호대차로 책을 받아 편리하게 열람할 수 있었다. 절판되지 않은 책은 인터넷으로 주문하면 길어야 이틀 후면 택배로 지리산 깊은 곳까지도 배송되어 왔다. 절판된 책이라 하더라도 국립중앙도서관을 통해 확인할 길이 있었다.

하지만 그 모든 학술적 편리함은, 인류 문명이 쌓아 올린 인프라 위에서만 존재할 수 있었다.

"전산화된 자료는 조금 전 조 선임연구원님 말씀대로 이미 다 소실되었을 거예요. 도서관이나 연구소에 보관되어 있는 종이로 된 자료들도…… 남아야 있겠지만, 읽으려면 생존자가 방사능에 뒤덮인 지상에 올라가서 한참 동안 찾아야 할 거예요. 더군다나 저승사자들은 물건을 못 만진다고 하셨고요."

조 선임은 하, 하고 탄성을 흘린 뒤 아쉬움이 묻어나는 목소리로 말했다.

"……그럼 지금 시점에서 시왕신앙에 대해 설명할 수 있는 권위 있는 문헌은 우리 손 안에 아무것도 없다고 생각해야 할까요?"

예슬은 맥없이 고개를 끄덕였다.

어렵사리 나누던 고민은 빠르게도 두 번째 장벽에 부딪혀 멈춰 버리고 말았다. 막막하고 답답한 공기가 방 안을 묵직하게 채우기 시작했다.

그때 똑똑, 하는 청량한 노크 소리가 들려왔다. 문 너머에서 방문객이 신원을 밝혔다.

"강수현 비서관입니다. 들어가도 될까요?"

"아, 네! 들어오세요!"

예슬의 허락을 받고 수현이 사무실 안으로 들어왔다. 들어오며 인사치레처럼 빙긋 웃는 수현 덕분에 답답한 분위기가 환기된 것만 같았다.

"혹시 검토하시는 거 어떻게 잘 되어 가시나 궁금해서요."

"아…… 그게요."

예슬은 지금까지 논의가 오간 내용을 요약해서 설명했다. 이승에 누가 살아 있을지도 애매하다는 결론을 내린 마당인데,

무슨 기록물을 인용해 남겨야 할지도 막막하다는 이야기. 그 이야기를 들은 수현은 턱을 짚고는 심각하게 고개를 끄덕였다.

"역시 아까도 그랬지만 쉬운 논의가 아니란 말이죠……."

"호연이하고 비서실장님 소식은 아직 없나요?"

예슬은 초조하게 물었다. 그 둘이 발할라를 찾아 떠나면서 맡겨 놓은 일거리를 잘 풀어 주고 싶은 마음이 정말 컸는데, 바라는 대로 풀리지 않는 것이 예슬을 조마조마하게 만들었다.

"네, 떠나신 지 얼마 안 지났고, 중간에 연락 주기는 어려우실 겁니다. 느긋하게 기다리시는 편이 나을 것 같습니다."

예슬은 새삼스럽게, 호연이 가만히 앉아서 기다리고 있기 질렸다고 했던 말의 의미를 이해할 수 있을 것만 같았다.

그때 수현이 문득 떠올랐다는 듯 물었다.

"그런데, 기록물을 남길 때 꼭 원래 있는 경전의 내용을 참고해야 하나요?"

그 질문에는 조 선임이 대답했다.

"그야, 그 경전을 읽은 사람들이 만들어 낸 게 여기 저승세계 아니에요? 그러면 그 경전을 복원해야죠."

하지만 수현은 바로 그 지점에 의문을 가진 것이었다.

"그러니까 제가 말씀드리는 건, 그 경전이 결국 묘사하는 게 시왕저승의 모습인 거잖아요?"

"그렇죠."

성관이 동의하고 나섰다. 수현은 말을 이어 갔다.

"그러면 그냥 돌아다니면서 이곳 저승의 모습을 기록하시면 되지 않을까요?"

"예에?"

조 선임이 뜨악하니 비명 같은 소리를 지르더니 입을 틀어막았다. 그러더니 이내 눈동자를 좌우로 굴려가며 방금 들은 말을 따져 보기 시작했다. 한편 예슬은 순수하게 납득하고 경탄했다.

"아아…… 그 방법이 있네요."

성관이 머리를 긁적이며 요약을 시도했다.

"그러니까 그, 비서관님 말씀은, 우리가 저승을 돌아다니면서 직접 저승의 모습에 대해 생생한 증언을 남기고, 그걸로 콘텐츠를 만들어서 이승에 뿌리면 된다, 이 말씀이신 거네요? 이거 완전 대박인데?"

영상만 찍을 수 있었으면 진짜 끝내주는 건데, 라며 성관은 들뜬 마음을 숨기지 않았다. 조 선임도 이내 빠르게 고개를 끄덕이며 수현의 제안에 동의를 표했다.

"생각도 못 했는데…… 생각 못 한 게 부끄러울 정도예요. 그게 맞죠. 이미 저승에 와 있으니까."

그 반응을 본 수현은 싱긋 웃으며 말했다.

"다행이네요. 제가 선불리 질문드린 것이었는데, 도움이 된 것 같아서."

그때 성관이 질문을 던졌다.

"그런데 비서관님, 저희가 그럼 저승 여기저기를 막 놀아다니면서 찍어도 되나요? 저도 생전에 영상 좀 찍어 봤으니까 알지만요, 박물관 같은 데서 함부로 브이로그 못 찍게 하잖아요, 왜."

"박물관에서…… 브이로그를 찍으려고 했다고요?"

조 선임이 성관에게 뜨악하게 묻는 한편, 수현은 고개를 끄덕이고 대답했다.

"맞습니다. 함부로 다니시는 건 여러모로 어렵고요. 무엇보다 저승이 좀 넓어야 말이죠."

수현은 약간 회심의 미소 비슷한 것을 지으며 제안했다.

"제가 지금 마침 일이 없으니, 빠르게 안내해 드리면 어떻겠습니까?"

"괜찮으시겠어요? 비서실장 업무 대행으로 바쁘신 거 아닌지……"

걱정스레 묻는 예슬에게 수현은 대답했다.

"제가 비서실에 지시해야 할 사항들은 이미 다 지시해 놓은 상태입니다. 그리고 염라대왕님께서도 혹시 도움 필요한 일 있지 않은지 살펴보고 오라고 하셨거든요. 더 큰 일들은 다 본인께서 직접 챙기고 계시니까, 급한 일 없으면 여러분 일을 좀 도우라고 하시더라고요. 그러니 그 부분은 걱정 안 하셔도 됩니다."

수현의 답을 들은 예슬은 다른 두 명을 돌아보며 물었다.

"어떻게 생각하세요?"

"저는 좋은 생각 같아요. 남은 논의는 그 뒤에 해도 늦지 않겠죠."

"저승 구경 좋죠! 진짜 이건 어디다 남겨야 하는데……."

조 선임과 성관은 모두 동의를 표했다. 예슬은 성관의 방송 욕심에 약간 난감한 웃음과 함께 답했다.

"영상은 아니지만 기록으로 남기실 수 있으니까 그걸로 위안 삼아 주셨으면 하네요."

바로 떠나는 방향으로 의견이 모이자, 수현은 여전한 미소와 함께 말했다.

"잘됐네요. 그러면 제가 차 편으로 모실 테니까, 좀 있다가 건물 정문 쪽으로 나오시면 됩니다. 좀 있다 뵐게요!"

그렇게 묵례하고 방을 나서는 수현을 바라보던 예슬의 머릿속에 한 가지 생각이 스쳐 지나갔다. 문을 닫고 나서는 수현의 뒤를 예슬이 종종걸음으로 따라나섰다.

"참, 저기, 비서관님."

"네?"

돌아보는 수현에게, 예슬은 조금 주저하다가 말을 꺼냈다.

"그…… 아까, 비서실장님이 그러셨잖아요? 보상할 수 있는 게 있으면 해 드리겠다고."

"아, 네. 필요한 게 있으시면 최대한 마련해 드리겠습니다. 아시다시피 여기가 저승이고, 게다가 저희가 지금 다 같이 이런 상황이라 뭐 마땅히 해 드릴 만한 게 별로 없어서 죄송한데요

……."

조금 궁색해졌는지 바쁘게 상황을 설명하며 양해를 구하는 수현에게, 예슬은 고개를 저어 보였다.

"대단한 걸 바라는 게 절대 아니고요, 그냥 한 가지만 부탁드리고 싶어서요."

"네."

"……이런 부탁 가능할지 모르겠는데, 앞서 죽은 사람의 행방을 좀 알 수 있을까요? 적어도 이 저승을 거쳐 갔는지만이라도 알고 싶어서요."

시영이 중책을 맡기면서 '보상'이라는 단어를 처음 언급했을 때, 예슬의 마음속에서는 당치도 않다는 생각과 동시에 떠오른 간절한 바람이 있었다.

예슬은 동생 예은의 행방을 알고 싶었다.

저승 전체가 비상 상황인 것은 익히 알고 있었다. 하지만 자신에게 중요한 역할이 주어진다면, 이 정도 부탁은 할 수 있지 않을까 하는 술렁거림이 마음속에서 끊이지 않고 있었다.

심란한 마음을 애써 누르며 답을 기다리는 예슬을 보며, 수현은 잠시 고민했다.

"음…… 과거 망자란 말씀이시죠. 혹시 관계가……?"

"동생이에요. 13년 전에 사고로 그만……."

"아, 그렇군요."

수현은 묵념하듯 예슬에게 짧고 깊게 고개를 숙인 뒤 대답했다.

"수명부에서 찾으면 제일 빠르겠지만, 아시다시피 자료가 많이 없어졌어요. 하지만 동생분께서 시왕저승을 거쳐 가셨으면, 염라대왕부를 통과하셨을 테니 저희 심판정을 거친 기록이 남아 있겠죠."

우도왕부가 보관하고 있던 수명부가 앞으로 사망할 모든 사람들을 포함하는 기록인 데 비해, 각 대왕부에 비치된 심판 기록은 과거에 사망해 저승 대왕들을 거쳐 간 영혼에 한정되어 있었다. 현재 저승으로 넘어 온 수많은 망자들을 조사하는 데 도움이 되는 기록은 아니었지만, 과거에 죽은 영혼의 행방을 찾는 용도로는 충분하고도 남았다. 그리고 이미 이애경 망자에게 했던 약속을 이행하기 위해 한 번 조사를 진행해 본 적이 있었다.

수현은 기록 확인을 위해서 예슬에게 예은의 신상 정보와 당시 살던 집 주소, 그리고 양친의 성명 등을 물어보고는 그것을 메모했다. 메모장을 덮으며, 수현은 예슬에게 잔잔한 미소를 지어 보였다.

"기록의 유무를 확인하는 것은 어렵지 않을 겁니다. 가능한 범위 안에서 알아보도록 부탁해 두겠습니다."

예슬은 안도의 한숨을 내쉬고는 고개를 꾸벅 숙였다.

"감사합니다!"

그런 예슬을 향해 수현은 약간의 염려를 전했다.

"예상하시겠지만 자료가 없거나 찾기 어려울 수도 있습니다. 이 점 미리 양해 부탁드릴게요."

"네, 알고 있어요. 괜찮아요. 정말 감사합니다……."

하지만 예슬의 마음속 불안함과 답답함을 잠시 걷어 내기에는 이 정도로도 충분했다.

*

구름차의 흔들림과 빛이 잦아들었다. 눈이 부셔서 잠시 눈을 질끈 감고 있던 호연이 눈을 뜨자, 차창 너머로 압도적인 경관이 펼쳐졌다. 평평한 땅바닥은 하얀 구름에 뒤덮여 있고, 하늘은 은은한 미색 빛에 휩싸여 있었다. 끝도 없이 이어질 것만 같은 구름 대지 저 너머에 거대한 바위 성채가 서 있는 것이 어렴풋이 보였다. 온 하늘을 덮은 미색 광휘가 그대로 바위의 후광이 되어, 성채의 웅장한 윤곽만 그림자로 확인할 수 있었다. 그 웅장한 자태는 압도적이었다.

호연은 정면으로 보이는 성채의 모습에 시선을 완전히 빼앗겼다. 빛의 한가운데, 구름의 한가운데에 선 거대한 성은 그 형상을 쉬이 짐작할 수 없는 모양으로 지어져 있었다. 어느 구석은 현대의 빌딩들처럼 네모 반듯하고, 어느 구석은 피라미드를 떠올리게 하는 경사면처럼 보이고, 그 사이로 중세 유럽의 성에서나 볼 수 있는 첨탑이 서 있었다. 탑의 끄트머리에는 십자가가 세워져 있었는데, 어른거리는 후광 때문에 십자가의 형상을 또렷이 구분할 방법이 없었다. 흔히 보이는 십자가인 것 같으면서도 어긋난 가지를 가진 듯, 둘레에 원이 그려진 듯…… 호연은 저 십자가가 동시에 그 모든 십자가일 것만 같다고 생각했다.

호연은 저 성을 향해 걸어가고 싶었다. 성에 들어가고 싶었다…….

"조심하십시오!"

그 순간, 쿵 하는 소리와 함께 차창 앞에 시커먼 그림자가 드리워졌다.

털, 날개, 눈, 눈, 눈, 눈, 얼룩진 날개, 새빨간 눈, 타오르는 눈, 눈, 눈, 깃털, 눈, 눈, 눈, 눈, 빨간 눈…….

"꺄아아아악!"

기겁한 호연은 죽을 때도 지르지 못한 비명을 질렀다.

구름차의 보닛 위에 괴물이 앉아 있었다. 몸통도 다리도 없이 날개만으로 이루어진 독수리 같았다. 검다 하기에는 밝고 희다 하기에는 어두운 얼룩덜룩한 날개가 여섯 개인지 여덟 개인지 서로 뭉쳐 있었다. 각각의 날갯죽지에는 또렷한 붉은빛 홍채의 눈이 몇 개씩이나 붙어 있었다. 그중 몇 개는 똑바로 이쪽을 바라보고 있었다. 수많은 눈들은 시영을 보기도 하고, 호연을 보기도 하고, 다른 방향이나 하늘 또는 땅을 바라보기도 하며 재빠르게 시선을 옮겼다. 괴물체가 날개를 조금씩 움직일 때마다 깃털이 스치며 후두둑 하는 소리가 들렸다. 날개의 생 김새가 독수리 같을 뿐, 새 같은 구석은 전혀 없었다. 부스럭거 리며 움직이는 모습은 이승의 어떤 동물과도 닮지 않았다. 굳 이 따지자면 거미의 꿈틀거림과 고슴도치의 바늘 세우는 모습 이 뒤섞인 것 같았다.

"이게 뭐예요?!"

얼굴이 하얗게 질린 채 경악해 묻는 호연에게, 시영 또한 조 금 창백해진 표정으로 대답했다.

"천사입니다! 놀라지 말라고 말씀드렸지 않습니까!"

이게 천사라고? 다음 순간, 호연은 조금 전 들었던 기시감의 정체를 떠올릴 수 있었다.

인터넷에 떠돌던 글에서 본 적이 있었다. 성경에 적힌 말대 로라면 천사는 굉장히 기괴하게 생겼기 때문에, 그런 기괴한 모습으로 지상에 내려와 계시를 전하려 하면 제일 먼저 해야 하는 말이 '두려워하지 말라'라는 우스개였다. 분명 중세 유럽 의 성화에 그려진, 날개가 제멋대로 붙은 천사의 그림 같은 것 도 같이 게시되어 있었다.

그때는 그냥 웃어 넘겼지만, 그 기괴한 모습의 천사를 죽어 서 맨눈으로 보게 되자 도저히 겁에 질리지 않을 수가 없었다.

구름차는 계속 전진하고 있었지만, 천사는 보닛에 눌러앉은 채 계속 시영과 호연을 관찰하고 있었다. 시영은 천천히 핸들 을 꺾어 차를 다른 방향으로 몰아갔다.

구름차의 방향을 90도 정도 오른쪽으로 꺾어 광휘 속에 선 성채가 완전히 옆으로 보이기 시작할 무렵, 보닛에 올라탄 천사는 아무런 예고 없이 사뿐히 날아올랐다. 시영은 우선 차를 멈춰 세웠다.

호연은 질린 표정으로 날아가는 천사의 뒷모습을 창문 너머로 바라보았다. 몸통은 없고 날개만 여덟 개인 것이 맞았다. 온통 눈이 달린 날개 덩어리가 하늘을 퍼덕이며 날아가는 모습은 새라기보다는 오히려 기괴한 형태의 연이나 드론처럼 느껴졌다.

"대체 왜 왔다 간 걸까요……?"

의문을 표하는 호연에게 시영은 나름의 추측을 말했다.

"아마 저희가 저 성으로 향하는 걸 막으려 한 게 아닐까 생각됩니다만, 보시다시피 말이 통하는 존재가 아니니 그 뜻을 제대로 알 수는 없겠지요."

호연은 이제 시영 쪽 창문 너머로 보이는 성을 곁눈질했다. 지금은 그곳에 그냥 성이 있다는 정도로 시야에 들어왔지만, 조금 전에는 그곳으로 꼭 달려가야만 할 것 같은 마음을 불러일으켰다. 호연은 저 천국의 성에 영혼을 매료시키는 형상이나 작용이 깃들어 있는 게 아닌지 의심했다.

"이래서 오기 싫어하셨군요."

"네. 이제 이 천국에서 빠져 나가야 되겠습니다."

시영은 엑셀을 밟으며 천천히 방향을 돌렸다. 성을 등지는 방향이었다. 눈앞으로는 이제 무한히 펼쳐진 구름의 대지만이 보였다. 하늘은 여전히 따뜻한 느낌의 빛으로 가득한 가운데, 군데군데 천사로 보이는 존재들이 날아다니고 있었다.

전방 멀리 대지 위에 눈부신 섬광과 함께 사람의 모습이 나타났다. 망자로 보였다. 그는 나타나자마자 무릎을 꿇고 기도하기 시작했다. 머지않아 하늘을 날아다니던 천사들 중 하나가 그에게로 내려앉았다. 위협하듯 경계하듯 구름차의 보닛 위에 올라탔던 조금 전의 천사와 생김새는 같았지만, 태도는 판이했다. 넓은 날개로 조심스레 망자를 덮듯이 내려앉은 천사가 온몸에서 섬광을 일으키고는 다시 날아올랐다. 그 자리에 이미 망자의 모습은 없었다. 시영과 호연은 그 광경을 함께 목격했고, 저것이 바로 이 저승에서 망자가 받아들여지는 방식이라는 것을 알게 되었다.

구름차가 달려가는 내내, 호연은 조금 전 시영의 당부를 떠올리고, 발할라에 대해 아는 바를 계속 떠올리려고 했다. 영광스럽게 승리한 전사들이 가는 곳. 오딘의 궁전이 있는 곳. 끝없는 싸움과 연회가 이어지는 곳…… 떠오르는 발할라의 이미지를 하나씩 머릿속으로 되짚으면서, 때로는 입으로 조용히 읊으면서, 호연은 차창 밖 정면을 응시했다.

그렇게 구름차는 한참 구름 들판 위를 달려 나갔다. 들판의 끝이 보이지 않았다.

발할라의 지식을 낮은 목소리로 읊는 호연의 목소리만이 이어진 지 대략 30분쯤 지났을까. 시영이 입을 열었다.

"너무 오래 걸리는군요."

호연은 중얼거림을 멈추고 걱정스러운 표정으로 시영에게 되물었다.

"역시 지금 너무 오래 걸리고 있는 게 맞죠?"

"네, 보통 저승의 경계가 이렇게 넓을 리가 없습니다만……."

시영은 잠시 차를 멈춰 세웠다. 그리고 뒤를 돌아보고, 눈살을 일그러트렸다.

"채호연 망자님. 조금 전에 성을 보셨죠. 아까보다 좀 멀어진 것 같습니까?"

호연도 뒤를 돌아보았고, 구름차의 뒤쪽 창문 너머 멀리로 보이는 성의 그림자를 보았다. 호연 또한 석연찮은 의문을 품을 수밖에 없었다.

"……아뇨, 전혀 멀어지지 않았는데요."

천국의 성은 지평선에 거대하게 걸린 채 계속 그 자리에 있었다. 겉보기에는 크기에 조금의 변화도 없어 보였다. 성을 등지고 30분 넘게 달려왔음에도 아무런 변화가 없다는 것은 굉장히 께름칙한 현상일 수밖에 없었다.

호연은 조금 무서운 생각이 떠올랐다.

"비서실장님, 혹시 이 저승, 들어오면 나갈 수 없는 곳 아니에요? 끝이 없는 거 아닐까요?"

시영은 순간 호연의 말에 마음이 술렁 움직이는 것을 느꼈다가, 이내 황급히 고개를 저어 부정했다.

"아니요, 아닙니다. 제가 한 번 왔다가 돌아간 적이 있었습니다. 그때는 이렇지 않았습니다. 평범하게 왔다가, 평범하게 돌아갔습니다."

호연과 시영은 저마다 생각에 잠겼다. 원하는 바가 이루어지지 않는다면, 다음으로 해야 하는 일은 그 원인을 고민하는 것이었다. 잠시 뒤 호연이 망설임 섞인 제안 한 가지를 꺼내 놓았다.

"……시왕저승으로 다시 돌아가 보면 안 될까요? 우리 쪽이요. 일단 여기서 나갈 수 있는지 없는지부터 확인해야 할 것 같아요……."

"돌아가자는 말씀이십니까?"

그렇게 반문한 시영이었지만, 말을 꺼내 놓고 나니 자신 또한 비슷한 두려움을 느끼고 있는 것을 깨닫고 말았다. 시영은 한 차례 헛기침을 해 목을 가다듬고, 그가 복사골을 떠나던 그날부터 항상 외우고 있던 노래를 나지막이 부르기 시작했다.

"……초제 진강대왕, 칼도자 메산자 도산지옥, 이 왕 찾는 이는 갑자 을축 병인 정묘 무진 기사생 혼이로다……."

그러면서 천천히 엑셀을 밟았다. 구름차가 구름 들판을 다시 나아가기 시작했다. 그리고 머지않아, 주위를 안개가 감싸기 시작했다. 안개가 점점 짙어지고, 평평한 구름의 대지를 달리고 있던 차의 앞머리가 점점 아래를 향하는 것이 느껴졌다. 사방이 흰 안개로 뒤덮이고 구름차가 완연한 내리막길로 접어들었다고 여겨질 무렵, 앞쪽으로 안개 저편 너머에 칼나무로 가득한 어두운 산의 모습이 비쳐 보이기 시작했다.

"저거 사출산이죠?"

호연이 창문 너머를 가리키며 묻자, 시영은 외우던 시왕굿 노래를 멈추고 대답했다.

"예, 돌아가는 데는 문제가 없겠습니……."

그 순간, 멀리 보이던 사출산의 모습이 확 안개 속으로 사라졌고, 구름차가 크게 흔들렸다. 시영은 브레이크를 밟아 구름차를 멈춰 세웠다. 오래지 않아 안개가 모두 걷히자, 시영과 호연이 탄 구름차는 조금 전과 같은 기독교 저승의 구름 들판 위에 멈춰 서 있었다. 되돌아온 것을 안 호연이 불안해하자, 시영이 먼저 타일렀다.

"괜찮습니다, 제가 굿노래 부르기를 멈춰서, 따라가던 길이 닫혔을 뿐입니다. 다른 저승으로 빠져 나갈 수 있는 건 확실해 보입니다."

호연이 안도의 한숨을 돌렸다. 그렇지만 그 사실은 다른 걱정거리를 불러 왔다.

"……그런데 그렇다면, 갈 수 있는 저승을 저희가 못 가고 있었다는 건데요."

시영은 이마를 짚으며 낙담하는 모습을 보였다.

"발할라로 넘어 가기 위한 정보가 부족한 건지도 모르겠습니다."

"역시……."

호연도 낙심할 수밖에 없었다. 거창하게 세운 가설이 검증 단계에서부터 곤란을 겪게 되었다. 하지만 그렇다고 여기까지 와서 아무것도 안 하고 도로 돌아갈 수는 없었다. 호연은 피로 감에 뻐근해져 오는 뒷목을 주먹으로 몇 차례 두드린 후, 시영에게 다시금 제안했다.

"비서실장님, 그럼 발할라는 아니라도, 아무 다른 저승에라도 가 보면 어떨까요?"

호연은 내비게이션처럼 쓰이던 시영의 통신기를 가리키며 말했다.

"지금 저장되어 있는 자료만 가지고서 갈 수 있는 곳이 있을지도 모르잖아요? 어차피 여기서 바로 갈 수 없다면, 다른 저승을 몇 번이나 거쳐야 하겠죠. 중간 단계를 한두 곳 뛰어넘어서 가장 근접한 저승까지라도 나아가 보면 어떨까요?"

좌도왕부의 담당자가 일러주기를, 중국 다음에는 티베트 불교, 힌두교, 조장신앙을 거치면 중앙아시아까지는 도달할 수 있으리라고 했다. 비록 쉬이 도달할 수 있을지 장담하기 어려운 상황이었지만, 어차피 나아가야 할 길이 모호한 상황이었다. 때문에 시영은 호연의 제안에 설득력을 느꼈다.

유일한 걱정은 결국 다른 저승으로 넘어 가는 데 실패하거나, 갔다가도 결국 더 나아갈 길을 찾지 못하고 거기서 멈추게 되는 상황이었다. 하지만 그 경우, 시영은 시왕굿 노래를 외움으로써 언제든 시왕저승으로 복귀할 길을 열 수 있었다. 최악의 경우에는 빈손으로 돌아가면 되었다. 밑져야 본전.

"밑져야 본전 아니겠어요?"

우연찮게도, 호연은 시영의 생각을 그대로 읊으며 재촉했다.

시영은 다시 각오를 다지고, 고개를 끄덕였다.

"좋습니다. 그럼 좌도왕부에서 제공받은 자료를 전부 한 번에 열람하겠습니다. 채호연 망자님도, 발할라를 포함해 떠올릴 수 있는 다른 저승의 모습을 최대한 떠올려 주십시오."

"그렇게 할게요."

시영은 통신기를 조작했다. 먼 나라의 저승에 대한 많은 정보가 빠르게 화면 위를 흘러가기 시작했다. 다시금 구름차가 천국의 구름 들판을 달리기 시작했다. 시영은 작정하고 속도를 높였다. 대지에 깔린 구름이 빠르게 스쳐 지나갔다. 통신기에 떠오르는 온갖 저승의 모습에 대한 기록을 곁눈으로 살피며, 시영은 핸들을 꼭 붙잡고 구름차를 몰아 나갔다.

호연은 다시금 발할라의 모습을 떠올리다가, 곧 자신이 아는 범위 내에서 세계 종교와 신화의 온갖 모습들을 떠올리기 시작했다. 고등학교 때 교과서에서, 인터넷의 떠도는 글에서, 방송 교양 프로그램에서 이야기되던 온갖 잡학들이 스쳐 지나갔다. 그리스 로마 신화에 나오는 스틱스 강과 저승의 왕 하데스. 이집트 파라오가 죽어서 떠나는 사후세계, 조로아스터교에서 승배하는 아후라 마즈다와 그 적인 앙그라 마이뉴…….

그 찰나에 호연은 집중력을 놓쳤다. 조로아스터교 이야기를 어디서 봤었는지를 기억해 냈다. ETBC 방송 교양프로그램 '세상의 모든 지식.' 고정 패널 정상재 교수. 그 선하고 자신감 있는 표정, 그 독사 같은 눈초리, 그 비굴한 사죄.

한번 정상재에 대해 떠올리고 나자 생각이 맴돌기 시작했다. 그가 방송에서 말했던 교양 강의의 내용이 고스란히 떠오르기 시작했다.

〈조로아스터는 교단 창시자인 예언자의 이름입니다. 흔히 '차라투스트라'로도 잘 알려져 있습니다. 혹시 어디서 들어보지 못하셨습니까? 이 이름은 종교나 선지자의 이름보다도, 철학 도서의 이름으로, 그 도서와 같은 이름으로 작곡된 웅장한 교향시로 여러분들께 더 익숙할 것입니다. '차라투스트라는 이렇게 말했다.' 이 책을 쓴 철학자 니체의 유명한 말로, 흔히 '신은 죽었다'가 언급됩니다만…….〉

호연은 고개를 세차게 저어 생각의 흐름을 끊으려 했다. 다시 다른 저승에 대한 생각에 집중해야만 했다. 무엇보다 '신이 죽었다'라니. 천국에서 떠올리기에 가장 곤란한 상상이었다.

그런데 그 순간, 대지가 침강하기 시작했다.

구름차가 갑자기 아래로 곤두박질치며, 사방이 흰 안개로 뒤덮였다. 호연은 당황했다.

"어, 어떻게 된 거죠?"

"저승길이 열렸습니다!"

구름차는 거의 수직으로 낙하하기 시작했다. 시영이 고도를 조작해 보려고 했지만, 보이지 않는 안개 속으로 추락하는 구름차의 방향을 조정할 수가 없었다. 시영은 호연에게 다급히 물었다.

"제가 방금 보고 있던 곳은 힌두교에서 염라대왕에 해당하는 '야마'에 관한 부분이었습니다! 망자님은 어딜 떠올리고 계셨습니까?"

호연은 당혹감과 궁색함을 한가득 담아 대답할 수밖에 없었다.

"죄송해요! 딴생각 했어요!"

안절부절못하는 호연이었지만, 시영은 크게 신경 쓰지 않았다.

"괜찮습니다! 지금 저희가 어디로 향하는 것인지 알 수 없어서 여쭤보았을 뿐입니다. 만약 제가 보던 것이 영향을 주었다면 야마의 전당으로 들어서게 될 겁니다!"

호연은 시영에게 간신히 고개를 끄덕여 보았다. 딴생각을 했다는 죄책감이 문제가 아니었다. 롤러코스터를 타고 있는 듯한, 아니, 추락하는 비행기에 탄 것처럼 끝도 없이 계속되는 낙하감. 호연은 겁이 나기 시작했다.

그런 호연의 귓가에, 들릴 리 없는 음악 소리가 흘러 지나갔다. 아마도 생각 속에서 울리는 소리였으리라.

리하르트 슈트라우스의 곡, '차라투스트라는 이렇게 말했다'
의 서주序奏, '일출.'

마치 검은 우주 공간에서 지구 위로 떠오르는 태양을 바라
보는 것처럼, 온통 하얀 안개 저편에 눈부신 빛이 보이기 시작
했다.

구름차는 그 빛을 뚫고 들어갔다.

*

수현이 광명왕원에서 몰고 온 구름차에는 만년필과 기록용
두루마리가 세 벌씩 준비되어 있었다. 예슬과 조성영 선임, 그
리고 BJ고려맨 진성관에게 저마다 한 벌씩 나누어졌다. 예슬은
두루마리를 받아들며 수현에게 물었다.

"기록이란 기록은 전부 이 두루마리에다가 하는 건가요?"

"네, 아직은 종이가 저승의 가장 일반적인 기록 수단입니다.
메모장을 드리기에는 너무 작지 싶어서요."

성관이 백지 상태인 두루마리를 폈다 접었다 하면서 조금 불
만 섞인 목소리로 말했다.

"여기 노트북은 없어요? 휴대폰은 들고 다니시더만."

수현은 겸연쩍게 웃어 보였다.

"저승의 기술 수준이 좀 들쑥날쑥하죠? 아무쪼록 넓은 양해
부탁드립니다."

수현이 몰고 온 구름차는 시영이 타고 다니던 것과는 달리 차체가 조금 큰 SUV였다. 저마다 자리에 앉아 두루마리를 들고 글씨를 써 가며, 저승 구석구석을 돌아다니기에 딱 적당한 크기였다.

예슬과 조 선임, 성관이 차에 올라타자, 운전석의 수현이 출발에 앞서 브리핑을 시작했다.

"출발하기 전에 전체 시왕저승의 구조에 대해서 간단하게 요약 설명 드리도록 하겠습니다."

그렇게 말하며 수현은 포스터를 하나씩 나누어 주었다. 예슬이 본 기억이 있는 물건이었다. 진광대왕부의 망자 대기실 벽에 붙어 있던 시왕저승을 소개하는 포스터였다.

시왕저승에는 이름대로 열 명의 대왕이 존재했다. 각 대왕 산하에는 대왕부가 개설되어 망자를 심판하고 윤회 전생할 길을 결정한다. 진광대왕부, 초강대왕부, 송제대왕부, 오관대왕부, 염라대왕부, 변성대왕부, 태산대왕부, 평등대왕부, 도시대왕부, 그리고 오도전륜대왕부.

또한 이에 더하여 한국 전통 신앙에 일부 뿌리를 내린 한국계 시왕저승에는 민간 무속에서 호명되던 여섯 명의 왕이 더 존재했다. 그 여섯 왕들이 다스리는 소육왕부가 저마다의 보조적인 역할을 부여받아 시왕저승 전체의 운영을 돕는 구조였다. 지장왕부, 생불왕부, 우도왕부, 좌도왕부, 동자판관부, 사자왕부.

"지금 제가 이 자리에서 설명으로만 말씀드릴 곳들이 좀 있어요. 우선 지금 진광대왕부하고 초강대왕부는 아시다시피 망자님들로 미어터지는 상황이라서요. 삼도천 위에서 한 바퀴 빙 돌기만 할 거예요. 그리고 소육왕부는…… 김예슬 망자님은 들으셨겠지만, 민간 무속신앙 믿는 분이 모두 사망하셔서 현재는 붕괴되었습니다."

조 선임이 헉 하고 헛숨을 들이켜더니, 이내 한 가지 깨달았다는 듯이 수현에게 물었다.

"아, 그래서 저승을 되살리는 방법을 연구하기로 한 거군요? 이미 겪어서?"

"그렇습니다."

수현은 사라지고 없어 구경할 수도 없는 소육왕부에 대한 설명부터 시작했다. 지장왕부는 일체 중생을 모두 지옥에서 구제할 때까지 성불하지 않겠다고 선언한 지장보살의 뜻을 잇는 곳으로, 심판받는 망자들을 구제해 주는 변호 보살들이 활동하는 거점이었다. 생불왕부는 생명의 잉태와 양육을 관장하는 생불왕 신앙이 뿌리로, 어려서 죽은 영혼을 거두어 적합한 곳으로 다시 윤회시킬 때까지 보호하는 업무를 수행해 왔다. 우도왕부는 저승의 기록물 보관소로, 살아 있는 모든 이들과 이미 죽은 모든 이들의 수명부를 보관하고 있었다. 좌도왕부는 저승의 통신을 담당하여, 시왕저승 내부에 통하는 통신 회선을 관리하는 한편 다른 문화권 저승들과의 교류를 담당해 왔다. 동자판관부는 동자, 판관, 역사 등 저승 안에서 일하는 일반 관원들을, 사자왕부는 저승사자나 각부 비서관 등 전문 행정에 관련된 관원들을 육성하는 인사 부서였다.

"모두 사라졌지만요. 인력들과 핵심 장비는 많이 대피했습니다만…… 전부는 아니었고, 많은 것을 잃었어요."

수현은 씁쓸하게 덧붙였다.

소육왕부에 대해 설명을 마친 수현은 구름차를 출발시켰다. 염라대왕부를 떠나 일직선으로 날아간 구름차는 빠르게 저승의 대왕부들을 지나쳐 삼도천 상공에 이르렀다.

"다들 보셨겠습니다만, 여기가 그 유명한 삼도천입니다. 예전에는 배로 건넜죠. 지금은 다리를 놓고 철도로 모시고 있었습니다만…… 일이 이렇게 되었네요. 걸어서 건너느라 힘드셨던 부분은 유감입니다."

걸어서 건너게 한 걸 사과하는 수현을 보며 예슬은 잠시 의아해했으나, 호연 덕분에 진광대왕부에서 바로 구름차를 타고 왔던 자신과 달리, 옆자리의 두 명은 초강대왕부까지 저 다리를 걸어 건너왔던 입장이라는 것을 상기하고는 바로 납득했다.

막상 당사자들에게 별로 힘든 기억은 아니었는지, 성관이 조금 흥분 섞인 목소리로 말했다.

"역시 철교였던 거죠 저거? 어쩐지, 레일은 있는데 왜 여길 걸어서 건너나 했죠. 열차는 어떤 거 굴리나요? 전동차? 기관차?"

그 질문을 듣고 있던 조 선임이 농담 섞인 핀잔을 건넸다.

"BJ고려맨님은 역사 채널 운영하신다면서, 철덕이기까지 하셨어요?"

"아니 사람이 좀 다양한 관심사를 가질 수도 있죠!"

시큰둥하니 대꾸하는 성관. 수현은 그런 대화를 적당히 흘려 넘기며 설명을 이어 갔다.

"제가 열차 종류까지는 잘 모르겠고요. 아무튼 강 저편이 사출산과 진광대왕부, 이편이 초강대왕부입니다. 각각 도산지옥과 화탕지옥이 부설되어 있었고요."

그때 예슬이 수현의 설명에서 미묘한 부분을 짚어 냈다.

"'있었다'고요?"

수현은 빙긋 웃으며 고개를 끄덕였다.

"네. 현재 모든 대왕부 소속 지옥들은 신체형 집행을 중단했습니다. 사출산에서 운영하던 도산지옥은 문을 닫았고, 초강대왕부 이후의 여러 지옥들은 죄의 유형에 따른 교정시설로 바뀌어 있습니다."

자랑하듯이 산뜻하게 이어진 수현의 설명이었지만, 그 이야기를 들은 예슬은 도리어 살짝 표정이 굳어졌다.

"어…… 그럼 고민을 좀 해야겠는데요……."

그렇게 중얼거리는 예슬을 조 선임이 의아한 듯이 바라보다가, 이내 그 이유를 깨닫고 앗, 하는 탄성을 흘렸다.

"끔찍한 지옥이야말로 진짜배기 콘텐츠인데!"

"네? 그게 무슨 말씀이세요?"

의아해하며 묻는 성관에게, 조 선임과 예슬이 번갈아 가며 상황을 설명했다.

열 명의 저승 대왕들이 죽은 이들을 심판하여, 그 죄에 따라 자신이 관리하는 지옥에 떨어트린다는 것이 시왕저승 전설의 큰 틀이었다. 특히 저승이라는 죽음의 세계를 혹독하게 그려 내는 과정에는 지옥의 잔인함이 큰 비중을 차지하고 있었다. 끓는 구리에 담근다는 화탕지옥이나 얼음 속에 가두어 버린다는 한빙지옥은 물론, 혀를 뽑아 쟁기로 갈아 버린다는 발설지옥이나 몸을 톱으로 썰어 버린다는 거해지옥까지. 이승에서 죄를 지으면 저승에서 끔찍한 꼴을 당한다는 권선징악적인 믿음이야말로, 사후세계를 믿게 만드는 큰 동력이었다.

그런데 지옥들이 모두 현대화되었다면 사정이 조금 달라진다. 조 선임은 난처하게 말했다.

"저승에서 내리는 잔인한 형벌들이 다 사라졌다면, 시왕에 대해 구구절절 설명할 내용들이 엄청나게 줄어드는 셈이라고요."

예슬은 시왕굿 노래의 대목들도 소개했다.

"굿할 때 저승 시왕을 부르면서도 죄다 그 왕들이 어떤 형벌을 어떻게 쓰는지 부르잖아요. 이를테면 염라대왕은, 고리대를 한 못된 사람을 잡아다가 대집게로 혀를 뺀다는 식으로……."

조 선임은 고개를 끄덕이고는 덧붙였다.

"더군다나, 생전에 지은 죄에 벌을 준다는 관념이 흐려져서 산 사람들에게 호소하는 힘도 좀 줄어들 것 같은데요. 이승에서 시왕저승을 소재로 대중적 관심을 모든 이야기 콘텐츠들은, 대체로 시왕에 엮인 지옥들을 소재로 하는 경우가 많거든요. 그게 관심거리가 되고 흥미를 끄니까."

조 선임과 예슬이 이어 가는 설명을 성관은 오오, 하는 감탄사를 흘리면서 열심히 받아 적고 있었다. 예슬은 그런 성관을 보며 이런 것을 받아 적는다고 뭐가 해결이 될까 하는 걱정에 잠겼다.

수현은 한 손으로 핸들을 잡고 구름차의 방향을 돌리며, 한 손으로 뒷머리를 겸연쩍게 긁적였다.

"아니…… 저는 이게 저희 시왕저승의 큰 업적이라고 생각했는데요. 곤란하다고 하실 줄은 몰랐네요."

예슬은 황급히 부연했다.

"아, 지옥에서 고문을 안 하게 된 건 잘된 일이라고 생각해요. 수현 씨나 다른 저승 관계자님들을 탓하자는 것은 아니고요."

그런데 거기서 성관이 생각하는 포즈로 짐짓 턱을 짚으며 끼어들었다.

"하지만 정말 잘 된 걸까요? 저승의 판결이 솜방망이 처벌이 되었다는 식으로 볼 수도 있는 게 아닌지. 왜 생전에도 그런 일들 많았잖아요. 사람을 죽였는데 징역 5년 막 이러고."

운전석의 수현은 푸우, 하고 고민 섞인 한숨을 내쉬었다. 그걸 지켜보던 예슬은 속으로 혼자서만 걱정할 걸 괜한 말을 꺼냈나 하고 약간 후회를 느꼈다.

하지만 수현의 회복은 빨랐다. 구름차를 저승의 세 번째 대왕부인 송제대왕부로 몰고 가던 수현은, 뒤에 앉은 세 명을 살짝 돌아보며 다시 싱긋 웃었다.

"……의문이 많으시면, 아예 원래 지옥이던 곳에 직접 들어가 보시겠습니까?"

"그게 가능한가요?"

화들짝 묻는 조 선임에게 수현은 고개를 끄덕였다.

"바깥에서 시설물 중심으로 빠르게 소개해 드릴 생각이었는데, 역시 내부를 좀 살피시는 편이 제대로 된 기록에 도움이 되겠지 싶네요."

수현은 구름차를 부드럽게 몰아 고도를 낮추기 시작했다.

송제대왕부의 건물들이 보이기 시작했다. 거대한 전각 형태의 중앙 건물이 있고 그 주변으로 크고 작은 단층, 다층의 기와집들이 늘어서 있는 풍경은 다른 대왕부와 크게 다르지 않았다. 눈에 띄는 것은 초강대왕부에서 넘어오는 길을 가로막고 있는 거대한 관문과, 건물들의 뒤편에 자리한 웅장한 얼음산이었다. 구름차는 다른 건물을 모두 지나쳐서 그 얼음산으로 향했다. 수현이 행선지를 말했다.

"구 한빙지옥, 현 송제대왕부 교정청입니다."

얼음산 중턱에, 산 안쪽으로 들어가는 동굴의 입구가 있었다. 입구에는 두꺼운 철문과 초소가 설치되어, 마치 군사시설을 연상케 했다. 구름차가 초소 앞에 내리자, 초소를 지키고 있던 관원이 묵례를 올리고는 운전석으로 다가왔다.

"염라대왕부에서 어쩐 일로 오셨습니까?"

"점검차, 그리고 견학차 왔습니다."

수현은 그렇게 대답하며 뒷자리의 전문가 망자들을 돌아보았다. 곧이어 수현은 담당 관원에게 물었다.

"시설 상태는 양호합니까?"

"양호합니다. 지시에 따라 교정수들에게는 이상 상황을 통지하지 않은 상태입니다."

염라대왕이 직접 지휘해 짜고 있는 저승 퇴거 계획 초안에 따르면, 이승에서 죽어 올라온 망자들을 모두 환생시켜 내 보낸 다음에야 저승 관원들이 저승을 떠날 수 있도록 했다. 이때 이동하는 관원들이 각 대왕부 교정청에 수감된 망자들을 환생문으로 호송하는 것으로 되어 있었다. 상세한 지시가 내려올 때까지 동요를 막기 위해, 수감되어 있는 망자들에게는 지상의 이변을 함구하라는 지시가 내려져 있었다.

"들으셨죠? 혹시 모르니 그 점만 주의 부탁드립니다. 가급적 조용히 이동해 주세요."

수현은 예슬 등 전문가 일동을 돌아보며 당부했다.

초소 관원이 교정청 안으로 들어가는 철문을 열었다. 육중한 기계 장치에 의해 천천히 열린 문 안쪽으로는 산속으로 들어가는 얼음 동굴이 이어지고 있었다. 동굴 벽은 얼음이었지만, 바닥은 쉬이 걸을 수 있게 시멘트로 포장되어 난간이 설치되어 있었다. 또 천장에는 전등이 설치되어 있었다. 수현은 구름차를 한동안 몰아 동굴 안에 있는 두 번째 문에 도착했다.

차에서 내린 수현이 앞장서는 가운데, 전문가 망자 일동이 뒤를 따라 동굴에 들어섰다. 싸늘한 한기가 느껴지는 동굴 안을 얼마나 걸었을까, 얼음으로 된 벽을 바라보며 걸어가던 조 선임이 문득 말했다.

"한빙지옥이라고 하면 사람을 얼음에 처박아 놓고 반성하게 만드는 곳이죠……."

그러고는 이내 몸서리를 쳤다. 저 차가운 얼음벽 안에 망자의 영혼을 집어 넣는다 생각하니 새삼 끔찍했던 모양이었다. 그 모습을 보던 성관이 예슬을 향해 물었다.

"참, 연구원님. 그 왜, 지옥마다 다루는 죄의 종류가 있잖아요? 한빙지옥이 뭐 하는 데였죠?"

"……불효죄일 거예요."

예슬은 잠시 기억을 되짚어 답했다. 그 대화를 듣고, 앞장서서 걸어가던 수현이 끼어들었다.

"원래는 그랬습니다. 가정에 화목하지 못하거나 어른을 공경하지 않는 죄인을 보내는 곳이라고 되어 있었습니다만, 그 기준 자체가 좀 많이 낡았잖아요. 지금은 그렇게는 취급하지 않습니다."

성관은 마냥 신기한 듯 고개를 끄덕이며 자기 몫의 두루마리에 메모를 남겼다. 하지만 조 선임은 수현의 대답에 오히려 저승의 모습에 대한 의문이 더 커진 모양이었다.

"어, 그럼 그거 다 바뀐 거예요? 저승의 그 온갖 죄목들? 그거 다 틀린 거예요?"

콘텐츠문화원 소속이었던 조 선임은 이승에서 보았던 시왕 저승을 다룬 문화매체들을 떠올렸다. 이승에 전해지는 시왕경이나 시왕도에 기반해 만들어진 이야기들이다 보니, 당연히 각 지옥마다 전통 그대로의 죄를 심판하는 것으로 보는 경우가 많았다.

만약 저승에서 지옥의 운영 방법을 바꾼 것으로 모자라서 대응하는 죄목조차 바뀌었다면, 기존의 문화매체들과는 많이 다른 내용을 기록으로 남겨야 한다는 뜻이었다.

그리고 수현의 대답을 듣고 나니 조 선임의 걱정은 사실이 되었다.

"네. 전부 바뀌었다고 보시면 됩니다. 세상이 바뀌면 저승에 빌딩이 들어서고 기차가 달리는 것처럼, 죄목도 형벌도 바뀌어야 마땅하죠."

대답을 들은 조 선임이 약간 망연자실하며 혀를 내두르는 사이, 예슬이 수현의 말에 큰 흥미를 보였다.

"자세히 알려 주실 수 있나요?"

수현은 미소로 답했다.

"그러기 위해 왔으니까요."

그렇게 말하며 수현은 긴 복도의 끝에 위치한 철문을 열고 들어섰다. 전문가 망자 세 명이 차례로 그 뒤를 따랐다.

문 너머는 얼음 동굴을 복잡하게 파 놓은 로비와 같은 장소였다. 일행이 나온 곳은 로비의 2층에 해당하는 곳으로, 1층 부분을 내려다볼 수 있도록 로비를 빙 둘러 복도가 마련되어 있었다. 로비의 한가운데에는 용도를 알 수 없는 큼지막한 금속 실린더가 설치되어 있었다. 실린더의 주변으로는 함부로 접근하지 못하게 하려는 것처럼 나무로 된 난간이 빙 둘러 세워져 있었다. 로비에서 여러 방향으로 동굴이 몇 개나 이어지고 있었으며, 각 동굴에는 1층과 2층 어느 곳에서라도 접근할 수 있도록 통행로가 설치되어 있었다.

그중 한 동굴로 일행을 안내하며 수현이 설명을 이어 갔다.

"현재 송제대왕부의 판단 죄목은 다른 이들이 베푼 호의를 제대로 되갚았느냐는 것입니다. 불효는 그중 일부일 뿐이죠. 윗사람에게든 아랫사람에게든, 또는 전혀 모르는 사람에게든, 은혜를 입고서 그 사실에 대해 감사할 줄 몰랐던 영혼들이 이곳 교정청으로 들어오게 됩니다."

동굴 안으로 들어서자, 1층 복도에 면해 수많은 철문들이 설치되어 있었다. 철문들은 얼음벽에 박히다시피 설치되어 하나하나마다 밖에서 잠금장치가 되어 있었다. 예슬은 물론 동행한 모두가 익숙한 모습이었다. 감옥.

"여기가 교정실입니다."

수현이 그 감옥 방문들을 가리키며 말했다.

"예전에는 동굴 벽의 얼음 속에 영혼을 가두어 고통받게 만들거나, 추위에 영혼이 얼어붙도록 방치한 뒤 체벌을 가하거나 했습니다. 하지만 그렇게 해서 망자들이 진정한 반성을 하도록 만드는 것은 어려운 일이었습니다. 과거에는 그 어려운 게 당연한 줄 알았다고 하더군요."

지옥 형벌의 대개편이 일어나면서 가장 먼저 바뀐 부분이 바로 망자를 지옥에 가두는 방법이었다. 이제는 얼음에 묻어 버리는 것이 아니라, 얼음벽을 파내서 만든 옥 안에 들여보내고 있었다. 혼자 쓰는 독방도, 여럿이 머무는 혼거방도 있었다. 모든 방에는 앉고 누울 수 있는 가구가 마련되어 있었으며, 영혼이 충분한 추위를 느끼되 얼어붙어 버리지는 않을 정도의 냉기가 유지되고 있었다.

조 선임이 질문을 꺼냈다.

"그럼 저 감옥에 갇힌 영혼들이 어떻게 반성을 하게 되는 건가요? 고문을 안 한다면……."

수현이 막 대답하려는 그때, 찌잉 하는 부저음이 동굴 전체에 울렸다. 관원 두 명이 1층 복도로 들어왔고, 곧 모든 감옥의 문이 일제히 열렸다. 관원들이 인도하는 가운데 한빙지옥의 교정실로부터 수많은 수감 영혼들이 복도로 걸어 나오기 시작했다. 이 복도 하나에서만 수백 명이었다.

"헐, 저 사람들이 다 여기 지옥 들어온 사람들인 거예요?"

"네."

신기해하며 소근소근 묻는 성관에게, 수현은 대답하며 짧게 고개를 끄덕여 보였다. 신기하게 바라보던 조 선임이 뒤이어 물었다.

"어디로 가는 거죠? 저승인데 밥 시간이 있을 리는 없고."

"온기를 쬐러 가는 겁니다. 이쪽으로 오시죠."

수현이 다시금 일행을 로비 쪽으로 안내했다. 예슬은 이 광경을 두루마리에 한참 써 넣다가, 황급히 일행을 뒤쫓아 나갔다.

로비로 돌아가자, 여러 동굴에서 일제히 몰려나온 망자들이 로비 한가운데에 설치된 금속 실린더 주변으로 몰려들었다. 잠시 뒤, 금속 실린더 주변에 열기가 생기더니 공기가 달아오르기 시작했다. 실린더는 거대한 난로였다. 실린더를 둘러싼 난간 안쪽에서는 얼음이 녹아 물로 변할 정도의 열기가 난로로부터 뿜어져 나왔고, 그 열기는 로비 전체의 공기를 은은하게 데우며 온기를 전했다.

삼삼오오 모여 앉은 망자들은 멍하니 넋을 놓고, 또는 저마다 두런두런 이야기를 나누며, 난로에서 흘러나오는 온기를 느끼고 있었다.

2층에서 그 모습을 내려다보며, 수현은 설명했다.

"보시다시피, 현재 한빙지옥에서는 체벌을 가하지 않습니다. 영혼을 적당히 추운 방에 가두어 놓고, 성찰의 시간을 줄 뿐입니다. 그리고 한 번씩 나와서 따뜻한 온기를 쬐다가 시간이 되면 도로 추운 방으로 돌아가는 걸 반복합니다."

"그게 무슨 의미가 있나요?"

조 선임의 물음에 수현이 답했다.

"따듯한 은혜를 반복적으로 느껴 보는 거죠."

"은혜, 인가요……."

예슬은 두루마리에 로비의 풍경을 간단히 스케치해 남겼다. 넓은 로비에 모여 앉은 수많은 망자들이 멍하니 난로를 바라보며 온기를 느끼고 있는 광경은 제법 초현실적이었다. 민담과 이야기 속에 나오는 한빙지옥의 끔찍한 모습과는 조금 다른 의미로, 예슬의 눈에는 이 풍경이 몹시 저승답고 지옥다웠다.

"교정수들은 언제든 방 안에서 교정청 카운슬러를 부를 수 있거든요. 저렇게 여러 차례 반복하다 보면, 어느 날 자발적으로 카운슬러를 찾게 됩니다. 그리고 자신의 과거 행동을 반성하는 거죠. 그 효과는 검증되어 있습니다."

설명을 이어 가는 수현의 옆에서 2층 난간에 기대어 1층의 망자들을 내려다보던 조 선임이 툭하니 중얼거렸다.

"……뭐랄까, 무지 평온하네요."

수현은 고개를 끄덕였다.

"다른 지옥도 지금은 대개 이렇습니다. 구금하되, 자발적인 교화를 유도합니다. 형기도 정해져 있어서, 되도록이면 한 지옥에서 1개월 이상 체류하지 않게 관리합니다."

그 말에 성관이 깜짝 놀라며 물었다.

"고작 1개월이요? 지옥인데요? 막 억겁 가두는 게 아니구요?"

불교 경전 같은 곳에서는 지옥에 한 번 떨어지면 헤아릴 수 없이 긴 시간 동안 고통받는다는 말이 적혀 있는데, 막상 저승에 와서 본 지옥이 한 달 만에 죄수들을 내보낸다고 하니, 성관으로서는 충분히 놀랄 만한 이야기였다. 하지만 저승에서 근무하며 이 체제에 적응되어 있는 수현으로서는 그 놀람이 썩 반갑지는 않았다.

"어…… 이런 식으로 말씀드리면 되게 이상한 거 아는데요. 죽은 지 얼마 안 되셔서 잘 모르시겠지만, 망자의 영혼은 여러분들 생각보다 빠르게 변화하거든요……."

수현은 조금 형이상학적인 설명을 덧붙였다. 망자의 영혼은 자유 의지만으로 이루어진 존재이고, 자발적으로 어떻게 행동하느냐에 따라서 영혼의 본질이 쉽게 바뀔 수 있다는 내용이었다. 이승에서는 일부러 행동거지를 바꾸더라도 영혼을 담고 있는 육신과 뇌가 물리적으로 변하지 않으니 금세 도루묵이 되곤 하지만, 저승에서는 다르다는 것이었다.

일리 있는 듯하면서도 선뜻 납득이 가지 않는 생소한 이야기였지만, 예슬 일행이 변화된 지옥의 취지를 이해하기에는 충분했다. 조 선임은 눈썹을 팔자로 내리며 한숨을 내쉬고 말했다.

"휴, 저는 사실 좀 김이 빠지네요…… 지옥이라면 역시 좀 잔인할 줄 알았는데요. 이게 요즘 확 바뀐 거예요?"

지옥이 지옥답지 않아 실망했다는 기색이 역력한 조 선임에게, 수현은 난처하게 웃으며 대답했다.

"사실 좀 되었습니다. 이미 제가 임용되기 전부터 지옥들은 이랬거든요. 백 년은 더 됐을걸요."

시왕경에 나오는 잔인한 지옥은 한때 정말로 존재했다. 죄를 지은 망자들을 지옥으로 끌고 와서 폭력과 학대로 그 죗값을 치르게 만들곤 했다. 하지만 악한 영혼들을 벌한다고 저승에서 아무리 혹독한 벌을 내려도, 진정 반성하고 뉘우치는 자보다는 그저 당장의 고통에 몸부림치며 원망만을 토해 놓는 영혼이 부지기수였다. 지옥의 형기가 한도 끝도 없이 늘어난 것 또한, 그만큼 오래 가두어 놓아도 제대로 반성하는 이가 없었기 때문이었다.

처음 변화가 있었던 것은 선대 염라대왕 시기였다. 그는 수십 년 정도 짧게 재위하였으나, 지나치게 잔혹한 지옥의 형벌에 의문과 혐오를 품고 많은 죄수들을 방면하려 했다. 선대 염라대왕의 이러한 조치가 지나치게 급진적이라고 느끼던 저승의 관원들이, 일부 죄수들만 시범적으로 관대히 대하고 반성하는지 지켜보자는 제안을 올려 승낙을 받았다. 처음에는 반성의 기색이 없는 것을 보여 줘서 염라대왕의 측은지심을 단념시킬 생각이었으나, 예상과 정반대로 상당히 좋은 성과가 있었다. 그렇게 실험적으로 교화 중심의 처벌을 병행해 오던 중, 지금의 염라대왕이 즉위했다.

"이번 대의 염라대왕님이 들어오셔서 가장 먼저 손보신 부분이 지옥의 혹형을 다 없애는 거였다고 합니다. 어차피 이승에 돌아가서 기억도 하지 못할 고통을 주어 무엇하겠느냐고. 그냥 먼저 죽은 망자들이 나중에 죽은 죄인들에게 화풀이하고 있을 뿐 아니냐고 하셨다더라고요."

수현을 통해 전해진 염라대왕의 신랄한 표현에, 조 선임이 혀를 내둘렀다.

"……와, 지옥을 그렇게…… 아주 틀린 말은 아닌 거 같은데 딴 사람도 아니고 염라대왕님이 그렇게 말씀하셨다니까 엄청 어색한데요."

"저도 임용 교육 받으면서 많이 놀랐죠."

오가는 대화의 요지를 계속 정리해 기록하고 있던 예슬이 필기를 멈추고 수현에게 물었다.

"어, 그러면 죄목도 그럼 그때 다 같이 개정된 건가요?"

수현은 고개를 저었다.

"죄목 개정은 20세기 들어서요. 이승의 가치관이 많이 바뀌었으니까요."

그렇게 지옥의 혹형이 다 없어진 뒤에도 지옥의 죄목은 전통적인 것 그대로였다. 불효를 벌하고, 공경심 없는 것을 벌하고, 자손 만들기를 소홀히 한 것조차 벌하곤 했다. 하지만 20세기에 들어서자 더는 그런 식으로 망자들을 재판할 수 없게 되었다. 이승의 윤리와 도덕이 무서운 속도로 바뀌어 갔다. 또 이승의 인구가 불어나면서 새로운 가치관을 품고 죽은 망자들의 수도 빠르게 늘어났다. 죄의 기준을 납득할 수 없다는 망자들의 아우성이 점점 커져 갔고, 저승의 관원들 사이에서도 뜻을 같이하는 이들이 빠르게 늘어났다. 결국 수십 년에 걸쳐 지옥의 모든 죄목을 다시 고쳐 쓰는 작업이 진행되었다.

마땅한 죄목을 찾을 수 없었던 진광대왕부의 도산지옥은 문을 닫고, 그 인력을 차출해 사출산 경비대가 만들어졌다. 화탕지옥은 도둑질을 한 죄를 벌하는 곳에서 타인의 정당한 권리를 침해한 모든 죄를 벌하는 곳이 되었다. 간음한 자를 밝혀 내겠다며 망자를 희롱하기를 서슴지 않았던 업관의 심사 기능은 폐지되고, 죄의 경중을 판단하기 위해 짧은 대면 심사를 진행하는 것으로 변모했다. 그리고 지금 이곳 한빙지옥은 불효를 넘어 은혜에 보답하지 않은 죄를 심판하는 곳이 되었다. 지옥 대신 교정청이라는 현대식 명칭으로 이름까지 바뀌게 된 것은 1970년대에 들어서였다.

설명이 길어지자, 수현은 다른 지옥들의 죄목에 대해서는 차차 방문하면서 또 이야기하겠다며 갈무리했다.

예슬이 수현의 긴 설명을 흥미롭게 필기하고 있는 가운데, 조 선임이 다시금 질문을 던졌다.

"그럼 그 형기를 채우고 여기서 나가면 어떻게 돼요?"

"죄가 그리 깊지 않았다면 다음 대왕부로 넘어갑니다. 거기서도 또 심판을 받을 수도 있죠. 정말 반성을 잘 못 하는 영혼의 경우에는 아예 윤회청으로 바로 보내서 힘든 데로 윤회시켜 버리기도 하고요. 저승에서라도 선업을 더 지어야 한다는 판단이 내려지면 저승에서 차사나 관원으로 일을 시키는 경우도 있고요…….."

답을 이어 가던 수현은 문득 말을 흐렸다. 기록 정리에 여념이 없던 예슬이 끊긴 말에 의아해 고개를 들어 보니, 조 선임과 성관이 수현을 호기심 어린 눈빛으로 빤히 바라보고 있었다. 수현은 그 시선을 알아채고는 살짝 낭패한 표정으로 뒷머리를 긁적이고 있었다.

조 선임이 턱을 매만지며 물었다.

"혹시?"

"……음, 아니 뭐, 저승 관원들이 다 그렇게 채용이 되는 게 아니긴 한데요."

조금 난처하게 대답하는 수현에게, 이번에는 성관이 고개를 끄덕거리며 능글맞게 질문을 던졌다.

"우리 강수현 비서관님 그러고 보니 되게 젊은데, 무슨 사연으로 돌아가셔서 이렇게 저승에서 힘든 일을 도맡아 하시고."

수현은 대답하지 않은 채 그저 웃어 보였지만, 대답하기 싫은 질문을 받아 곤란해하는 것이 한눈에 보였다. 보다 못한 예슬이 조용히 타일렀다.

"저기, 성관 씨, 그런 거 함부로 묻는 건 좀…… 난처하실 것 같은데요."

그러자 성관은 머쓱해하며 물러섰다.

"아니, 궁금해서요 그냥⋯⋯."

옆에서 수현을 바라보며 호기심을 흘리고 있던 조 선임도, 약간 뻘쭘하니 시선을 돌렸다. 벗어나야겠다고 생각했는지, 수현은 가볍게 손사래를 치며 대화를 정리했다.

"그건 저기, 원하시는 대로 상상하십시오. 제가 차마 제 이야기는 못 하겠네요."

때마침 1층 로비에 부저음이 울리고, 난로의 온기가 꺼져 갔다. 온기를 쬐던 죄수들이 시름시름 자리에서 일어나 다시 교정실로 돌아가기 시작했다. 대화가 끊겨 어색해진 수현과 일행들은 그 모습을 잠시 내려보다가, 수현의 인도로 한빙지옥을 나섰다.

한빙지옥 입구로 이어지는 동굴을 걸어 나서는 동안, 어색하고 곤란한 침묵이 이어졌다. 가시방석 위에 앉은 듯한 시간이 이어지기를 잠시, 일행은 들어섰던 문으로 다시 나올 수 있었다. 등 뒤로 무거운 철문이 닫혔다.

수현이 다시 차분한 미소와 함께 입을 연 것은 구름차에 타면서였다.

"⋯⋯타시죠. 기왕 교정청 견학도 하신 김에, 심판부도 보고 가시는 게 좋겠습니다."

*

호연은 눈을 떴다.

빠르게 추락하던 구름차는 어느 틈엔가 평안하게 날아가고 있었다. 눈앞에 보이는 하늘은 시왕저승에서 본 것과 같이 희뿌옇고 빛이 없는 막막한 모습이었다.

"채호연 망자님, 조금 전에 정말 다른 저승에 대해 생각하지 않으신 겁니까?"

주변 상황을 파악하기도 전 갑작스럽게 날아든 시영의 물음에, 호연은 퍼뜩 놀라며 대답했다.

"네? 아, 네!"

시영은 근심 섞인 표정으로 말했다.

"이곳은 제가 아는 어떤 저승도 아닙니다."

그 말을 들은 호연은 차창 밖을 내다보았다.

저승의 경계를 넘는 순간, 시영은 분명 힌두 신화의 야마에 대한 대목을 읽고 있었다고 했다. 하지만 지상에 보이는 풍경은 전혀 그렇지가 않았다. 시영과 호연이 탄 구름차는 넓은 평원에 자리한 거대한 현대식 도시를 앞에 두고 있었다. 한순간 이승인지 의심할 정도로 익숙한 모습이었다. 이곳이 저승임을 알려 주는 증거라고는, 오직 회색으로 칙칙하게 물든 구름 없는 하늘 정도에 불과했다.

"이승……은 아닌 거죠?"

"정말 이승이라면 구름차가 이렇게 다니지 못할 겁니다. 분명 어떤 저승일 것입니다만……."

시영은 구름차를 몰아 고도를 낮추며 천천히 도시에 접근했다. 지면에 접근하자, 도시의 좀 더 상세한 모습들이 보이기 시작했다. 여느 대도시들처럼, 도시의 중심부로 갈수록 건물의 높이가 높았다. 높은 것은 어림잡아 50층이 넘어 보였다. 유리로 외벽을 갖춘 건물이나 옥상에 수영장을 가진 건물도 있었다. 시내에는 광고용 전광판이 빛나고, 도시 안을 순환하는 것처럼 보이는 철도의 모습도 볼 수 있었다. 검게 포장된 도로에는 자동차가 쉴 새 없이 오가고 있었다. 정말 영락없는 이승의 도시였다.

호연은 도시에 내걸린 광고 간판 하나를 가리키며 시영에게 말했다.

"저희, 혹시 제대로 온 것 아닐까요? 여기, 유럽이기는 한 것 같은데요."

간판에는 알파벳이 적혀 있었다. 쓰여 있는 말은 호연이 바로 알아볼 수 없었지만, 프랑스어처럼 보였다.

"그렇게 보이는군요."

시영은 호연의 추측을 긍정하며, 구름차를 계속 몰아 도시를 스쳐 지나갔다.

도시 주변으로는 끝이 없어 보이는 넓은 황무지가 펼쳐져 있었다. 이 또한 저승다운 모습이었다. 그런데 도시를 둘러싼 황무지에 무수히 많은 대형 텐트가 설치되어 있었다. 그 텐트 사이사이로, 번쩍이는 섬광이 터져 나오고 있었다.

호연은 그 풍경이 이승에 있을 때 뉴스에서 보던 분쟁 지역 난민촌의 모습과 비슷하다고 생각했다. 그리고 아마 실제로 난민촌일 거라는 느낌을 받았다. 그리고 저 섬광 또한 낯이 익었다. 사람이 새로 죽어 진광대왕부에 도착했을 때 번쩍이는 거라고 했던 그 섬광과 같았다.

이곳이 어떤 종교의 저승이든, 이번 일로 갑자기 많은 망자를 떠안게 된 것은 마찬가지였으리라. 현대 도시처럼 이루어진 이 저승에서, 그들을 난민으로 대우해 임시 거처를 마련해 준 게 아닐까 하는 게 호연의 추측이었다.

시영 또한 주변 풍경을 계속 관찰하고 있었다. 하지만 시영에게 이 풍경은 상당히 생소했다. 이승의 동향은 비서실로 꾸준히 보고되어 오기 때문에, 이게 일반적인 현대 대도시의 모습인 것은 알 수 있었다. 하지만 저승에 이런 도시가 존재한다는 것은, 시영의 그간 지식과 경험으로는 전혀 확인된 바 없는 일이었다.

"서양 글자가 적혀 있으니 유럽은 맞겠습니다만…… 저는 정말 여기가 어떤 저승인지 모르겠습니다."

"네, 그건 저도 아직 짐작이……."

그렇게 말하던 호연의 생각 속에서, 한 가지 간과하고 있던 가능성이 스쳐 지나갔다.

"……아, 혹시."

호연은 자신이 여러 저승을 떠올리려고 노력하다가 그만 집중력을 잃어 버리고 전혀 엉뚱한 생각을 했다고 여기고 있었다. 하지만 그 엉뚱한 생각이 때마침 어떤 저승의 모습과 맞닿아서, 그 저승으로 길이 이어지고 말았다면?

호연은 자신이 무슨 잡념에 빠졌는지를 되새기다가, 온몸에 확 소름이 끼치는 것을 느꼈다. 머릿속에서 어떤 추측이 떠오르고 그 내용에 스스로 전율했는데, 자신이 떠올린 것을 옆자리의 시영에게 말로 설명하려면 아직 좀 더 정리가 필요했다. 하지만 호연은 이미 죽어서 없는 심장이 쿵쾅거리며 뛰는 것 같은 흥분을 느꼈다. 이 저승은 아마도…….

그 순간, 호연의 시야에 거대한 광고 간판 하나가 눈에 들어왔다. 높은 고층 건물 사이의 상대적으로 낮은 건물 옥상에 세워진 광고 간판에는, 다른 장식 없이 새하얀 배경 위에 굵고 뚜렷한 글씨로 짧은 메시지가 적혀 있었다.

GOTT IST TOT

차라투스트라는 이렇게 말했다. 니체. 그리고…… '신은 죽었다.'

그리 문학이나 철학에는 조예가 없는 호연이었지만, 광고판의 저 짧은 독일어가 무엇을 의미하는지 정도는 생전에 들어 본 바가 있었다. 호연은 자신의 추측이 거의 맞아떨어졌음을 깨닫고 나직이 중얼거렸다.

"……무신론자들의 저승."

조금 전 호연의 머릿속에서 빠르게 완성되어 간 추론이, 비로소 이해할 수 있는 언어의 형상으로 바뀌어 가고 있었다.

종교나 신화를 믿는 사람들이 죽은 다음 자신의 믿음에 따른 저승으로 향한다면, 종교나 신화를 아예 불신하는 사람들은 죽은 다음 어디로 가는 걸까? 어떤 관점에서는, 신앙을 강하게 부정하는 마음가짐 또한 일종의 종교적 신념으로 보는 경우도 있었다. '종교로서의 무신론'이라는 개념이 그것이었다.

사후세계에 대해서는 판단을 유보하지만, 적어도 신과 같은 존재가 지배하는 천국은 없다는 식의 무신론이 인간의 믿음으로 성립한다면, 그런 믿음을 가진 이들이 모이는 사후세계 또한 존재할 터였다.

그 철학적인 함의와는 무관하게 쉽사리 인용되곤 하는 '신은 죽었다'는 니체의 글귀와, 이성적인 과학 문명 예찬에 종종 사용되는 교향시 '차라투스트라는 이렇게 말했다.' 단편적이었지만, 무신론의 울타리를 노크할 만한 주제들이었다.

호연의 머리에 떠오른 잡념이 둘을 이곳으로 인도한 셈이었다.

"비서실장님, 여기 아마도…… 유럽에 살던 무신론자들이 모인 저승일 거예요. 제가 아까, 그럴 만한 생각들을 떠올려서……."

호연은 머릿속에서 정리한 추측을 천천히 시영에게 설명했다. 그런 생각을 떠올렸던 계기가 하필 정상재 교수의 방송 내용이

었다는 부분만큼은 짜증이 나서 말하지 않았지만, 설명을 이어
나가기에 문제는 없었다.

모든 이야기를 다 듣고 난 시영은 반신반의했다.

"믿음이 없는 것을 믿음으로 가진 사람들의 저승이라니……
저로서는 정말 상상하기 어렵군요."

하지만 동시에 시영은 그 설명이 이 상황을 적잖이 잘 설명
해 주는 말이라고 판단했다. 저승 간의 경계를 넘을 때는 건너
편 저승을 뚜렷하게 떠올려야 한다. 자신은 같은 순간에 힌두
교의 여러 신들을 떠올리고 있었지만, 이곳은 도무지 그렇게는
보이지 않았다. 잡념이었다고는 하지만, 호연이 그런 것들을
생각하는 도중에 저승 간의 통로가 열린 것이라고 생각하는 편
이 합리적이었다. 발할라를 생각하며 유럽에 가까이 가야 한다
고 생각하고 있었을 테니, 알파벳이 가득한 유럽 문화권에 맞
추어 찾아오게 된 것도 납득할 수 있었다.

시영은 이 상황을 받아들이기로 했다. 시영은 호연에게 질문
했다.

"일단 망자님과 저의 목표는 북유럽 저승인 발할라를 찾아
가는 것입니다. 그러기 위해서는 발할라에 대한 좀 더 자세한
자료가 필요합니다. 그리고 저는 무신론을 가진 사람들이 어떤
사후세계를 이루어 지낼지 전혀 짐작이 가는 바가 없습니다.
만약 여기에서 다른 저승에 대한 자료를 찾으려면, 어떻게 하
는 게 좋으리라 생각하십니까?"

호연은 시영의 질문을 받고 생각에 잠겼다. 이 저승은 몹시 세속적이었다. 시왕저승에서 보았던 것처럼 저승다운 신비로운 풍경은 전혀 보이지 않았다. 이승과 다를 바 없는 도시와 도로였다.

만약 종교적인 믿음이나 기대가 없는 이들이 죽어서도 이승에서의 삶을 재현하고 있는 것이라면, 이승에 견주어 생각해 보아도 좋지 않을까? 그렇게 생각한 호연은, 만약 자신이 잘 모르는 도시에서 어떤 자료를 갑자기 찾아야 한다고 할 때, 어디로 가야 할지를 떠올려 보기로 했다.

답은 간단했다.

"도서관을 찾아보면 어떨까요? 문자가 있고, 도시를 이렇게 지어 놓았다면, 분명 지식이 담긴 읽을거리들을 모아 놓은 장소가 있을 거예요."

시영은 고개를 끄덕였다.

"일리가 있습니다. 그럼 저 도시 안으로 진입해야겠지요?"

"네."

호연이 대답하고, 시영은 다시 한번 고개를 끄덕였다. 핸들을 천천히 돌리자, 구름차는 저승에 세워진 거대한 도시 안으로 미끄러져 들어갔다. 구름차가 넓은 도로 위의 빈자리를 찾아 내려앉고, 마치 바퀴가 달린 마냥 다른 차들과 뒤섞여 달리기 시작했다. 가까이서 보는 도시의 풍경은, 이곳이 정녕 저승인지 의심할 만큼 속세에 가까운 모습이었다. 도로 좌우로는 보도가 놓여 있고, 보도에 면해서는 간판이 걸린 수많은 상점들이 있었다. 식당, 옷 가게, 서점, 극장……

"서점이 있어요."

호연은 길가의 서점을 가리켜 보였다.

"저기로 가 볼까요?"

시영의 물음에 호연은 짧게 고민한 뒤 고개를 빠르게 저었다.

"……아뇨, 저희는 많은 자료를 찾아야 하고, 또 여기에서 어떤 돈을 써서 책을 사야 하는지도 모르니까요. 역시 도서관을 가는 게 좋겠어요. 서점이 있다면 도서관도 분명 있을 거예요."

구름차는 곧 왕복 6차선 대로 두 개가 교차하는 큰 사거리에 도착했다. 적신호가 들어와 시영은 차를 멈춰 세웠다. 사거리에 신호등과 함께 걸린 표지판에는 알파벳으로 행선지가 적혀 있었다. 표지판을 가만히 지켜보던 호연이 왼쪽을 가리켰다.

"저쪽으로 가 주시겠어요?"

왼쪽 방향으로 'Academy District', 즉 '학술 단지'라는 표시가 있었다. 분명 도서관이 있을 법했다.

"그렇게 하지요. 좌회전을 하려면 저 신호기가 바뀔 기다려야겠습니다만……."

구름차의 정면 차창 너머로 청신호를 받고 달리는 차들이 빠른 속도로 눈앞을 스쳐 지나갔다. 사거리의 횡단보도를 건너는 망자들이 곧 그 앞을 걸어 지나갔다. 신호가 바뀌기를 기다리던 호연의 눈에, 사거리 근처 길가에 서 있는 작은 노점이 들어왔다. 어린아이가 지폐를 건네고 노점에서 핫도그를 사 먹고 있었다. 호연은 좀 더 자세한 구경을 하고 싶은 마음에 문에 붙은 레버를 돌려 창문을 내렸다.

그 순간, 차 안으로 저승 도시의 향기가 새어 들어왔다.

길가의 핫도그 가게에서 흘러나온 것이 분명한 빵과 소시지의 먹음직스러운 향기. 방금 교차로를 지나쳐 간 차의 꽁무니에서 나온 갈색 매연의 매캐한 냄새. 도로변 울타리에 핀 꽃의 향기. 화려한 옷을 입고 횡단보도를 가로질러 간 한 남자가 흘리고 간 진한 향수 냄새.

호연에게는 너무 익숙한 도시의 자극이었다. 호연은 약간 이승에 대한 향수병 비슷한 것을 느꼈다.

그때 뒷차가 빵 하고 사나운 경적을 울렸다. 깜짝 놀란 호연이 뒤를 돌아보자, 뒷창 너머로 뒷차의 운전사가 앞으로 가라는 손짓을 하며 성을 내고 있었다. 좌회전 신호가 들어와 있었다. 그리고 시영이 차를 출발시키지 않고 있었다.

"비서실장님?"

핸들을 붙잡고 딱딱하게 굳어 있던 시영이 퍼뜩 놀랐다.

"……아, 미안합니다."

시영은 가속 페달을 꾹 밟아 누르며 핸들을 왼쪽으로 돌렸다. 차가 조금은 급하게 가속하면서 교차로의 좌회전 신호를 받아 돌았다. 좌회전을 마치자마자 시영은 호연에게 조금 초조한 목소리로 요청했다.

"망자님, 죄송하지만, 창문을 좀 닫아 주십시오."

"네? 아, 네."

호연은 영 심상치 않은 시영을 당황스레 지켜보다가, 급히 창문을 닫았다. 창문이 닫히자 도시 냄새도 차단되었다. 시영은 그제야 큰 한숨을 내쉬었다. 호연이 걱정스레 물었다.

"무슨 일이에요? 괜찮으세요?"

시영은 조금 힘겹게 고개를 끄덕였다.

"괜찮습니다. 조금 놀랐을 뿐입니다. 향기……를 느끼는 것은, 정말 오랜만이었습니다."

그 말을 들은 호연은 움찔 놀랐다. 짧은 저승에서의 기억을 돌이켜 보자 사출산에 떨어진 이래로 시왕저승에서는 어떠한 향기나 냄새도 맡은 적이 없었다. 음식도, 음료도, 술도, 커피도, 꽃도, 향수도, 아무 것도 없었다.

"잠깐, 저승에는 맛도 향기도 없는 거였어요? ……아니, 하지만 여기선 핫도그를 파는데……."

당황한 호연의 질문에, 시영은 놀란 숨을 진정시키며 대답했다.

"……그런 것은 아닙니다. 시왕저승에 없을 뿐입니다. 예로부터 시왕저승은 망자가 고통을 동반한 심판을 받는 곳이지, 머물거나 살아 가는 곳은 아니었습니다. 자연히 먹는 행위를 하거나 저승의 냄새를 떠올리는 이들은 없었습니다. 모든 저승이 다 그런 것은…… 아닙니다."

설명을 이어 가던 시영은, 그제야 호연이 자신을 몹시 걱정스럽게 바라보는 것을 알아차렸다. 시영은 표정을 단속하며 희미하게 웃어 보였다.

"걱정 마십시오. 괜찮습니다. 저승에서 향기를 느낀 것이 너무 오랜만이라 조금 놀랐을 뿐입니다."

"그렇군요……."

호연도 비로소 다시 안도하며 가슴을 쓸어내렸다.

시영은 핸들을 고쳐 쥐며 정면을 응시했다. 사실 그냥 놀란 게 아니라는 말까지는 호연에게 굳이 하고 싶지 않았다. 시영이 죽은 뒤 느낀 유일한 향기는 진하고 진한 복숭아 향기뿐이었다. 산신노군이 머물던 복사골 저승의 거대한 복숭아나무. 그 가지 밑에서, 그 열매에서 끝없이 솟아오르던 진한 복숭아 향기. 시왕저승으로 넘어 온 뒤로는 맡을 수 없었고, 이제는 어쩌면 영영 맡을 수 없을지도 모르는 그 향기.

그것이 시영의 영혼의 후각이 기억하는 유일한 향기였다. 갑작스럽게 전혀 엉뚱한 향기와 냄새를 잔뜩 맡게 된 것은 시영에게 적잖이 당황스러운 일이었다. 크게 놀랐고, 조금은 불쾌했다. 그리고 조금은 매혹적이었다.

시영이 마음속의 그 정체 모를 감정을 들여다보려는 순간, 호연이 길가의 건물을 가리키며 말했다.

"저기, 저기 도서관이에요!"

호연이 가리키는 전방에는 도로를 가로질러 관문처럼 선 아치형 간판에 '학술 단지'라는 의미의 영어, 프랑스어, 독일어의 3개 국어로 쓰인 명칭이 적혀 있었다. 그 간판 뒤 오른편으로 선 거대한 석조 건물 벽에 'LIBRARY'라는 글자가 큼직하게 음각으로 새겨져 있었다.

"세웁니까?"

"네!"

시영은 차를 도로 가장자리에 멈춰 세웠다. 차 문을 열고 내리려다가, 시영은 잠깐 멈칫했다. 이 저승에는 향기와 냄새가 가득했다. 차에서 내린다면 그 자극에 고스란히 노출될 것이었다. 마음의 대비를 하고 각오를 다지기 위한 짧은 결심이 필요했다.

호연이 문을 열고 내리자, 뒤이어 시영이 운전석 문을 열었다. 공기를 가득 채운 냄새가 느껴졌다. 여전히 어디선가 흘러드는 꽃향기와 음식 냄새. 시영은 뛸 리가 없는 가슴이 뛰는 것을 느꼈다.

시영의 동요를 눈치채지 못한 호연은 도서관 정문을 향해 종종걸음으로 계단을 오르고 있었다. 시영에게는 호연과 함께해 내야 할 일이 있었다. 그리고 시영은 이 저승 공기에 녹아든 수많은 향기가 그 결심에 잡념을 드리우는 것을 느꼈다. 그 모든 향기가 유혹인 것을 시영은 알게 되었다. 두루마기의 고름을 여미어 옷매무새를 단정하게 하고, 시영은 마음을 다시 다잡았다.

시영이 호연을 뒤따라 도서관에 들어서자, 호연은 이미 안내 창구의 직원과 이야기를 나누고 있었다.

"혹시 이 도서관에 저희가 들어갈 수 있나요?"

창구에는 구릿빛 피부에 깨끗한 근무복 셔츠를 입은 초로의 남성이 앉아 있었다. 그는 호연의 물음에 빙긋 웃으며 대답했다.

"네, 신분증을 제시해 주십시오."

"어…… 제가 여기 신분증은 없는데요."

호연은 머리를 긁적이며 답했다. 그러자 창구 직원이 곤란하고도 애석하다는 표정을 마주 지어 보였다.

"오, 혹시 최근 이변으로 사망한 영혼이십니까? 정말 죄송하지만, 도서 분실 우려가 있어서 신분증 발급이 아직 안 된 영혼께서는 도서관 출입이 불가능합니다. 시청에서 신원 정리를 곧 할 테니 나중에 오시면……."

그때, 시영이 걸어와 대화에 참여했다.

"아니요, 저희는 다른 저승에서 왔습니다. 저는 시왕저승 염라대왕부 비서실장 이시영이라고 합니다. 저승 간 여행을 위해 자료가 필요하니, 협조해 주시겠습니까?"

시영이 자신의 신원을 밝히자, 직원은 순간 몹시 당황하며 고개를 갸웃거리기 시작했다.

"예? 염라 뭐라고요……? 지금 '다른 저승'이라고 하셨습니까?"

호연이 창구에 달라붙어 고개를 끄덕였다.

"네. 다른 저승에서 왔고, 이곳 도서관에 있는 신화나 저승에 대한 자료가 필요해요."

창구 직원은 고개를 갸웃거리며 굉장히 곤란해하더니, 사무실로 달려가 관리자를 불러 왔다. 이내 같은 근무복을 입은 젊은 흑인 여성이 걸어 나왔다.

"제가 도서관 경비 책임자입니다. 무슨 일이십니까?"

시영과 호연에게서 다시금 설명을 들은 그는, 앞선 직원과 마찬가지로 난색을 표했다.

"최근의 사망자 대량 발생 이후 내려진 시청의 지시에 따라, 이곳 '엘리시움Elysium' 시내의 모든 공공 서비스에서는 이용시 시민권 신분증 확인을 요구하고 있습니다. 저로서는 믿기지 않습니다만, 말씀하신 대로 다른 어떤 사후세계에서 오셨다 해도, 신분증이 없으시다면 저희 입장에서는 출입을 거절할 수밖에 없습니다."

곤란한 상황이었다. 도서관 문 앞까지 와서 자료를 열람할 수 없다니. 심지어 말하는 내용으로 짐작하건대, 이들은 다른 저승들이 존재한다는 사실 자체를 모르고 있는 것처럼 보였다.

시영은 낭패감을 느끼며, 자신의 직함을 이용해 이 도시의 관청에 접촉해야 하는지 고민하기 시작했다. 호연 또한 당혹감을 느끼기는 마찬가지였지만, 시영보다는 답답함과 분노를 더 느끼고 있었다. 호연은 도서관 로비를 둘러보며 상상했다. 어느 창문을 구름차로 깨고 들어오면 서가로 진입할 수 있을까?

호연이 마음속에서 흉흉한 계획을 꾸미는 사이, 시영은 마지막이라고 생각하고 다시 한번 직원들에게 물었다.

"시청에서 받으셨다는 지시에 따르면, 신분증이 없는 사람이 출입할 수 있는 방법은 전혀 없는 겁니까?"

처음 호연과 시영을 응대했던 창구 직원이 뭔가 대답하려다가 관리자의 눈치를 보며 입을 다물었다. 관리자는 어깨를 으쓱하더니 그 대신 입을 열었다.

"엘리시움 시민의 보증을 받으시면 됩니다."

"여러분도 시민이실 텐데, 어떻게 안 되겠습니까?"

시영이 간곡히 당부했지만 관리자는 고개를 가로저었다.

"죄송하지만 저희는 출입을 관리하는 직원들이기 때문에, 저희가 출입 목적의 보증을 서 드리는 것은 복무 윤리 규정에 반합니다."

한 조직의 관리자인 시영의 입장에서 더는 어떻게 토를 달 수 없는 완벽한 거절 사유였다. 시영은 낭패감에 이를 악물며 고민했다. 떠올릴 수 있는 다른 대책이 없었다. 그나마 생각해 볼 수 있는 것은 염라대왕부 비서실장이라는 직함을 내세워 이 저승의 지도자들을 접촉하는 것이었지만, 이런 환경에서 그들이 시영의 신분을 인정해 줄지가 의문이었다.

하지만 다른 길이 보이지 않았다. 혼란한 상황에 처할 각오를 다지고, 시영은 직원들에게 시청의 위치를 물어보려 했다.

그런데 호연이 조금 더 빨랐다.

"그러면 다른 이용객들이 보증을 서 주실 수는 있겠네요?"

오기에 가득 찬 표정으로 묻는 호연에게, 관리자는 건조하게 고개를 끄덕였다.

"그야 그렇습니다만."

"그렇군요. 그러면 보증이 서고 싶으시도록 노력해 봐야겠네요."

호연의 엉뚱한 선언에 시영은 의아함을 감출 수 없었다.

"……채호연 망자님? 무슨 의미로 하는 말씀이십니까?"

"잠시만 기다려 주세요. 이것까지만 해 보고 싶어서요."

뭔가 결심한 것이 있는지, 호연은 시영에게 단호하게 대답하며 도서관 로비 중앙으로 걸어 나갔다.

드문드문 도서관 이용객들이 지나가는 가운데, 호연은 헛기침을 한 번 하고 목소리 높여 외쳤다.

"도서관 이용객 여러분 안녕하십니까!"

한순간에 로비의 모든 영혼들이 발걸음을 멈추고 호연을 주목했다. 호연은 떨리는 왼손을 오른손으로 붙잡아 누르며, 하려던 일을 계속했다.

"저는 채호연이고, 한국 송원대학교 천문학과 박사과정생이며, 동아시아의 한국 저승에서 왔습니다! 오늘 저는 블랙홀에 의한 천체 폭발과 그로 인한 사후세계의 멸망에 대해 발표하도록 하겠습니다!"

호연은 도서관 이용자들의 관심을 끌 작정이었다. 이곳이 몇 번 따라가 보았던 국제 학술대회 발표장이라고 마음먹고, 호연은 자신과 다른 전문가들이 시왕저승에서 내린 결론을 차근차근 설명하기 시작했다. HD 350984 알두스에서 벌어진 이변, 블랙홀 제트로 의심되는 우주 방사선의 폭격, 그 사실에 대해 여러 나라의 천문학자들이 관측한 결과, 그리고…….

"……여러분이 알고 계실지 모르겠지만, 세상에는 믿음에 따라 다양한 저승이 존재합니다! 이곳도 그중 하나입니다. 사후세계를 믿는 사람들이 존재하기에, 비로소 사후세계가 존재할 수 있는 겁니다. 그렇다면 지구상에서 인류가 완전히 사라지고 난 뒤에도 사후세계가 존재할 수 있을까요? 우리는 그렇지 않다는 것을 확인했습니다! 한국 저승에는 민속 신앙에 의해 유지되어 온 작은 저승이 있었는데…….."

호연이 로비 한가운데 서서 혼자 열심히 발표를 이어 가자, 처음에는 무심하게 지나쳐 가던 영혼들이 저마다 멈춰 서서 발표를 듣기 시작했다. 모여드는 영혼들을 지켜보며, 그리고 단독 발표를 이어 나가는 호연을 바라보며, 시영은 초조함과 기대감을 동시에 느꼈다.

어느덧, 호연의 짧은 발표가 막바지에 접어들었다. 발할라를 연구하기로 결정 내린 이유를 설명하고, 그 길에 있었던 일들을 설명해 나갔다. 그리고 결론에 이르렀다.

"……그래서 저희는 지금 북유럽 신화 속 저승, 발할라가 다시 되살아났을 가능성을 탐구하는 중입니다. 이곳 도서관에 북유럽 신화와 관련된 어떤 정보라도 있다면, 저희가 그걸 참고해서 저승길을 열어 보려고 합니다. 신분증이 없는 저희가 출입할 수 있도록 누구든 출입 보증을 서 주시기를 부탁드립니다!"

이상입니다, 라고 덧붙이고 호연이 고개를 꾸벅 숙여 보이자, 열댓 명 정도 모인 청중들 사이에서 소박한 박수가 흘러나왔다. 호연은 살짝 기대하는 눈빛으로 청중들을 둘러보았지만, 애석하게도 그들의 반응은 거기서 멈추었다. 박수로 관심을 표한 이들은 저마다 다시 제 갈 길을 찾아 흩어졌다. 호연은 애써 담담한 표정으로 흩어지는 영혼들의 뒷모습을 하나하나 바라보았다. 그리고 시영을 바라보며 멋쩍게 웃어 보였다.

"……잘 안 되네요."

시영은 어두운 표정으로 호연에게 고개를 숙였다.

"하지만 정말 애쓰셨습니다."

"그러게요. 애는 썼는데 말이죠. 누구 한 명이라도 관심 좀 주든가. 인심 참 없네."

호연은 뒷머리를 긁적이고는 시영에게 물었다.

"이제 어쩌죠?"

실망스러운 상황에 시영은 한숨을 쉬고는 계속 고민하던 다음 대책을 꺼내 놓았다.

"달리 방법이 없어 보입니다. 이 도시에 시청이 있다고 하니까, 시청에 가서 제 신분을 밝히고 정무적으로 해결해 보는 수밖에 없겠습니다. 그조차도 통하지 않는다면 우선 돌아가서……."

"말씀 중에 죄송합니다만."

그때 누군가가 옆에서 불쑥 끼어들었다.

백발이 섞인 단정한 머리를 짧게 자른 장년의 남유럽계 여성이었다. 그녀는 은은한 미소를 지은 채 호연과 시영을 번갈아 돌아보며 질문을 던졌다.

"조금 전에 사후세계의 소멸 가설을 발표했다는 아시아 저승 사람들이 여러분들입니까?"

"아, 네, 저희들이에요. 한국 저승이고요."

호연은 재빨리 긍정하면서, 여성이 대충 퉁치고 넘어 간 부분을 지적했다.

"아, 정정해 주셔서 감사합니다. 제 소개부터 드리도록 하겠습니다."

여성은 두 손을 들어 보이는 제스처와 함께 사과하더니, 명함을 내밀었다.

'프란체스카 페레이라 박사, 엘리시움 학술원 회원.'

간결한 생김새의 명함에는 이름과 직함 외에 기묘한 숫자가 적혀 있었다.

호연은 처음에는 그 숫자가 이 저승 도시의 전화번호인가 생각했다가, 곧 이승에서의 생몰년도가 아닐까 싶은 생각이 들었다.

어느 쪽이 맞는지 굳이 물어볼 생각까지는 들지 않았다.

페레이라 박사는 소개에 이어 자신이 말을 건 이유를 설명했다.

"다름이 아니라 도서관 입장 보증이 필요하다고 하셔서 와 봤습니다. 마침 저는 뜻이 있는 몇 명 동료들과 함께 사후세계의 존속 여부에 대해 검토하는 중이었습니다만, 모쪼록 고견을 들려 주시면 감사하겠습니다."

그 제안은 정확히 호연과 시영이 바라던 대로였다.

"네! 얼마든지요!"

"기꺼이 협조해 드리겠습니다."

호연과 시영이 수락하자, 페레이라 박사는 창구 직원들과 잠시 상의를 나누더니 곧바로 출입 허가를 받아 내, 두 명을 서가로 안내했다.

엘리시움의 도서관은 예상했던 것보다 거대했다. 유럽의 오래된 도서관에서 종종 보이는 웅장한 2층 높이의 서가 홀이 몇 개씩이나 횡으로 종으로 이어져 있었다. 호연은 순수하게 그 규모에 감탄하고 있을 따름이었지만, 시영은 약간의 전율을 느졌다.

인간이 죽어서 저승길에 책을 가져오는 것은 어려웠다. 기껏해야 이승에서 장례식을 치를 때 부장품으로 태워 주는 책 정도만이 저승에 전달될 수 있었다. 저승에서 저승의 방법으로 새로이 책을 만들 수는 있었지만, 그 내용은 저승의 신통력으로 산 사람의 행실이나 운명 따위를 적을 게 아닌 이상에는 전부 직접 써 내려가야만 했다.

시왕저승에서는 한때 오천 년어치의 공문서를 우도왕부에 보관해 두고 있었다. 하지만 그것은 관원들이 업무를 하기 위해 필연적으로 만들어 낸 자료들이었다. 이 많은 책들은 오로지 지식의 축적이라는 목적을 위해, 이 저승 도시에 죽어 나타난 망자들이 하나하나 새로 써서 모아 온 것일 터였다. 그 뜻과 노력을 상상하니, 시영은 아찔함과 경이로움을 느낄 수밖에 없었다. 그리고 무엇보다도 도서관을 가득 채운 종이의 향기가 시영에게는 몹시 이채로웠다.

서가를 걸어가며 호연은 페레이라 박사에게 이 저승 세계에 대한 질문을 던졌다. 페레이라 박사는 흔쾌히 그에 대답해 주었다.

"짐작하신 그대로입니다. 이곳은 비종교인들과 무신론자들이 모여 있는 사후세계 도시 '엘리시움'입니다."

복잡한 도서관 복도 건너로 두 명을 안내하며, 페레이라 박사는 계속해서 설명했다.

"우리 학술원은 사후에 무한한 시간을 들여 지식을 탐구하는 이들이 모인 기관입니다. 도서관을 꾸리는 것도 우리들의 책임이며, 그 밖에 자유로운 주제로 여러 연구를 이어 가며 새로운 지식을 만들어 나가곤 합니다."

곧이어 페레이라 박사는 사후세계의 존속에 관해 엘리시움에서 벌어지고 있는 토론 내용을 소개했다.

"지구상에 인류 멸종 상황이 빚어진 후에, 산 사람들이 모두 죽고 나면 사후세계는 무사하냐는 질문을 하신 분들이 있었습니다. 저를 포함한 회원 몇 명이 토론 끝에 두 가지 가설 중 하나로 압축해 놓은 상태입니다."

"두 가지 가설이라 하심은⋯⋯."

호연의 물음에 페레이라 박사는 손가락 두 개를 꼽아 보였다.

"하나는 채 선생님께서 말씀하신 것처럼 사후세계가 안전할 수 없으리라는 것입니다. 저도 그쪽 의견입니다. 이 사후세계 도시에 신앙심이 깊은 사람들은 오지 않습니다. 즉 종교인들의 사후세계가 따로 있는 것이 분명하므로, 사후세계는 생존 인류의 믿음에 기반한다는 게 제 가설입니다. 모든 인류가 사망하게 되면 사후세계의 존재 이유도 사라지지 않을까 저는 두려워하고 있습니다."

그 내용은 시왕저승에서 우여곡절 끝에 알아 낸 사실과 일치했다. 호연은 시영에게 동의를 구하듯 시선을 보냈다. 시영 또한 고개를 끄덕였다. 시영이 페레이라 박사에게 말했다.

"저희가 실제로 겪은 일입니다. 저희 저승의 일부와…… 인접한 민속 저승이 실제로 소멸했습니다."

페레이라 박사는 그런 시영에게 차분한 목소리로 답했다.

"예, 제 연구에 대단히 큰 참고가 되는 증언입니다. 큰 상실에 애도를 표합니다."

그렇게 말하며 짧게 묵례하는 페레이라 박사에게 시영은 역시 맞절로 답했다.

"다른 가설이란 건 무엇인가요?"

호연이 뒷이야기를 재촉했다. 페레이라 박사는 자신이 지지하지 않는 의견을 말해야 해서인지, 조금 탐탁지 않은 표정으로 설명을 이어 갔다.

"몇몇 학술원 회원들은 믿음을 갖지 않기로 한 것이 믿음이 될 수는 없다면서, 그럼에도 불구하고 존재하는 이 무신론자들의 사후세계야말로 산 사람들의 믿음에 의존하지 않고 영원히 존재할 수 있는 곳이라고 주장합니다."

저승의 존재 방식에 대해 아직은 매우 피상적인 결론만을 내릴 수 있었던 호연으로서는, 그 주장 또한 일리가 있어 보였다. 단지 한 가지 걸리는 지점이 있었다.

"말이 아주 안 되는 건 아니지만…… 여기만이 아주 특별하다는 주장인가요?"

무신론만을 너무 특별 취급하는 선민사상이 아닌가 하는 의심이었다. 하지만 페레이라 박사는 고개를 가로저었다.

"배경이 되는 또 다른 가설이 있기 때문에 '여기만'이라고 볼 수는 없습니다."

"또 다른 가설이요?"

"이른바 '보편적 사후세계 가설'입니다. 엘리시움 학술원에서 검증되지 않은 여러 가설들 중 하나입니다. 특정한 종교에 의존하지 않는 보편적인 믿음의 사후세계가 존재할 수 있다는 가설이지요."

호연은 흥미롭게 듣고 있었지만, 페레이라 박사는 그 지점에서 설명을 멈추었다. 그러고는 박사의 발걸음 속도가 조금 느려졌다. 거의 도착한 모양이었다. 페레이라 박사는 서가 앞에 붙은 색인표를 하나씩 곁눈으로 확인하며 천천히 홀의 중앙 방향으로 나아갔다.

마침내, 한 서가 앞에 도착해 페레이라 박사는 시영과 호연을 돌아보며 말했다.

"북유럽 신화에 등장하는 발할라를 찾아가신다고 들었습니다. 그곳의 정보가 필요하시다는 말씀이시지요?"

"예, 그렇습니다."

시영의 대답에, 페레이라 박사는 한 팔을 들어 서가 안쪽을 가리키며 말했다.

"이 서가입니다."

서가의 색인표에는 '종교와 신화'라고 적혀 있었다. 도서관

홀에서 짧은 가지처럼 뻗어 나온 서가에는 사다리를 타고 올라가야 할 만큼 높은 책장이 양쪽으로 놓여 있었다. 책장마다 도서가 빽빽이 꽂혀 있었다.

"죽은 영혼들의 기억을 추려 내어, 엘리시움 학술원이 그간 편찬해 온 종교 및 신화에 관련한 책들이 모두 이곳에 있습니다. 특히 북유럽 신화 속 저승과 관련해서라면, 여기 '에다'의 연구서도 있습니다."

그렇게 말하고 박사는 책장에서 책 한 권을 뽑아 호연에게 건넸다. 호연은 조심스레 책을 받아들고 표지를 살펴보았다. 하드커버로 제본된 도서는 단색 표지였고, 제목이 간결하게 적혀 있었다. 'Research on Paganism: based on the Prose Edda(산문에다를 기반으로 한 파가니즘 연구).'

"파가니즘……?"

잘 모르는 영어 단어의 출현에 호연이 무심코 중얼거리자, 페레이라 박사가 바로 설명해 주었다.

"이교주의異教主義 말입니까? 현대에 들어서 종교로서 기능하는, 북유럽 신화를 포함한 여러 전통적 비기독교적인 신앙 체계를 부르는 말입니다."

"아, 그걸 이렇게 적는군요."

호연은 새삼스레 신기함을 느꼈다. 생각해 보면 중국 저승을 들렀을 때도, 지금 이곳에서도, 영혼끼리 서로 말이 통하지 않은 적은 없었다. 호연 자신이 중국어나 영어를 써야겠다고 마음먹은 것도 아니었는데, 대화는 잘 통했다. 하지만 쓰여 있는 글자는 언어를 모르는 한 읽기 어려웠다. 그럼에도 불구하고 방금 페레이라 박사가 '파가니즘'이라는 단어를 말로서 읽은 순간, 호연은 그 단어가 '이교주의'라는 단어를 뜻함을 모국어인 한국어로 이해할 수 있었다. 저승에서의 커뮤니케이션이 가진 어떤 특징을 깨달았다는 생각에, 호연은 살짝 들떴다.

"선뜻 믿고 도와주시니 감사할 따름입니다."

시영이 페레이라 박사에게 사의謝意를 표했다. 그러자 페레이라 박사는 내내 은은하게 짓고 있던 미소를 거두더니, 조금 신중한 표정이 되어 뜻밖의 말을 꺼냈다.

"음, 솔직히 말씀을 드리자면, 저는 아직 여러분을 완전히 신뢰하는 것은 아닙니다."

"네? 그게 무슨……."

화들짝 놀란 호연이 되묻자, 페레이라 박사는 서가에 기대어 팔짱을 낀 채 호연과 시영을 향해 말했다.

"여러분은 다른 사후세계에서 건너왔다고 하셨습니다만, 저희 엘리시움 학술원은 적어도 지금까지 다른 사후세계의 존재에 대한 어떠한 증거도 확보한 적이 없습니다. 무신론을 공유하는 이들이 이 사후세계의 다른 곳에 세운 취락들은 알고 있습니다만, 종교를 가진 이들이 누리는 다른 사후세계는 저희가 전혀 알지 못합니다."

그 말을 듣던 호연은 짧게 언급된 '다른 취락'들에 대한 궁금증이 샘솟았지만, 그걸 물어볼 틈도 없이 페레이라 박사의 입에서 폭탄 같은 말이 튀어나왔다.

"따라서, 이렇게 말씀드리는 것이 실례인 줄은 알지만 제 입장에서는 소위 다른 사후세계란 것이 여러분의 창의적인 망상이 아니라고는 단언할 수 없다는 겁니다."

페레이라 박사의 이 같은 단언에 시영과 호연은 당혹하지 않을 수 없었다.

"지금 저희가 거짓말을 하고 있다는 겁니까?"

시영이 절제된 목소리로 항의하자, 페레이라 박사는 양 손바닥을 들어 보이는 제스처와 함께 시영에게 답했다.

"오, 저는 원론을 이야기했을 뿐입니다. 그리고 저는 여러분들을 신뢰하고 싶습니다. 여러분들이 주장한 이론과 사건들은 매우 논리적이었고, 발할라를 찾아가시려는 이유 또한 분명했습니다. 이걸 거짓말이나 망상으로 치부하는 것이 오히려 어려운 일이겠지요. 저는 오히려 여러분들이 다른 사후세계의 존재에 관한 최초의 증거이기를 바라는 편입니다."

페레이라 박사는 어깨를 으쓱하고는 시영과 호연을 번갈아 응시했다.

"무엇보다 신뢰하고자 하는 마음이 없었다면, 여러분을 이 서가로 인도하지도 않았을 것입니다."

여기까지 이야기를 꺼냈다면 하고자 하는 말이 있을 터였다. 시영과 호연이 침묵으로 재촉하자, 페레이라 박사는 본론을 꺼내 놓았다.

"두 가지 부탁을 하고 싶습니다. 첫째로, 서가의 책을 마음껏 열람하고 적어 가실 수 있도록 보증을 서 드릴 테니, 여러분이 다른 사후세계로 이동할 수 있다는 걸 보여 주십시오. 바로 그 발할라를 방문하시는 과정을 제가 관찰할 수 있도록 해 주십시오. 이건 제 신뢰를 충족시켜 주시는 길입니다. 둘째로, 만약 여러분들이 목적하는 사후세계를 방문하고 다시 돌아오신다면, 그때 우리 연구에 간단한 협조를 해 주시기를 요청 드립니다. 이건 제 도움에 대한 대가라고 생각하셔도 됩니다."

어쩌면 약간 무리한 요구를 할지도 모른다고 긴장하고 있던 호연은 크게 안도했다. 시영 또한 페레이라 박사의 요청이 비교적 납득할 수 있는 수준이라고 생각했다. 물론 온전히 부담을 느끼지 않는 것은 아니었지만.

"충분한 자료가 있다면, 어느 저승으로든 떠날 수 있을 겁니다. 두 번째 부탁하신 말씀이 저는 걱정됩니다만, 저희 저승에는 그리 시간적 여유가 많지 않습니다."

시영이 조심스럽게 사정을 설명하며 절충을 시도하자, 페레이라 박사는 곧바로 그에 응했다.

"이해합니다. 그리 오랜 시간을 요하지 않을 겁니다. 그 점은 약속하지요."

시영은 고개를 끄덕이고, 호연을 돌아보았다.

"어떻게 생각하십니까?"

호연 또한 시영을 마주 보며 고개를 끄덕였다.

"다른 방법이 없지 않을까요?"

발할라에 대한 상세한 정보가 눈앞에 있었다. 정말 그 너머의 저승이 실존한다면, 건너갈 수 있다면, 이 좋은 기회를 놓칠 수 없었다. 호연의 동의를 얻어 시영은 페레이라 박사에게 대답했다.

"협조하겠습니다."

그 말에 페레이라 박사가 대답하기도 전에, 호연은 곧장 자료를 요구했다.

"협조해 드릴 테니, 이 책 말고도 북유럽 신화나 이교주의에 관한 영어 도서들을 열람하고 싶어요."

적극적으로 도움을 요청하는 호연을, 페레이라 박사는 만면에 미소를 지으며 환영했다.

"좋습니다. 기대되는군요."

*

예슬 일행은 수현의 안내를 받아 송제대왕부 본관 건물에 위치한 한 재판정에 들어섰다. 재해와 염라대왕의 지시 등 여러 이유로 인해 망자에 대한 심판 진행이 중단된 탓에, 재판정은 텅 비어 있었다.

재판정 내부 시설은 이승의 여느 법정과 비슷했다. 하지만 배치는 여러모로 달랐다. 정면에 재판관석이 위치한 것은 같지만, 피고인석에 해당하는 망자석이 법정 한가운데에 홀로 있었다.

"망자가 여기 피고석에 서면, 저 업경에 행실록 두루마리를 투입해서 해당 죄목에 해당하는 큰 잘못들의 순간을 열람합니다."

업경은 망자석 왼편에 설치되어 있었고, 그 옆에 자리가 하나 더 마련되어 있었다. 나무로 된 테이블 위에는 '녹사錄事'라는 이름표가 놓여 있었다. 그 맞은편인 망자석 오른편 자리에 놓인 이름표에는 '보살菩薩'이라고 쓰여 있었다.

"녹사와 보살이 각각 검사랑 변호사 역할인가요?"

성관의 물음에 수현이 대답했다.

"대체로 비슷하지만 조금씩 다릅니다. 녹사는 업경을 운용해서 잘못을 고해 바칠 뿐, 적극적으로 망자에게 죄를 묻진 않습니다. 재판관이 전후 사정을 캐물어 죄의 유무를 판정하고, 망자가 직접 스스로를 변호하는 게 원칙입니다. 변호청에서 나온 보살께서 최대한 유리하게 사정을 해석하도록 도움을 주시곤 합니다."

"조금 다르다곤 해도 제법 현대적인 형사재판처럼 되어 있군요⋯⋯."

수현의 설명을 들으며 재판정을 두리번거리던 조 선임은, 자기 몫의 두루마리에 재판정 풍경을 옮겨 적으며 감상을 흘렸다.

"그럼 재판관님이 사실상 거의 전권을 쥐고 있네요."

예슬의 짐작에 수현은 고개를 끄덕였다.

"그렇습니다. 그런 만큼 모든 재판관께서는 꾸준한 교육과 세미나를 통해서 각 대왕부가 판결하려는 잘못에 대한 세심한 변별력을 키우고 있습니다. 이런 판관부가 각 대왕부마다 다섯 개에서 열 개 정도 쉬지 않고 24시간 운영되고 있습니다. 판관들은 정기적으로 교대 휴식을 취하시고요."

신기한 듯 업경을 관찰하던 성관이, 문득 생각났다는 듯 수현에게 물었다.

"궁금한 게 있는데요, 정말 시시콜콜한 잘못까지 모두 잡는지 궁금한데요. 여기 송제대왕부에서는 은혜를 배신한 죄를 심판한다면서요? 그러면, 길에서 물건 주워 준 거 고맙다고 안 하고 그런 것까지 다 변호해야 하나요?"

"그건 판관님 재량에 따르지만…… 그렇게까지 자세히는 못 보죠, 아무래도. 굵직한 것 위주로 보게 됩니다. 어느 한순간의 사건이라기보다는 일생을 두고 일어나는 일들도 대상이 되고요."

차분하게 설명하던 수현의 미간이 문득 살짝 찌푸려졌다.

"가족의 기대를 배반했다든지…… 뭐 그런."

조 선임이나 성관은 신경 쓰지 않은 모양이었지만, 예슬은 조금 전 한빙지옥에서의 대화를 떠올렸다. 수현 본인에게 새삼스레 과거의 어떤 기억들을 떠올리게 하는 풍경인 모양이라고 예슬은 미루어 짐작했다.

재판정 견학을 마친 뒤, 수현은 일행을 송제대왕부의 행정 사무동으로 안내했다. 극히 평범해 보이는 공공기관 사무실 같은 공간이었다. 거의 모든 사무실은 망자 맞이를 위한 긴급 지원으로 인해 텅 비어 있었다. 아무도 없는 사무동을 빠르게 둘러본 뒤, 일행은 다시 구름차에 올라탔다. 수현은 구름차의 고도를 다시 높여 저승의 안쪽을 향해 날기 시작했다.

　"이다음에 오관대왕부가 나오고, 그 뒤에 있는 게 염라대왕부입니다."

　송제대왕부를 지나쳐 저승길을 어느 정도 날아가자, 높은 산 사이의 계곡에 위치한 오관대왕부가 나타났다. 오관대왕부의 죄목은 '필요한 사람에게 도움을 베풀지 않은 죄'로 정해져 있었다. 사소하게는 넘어진 사람을 일으켜 세워 주지 않은 것, 눈앞에서 일어난 사고나 범죄를 신고하지 않은 것에서부터, 크게는 뺑소니를 친 경우나 본인의 귀찮음으로 인해 큰 사고를 유발한 경우까지 포함하는 죄목이었다.

　그렇게 남의 곤경을 모른 체한 망자들은 옛 검수지옥, 즉 현재의 오관대왕부 교정청으로 보내지도록 되어 있었다. 한때는 사방에 칼날이 세워져 있어 망자들을 고통받게 했다는 검수지옥이었지만, 이제 그런 흉흉한 물건들은 모두 치워져 있었다. 대신 산비탈 숲속으로 마치 유격훈련장 같은 장애물 돌파 코스가 이어져 있었다.

　수현은 상공을 낮은 고도로 날며 일행이 장애물의 면면을 볼

수 있게 했다. 빠지는 함정, 걸리는 함정, 줄에 매달려 오도 가
도 못 하게 되는 함정…… 온통 함정투성이였다.

"빠지기 쉽고, 혼자서는 나올 수 없지만, 지나가는 다른 망자
가 도와주면 금방 탈출할 수 있는 정도로 무난한 난이도의 함
정들이 계속 배치되어 있습니다."

"어떤 효과를 기대하는 건가요?"

예슬이 묻자 수현이 답했다.

"자발적으로 도움을 요청하거나 도와주는 걸 연습시키는 거죠."

"돕기나 해요? 귀찮아서 다들 지나쳐 가지 않아요?"

의아하게 묻는 성관에게 수현은 빙긋 미소 지으며 대답했다.

"그러다가 본인도 어느 함정엔가는 빠질 테니까요. 누가 조
금만 도와주면 빠져 나갈 수 있는데, 그게 없을 때 오는 답답함
을 느끼게 하는 겁니다. 다른 망자들에게 도움을 요청하고, 간
혹 남의 요청에 응답해서 도와주는 연습을 하게 되기도 하고."

물론 죄수들이 누구를 돕기는커녕 죄다 함정에 빠져 옴싹달
싹 못 하게 될 때는, 관원들이 망자인 척 들어가서 구해 놓기도
한다고 수현은 덧붙였다.

설명을 듣던 조 선임이 나름 결론을 내렸다는 듯 고개를 끄
덕이며 말했다.

"음…… 결국 이승에서 못 했던 일들을 속성으로 다시 하게
하는 코스들이 되어 있군요. 추위로 고통받다가 온기로 은혜를
느껴 보고, 함정을 사이에 두고 도움을 주고받아 보고."

수현은 시원하게 고개를 끄덕였다.

"네. 바로 그게 변화된 지옥의 방식입니다."

도산지옥 위를 한 바퀴 돈 구름차는 곧 오관대왕부를 벗어났다. 조금 빠른 속도로 날아가자 계곡이 넓은 분지로 이어져 있고, 그 분지 가운데에 여러 건물들이 모여 작은 도시 같은 것을 이루고 있었다. 차에 타고 있던 모두에게 약간 낯익은 풍경이었다. 염라대왕부의 전경이었다.

염라대왕부를 구성하는 여러 건물들 가운데 유독 커다란 건물이 두 채 있었다. 수현이 두 건물을 손으로 가리켜 보이며 말했다.

"염라대왕부는 판관부와 행정부가 따로 구성되어 있고요. 오른쪽으로 보이는 건물이 아까 계시던 선명청원이고, 판관부에 해당합니다. 그 맞은편 광명왕원은 저승 전체에 대한 행정 조직이 입주해 있습니다."

염라대왕부는 전통적으로는 가족이나 어른들에게 악담을 하거나 입으로 죄를 지은 자들을 벌하는 곳이었다. 지금은 증오심이나 악의를 품고 상대에게 말 또는 행동으로 안 좋은 영향을 끼친 죄, 즉 '타인을 미워한 죄'를 다루고 있었다. 물론 염라대왕부에도 과거에 지옥이 있었고, 지금은 현대화되었다.

"악담을 했기에 혀를 뽑아 버린다고 해서 발설지옥…… 이었죠?"

예슬은 기억을 더듬어 보았고, 조금 끔찍하기까지 한 시왕도 풍경을 상상하며 수현에게 물었다.

"네. 짐작하시겠지만 이제 당연히 그렇게는 안 하고요."

그렇게 대답하며 수현은 선명청원에서 구름다리로 이어져 있는 건물 하나를 가리켰다. 현대적으로 지어진 건물은 얼핏 보면 학교나 연구소처럼 보였는데, 그 옥상 언저리에 '교정청'이라는 큰 간판이 붙어 있었다. 현대화된 발설지옥의 모습이었다.

"저기 보이는 염라대왕부 교정청에서, 상담사들의 집중 대면 상담을 통해 그 악의의 원천을 드러내고 달래는 카운슬링을 진행합니다."

수현의 부연 설명을 들은 조 선임이 그 이야기에 진저리를 치며 물었다.

"우와, 그거 엄청 하드한 업무 아니에요? 이승에서 죽을 때까지 품고 있던 악의를 들여다본다고요?"

"그래서 충분한 훈련을 받은 상담사들이 배치됩니다. 그리고 오래 근무하지 않고요. 상담사들도 대체로 악업을 짓고 뉘우치는 사람들이 대부분이에요. 집중 상담 몇 차례 진행하고 나면 죄인은 죄인대로 누그러지지만 상담사도 그만큼 힘든 이야기를 들어 준 만큼 선업을 쌓게 되거든요."

수현의 설명에 따르면, 저승에 근무하는 관원들 중 적지 않은 수는 이승으로 돌아가기 전에 착한 일을 해서 자신의 과거 악업을 떨쳐야 하는 신세였다. 그중에서도 선업을 쌓고 떠나는 속도가 가장 빠른 두 직종이, 힘을 써서 저승의 일을 돕는 역사들과 염라대왕부 교정청에서 근무하는 상담사들이었다.

이어지는 수현의 설명을 계속해서 흥미롭게 듣고 있던 조 선임과 성관은, 이 대목에서 수현에게 뭔가 더 물어보고 싶어 하는 눈치였다. 예슬은 그걸 알아차렸고, 왜 그러는지도 짐작할 수 있었다. 조금 전 한빙지옥에서 한 질문이 계속 모두의 머릿속에 남아 있는 게 분명했다. 수현 또한 갚아야 할 업이 남아 있어서 이곳에 있는 것인지…… 그리고 그걸 물으면 수현이 불편해 할 것임을, 이제는 모두가 인식하고 있었다.

그 미묘한 분위기를 아는지 모르는지, 수현은 구름차의 방향을 돌렸다. 정면으로 광명왕원 건물의 웅장한 모습이 나타났다.

"여기 광명왕원이 저승 전체의 행정 중심지에 해당합니다."

수현은 광명왕원에 입주해 있는 저승의 최상부 통치 조직에 대해 간단히 설명했다. 최정상에는 당연히 염라대왕이 있고, 그 직속으로 정책을 고안하고 업무 지시를 전하는 염라대왕부 비서실이 있었다. 이시영 비서실장이 비서실의 총 책임자이고, 수현은 그 보좌역이었다.

그외의 행정 실무 조직들은 지역 부서와 중앙 부서로 나뉘어 있었다. 지역 부서는 염라대왕부뿐 아니라 모든 대왕부마다 각각 설치되어 있는 자치 기구로, 대표적으로 저승시왕을 보좌하는 비서실은 각 대왕부에도 별도로 설치되어 있었다. 재판관들을 관리하는 판관청, 지옥을 대신해 망자를 관리하는 교정청, 시설물을 유지 보수하는 시설과, 각 대왕부 관원들 간의 업무와 문제를 해결하는 인사과 등도 대왕부마다 설치된 지역 부서에 해당했다. 한편 중앙 부서는 시왕저승을 통틀어 염라대왕부에만 설치되어 있었다. 저승 전체의 죄목 판단 기준을 통일하는 재판설계과, 산 사람의 수명을 예측하고 관리하는 천수과, 그리고 저승 특유의 온갖 물건들을 생산해 내는 생산기획원이 이에 해당했다.

수현은 광명왕원에 붙은 커다란 공장 건물을 소개했다. 생산기획원 건물이었다.

"다른 대왕부에도 저마다 소규모 생산 시설은 있지만, 여기 염라대왕부 생산기획원에서만 할 수 있는 일들이 있어요. 그중 하나가 저승의 신통력을 담은 물건들을 생산하는 일입니다. 업경이나 수명부 같은 것들부터 이런 구름차까지요."

망자들의 입장에서 자연히 궁금해지게 되는 것은 생산 시설의 존재였다. 성관이 손을 들더니 수현에게 물었다.

"그리고 보면 저승의 이 현대 문물들은 다 어디서 난 것들이에요? 이승에서 누가 불에 태웠나?"

성관의 말에 짧은 웃음을 터뜨린 수현은 대답했다.

"불에 태운다고 아무 물건이나 다 저승으로 오진 않아요! 그러면 저승에 없는 물건이 없게요?"

수현은 곧 제대로 된 설명을 이어 붙였다.

"이곳 저승 세계는 믿음과 영혼으로 이루어진 세계니까요. 삼도천에서 퍼온 물이나 저기 염라대왕부 뒷산에서 가져온 돌도, 지식과 믿음을 가지고서 다듬다 보면 다른 형체로 바뀌어 나갑니다. 그렇게 해서 간단한 전자 회로 정도까지는 쉽게 만들어 낼 수 있더라고요. 아직 컴퓨터 수준의 물건 제작은 도저히 무리라, 신통력이 깃든 두루마리를 응용해서 써먹고 있지만요."

듣고 있던 예슬이 손을 들고 질문했다.

"그래도 불에 태우면 올라오는 물건이 있기는 한가요?"

수현은 고개를 끄덕였다.

"네. 책이나 사진 같은 기록물은 망자를 기리면서 태우면 사출산에서 발견되는 경우가 있습니다. 수거할 수 있는 물건은 수거해서, 소유주 망자님이 환생할 때까지 보관합니다. 일부는 이승의 정보를 참고하기 위한 자료로 장기 보존하고요. 진짜 돈이든 가짜 돈이든 동전이나 지폐류도 간혹 올라오는데요, 저승 노자돈으로 부치시는 건 알지만 저희가 그걸 받아서 쓰는 건 아닙니다. 유족들이 망자를 그만큼 기렸구나 하고 심판에 참고사항으로만 쓰지요."

이어지는 설명을 고개를 끄덕여 가며 흥미롭게 듣던 조 선임이 불쑥 말했다.

"참, 물건 만드는 과정 같은 것도 자세히 적어야 하는 거 아닌가요?"

수현은 핸들을 잡은 채 뒤를 돌아보며 물었다.

"제조 공정 견학이 필요하십니까? 김예슬 망자님은 어떻게 보세요?"

자연스레 시선이 예슬에게 모였다. 저승 기록물 생산의 책임자로서의 결정을 묻는 것임을 깨달은 예슬은, 대답에 앞서 곰곰이 생각에 잠겼다. 그리고 생각보다 쉽게 결론을 내렸다.

"……아뇨, 건너뛸게요. 저승이 저승으로서 존재하는 데 필수적인 부분은 아니지 않을까요?"

예슬로서도 저승에서 어떻게 휴대통신기나 빔프로젝터나 열차를 만들어 사용하고 있는지 궁금하기는 했다. 하지만 지금 해야 하는 일은 저승의 모든 모습을 낱낱이 정리하는 것이 아니라, 이승에 기록으로 남길 만한 저승의 얼개를 파악하는 것이었다. 만약 저승에서 물건을 어떻게 만들어 쓰는지가 그렇게나 중요한 정보라면, 본래의 시왕경에도 저승의 마두나찰^{馬頭羅刹}이 들고 선 쇠몽둥이를 어디서 어떻게 만들었는지 쓰여 있었을 것이다.

예슬의 결론에 조 선임도 고개를 끄덕였다.

"김예슬 연구원님 말씀이 맞네요. 정리할 게 이렇게 많은데, 꼭 필요하진 않을 것 같고요."

그렇게 말하며 조 선임은 이미 기록이 빼곡하게 적힌 두루마리를 살짝 들어 보였다. 한편 옆자리의 성관은 생각이 다른 듯했다. 그는 조금 떨떠름한 표정으로 신음을 흘렸다.

"음…… 사실 저는 많이 궁금해서 그러는데요. 아까 그 철도도 그렇게 다 만들었을 테니까⋯⋯."

미련이 뚝뚝 묻어나는 성관의 말에, 예슬은 어떻게 토의를 해서 상황을 풀어나가야 할지 생각을 정리하기 시작했다. 하지만 수현이 곧바로 던진 말 한마디로 상황이 해결되었다.

"나중에 따로 견학시켜 드리겠습니다."

"오, 대박."

성관의 얼굴이 금세 헤벌쭉하니 풀어졌고, 예슬과 조 선임은 살짝 한숨을 돌렸다.

*

무신론자들의 저승 도시 엘리시움 외곽에 위치한 어느 한적한 들판에 구름차가 서 있었다. 호연과 시영은 구름차 보닛 위에 필사본 도서를 펼쳐 놓고 마지막으로 한 번 더 내용을 확인하고 있었다. 그 모습을 엘리시움 학술원의 회원인 페레이라 박사가 세 명의 조수와 함께 지켜보고 있었다.

시영과 호연이 읽고 있는 필사본은 도서관에 보관되어 있던 영어판 '산문 에다'를 포함한 여러 도서를 발췌 번역한 것이었다. 영어를 아는 페레이라 박사의 조수가 원문을 읽으면, 그 말을 들은 호연이 한국어로 받아 적었다. 글로 된 언어는 서로 통하지 않지만 영혼끼리의 말은 언어의 장벽이 없이 통하는 현상을 이용한 번역 방법이었다.

아이슬란드의 문인 스노리 스투를루손이 북유럽 신화 속의 신들과 세계의 모습을 문답의 형태로 기록한 산문 에다를 중심으로, 다른 북유럽 신화를 다룬 도서들을 참고해 발할라에 관련된 서술을 죄다 옮겨다 적었다. 그렇게 전부 모아 놓으니 소책자 한 권 분량이 나왔다.

"오딘은 '전사자들의 아버지'로 불리는데, 이는 전장에서 죽은 이들이 모두 그의 아들로서 인정받는 까닭이다. 그는 전사들을 발할라로 인도하여, 훗날 유령 군단인 에인헤리아르가 되도록 한다."

"발할라에는 무려 540개의 문이 있는데, 늑대 펜리르와의 싸움을 위해 전사들이 출전할 때에는 하나의 문으로 800여 명의 전사들이 일시에 쏟아져 나간다."

"유령 군단의 전사들은 매일같이 오딘의 궁전에서 전투를 벌인다. 전장에서 상대방을 쓰러트리더라도, 되돌아온 뒤에는 서로 화해하여 다시 함께한다……."

호연과 시영은 발췌한 에다의 주요 문장을 번갈아 읽으며 그 내용을 숙지하고자 했다. 외우는 것에는 영 자신이 없는 호연은 읽어도 읽어도 새롭기만 했으나, 시영은 굉장히 빠르게 그 내용을 흡수했다.

"……저는 이 정도면 충분할 듯합니다."

"대단하세요……."

호연은 책을 다시 집어들었다. 멀리서 페레이라 박사가 다가

와 사람 좋은 웃음을 지어 보이며 말했다.

"준비는 끝나셨습니까?"

시영은 고개를 끄덕였다.

"예. 이제 출발할 생각입니다. 저희와 동행하실 분은 어느 분입니까?"

페레이라 박사가 손가락을 튕겨 신호하자, 조수들 중 한 명이 달려왔다. 남유럽계 백인 남성이었다.

"우리 학술원의 견습 회원인 무슈 파트릭 그리모입니다."

파트릭이라고 불린 남성은 매우 긴장한 듯 뻣뻣하게 서 있었다. 페레이라 박사가 시영과 호연을 번갈아 돌아보며 당부했다.

"마지막으로 확인하겠습니다. 여러분께서는 도서관의 정보를 이용해 북유럽 신화 속의 사후세계 '발할라'로 이동하심으로써, 사후세계 간의 이동이 가능하다는 것을 저희들에게 보여주시게 됩니다. 증인으로서 무슈 그리모가 여러분의 차량에 동승할 것입니다. 만약 여러분이 발할라로 이동하는 데 실패하신다면, 저로서는 사후세계 간의 이동을 믿을 수 없다고 결론지을 수밖에 없습니다. 발할라에서 용무가 끝나시는 대로 무슈 그리모를 대동해 다시 이곳으로 돌아와 주시기를 바라며, 그 뒤에는 저희 실험을 한 가지 도와주셔야 합니다. 이해하셨습니까?"

시영과 호연은 약간 비장하게 대답했다.

"잘 알고 있습니다."

"최대한 빨리 돌아올게요."

페레이라 박사도 긴장으로 굳는 얼굴에 애써 미소를 지으며 고개를 끄덕였다.

"좋습니다. 행운을 빕니다."

시영이 운전석에 오르고, 호연이 조수석에 앉았다. 뒷좌석에는 조수 파트릭이 앉았다. 호연은 필사본을 펼쳐 계속해서 읽어 나갔다. 그 목소리에 겹쳐, 시영도 같은 내용을 외워 읊기 시작했다.

구름차에 시동이 걸리고, 가속이 시작되었다. 엘리시움을 등지고 벗어나는 방향으로, 끝없는 평야 저편을 향해, 구름차가 내달리기 시작했다. 시영과 호연은 계속해서 에다의 내용을 읽었다.

구름차의 속도가 점점 빨라졌다. 평탄하던 대지에 굴곡이 일기 시작했다. 시영이 구름차의 고도를 높였다. 진로의 전방에 큰 언덕이 나타났다. 시영은 핸들을 위로 꺾어 피했다. 계속해서 진로가 언덕이나 산으로 가로막혀 방해를 받았다. 그래서 이리저리 계속 방향을 바꾸며 나아가다 보니, 구름차는 어느새 깎아지른 바위산 틈바구니의 좁은 계곡 위를 날아가고 있었다. 시왕저승의 사출산과 흡사한 풍경이었다.

시영은 온 힘을 다해 핸들을 움켜쥐고는 구름차를 능수능란하게 몰았다. 계곡을 통과해 나아가던 구름차가 점점 산발적으로 흔들리기 시작했다. 호연은 책을 붙잡고 집중력을 잃지 않으려 애썼다. 뒷자리의 동승자는 불안과 초조함으로 돌처럼 굳은 채 식은땀을 흘리고 있었다.

주변 시야가 점점 흐려졌다. 안개 속으로 뛰어들고 있는 것만 같았다. 계속해서 굽이치는 계곡을 빠르게 날아가며, 시영은 전방을 뚫어져라 응시했다. 날아가던 차가 크게 한 번 덜컹하고 흔들렸다. 긴장을 참다 못한 조수 파트릭이 마침내 비명과 함께 절규를 토해 냈다.

"……그만! 그만! 멈춰! 당신들 대체 어디까지 갈 셈이야! 다 같이 죽으려고 이러지!"

호연은 '이미 죽었잖아요'라고 대꾸하려던 마음을 억누르고 계속해서 에다를 읽었다. 조금만 더, 조금만 더 가면 될 것 같다는 막연한 믿음이 솟구쳤다.

차가 한 번 더 크게 흔들렸다. 다음 순간, 시야가 완전히 흰색으로 물들었다. 파트릭이 다시 고함을 쳤다.

"제발 멈춰! 아이고 아버지!"

그리고 호연은 그의 입을 막을 요량으로, 필사본에서 읽던 구절을 냅다 고함쳐 읽었다.

"아스가르드의 신들과 모든 발할라의 유령 전사들이 무장을 갖추어 들판으로 출진하리라! 황금 투구를 쓰고 휘황찬란한 사슬 갑옷을 입고 궁그닐 창을 든 오딘이 앞장서리라!"

그 순간, 안개가 걷히고 사방의 풍경이 일변했다. 시커먼 어둠이 눈앞을 감쌌다.

순간적으로 방향을 알 수 없게 된 시영은 급히 차의 속도를 줄였다. 곧이어 구름차가 크게 들썩이며 와지끈하는 소리가 들렸다. 차체에 풀이 쏠리는 소리가 들리기 시작한 것으로 보아, 지면에 충돌한 모양이었다. 시영은 황급히 핸들을 돌려 구름차의 수평을 다시 회복했다. 어둠 속이라 식별하기 어려웠지만 앞 유리창으로 장애물이 접근해 오는 것이 보였다. 시영은 계속해서 강하게 제동을 걸었다.

마침내 구름차가 멈춰섰다. 시영은 깊은 한숨을 내쉬었다. 잔뜩 긴장해 핸들을 붙잡고 있던 손이 얼얼할 지경이었다. 호연도 긴장이 풀려, 이마에 흥건히 맺힌 식은땀을 닦아냈다. 그 사이 뒷자리의 조수 파트릭은 고개를 다리 사이로 파묻은 채 벌벌 떨며 계속 무슨 말인가를 웅얼거리고 있었다.

"미친 박사…… 미친 박사 말을 듣는 게 아니었는데…… 또 죽고 싶지 않아…… 살려줘…… 하나님 어찌하여 나를 버리시나이까……."

호연은 의자 너머로 뒷자리 쪽을 살짝 돌아보았다. 조금 측은한 마음이 들었다. 그도 분명 순전히 자기 뜻으로 따라오게 된 것은 아니었겠지. 이승에서 박사과정 대학원생이었던 호연은 조금쯤 그의 처지에 공감할 수 있을 것 같은 기분이었다. 한편으로 무신론자 저승에서 따라온 이가 공포 속에 하나님을 찾는 광경에 깊은 의문이 넘실거렸다. 하지만 호연으로서는 굳이 그걸 따져 물어보고 싶은 상황은 아니었다.

그렇게 당면한 위기를 모면하고 나니, 주변의 풍경이 눈에 들어왔다. 구름차가 멈춘 곳은 빽빽한 숲으로 둘러싸인 작은 들판이었다. 다가오던 장애물은 숲을 이루고 있던 굵은 나무의 기둥이었다. 간신히 정면충돌은 모면한 상황이었다. 조금 전 지면에 충돌했을 때 구름차의 앞쪽 범퍼가 뜯겨 나가, 차의 앞부분이 심하게 손상되어 있었다.

"……도착한 겁니까?"

시영이 물었다.

"풍경이 바뀌었으니까 아마도…… 그렇겠죠?"

호연은 창밖을 살피며 대답했다. 숲은 어둠 속에서 밤을 맞이하고 있었다. 낮도 밤도 구별할 수 없이 언제나 하늘이 회색으로 칙칙하기만 하던 다른 저승들과는 확연히 달랐다. 발할라에 대한 서술 중 기억할 만한 부분이 있었다. '낮에 전투 훈련을 하고 밤에는 잔치를 벌인다'는 대목이었다. 낮과 밤이 나뉘어 있어야만 성립하는 저승이 발할라였으니, 이 풍경이 시사하는 바가 컸다.

호연은 밖을 내다볼 요량으로 창문을 열려다가, 냄새에 동요하던 시영을 떠올리고는 그에게 허락을 구했다. 시영은 개의치 않아 했다. 호연은 차창을 열고 고개를 내밀어 보았다. 깊은 군청색으로 일관된 하늘에는 별이 하나도 보이지 않았다. 하늘 아래로는 들판을 에워싼 숲 말고는 보이는 것이 없었다. 저 멀리 들판을 가로질러 숲 안쪽으로 들어가는 샛길이 나 있는 것이 눈에 들어왔다.

창문을 닫고, 호연은 시영에게 제안했다.

"저쪽에 길이 하나 보이는데요. 숲을 질러서 나아가 볼까요?"

"예, 일단 그렇게 하는 게 좋겠습니다. 그런데…… 이 냄새는 뭡니까?"

시영이 눈을 살짝 찌푸리며 물었다. 호연이 창문을 연 사이에 바깥 냄새가 차 안으로 들어온 것이었다. 나무 내음이 아닌가 생각했지만, 전혀 다른 냄새였다. 비릿한 느낌이면서 동시에 녹이 슨 쇠 같은 느낌의 불쾌하고 자극적인 냄새. 호연은 짐작 가는 대로 중얼거렸다.

"……피비린내……?"

갑자기 숲에서 피 냄새가 나다니.

호연은 짐작이 가는 바가 있었지만, 괜히 입 밖으로 꺼내어 말하면 부정을 타서 사실이 아니게 될 것 같았다.

"……일단 저 길을 따라서 좀 가 보죠."

"그럽시다."

구름차가 다시 천천히 움직이기 시작했다. 방향을 돌려 샛길로 접어들 무렵, 호연이 문득 물었다.

"이 차, 전조등은 못 켜는 건가요?"

시영은 애석한 듯 고개를 끄덕였다.

"시왕저승에는 밤낮의 개념이 없으니까요. 앞에 달린 램프는 이승을 따라 한 장식에 가깝습니다."

호연은 대신 눈을 부릅뜨고 앞을 살피기 시작했다. 저승의 풍경을 보는 데도 암순응이 필요한지는 알 수 없었지만, 샛길이 향하는 방향을 파악하는 데에는 다행히도 문제가 없었다.

숲속에 들어서자 전혀 다듬어지지 않은 울퉁불퉁한 길이 계속해서 이어졌다. 구름차는 그 위를 적당한 고도를 유지하며 유유히 미끄러져 나아갔다. 양 옆으로는 키 높이가 일정한 곧게 솟은 활엽수들이 빽빽이 들어선 숲이 흘러 갔다.

"무슨 나무죠?"

나무의 종류를 잘 모르는 호연이 문득 묻자, 시영이 답했다.

"참나무 종류도 보이는군요. ……채호연 망자님, 저것 좀 보십시오."

수종樹種을 살피던 시영이 한 손으로 길가의 나무 하나를 가리켜 보였다. 나무 허리에 낡은 서양식 장검이 박혀 있었다.

"네, 저도 봤어요…… 저기, 저것도 좀 보세요."

이번에는 호연이 다른 나무를 가리켰다. 원래 곧게 솟아 있었을 나무의 뿌리 부분이 폭탄이라도 맞은 듯 산산조각 나 쓰러져 길을 가로막고 있었다. 길을 막았다고는 해도 구름차는 그 위를 유유히 통과할 수 있었다.

과연 무엇이 나무에 저런 흔적을 남겼을까. 호연은 이것이 어떤 치열한 전투의 흔적이 아닐까 생각했다.

숲을 통과해 나아감에 따라 그런 흔적들이 계속 나타났다. 버려져 있는 방패, 나뭇가지에 걸린 투창, 박혀 있는 화살, 불탄 그루터기…… 호연은 자신의 짐작이 점점 확신이 되는 것을 느꼈다.

마침내 숲길 저 건너편에 트인 밤하늘이 보이기 시작했다. 구름차는 신중하게 나아가, 숲을 벗어났다. 그러자 시야가 탁 트였다.

숲을 빠져나오니 넓은 분지가 나타났다. 맑은 개울물이 분지 안쪽으로 흘러 가고, 그 물길이 이르는 곳에 거대한 성채가 있었다. 돌로 된 높은 성곽이 분지 한가운데를 빙 둘러 세워져 있었다. 성곽 곳곳에는 튼튼한 문으로 가로막힌 관문이 있었다. 관문마다 횃불이 타오르며 성채의 경계를 또렷이 가르고 있었다. 성곽 안으로는 나무로 지어진 수많은 건물들이 보였다. 하나같이 크고 웅장한 규모를 자랑했다. 그 나무 건물들의 한가운데에 거대한 궁전이 보였다. 궁전은 성곽과 같은 재질로 보이는 튼튼한 돌로 지어진 듯했다. 궁전 벽 곳곳에 내걸린 황금 방패마다 횃불 빛이 반사되어 금빛으로 부서지고 있었다.

시영과 호연은 눈빛을 교환했다. 더는 말이 필요 없었다. 구름차는 천천히 성채의 여러 문 중 한 곳을 향해 접근했다. 가까이 다가가자 좀 더 세세한 모습이 눈에 들어오기 시작했다. 높이가 이십 미터는 족히 되어 보이는 드높은 성벽은, 분명 돌을 쌓아 올렸을 것임에도 불구하고 돌 사이의 틈이 보이지 않도록 정교하게 다듬어진 매끈한 외관을 자랑하고 있었다. 관문 주변에는 수많은 횃불이 밝게 타오르고 있었다. 특히 관문 앞은 성문의 생김새를 알아볼 수 있을 정도로 환했다.

벽과 같은 재질의 돌로 만들어진 문에는 또렷한 획으로 날카로운 글자가 새겨져 있었다. 알파벳에 가깝지만 더 날카롭고 각진, 사나워 보이는 글자였다. 호연은 어디선가 그 글자를 본 기억이 있었다. 이른바 '룬 문자'라 불리는 것이었다. 룬 문자가 잔뜩 새겨진 문의 정중앙에는 정삼각형 세 개를 서로 얽어 겹쳐 놓은 기하학적인 문양이 조각되어 있었다.

그 문 앞에 누군가가 버티고 서 있었다. 두꺼운 가죽옷을 입고, 머리와 귀를 가리는 투구를 쓰고, 등에는 양손으로 휘두를 만한 커다란 전투 도끼를 맨 그는, 구름차를 발견하자마자 허리춤에 매달려 있던 뿔피리를 집어 들어 힘껏 불었다.

뿌우 하는 크고 경쾌한 소리가 들려왔다. 시영은 차를 세웠다.

호연은 시영을 돌아보며 물었다.

"저희, 제대로 도착한 것 같죠?"

"저도 그렇게 생각합니다."

밤이 존재하는 곳, 피비린내 나는 숲, 곳곳에 널린 전투 흔적, 거인이 와서 지었음직한 튼튼한 성벽 곳곳에 나 있는 540개의 웅장한 문. 옛 게르만족이 사용하던 룬 문자. 그리고 그들을 맞이하러 나온 전사.

이곳은 발할라임이 틀림없었다.

"내려서 이야기 나눠 보도록 합시다."

"네. 그보다…… 저기, 파트릭 선생님?"

차에서 내릴 채비를 하려던 호연은, 문득 뒷좌석의 조수 파트릭을 돌아보았다. 뒷좌석 구석에 거의 구겨지다시피 앉아 있던 파트릭은 화들짝 놀라며 대답 한마디 못한 채 호연에게 시선을 보냈다. 호연은 그를 안쓰럽게 바라보며 물었다.

"따라 가실 건가요?"

파트릭은 세차게 도리질을 쳤다.

"나, 나, 난 페레이라 박사가 시켜서 당신들이 어디 가는지 증언만 해 주면 되니까, 나, 난 충분히 했으니까, 그, 그러니까 난 상관 말고 볼일들 보쇼."

조금 전의 저승 간 여행이 어지간히 두려웠던 모양이었다. 호연은 시영에게 물었다.

"……저분은 차에서 기다리시게 두죠. 이 차도 시동 거는 키 같은 거 있죠?"

시영은 고개를 끄덕였다.

"어차피 미리 등록된 관원이 아니면 시동이 걸리지도 않습니다."

호연은 안심하고 차 문을 열고 내렸다. 시영도 뒤따라 내렸다. 문지기 전사가 성큼성큼 다가와 두 손을 높이 들어 보이며 환영의 인사를 건네 왔다.

"전사들이여! 어서 오시게! 그대 비록 피투성이가 되어 전장에 몸을 뉘었을지언정, 그대의 싸움은 아직 끝나지 않았도다!

그대 용맹한 전사여, 이제 그대는 이 성스러운 고대의 문을 통과해 영광된 싸움의 길로…….”

문지기의 휘황찬란한 치하의 말을 손사래를 쳐 가로막으며, 호연은 말했다.

“잠깐만요! 저희는 전사가 아니에요!”

시영이 뒤이어 전사에게 자신들의 신분을 밝히며, 그에게 질문을 던졌다.

“저는 먼 나라 저승의 공무원이고, 이분은 과학자입니다. 조사할 것이 있어 멀리서 찾아왔습니다. 여기가 발할라가 맞습니까?”

전사는 의아하다는 듯 한참 고개를 갸웃거리더니, 일단 시영의 질문에 답했다.

“그렇소! 여기가 바로 오딘께서 굽어살피시는 유령 전사들의 성, 발할라요! 그런데 전사가 아닌 이들이 여기엔 어떻게 왔단 거요? 이곳에 당도하는 것은 싸움터에서 용맹히 싸우다 목숨을 잃은 오딘의 자식들이 아니면, 종말의 늑대 펜리르 밖에는 없을 텐데. 자네들은 물론 자네들이 타고 온 수레도 도저히 늑대로는 보이지 않는구만!”

그렇게 말하고서 전사는 코웃음을 쳤다. 아무리 봐도 문을 순순히 열어 줄 심산은 아닌 듯했다.

시영은 호연을 돌아보며 물었다.

“저희를 쉬이 들여보내지 않을 모양입니다. 이제 발할라의 존재를 확인했으니 돌아갑니까?”

호연은 고개를 저었다.

"아뇨. 한 번 사라졌다가 나타난 게 맞는지까지 확인해야죠. 안에 들어가 봐야겠어요."

시영에게 답한 호연은 다시금 전사에게 말을 걸기로 했다. 사람 키만 한 도끼로 무장한 남성에게 말을 건네는데도, 호연은 겁에 질리기는커녕 도리어 등을 꼿꼿이 펴고 허리춤을 손으로 짚으며 위세를 보이고 싶어 하는 자신을 발견했다. 호연은 목소리를 한 번 가다듬고 전사의 정면에 서서 말했다.

"저희가 비록 전사는 아니지만, 여러분들에게 소식 하나를 전하려고 여기까지 왔어요. 그 대가로 전사들에게 묻고자 하는 것도 있습니다."

전사는 흥미가 간다는 듯 물었다.

"소식이라는 게 무엇이오?"

그 질문을 듣고 나서 아주 짧은 순간에, 호연의 머릿속에 어떤 무모한 객기가 스쳐 지나갔다. 이건 분명 산문 에다를 너무 옮겨 적은 탓이라고, 호연은 객기에 취해 입을 열며 생각했다.

"……그대는 이미 라그나뢰크가 온 것을 아시오?"

노래를 읊듯 말을 거는 호연의 모습을 의아하다는 듯 내려보며, 그리고 운을 뗀 노래의 내용을 알아 들은 전사가 그녀를 노려보았다. 호연은 계속해서 생각이 흘러 가는 대로 그에게 읊었다.

"오래된 예언에 말하던 신들의 황혼이, 단 한 순간에 찾아올

줄을 누가 알았나? 별이 번쩍이며 하늘이 무너지니, 땅에 사는 인간들은 모두 짓눌려 죽었음이라. 싸움터에서 죽는 용맹한 전사도 더는 없으리라. 심지어 죽은 이들도 거듭 죽을 위기가 다가오니, 오딘의 유령 전사들은 늑대와의 싸움을 맞이하기도 전에, 어디에도 없던 것처럼 사라지고 말 것이다."

운율이고 뭐고 알 수 없었지만, 호연은 머릿속에 시상이 떠오르는 대로 읊어 나갔다.

"우리는 먼 나라 저승에서 찾아 온 사자. 살아 있는 이들의 땅에 벌어진 일을 알고, 죽어서 다시 죽는 일이 없도록 방법을 찾는 이들이니, 들여 보내 주시길."

전사는 이제는 제법 진중한 표정이 되어 호연을 바라보고 있었다. 하려던 말을 다 뱉어 내자, 한 걸음 늦게 엄청난 부끄러움이 호연을 엄습했다. 죽은 뒤에 이것저것 헤매던 끝에, 결국에는 북유럽 저승에 와서 전사에게 에픽epic이네 사가saga입네를 부르기에 이르렀다. '만화 많이 본 아이들이 인터넷에 써 올리는 심각한 글귀 같다. 이게 뭐 하는 거람.' 호연은 얼굴이 달아오르는 것이 느껴졌다. 죽어서 맥박도 안 뛰는데 홍조는 왜 올라오는 건지, 호연은 이 순간의 모든 것들이 난감했다.

하지만 호연의 무모한 시도가 전사에게 제법 통한 모양이었다. 전사는 가죽 장갑을 낀 손으로 박수를 치며 말했다.

"썩 괜찮은 낭독이었소! 내용도 흥미롭군. 대체 무슨 일이 있었단 거요?"

"그걸…… 저……."

호연은 대답을 이어 가려다가, 말을 지어 낼 정신력이 바닥 난 것을 알아차렸다. 호연은 시영에게 절박한 손짓을 해 보였고, 시영은 호연의 상태를 바로 알아차리고는 대신 대답했다.

"그걸 말씀드리려면, 저희가 이곳 발할라의 높은 분을 만날 수 있게 해 주셔야 합니다."

"흠, 높은 분? 발퀴리에게 안내해 주면 되겠군! 그렇지만 자네 들은 전사가 아니라면서? 내가 들여 보내도 될지 모르겠네만?"

슬쩍 떠보는 듯한 전사의 말에, 시영은 잠시 궁리하다가 답했다.

"……그럼 그간에, 이곳에 찾아온 이를 들여 보내지 않은 적이 있습니까?"

저승은 믿음을 가진 사람들의 공간이다. 발할라는 북유럽 신들을 신앙으로 믿는 이들 중, 전장에서 싸우다 사망한 이들이 오는 곳이다. 그 조건에 맞지 않는데도 발할라에 가기를 원한다면, 신앙심이 깊지 않은 것이다. 즉, 아마 죽어서 이 문 앞에 도달한 자들이라면 누구나 발할라에 들어갈 만한 용맹한 전사였을 것이고, 문지기가 찾아온 이를 내쫓은 적은 없을 것이었다.

짧은 시간 안에 시영이 이끌어 낸 추측이었고, 그 추측은 적중했다. 전사가 너털웃음을 지으며 답했던 것이다.

"그도 그렇군! 내 안내함세. 전사여, 아니, 아무튼, 방문자들이여! 전사자戰死者들의 성에 어서 오시게!"

전사가 뒤돌아 문으로 걸어가, 등에 지고 있던 도끼를 뽑아 들어 문에 새겨진 삼각형 모양의 문양을 세 차례 크게 두드렸다. 그러자 거대한 돌문이 천천히 양쪽으로 밀려나듯이 열렸다.

호쾌한 웃음을 지으며 턱짓을 한 전사는, 앞장서서 문 안쪽으로 들어갔다. 시영은 그를 따라가기에 앞서, 호연을 치켜세웠다. 호연은 조금 전의 무모한 용기가 남기고 간 온갖 어지러운 생각들과 싸우고 있었다.

"……많이 애쓰셨습니다. 좋은 선택이었습니다."

호연은 간신히 고개를 끄덕였다.

"저지르고 보니 많이 부끄럽지만…… 잘 되어서 다행이네요."

시영과 호연은 전사의 뒤를 따라 발할라성 안으로 들어섰다. 성문 안쪽으로는 돌로 포장된 곧게 뻗은 대로가 곧장 정면의 황금 궁전으로 이어지고 있었다. 그리고 그 길 양편으로 횃불이 가로등처럼 연이어 내걸려 길 위를 환하게 비추고 있었다.

전사는 어두운 길거리를 두리번거리며 누군가를 찾더니, 이내 고함쳐 불렀다.

"이봐! 세드릭! 다리가 날아간 세드릭!"

길 저편을 걸어가던 남자가 고함소리를 듣고 뒤돌아 걸어왔다. 다부진 체격에 짧은 갈색 머리카락을 가진 백인 남성이었다. 기묘한 호칭과는 달리, 그의 두 다리는 멀쩡해 보였다. 전사가 그에게 말했다.

"다리가 날아간 세드릭, 여기 이 방문자들을 대연회장으로 안내해 주게!"

"뵈릭, 그 별명 좀 그만 부르라고 했잖아!"

세드릭이라는 남자는 가볍게 성을 내며 걸어와 시영과 호연을 위아래로 훑은 뒤, 다시 뵈릭이라고 불린 문지기 전사에게 말했다.

"이 둘은 무슨 무기로 싸웠던 전사인데 저렇게 허약한 거야? 오딘의 전사가 맞기나 해?"

호연은 이 말이 다소 무례하다고 느꼈고, 시영은 뭔가 해명을 해야 하나 고민했다. 하지만 곧 전사 뵈릭이 너털웃음을 지으며 응수했다.

"전사가 아닌데 여기까지 찾아왔으면 예사 방문자는 아닐 것 아닌가! 지상에 라그나뢰크가 났다는 소리를 하면서 설명을 하겠다고 먼 나라에서 찾아왔으니, 발퀴리Valkyrie한테 데려가서 이야기 나눠 보게나!"

세드릭은 흠, 하는 콧소리를 흘리며 다시 시영과 호연을 바라보더니, 의외로 손쉽게 수긍했다.

"문지기의 판단이라면 존중해야지. 따라들 와."

조금 정중한 어조로 그렇게 말하고는 성큼성큼 걸어가는 세드릭. 그를 가리켜 보이며, 전사 뵈릭이 빙긋 웃었다. 시영과 호연은 그에게 짧게 감사를 표하고는 세드릭을 뒤따라 걸어갔다.

북유럽풍의 거대한 목조 건물이 좌우로 늘어선 길을 따라 황금 궁전을 향해 걸어가던 중에 세드릭이 물었다.

"그런데, 라그나뢰크가 왔다는 건 무슨 소리지?"

조금 진정을 찾은 호연이 다시 차분히 대답했다.

"……어, 요컨대 이승에 큰 재해가 일어나서 온 세상 사람들이 다 죽는 일이 일어났거든요. 그래서……."

그 말에 세드릭은 눈살을 찌푸리며 툭 하니 대꾸했다.

"온 세상 사람들이 다 죽는 재해라니, '딥 임팩트'라도 일어났나?"

배려나 예의라고는 눈꼽만큼도 느껴지지 않는 거친 말투가 불편했지만, 호연은 말투보다는 그 내용이 더 신경 쓰였다. 호연은 깜짝 놀라 물었다.

"딥 임팩트를 알아요? 영화 말하는 거죠?"

세드릭은 의아하다는 듯 되물었다.

"모를 이유가 있어?"

호연은 다시금 그에게 질문했다.

"저기, 이런 걸 물어보면 실례가 아닐까 하지만, 혹시 전사하신 시기나 장소가……."

질문을 듣고, 세드릭은 코로 길게 한숨을 내쉬고는 입을 열었다.

"여기 온 지는 15년째다. 위대한 오딘께 누가 되지 않도록, 그리고 조국의 안보를 위해, 치열한 전장에 몸을 던졌다가 장렬히 전사해 명예롭게 이곳에 왔지. 타고 가던 장갑차 밑에서 급조폭발물IED이 터졌거든. 그때 두 다리가 날아갔지."

호연은 그 말을 듣고 숨을 집어삼켰다.

발할라에서 확인해야 할 것들에는 크게 세 가지가 있었다. 첫 번째는 발할라의 존재 자체. 두 번째는 발할라가 지금도 종교적 저승으로 믿어지고 있는지 여부. 세 번째는 기독교 전파로 인한 신앙의 단절이 저승에 가져온 영향이었다. 첫 번째는 여기 도착해 문지기 전사 뵈릭을 만남으로써 확인되었고, 두 번째가 지금 확인된 것이었다. 지금 옆에서 걸어가고 있는 발할라의 전사는, 말하는 내용으로 짐작해 보건대……

세드릭에게 호연은 조심스럽게 질문 하나를 던졌다.

"……바그다드였나요?"

호연을 흘끗 바라보며, 세드릭은 대답했다.

"아니, 바스라."

그는 15년 전인 2005년, 이라크에서 사망한 미군이었다.

호연은 시영을 돌아보았고, 시영도 고개를 끄덕였다. 안내자 세드릭은 두 번째 의문의 증거나 다름없었다. 현대에도 북유럽의 신들은 종교 신앙의 대상이 되고 있었다.

시영이 호연의 뒤를 이어 질문했다.

"그럼 망자님보다 늦게 온 전사들도 있겠군요."

세드릭은 살짝 자랑하는 듯한 어조로 대답했다.

"당연하지. 요즘은 더 늘었고. 나 때만 해도 토르나 오딘의 권

능 있는 이름을 말해 봤자 분간도 못 하는 자들이 많았는데, 요새는 이름만큼은 금방 알아듣는다더군. 전사자 묘역의 제 묘비에 토르의 망치를 새기도록 했다고 자랑하는 녀석도 있던데."

그의 목소리가 약간 들떠 있었다.

호연은 시영에게 작은 목소리로 물었다.

"이제 그럼 저희가 알아봐야 하는 건 이곳이 어떻게 살아 남았느냐 하는 것뿐이죠? 문지기로 나오셨던 분과 지금 안내를 하는 분이 서로 사망한 시대가 크게 다르니, 저승을 가질 수 있는 현대 종교임은 입증된 셈인데요."

"예. 같은 생각입니다."

시영은 잠시 생각하다가 이어 붙였다.

"……하지만 어쩌면 단 한 번도 종교로서 잊힌 적이 없을지도 모릅니다. 그 경우에는 저희가 잘못된 곳을 찾아온 셈이 되겠군요."

"네? 그게 왜…… 아하."

잠시 의아해하던 호연은 곧바로 시영이 지적한 것이 무엇인지 알아차렸다. 지금 호연과 시영은 저승에 대한 신앙이 사라져 저승이 사라졌을 때를 대비하는 입장이었기에, 만약 북유럽 신들이 고대로부터 지금까지 꾸준히 숭배의 대상이었다면, 이곳 발할라는 그저 먼 나라의 평범한 저승 세계들 중 하나일 뿐 후대에 신앙을 부활시키면 된다는 가설을 검증할 수 있는 장소는 될 수 없었다.

그 가능성을 확인하기 위해서는 이 저승을 관할하는 이들이나 더 많은 망자들과 이야기를 나눌 필요가 있었다. 시영과 호연은 계속해서 세드릭의 뒤를 따라 대로를 걸어갔다.

성을 관통하는 대로변의 끝에 큰 해자가 있고, 그 위로 화려한 장식으로 치장된 돌다리를 건너자 황금 방패가 곳곳에 내걸린 웅장한 궁전이 있었다. 궁전의 정문은 활짝 열려 있고, 환하게 밝혀진 안에서 시끄러운 노래와 말소리가 들려 오고 있었다.

세드릭이 턱으로 안쪽을 가리켜 보이며 말했다.

"여기가 대연회장이고, 이야기하려고 찾는 사람이 있거든 직접 찾으면 되겠지."

시영이 그에게 물었다.

"그럼 이곳에 오딘 신께서 계시는 겁니까? 제가 만나 볼 수 있겠습니까?"

그 질문을 듣자 세드릭은 피식하고 웃음을 터트리더니, 이내 쩌렁쩌렁한 목청으로 크게 웃으며 시영에게 말했다.

"먼 데서 왔다더니, 오딘이 무슨 인격을 가진 존재라고 생각하는 모양이군? 여러 신들은 저마다 상징하는 바가 있는 믿음의 대상이지, 걸어 다니다가 마주치는 친구 같은 게 아니라고. 오딘은 왜 찾는 건데?"

시영은 예상치 못한 대답에 잠시 말문이 막혔으나, 곧 다시 침착하게 그에게 답했다.

"발할라의 역사에 대해 물어볼 것이 있습니다. 그리고 이곳에 있는 망자분들께 전할 말도 있고요. 그래서 되도록 높은 자리에 계신 분을 만나려고 했던 것입니다."

세드릭은 다시금 피식 웃으며 말했다.

"여기 전사들은 알아서 치고받고 싸우다 알아서 먹고 마시는 게 전부지, 높은 분도 뭣도 없어. 아까도 말했지만, 묻고 싶은 게 있으면 알아서 물어보고, 찾는 사람이 있으면 알아서 찾는 게 나을걸."

그렇게 말하고서, 세드릭은 시영과 호연을 남겨둔 채 다시 대로 쪽으로 걸어 나갔다.

"잘들 해 보셔! 나는 집에 가서 사격 연습이나 할 테니까."

그렇게 둘은 황금 궁전의 입구에 남겨졌다. 호연이 조금 난처하다는 듯 시영에게 물었다.

"알아서 하라니…… 어떻게 하죠?"

시영은 조금 체념한 듯, 그렇지만 아직은 포기할 수 없다는 듯한 어조로 말했다.

"……일단 들어가 봅시다. 조금 전 문지기분께서 발퀴리 이야기도 하셨는데, 정말 그런 존재들이 있다면 그분들에게라도 물어보도록 합시다."

호연은 고개를 끄덕였다.

"네. 정말 아니다 싶으면 그때는 돌아가도록 하죠."

그렇게 둘은 황금 궁전으로 들어섰다. 문을 통과하자마자,

기름진 음식 냄새와 진한 술 냄새가 훅 하고 올라왔다. 문 안쪽이 바로 거대한 연회장이었다. 가장 먼저 눈에 들어온 것은 거대한 조명 기구였다. 나무로 만들어진 샹들리에가 천장에 매달려 있었는데, 거기에는 빛을 내는 유리공처럼 생긴 정체 모를 조명이 가득 박혀 연회장 전체를 환하게 밝히고 있었다. 그 아래로는 셀 수 없을 정도로 많은 테이블이 궁전의 드넓은 홀에 가득 놓여 있었다. 모든 테이블마다 온갖 요리와 술들이 어지럽게 널려 있었다. 그리고 셀 수 없을 정도로 많은 전사들이 테이블마다 모여 앉아 무절제한 모습으로 잔치를 만끽하고 있었다. 그들이 떠드는 소리가 홀 안에 울려 어지러울 정도로 시끄러웠다.

문으로 들어선 시영과 호연에게, 그 전사들 중 누구도 관심을 갖지 않았다. 각오를 다진 듯한 시영이 천천히 잔치의 한가운데로 걸어 들어가자, 호연이 조금 불안한 발걸음으로 그 뒤를 따랐다.

테이블 사이를 비집고 걸어가자, 주변의 테이블에서 요란하게 떠드는 소리를 들을 수 있었다.

"내가 거기서 걸려 넘어지지만 않았어도 네 목을 다섯 번은 땄을 거라고!"

"그러거나 말거나 걸려 넘어진 것은 너고, 목이 따인 것도 너지!"

누구는 칼싸움의 승패를 논하고 있고,

"대체 왜 나무에다가 수류탄을 던진 거야?"

"맞고 도탄되어 떨어지길 바랐지, 그러면 거기서 활 쏘고 있던 데릭 머리를 날려 버릴 수 있을 것 같아서. 그 위에서 터질 줄 누가 알았나?"

누구는 전투의 과정을 복기하고 있고,

"분대 전술을 그따위로 짜니까 지는 것 아니야! 나하고 애가 적진에 돌격해 들어가면 뒤에서 엄호 사격을 제대로 해야지!"

"나라고 도끼 든 놈하고 총 든 놈 섞어서 전술 짜기가 쉬운 줄 아냐!"

누구는 전술이 실패한 이유를 따지고 있었다.

어느 정도 깊숙하게 연회장 한가운데로 걸어 들어왔음에도, 저마다 자기들의 싸움 이야기를 하는 데 열중하느라 아무도 시영과 호연에게 눈길을 주는 이가 없었다. 시영은 곤란한 표정으로 돌아보며 호연에게 의견을 구했다.

"……아무나 붙잡고 대화에 끼어 볼 수밖에 없을 듯합니다만."

시영은 내키지 않는 기색이었다. 그것은 호연도 마찬가지였다. 이런 대화에 막 끼어들 만큼 스스로 사교적인 사람이라고 생각해 본 적 없는 데다가, 아무리 이미 죽어 온 저승이라지만 누구를 죽이려던 이야기를 즐겁게 떠들고 있는 우락부락한 싸움꾼들 한가운데에 끼어들기는 꺼려졌다. 호연은 질린 표정으로 시영을 바라보았다. 솔직히 시영이 그럴 만한 성격으로는 보이지 않았지만, 시영이 나서 주기를 바라는 마음이었다.

시영도 호연의 시선이 의미하는 바를 알기에 곤란한 마음이었다. 이렇게 무질서하게 이어지고 있는 대화를 어떻게 가로막고 끼어들어야 할지, 무엇을 말하면서 어떻게 설명을 시작해야 할지, 답변을 끌어 내기 위해 어떤 방식으로 질문을 건네야 할지, 전혀 계획을 세울 수가 없었다. 시영은 이런 혼란 속에 끼어들고 싶지 않았다. 단지 시왕저승의 책임자로서 이곳까지 오기로 마음먹은 이상, 거리낌을 극복하고 뭐라도 해야 마땅한 것이 아닐지 고민스러웠다.

소란스러운 연회 한가운데에서 호연과 시영이 머뭇거리고 있던 그때, 그 난처한 상황이 단숨에 깨지는 일이 일어났다.

테이블 건너에서 남자 하나가 날아온 것이었다.

시영의 등 너머에서 누군가에 의해 집어던져졌는지 비명을 지르는 전사가 허공을 가로지르며 시영에게로 날아들었다. 시영을 마주보고 있던 호연이 급히 팔을 뻗어 시영을 잡아당겼다. 시영의 자세가 무너졌다. 호연도 덩달아 중심을 잃었다. 둘은 요란하게 넘어졌지만, 시영이 날아오는 전사에게 직격당하는 일은 피할 수 있었다. 이승에서라면 온몸에 멍이 들거나 뼈 한두 마디는 부러졌을 것이었다.

사슬갑옷을 입은 전사는 벌떡 일어나 테이블 너머를 향해 고성을 질렀다.

"야 이 미친 여자야! 누굴 함부로 집어던져!"

고함소리에 응답하듯, 테이블 저편에서 누군가가 테이블을 넘어 걸어왔다. 누구 하나가 머리 위를 날아가는 줄도 모르고 술을 들이켜며 싸움 이야기를 하던 그 테이블의 전사들은, 의자와 테이블을 밟고 테이블 위의 그릇과 술잔을 적당히 걷어차거나 밟으며 지나가는 바이킹 전사가 등장하자 비로소 대화를 멈추었다. 하지만 그것도 잠시, 테이블을 둘러싼 전사들은 성난 사슬갑옷의 전사를 손가락으로 가리키며 껄껄 웃기 시작했다.

"또 윌룬에게 대들었어?"

"미친 건 너겠지! 단련이나 해!"

윌룬이라고 불린, 튜닉 위에 털 달린 케이프를 걸치고 머리를 짧게 자른 다부진 체격의 전사는 사슬갑옷의 전사에게 다가가서는, 뭐라 말도 없이 대뜸 얼굴에 스트레이트 훅을 날렸다. 사슬갑옷의 전사는 그대로 뒤로 나가떨어져 일어나지 못했다. 그 광경을 지켜보던 테이블 주변에서 다시 파안대소가 터졌다. 전사 윌룬은 손가락을 꺾으며 말했다.

"누구보고 미친 여자래, 죽은 지 몇백 년이나 지났는데 아직도 나약해 빠진 놈이."

그러던 윌룬이, 근처 바닥에 쓰러져 몸을 추스리고 있는 시영과 호연에게 시선을 옮겼다.

"뭐야, 쟤 피하다가 그런 거야? 미안하게 됐네. 그런데 못 보던 애들이다 너희들?"

드디어 뭔가 대화다운 것을 해 볼 수 있게 되었다는 안도감에 들떠, 호연은 황급히 자리를 털고 일어나며 윌룬에게 대답했다.

"저기, 저희는 먼 데서 왔구요! 발퀴리를 찾고 있는데요!"

그러자 윌룬은 어깨를 으쓱하며 대답했다.

"난데, 왜?"

호연의 얼굴에 조금 화색이 돌았다. 한편으로 시영은 고민에 잠겼다. 읽었던 문헌대로라면, 발퀴리는 지상을 들락거리며 전사들의 영혼을 취하는 일종의 저승사자였다. 이곳 저승 세계의 역사에 대해 잘 알고 있을 가능성이 높았다. 그런 이에게서 정보를 끌어 내기 위해서는, 무엇부터 물어야 할까. 새삼 생각해 보면 자신들이 찾아 온 목적도, 알아 내고자 하는 정보도, 이 전사들의 시끌벅적한 연회와는 사뭇 이질적인 것들이었다. 어디서부터 어떻게 말을 꺼내야 할지 시영은 고민이었다.

하지만 호연은 그런 고민을 가볍게 내팽개쳤다.

"발퀴리의 이야기가 듣고 싶어서요!"

호연이 대뜸 내지른 응답에, 윌룬은 고개를 갸웃하더니 웃었다.

"재밌는 애들이네? 따라와!"

시영은 자신의 모든 걱정이 흩어지는 것을 느꼈다. 호연은 곧장 윌룬의 뒤를 따라 걸어가다가, 시영을 돌아보며 빨리 오라고 재촉했다.

엘리시움 도서관에서 갑자기 학술 발표를 시작했을 때에도,

조금 전 문지기에게 노래를 불렀을 때에도, 비록 하는 도중에 부끄러움이나 피로감을 드러내긴 했지만, 채호연 망자는 궁지에 몰렸을 때 다소 억지스럽더라도 임기응변으로 뭐라도 해 보려 노력했다. 그런 기질은 시영에게는 없는 기질이었다. 염라대왕부에 온 이래로 여러 관원들과 일해 왔지만 저렇게 돌파구를 만들고 다니는 이를 마주한 적은 드물었다. 시영은 호연이 조금 대단하다고 생각했다.

요란한 연회를 뚫고 홀 구석의 빈 테이블에 이르자, 윌룬이 먼저 나무 의자에 털썩 하고 걸터앉았다. 호연과 시영이 차례로 그 맞은편에 조심스레 자리를 잡았다. 윌룬은 테이블에 놓여 있던 아무 잔이나 세 개를 집어 들고는, 곁에 놓여 있던 금속 병에서 달큰한 꿀 향이 진동하는 술을 따라서 돌렸다. 흥겹게 노래를 부르며 그 곁을 지나치던 가죽옷 차림의 전사 하나가 아무렇지도 않게 턱 하니 요리 접시를 테이블에 놓고는 사라졌다. 향신료와 버터 향이 진동하는 고기 요리 같은 것이었는데, 호연은 보쌈에 버터를 넣고 쪄 내면 이런 모양이 되지 않을까 생각했다.

윌룬은 나무 테이블에 꽂혀 있던 금속 포크로 고기 여러 점을 덥석 꿰어 호방하게 한입에 쓸어 넣고는 술과 함께 넘겼다. 그러고는 물었다.

"그보다 너희들, 제대로 된 전사도 아닌 것 같은데?"

호연은 고개를 끄덕였다.

"저희는 발할라의 전사는 아니고, 먼 동쪽 나라의 다른 저승에서 왔는데요. 이쪽 분은 그 저승의 관리이시고요, 저는 천문학을 배우는 학생 채호연이라고 합니다."

"이시영이라고 합니다."

호연과 시영이 자기소개를 하자, 윌룬은 흥미롭다는 듯 테이블에 턱을 괴고는 둘을 빤히 쳐다보았다.

"재밌네. 문지기가 용케도 들여 보내 줬네? 둘이 소개를 했으니까 나도 소개를 해야겠는데."

그렇게 말하고 윌룬은 씩 웃었다.

"조금 긴 이야기가 될 텐데, 얌전히 들어 줄 거지?"

호연은 살짝 위압감을 느꼈다. 다부진 체격의 장부가 고개를 들이밀고 묻는 것이 정말 답이 궁금해서 묻는 질문이라는 생각은 들지 않았다. 묻고 싶은 이야기가 있다면 묻지 않은 이야기도 들을 각오를 해야만 했다.

"무, 물론이죠. 그렇죠?"

호연은 시영을 돌아보았고, 시영도 떨떠름하니 고개를 끄덕였다.

"좋아! 오랜만에 이 윌룬 님의 이야기를 들려 줄 수 있겠는걸?"

그렇게 운을 떼고, 윌룬은 생전 이야기를 시작했다.

윌룬은 북유럽 어딘가, 산과 바다 사이에 낀 마을에 살던 여성이었다. 호연은 윌룬이 설명하는 지리적 특징을 가지고 현대의 지명을 추측해 보려고 했지만 단서가 부족했다. 윌룬의 마을 사람들은 수시로 전투에 임했는데, 배를 타고 바다를 건너가서 재물이나 식량을 약탈해 오는가 하면, 반대로 배를 타고 쳐들어와 약탈을 시도하는 난폭한 전사들에 맞서 싸우기도 했다. 월룬은 어렸을 때부터 힘이 셌다. 체격도 남자들 못지않게 다부졌다. 자연스레 방패와 도끼를 들고 전사들의 선봉에 서게 되었다.

이야기는 한밤중에 몰래 숨어들어와 마을에 불을 놓으려던 이웃 마을의 무뢰배를 발견하고는 냅다 어깨에 들쳐메고 절벽으로 걸어가 그 아래로 집어 던진 무용담에 이르렀다. 그 무뢰배의 시신에 대한 적나라한 묘사에 호연과 시영이 나란히 곤란한 표정을 지었다. 월룬은 그 표정을 보고는 더 자세히 묘사를 하기 시작했고, 둘의 표정은 더 어두워졌다. 적당히 둘을 가지고 논 월룬의 이야기는 끝날 줄 몰랐다.

바다를 건널 때에도 월룬은 뱃머리에 섰고, 육지에 뛰어 올라갈 때에도 가장 앞에 섰다. 변성기를 거치지 않는 월룬의 고함소리는, 다른 전사들의 둔탁한 함성 사이에서 송곳처럼 또렷하게 들렸다. 적에게는 두려움이었고 동료들에게는 소리로 들리는 깃발이나 다름없었다. 몇 차례의 원정을 성공적으로 치른 후, 월룬은 후사를 이으려고 적당히 건장한 남자 전사 하나를 남편으로 들였는데, 그 남편은 오래 가지 않아 마을에 쳐들어 온 늑대에게 물려 죽었다.

분노한 월룬은 고약한 짓만 골라 하는 옆 마을을 불태우기에 앞서 뒷산의 늑대 무리를 절멸시켜야겠다고 생각하고, 마을 사람들을 규합해 늑대 소탕에 나섰다. 목책과 함정을 치고 나무 사이에 줄을 매달아 늑대들을 괴롭혔다. 도끼를 던져 우두머리 늑대가 거느리던 암컷을 잡은 것은 최대 성과였다.

"그랬더니 이놈이 마누라를 잃고 미친 거야. 나랑 똑같아진 거지."

그날 밤 성난 늑대 무리가 모든 함정을 돌파해 마을을 급습했고, 다른 전사들과 다른 집들은 다 무시한 채 윌룬의 집 문을 부수고 밀어닥쳤다. 시끄러운 늑대 울음소리에 잠에서 깬 윌룬은 몇몇 마을 사람들과 함께 피신했다. 헛간에 틀어박혀 쇄도하는 늑대들을 도끼와 칼로 상대하다가, 그만 뒤에서 창문을 깨고 들어온 늑대에게 목이 물려 절명했다. 그때 같은 방에서 싸우던 마을의 동료 전사들이 전부 죽어서 함께 발할라로 넘어왔다는 것. 그야말로 피와 약탈과 도끼로 점철된 바이킹 여성의 일대기였다.

잔인하거나 폭력적이어서 듣기 거북한 부분들도 있었지만, 호연은 굉장히 흥미로운 이야기라고 생각했다. 이런 걸 영화로 찍어야 하는데…… 하고 생각하던 호연은, 헐리우드도 지금쯤 전부 망했을 거라는 데 생각이 미치자 조금 허탈해졌다.

윌룬의 이야기를 쭉 듣고 있던 시영이 조심스레 질문을 꺼냈다.

"……대단한 삶을 사셨습니다. 혹시 그럼 작고하신 지 얼마나 되셨습니까?"

"대충 300년쯤 됐지? 어디…… 내가 여기 온 지 354년 됐네? 오래도 있었구만."

윌룬은 손가락으로 어림셈을 하더니, 상당히 정확한 햇수를 대었다. 그런 윌룬의 대답을 듣고, 시영은 호연에게 작은 목소리로 물었다.

"채호연 망자님. 지금으로부터 350년 전에 유럽에서 있을 법한 이야기가 맞습니까?"

호연은 학교에서 배웠던 세계사 지식을 되짚어 보았다. 바이킹이 유럽을 호령하고 다닌 것은 늦어도 12세기 언저리까지였다. 한편 북유럽 스칸디나비아 일대로 말할 것 같으면, 350여 년 전인 17세기에는 이미 유럽 근대사의 일부분이었다. 아마 덴마크 아니면 스웨덴과 같은 나라로 취급되고 있었을 것이다. 기독교는 이미 퍼질 만큼 퍼졌을 시기였고, 신구교 간의 종교 전쟁도 이미 치른 뒤였다. 배를 타고 약탈을 벌이는 바이킹이 존재할 시대가 아니었다.

시영의 질문에 대답하며, 호연은 고개를 살짝 가로저었다.

"아니요, 불가능해요. 시대가 맞지 않아요."

호연은 윌룬에게 물었다.

"혹시 돌아가신 해가 서기 몇 년이신 거죠?"

윌룬은 술을 벌컥 들이켜고는 어깨를 으쓱했다.

"해? 달력 말이야? 요새는 뭐 그런 게 있는가 본데, 나 때는 없었거든."

서기 연도조차 도입되지 않은 시기. 아무리 생각해도, 350년 전으로 볼 수는 없었다.

이 간극에서 무언가를 알아 낼 수 있지 않을까 하고 호연이 궁리를 시작한 순간, 윌룬이 술잔을 툭툭 건드리며 말했다.

"그래서, 이 흥겨운 이야기를 맨입으로 들으면 재미있어? 저 멍텅구리 싸움꾼 놈들처럼 이야기에 신물을 내는 건 아니라 마음에 드는데, 흥이 없네, 너희들."

차려진 요리를 좀 먹고 마시라는 권유였다. 호연은 시영을 흘끗 돌아보았다. 엘리시움에서는 향기에 굉장히 놀라는 모습을 보였는데, 괜찮을까 싶어서였다. 아니나 다를까 시영은 약간 곤란한 기색이었다.

시왕저승에는 음식도, 음료도, 향기도 존재하지 않았다. 죽은 지 얼마 안 된 호연에게야 생전의 기억을 돌이키는 경험이었지만, 백 년 넘게 자극이 없는 저승에서 일해 온 시영에게는 제법 갑작스럽고 충격적인 경험이었다.

주저하는 시영을 보고, 호연은 이번에도 자기가 나서기로 했다.

"주세요! 제가 마실게요."

호연은 테이블 위에 놓인 술잔을 낚아채 조심스레 입으로 기울였다. 한 모금 넘기자마자 온 입속에 꿀 냄새가 진동했다. 혀에 늘어붙는 듯한 꿀의 질감을 느끼자마자 독한 술기운이 입천장을 넘어 목구멍 너머로 흘러내려갔다. 평소 술에 썩 강하지 않은 호연이었기에, 훅 치솟아 오르는 알코올 냄새에 당황하지 않을 수 없었다. 그러나 곧 이승에서 독주를 마셨을 때처럼 사고가 흐려지지 않는다는 것을 깨달았다.

자신은 이제 죽었기에 마비될 간이 더 이상 없었고, 이 술은 영적인 것으로 음주의 쾌감만 느끼게 해 주는 액체에 불과했다.

호연은 고기 요리도 한 움큼 베어 물었다. 생각했던 맛과 비슷했다. 진한 버터와 허브 향이 느껴지며 입 안에서 녹아내리듯 씹히는 잘 요리된 돼지고기 수육이었다. 서양식 스테이크의 맛과 한국식 돼지 보쌈의 맛을 섞어 몇 배로 곱한 것 같은 맛이었다.

잠시 미각의 향락을 만끽하던 호연은, 이내 정신을 차리고 시영의 어깨를 툭툭 쳤다. 그러자 시영이 주저하다가 잡아든 술잔을 테이블 위에 내려 놓았다. 호연은 시영에게 속삭였다.

"너무 자극이 강해요. 돌아가셔서 계속 생각나실 거예요."

"……그 정도입니까?"

짧은 답변 속에서, 핑계를 찾아 안도하는 마음이 느껴졌다. 호연은 시영답지 않은 모습을 보았다고 느끼면서도, 고개를 끄덕였다.

"네. 접대는 죽은 지 얼마 안 된 제가 맡을게요."

호연은 후, 하고 각오의 한숨을 내신 뒤, 술잔을 휙 치켜들며 소리쳤다.

"맛있네요! 건배!"

"그래!"

윌룬이 기다렸다는 듯 술잔을 들어 부딪혀 왔고, 윌룬과 호연은 누가 먼저랄 것도 없이 술을 꿀꺽 들이켰다. 호연은 목으로 넘어가는 감미로운 술기운 때문인지, 잠시 이대로 먹고 마시며 이곳에 눌러앉고 싶다는 생각마저 했다. 그 유혹을 떨치는 데 조금 시간이 필요했다. 호연은 다시 정신줄을 다잡고 윌룬에게 말했다.

"참, 그래서, 저희가 궁금한 것이 뭐였는가 하면 말이죠."

"그래, 발퀴리한테 뭐가 궁금한데?"

비로소 제대로 이야기를 나눌 만한 분위기가 되었다.

"일단 지상에 일어난 일부터 설명을 드릴게요⋯⋯."

호연과 시영은 조금씩 역할을 나누어, 하려고 했던 말과 묻고자 했던 것을 풀어 놓기 시작했다. 둘은 먼저 '라그나뢰크'에 준하는 끔찍한 일이 지상에 일어났고, 그 사태로 인해 여러 저승 세계조차 사라질 위기에 놓였다는 이야기를 전했다.

엄청난 파괴의 이야기를 전했지만, 윌룬은 다른 데 관심이 있었다.

"그럼 다들 싸워 보지도 못하고 죽은 거야? 아깝게 됐네. 전사했더라면 동료로 맞이할 애들이 누워서 죽어 버렸으니."

그렇게 말하며 혀를 차는 게 고작이었다. 세상이 망한 것에 대해서는 딱히 유감이 없어 보였다. 시영이 조금 의아해하며 물었다.

"그…… 이승과 저승이 모두 멸망해 가는데도, 별로 놀라지 않으시는군요?"

윌룬은 고기를 한입 베어 물며 대답했다.

"요컨대 지상에 사는 사람들이 다 죽어서 여기도 좀 있으면 위태위태해진다는 소리 아니야? 어차피 여기 있는 전사들은 다 세상 종말의 시간에 나가 싸우려고 훈련 중인 거고, 종말이 오는 건 바라던 바지. 그때까지 싸우고 죽이고 먹고 마시면서 보낼 수 있으면 그걸로 충분해."

상당히 태연했다. 시영이 짐작하기에, 윌룬의 이런 반응은 이 저승에 윤회의 개념이 없어서라는 생각이 들었다. 죽은 뒤 다시 이승에 환생하여 돌아가야 하는 입장에서는, 이승이 저승과 함께 멸망하는 상황은 세상의 진정한 종말에 가까운 큰일이었다. 하지만 이곳의 전사들은 한 번 죽고 나면 다시 이승에 갈 일 없이 종말의 순간까지 저승에서 싸움의 쾌락을 누리는 이들이었다. 이승의 사정 따위 알 바 아니었다. 심지어 이들에게는 저승의 종말 역시 이미 예정된 사건에 불과했다.

시영은 다시 질문을 꺼냈다.

"……발퀴리라고 하셨지요. 지상에서 전사를 데려오는 역할을 맡으십니까?"

윌룬은 술 한 잔을 단숨에 비운 뒤 대답했다.

"그렇지? 무슨 영문인지 여자는 지상에 내려갈 수가 있어서,

가끔 내려 가서 잘 싸우는 애들 있으면 관찰하다가 죽으면 얼른 데려오고 그랬거든."

그렇게 말하던 윌룬은, 문득 곰곰이 생각하는 표정으로 팔짱을 끼더니 뒤이어 말했다.

"……그러고 보니 그거 관련해서도 내가 정말 신기한 이야기가 있는데 말이야."

윌룬은 지상의 풍경이 신기하게 바뀐 이야기를 하기 시작했다.

죽고 나서도 윌룬은 이승에 종종 외출을 나가곤 했다. 원래 살던 고향 마을의 생존자들이 마을을 다시 추스리는 것도 구경하고, 그중에 싸우다 죽는 동료들이 있으면 자기 있는 데로 데려오는 재미도 있었다. 가끔은 늘 다투던 옆 마을 전사들도 데려오곤 했는데, 발할라에서도 서로 다투기 손색없는 상대라고 생각해서였다. 그렇게 종종 마을에 내려 가던 윌룬은, 어느 날 더 이상 갈 이유가 사라졌음을 알게 되었다.

"마지막으로 갔을 때 불경한 놈들이 토르의 망치를 땅바닥에 내다 버리고 그 앞에다 무슨 나무작대기를 겹쳐서 세워 놨더라고?"

기독교의 전래였다. 그 뒤 윌룬이 이승에 내려 갈 때마다 목격한 전사들은 십자가가 그려진 방패를 든 적과 맞서 싸우고 있었다. 심지어 배를 타고 다니는 바이킹 동료들조차도 방패에 십자를 그리거나 목에 십자가 목걸이를 걸고 다니곤 했다. 그런 전사들은 데려오고 싶어도 윌룬의 손이 전혀 닿지 않았다.

"그래서요?"

재촉해 묻는 호연을 향해, 윌룬은 고개를 슬며시 갸웃거리며 말했다.

"그래도 이승 구경은 재미있잖아? 그래서 주기적으로 내려 갔거든 내가. 그런데 어느 날 갑자기 온 세상이 바뀌어 있는 거 아니겠어."

순간 호연이 자리를 박차고 벌떡 일어났다. 가장 궁금한 내용이 드디어 이야기되고 있었다.

"무슨 일을 겪으신 거죠?!"

"얘는, 그게 되게 궁금했나 봐? 재밌네."

윌룬은 살짝 놀란 표정으로 호연을 바라보다가 이야기를 이어 갔다.

"그 전에 마지막으로 내려 갔을 때는 애들이 방패를 들고 싸우고 있었다? 그런데 웬걸, 그다음주에 내려 갔더니 전쟁터가 아주 시궁창 쑥대밭인 거야. 애들이 나무막대기를 들고 철상자랑 싸우고 있더라고. 나중에 알고 보니 그걸 총이라고 한다더라. 앉은 자리에서 먼 데 있는 적을 뚫어 버린다며? 왜 나 때는 그런 막대기가 없었나 몰라."

저승의 시간으로 불과 일주일 사이에, 윌룬은 칼과 방패가 오가던 중세의 전쟁터와, 탱크와 소총이 맞붙던 20세기의 전쟁터를 연이어 목격했던 것이다.

호연은 긴장이 탁 하고 풀리는 기분이었다. 호연은 문득 홀을 가득 메운 전사들의 모습을 돌아보았다. 대다수가 중세 초기의 옷을 입고 그 시대의 무기를 든 이들이었다. 그사이 사이로, 조금 전 세드릭처럼 총을 들고 현대적인 군복을 입은 이들이 드물게 눈에 띄었다.

그 사이가 없었다. 중세 후기와 근세에도 유럽 곳곳에는 전쟁이 휘몰아쳤고, 북유럽 일대도 예외는 아니었다. 그 시기에 오딘이나 토르를 종교로서 믿고 전사한 이가 있었다면, 그 시기의 무장을 갖춘 이들이 있어야 했다. 하지만 보이지 않았다.

적어도 천 년도 전에 사망했을 터인 월룬은, 자신이 죽고 나서 354년밖에 지나지 않았다고 말했다. 그 사이 700년 동안, 이 저승의 시간이 흐르지 않았다면? 문명이 발전을 거듭하는 700년 동안, 지상의 망자를 전혀 받아들일 기회가 없었다면?

적어도 700여 년 동안, 이 저승은 존재하지 않았던 것이다.

"비서실장님…… 우리가 제대로 찾아온 것 같아요."

"……결론에 다다랐습니까?"

신중히 묻는 시영에게, 호연은 자신이 짐작한 발할라의 뒷이야기를 설명했다. 월룬이 죽고 나서 오래지 않아, 지상의 북유럽인들은 대개 기독교로 개종했으리라. 자연히 종교의 뒷받침을 받지 못하게 된 발할라는 저승으로서의 기능을 상실했던 것이다. 그리고 오랜 시간이 흘러, 즉 근대에 들어 옛 신화를 종교로서 되살리려는 움직임이 일어났을 때, 비로소 다시금 신자를 얻어 부활한 것이다. 그리고 그 사이 저승이 잊혀져 존재하지 않았던 동안, 이 저승에 머무르고 있던 윌룬은 시간이 흐른 것을 느끼지 못했다.

저승은 한 번 소멸했다가도, 그 저승을 향한 신앙이 되살아나면 다시 부활할 수 있었다.

그리고 그 소멸조차도, 진정한 의미에서의 소멸이 아니었다. 마치 깊은 잠에 빠지는 것과 같았다. 저승에 머무르던 이들이 느끼지도 못하는 사이에, 어떠한 자각도 없이 일어날 수 있는 일이었다.

시영은 거듭 신중을 기하며 호연에게 물었다.

"지금 그 추측을 확신하실 수 있습니까?"

"현대의 미군이 찾아오는 저승에 바이킹이 아직도 머무르고 계신 것을, 저쪽 발키리 분께서 시간의 흐름을 수백 년이나 느끼지 못한 것을 그럼 어떻게 설명할 수 있을까요?"

"그럼 추측했던 대로…… 시왕저승이 한 번 사라진다고 해도, 다시 그대로 복원될 수 있다는 것입니까?"

"네. 저는 그렇게 생각해요."

호연은 곧장 이어서 떠오른 말을 시영에게 꺼내야 할지 망설였다. 억누르기에는 너무 설레는 생각이었다. 호연은 더듬거리며 입을 열었다.

"……그리고 혹시, 혹시 어쩌면…….'

그때, 시영이 단호하게 말했다.

"망자님, 그 말씀은 하지 마십시오."

"네?"

그렇게 말하는 시영의 얼굴은 조금 딱딱하게 굳어 있었다. 그의 시선이 떨리고 있었다. 호연은 그 반응에서, 자신이 하려던 말이 무엇인지 시영도 이미 알아차리고 있었다는 것을 알 수 있었다.

저승이 사라져도 다시 복원할 수 있다는 것은, 지금 명맥을 유지하고 있는 시왕저승에만 국한되는 이야기는 아니었다. 이를테면, 사라진 소육왕부 또한 그렇게 되돌아올 수 있으리라. 그리고 어쩌면, 산신노군의 복사골도.

호연은 시영에게 그 사실을 말하고 싶었다. 그러면 시영이 마음을 놓거나 기뻐할 거라고 생각했다. 하지만 시영의 반응은 호연의 예상과는 판이하게 달랐다.

오히려 시영은 그 가능성을 입에도 올리고 싶지 않았다. 소육왕부를 되살릴 수 있다면 얼마나 좋겠는가. 복사골을 되살릴 수 있다면 얼마나 좋겠는가. 하지만 그 가능성을 떠올린 순간, 시영은 마음 한구석에서 깊은 죄책감을 느꼈다.

소육왕부가 되살아난다면, 구출해 오지 못한 어린 망자들의 영혼이 다시 돌아올 것이다. 복사골이 되살아 난다면, 스스로 한 신앙의 마지막 신도를 앗아 왔던 자신의 행위를 돌이킬 수 있게 될 것이다. 자기 손으로 떠나 보내야 했던 스승을, 아무렇지도 않게 다시 만날 수 있게 될 것이다.

모두 자신이 책임져야 할 일들을 없었던 일로 하는 가장 확실한 방법이었다.

시영은 이 탐사가 시왕저승의 미래를 위한 것이기를 바랐다. 그렇기 때문에 이 탐사의 결과를 섣불리 사유화하고 싶지 않았다.

불안하게 바라보는 호연에게, 시영은 최대한 가라앉힌 표정으로 차분히 대답했다.

"무슨 말씀을 하시려는지 잘 알고 있습니다. 하지만 아직 언급하기에 좋은 시기가 아닙니다."

"……네, 알겠습니다."

호연은 시영의 복잡한 생각을 온전히 알 수는 없었지만, 적어도 시영이 이를 매우 예민한 문제로 받아들였다는 사실을 짐작할 수 있었다.

그런 호연과 시영의 대화를 흥미롭게 지켜보고 있던 월룬이 불쑥 끼어들었다.

"뭐, 나한테서 듣고 싶은 걸 들었나 봐? 만족했어?"

그렇게 말하며 빙긋 웃는 월룬에게, 호연은 황급히 고개를 꾸벅 숙여 인사했다.

"아, 네! 덕분에 저희가 품은 큰 의문 하나가 풀렸어요!"

인사를 받은 월룬은 능글맞게 웃으며 술을 한 잔 더 따랐다.

"이야기 들어 보니, 너희들은 세상이 망해도 너희네 발할라를 살려 놓고 싶어 안달이 난 모양이로구나?"

호연은 깜짝 놀랐다. 시영과 나눈 이야기를 곁에서 들은 것만으로, 자신들의 핵심 목적을 짐작해 낸 것이었다. 당황하는 호연에게 싱긋 웃음을 지어 보이고 꿀술을 다시 한 잔 비운 윌룬은, 사뭇 진지한 표정이 되어 호연에게 얼굴을 들이밀며 말했다.

"우리는 이 발할라의 성문에 종말의 늑대가 나타날 때까지 흥겹게 전투를 치르는 전사들이고, 우리도 모르는 사이에 여기가 사라지건 말건 신경도 안 쓰거든. 아까 너희들 말하는 거 들어 보니까, 마치 우리네가 사라졌다가 도로 나타난 것처럼 말하데? 그럼 그깟 거 별일도 아니구만?"

윌룬은 어깨를 으쓱하며 그렇게 말한 뒤, 호연과 시영을 번갈아 돌아보며 말했다.

"그렇지만 예로부터 전해지는 노래에는, 세상이 망하고서도 살아 남는 신과 사람들이 있어서 다시 터를 닦고 살아갈 수 있다고들 하지. 너희들이 어느 땅에 사는 이들인지는 몰라도, 수르트의 불길을 피해 훗날을 기약할 수 있으면 좋겠네."

질문의 목적을 파악한 것을 넘어, 호연과 시영이 하려는 일에 대한 윤곽을 짐작하고 건넨 덕담이었다. 스스로 말했던 무용담에서 윌룬은 마을의 전사들을 이끌고 호령하던 노련한 전사였다. 아무리 옛사람이라고 해도 그런 지도자의 직감을 결코 얕볼 수 없다고 호연은 생각했다. 하물며 죽고 나서도 300년이 넘는 시간 동안 더 치밀하게 단련된 마음 씀씀이였다.

시영은 고개 숙여 감사를 표했다.

"저 또한 시왕저승 염라대왕부 비서실장으로서 공식적으로 깊이 감사드리고자 합니다. 이곳 발할라의 역사로부터 저희가 많은 희망을 얻었습니다."

월룬은 시영의 인사에 고개를 끄덕끄덕하며 기뻐하더니, 문득 시영에게 씩 웃어 보이며 물었다.

"아까부터 쭉 보니까 마음고생을 많이 한 얼굴이네. 머리 쓰는 일 하는가 봐?"

"예, 그런 편입니다."

시영은 적당히 받아넘기려 했지만, 월룬은 계속해서 시영에게 말을 걸었다.

"그러니까 그렇게 얼굴에 근심이 흘러넘치지. 쟤들처럼 한바탕 몸도 쓰고 피바다도 한번 만들어 보고 하면 마음도 가볍고 좋을 텐데 말이야."

도대체 뭐라고 반응해야 할지 모르겠다고 생각하며 시영이 곤란해하는 사이, 월룬은 시영의 눈앞에 술잔을 들어 보였다. 순간 당황하는 시영에게 월룬은 호탕하게 말했다.

"하다못해 좀 즐기면서 하라구. 이런 데 와서도 풀어지지를 못하면 아무리 죽은 몸이래도 다치고 병나고 말 걸? 좀 먹고 가지?"

약간의 농이 섞인 염려였다. 하지만 시영은 단호히 고개를 저었다.

"저희 저승에는 음식이나 향기가 존재하지 않습니다. 함부로 접했다가 마음을 그르치고 싶지 않습니다."

"얘는 먹던데?"

윌룬이 호연을 가리켜 보이자, 시영은 짧은 생각을 거쳐 즉답했다.

"저는 지고 있는 책임이 이분보다 무거운데, 의지는 이분보다 약합니다."

앞선 부분까지 고개를 끄덕이며 공감하던 호연은, 뒷부분을 들은 순간 제 침에 사레가 들려 콜록거렸다. 시영은 계속해서 말했다.

"만약 저희 저승이 명맥을 유지하게 된다면 부족한 제가 앞으로도 수십 년은 더 일해야 합니다. 유혹을 멀리해 주십시오."

철벽같은 시영의 태도에 재미없다는 듯 부루퉁한 표정을 지어 보인 윌룬은, 이내 다시 표정을 풀고 권하던 술잔을 물렸다.

"그래, 그게 네 사정이라면야."

하지만 마지막 흥이 깨졌다는 데 대한 진한 아쉬움이 느껴졌다.

시영은 자리를 추스르고 일어나, 다시금 윌룬에게 깊이 고개 숙여 인사했다.

"그러면 저희들은 이만 돌아가도록 하겠습니다. 훗날 큰일이 지나가고 나서 다시 방문할 수 있기를 바랍니다."

"나한테 허락을 구할 이유는 없지. 뭐 오든가 말든가. 오면 반가워해 줄 테니까."

윌룬은 그렇게 말하고는 시영을 지긋이 바라봄으로써 작별의 인사를 건넸다. 그렇게 인사를 나누고 나서 곧장 홀을 나서는 시영을 호연이 붙잡고 말했다.

"저기, 실장님, 먼저 나가 계세요. 바로 뒤따라 나갈게요. 기록물 이야기만 짧게 나누고 갈 테니까……."

"네, 알겠습니다."

시영은 순순히 수락하고는 조금 빠른 걸음으로 대연회장의 정문을 향해 걸어 나갔다. 그 뒷모습을 조금 안절부절못하며 바라보던 호연은, 곧 윌룬을 다시 돌아보았다. 전하고 싶은 말이 있었다.

"저기, 그…… 저희가 저희 저승을 되살리려고 하는 방법은 신앙에 대한 기록물을 남기는 것인데요. 이번에 저희가 여기 오기 위해서 발할라와 관련된 자료들을 여럿 수집했어요. 저희가 여력이 닿을지는 모르겠지만……."

거기까지 더듬더듬 말하고 있던 호연을 바라보던 윌룬은, 자리에서 일어나 성큼성큼 걸어온 뒤 호연이 미처 반응하기도 전에 넓게 편 손바닥으로 어깨를 철썩철썩 두드렸다. 호연은 순간 비명이 나올 정도로 놀랐지만, 그 손짓에는 정이 깃들어 있었다.

"너희들 참 재밌다? 딱 보니까 자기네 앞가림도 못 하는 애들이 별소리를 다 하네? 아까도 말했지만 여긴 신경 쓰지 말고,

너희들 사는 땅이나 제대로 지키면 충분해."

호연은 감사한 마음과 겸연쩍은 마음이 뒤섞여 머리를 긁적였다. 멋쩍음을 가득 담아 호연은 월룬에게 작별 인사를 건넸고, 월룬은 술잔을 들어 보이며 화답했다.

월룬과 이야기를 마친 호연은 종종걸음으로 대연회장을 걸어 나왔다. 해자를 가로지르는 다리 위에, 시영이 환한 연회장을 등지고 서서 하늘을 올려다보고 있었다. 호연이 다가가 불렀다.

"기다리셨죠?"

시영은 호연을 돌아보며 대답했다.

"아닙니다. 잠시 바람 좀 쐬고 있었습니다. 향기를 피하고 싶었습니다."

그렇게 말한 시영은 하늘을 보았다. 시왕저승에 없는 것으로 말하자면 향기와 맛만은 아니었다. 진한 남색으로 물든 밤하늘 또한, 시왕저승에서는 접할 수 없는 풍경이었다. 물론 종종 이승에 내려 갔을 때 하늘의 풍경은 볼 수 있었지만, 저승의 영역에서 하늘을 바라보는 경험은 상당히 새로웠다.

호연은 그런 시영의 곁에 서서 발할라의 밤하늘을 올려다보았다.

"별자리들이 그대로 있네요. 이건 지구의 밤하늘이에요."

그렇지만 지구상에서는 절대로 볼 수 없는 밤하늘이기도 했다. 어떠한 공해도 없는 사후세계의 하늘에는 무수한 별들이 선명하게 빛나고 있었으며, 거대한 은하수가 밤하늘을 가로질렀다. 천 하고도 몇백 년 전에, 바이킹들이 대서양을 건너며 보았을 하늘이 이런 모습이 아닐까 하고, 호연은 생각했다.

문득 호연은 남쪽 하늘을 보았다. 숲의 울창한 나무 위로 아슬아슬하게 목성과 토성이 보였다. 그 옆으로는 궁수자리와 염소자리가 자리하고 있었다. 또렷이 존재감을 나타내는 행성과 별자리를 이루는 밝은 별들 사이로, 수많은 작고 어두운 별들이 자리하고 있었다. 별과 별 사이의 공간을 응시하던 호연은, 순간 울컥하고 감정이 벅차올랐다.

"비서실장님, 저쪽을 보세요."

호연의 말을 들은 시영은, 호연이 가리키는 지평선 방향의 남쪽 하늘을 보았다. 호연이 말했다.

"저기 노란색으로 밝은 게 목성이고, 그 옆에 있는 게 토성이에요."

"……그렇습니까."

"그리고 저기서 멀지 않은 곳에…… 알두스가 있어요. 저 언저리에요."

호연의 손가락이 가리키는 것은 이 모든 재해의 원흉이었다. 육안으로 쉽게 관측할 수 있는 별은 아니었다. 하지만 이 밤하늘이 오래전 바이킹들이 기억하던 하늘을 그대로 저승에 옮겨온 것이라면, 분명 궁수자리와 염소자리 사이의 저곳 어딘가에 알두스가 있을 터였다. 천 하고도 몇백 년이 지난 후, 저 흐릿한 별은 쌍둥이 별인 블랙홀과 충돌하게 된다. 그 별이 죽어 가며 쏟아 낸 가스는 블랙홀의 중력에 인도되어 가속한 뒤, 엄청난 에너지를 품고 튕겨져 나간다. 그것이 모든 것을 태우는 수르트의 불길이 되어, 라그나뢰크가 찾아오고 만다.

호연은 잠시 시간 여행을 온 것만 같은 기분에 사로잡혔다. 과거의 밤하늘에서 절망적인 미래를 예언한 것만 같았다. 이제 이 밤하늘은 지상에서는 다시 볼 수 없는 하늘이 되어 버렸다. 지금 이승에서 밤하늘을 올려다보면, 작열하는 우주 방사선이 대기권을 할퀴며 빛나는 오로라 섬광이 별빛을 가리고, 흉흉하게 섬광을 내뿜는 알두스가 모든 성좌를 압도하고 있을 게 분명했다. 그리고 그 모습을 눈에 담을 새도 없이, 고에너지 방사선이 온몸을 할퀴어 절명하리라.

깊은 생각에 잠긴 호연의 옆에서, 시영도 한동안 남쪽 하늘을 바라보았다. 천문에 대한 지식이 해박하지 않은 시영으로서는 그저 수많은 별들의 집합으로밖에는 보이지 않았다. 하지만 호연이 그 풍경을 보고 느꼈을 감정에 시영은 조금은 공감할 수 있었다.

잠시 뒤 호연이 눈을 감고 깊은 한숨을 내쉬었다. 곧이어 허리를 쭉 펴고 기지개를 켰다. 그러고는 시영을 바라보며 말했다.

"……죄송해요. 제가 시간을 끌었네요. 이런 풍경에 넋을 놓고 있을 때가 아닌데."

시영은 호연에게 고개를 저었다.

"아닙니다. 괘념치 마십시오. 충분히 많은 것을 생각하게 되는 풍경이었습니다."

둘은 발걸음을 옮겼다.

관문에 도착하자, 성문은 굳게 닫혀 있었다. 호연이 문에 다가가서 몇 번 쿵쿵쿵 두드리자 건너편에서 다시 두드리는 소리가 나더니 문이 다시 열렸다. 문지기 뵈릭이 밖에서 기다리고 있었다.

"흠! 볼 일은 다 본 게요?"

시영은 고개를 끄덕였다.

"예. 덕분에 많은 것을 얻어 갑니다."

뵈릭은 너털웃음을 지었다.

"허허, 그렇다면 다행이지! 곧 동이 트면 전사들이 다시금 한바탕 판을 벌일 게요. 기왕 여기까지 왔는데, 안 보고 갈 텐가?"

중간까지는 치열한 싸움을 피해 가라는 이야기일 거라 짐작하던 호연은, 구경하고 가라는 말이 나오자 복잡한 심정이었다. 발할라에서라면 할 만한 제안이라고 납득하긴 했지만 정말 난감하기 그지없었다. 호연은 시영을 돌아보았고, 시영은 정중히 제안을 거절했다.

"기쁜 제안입니다만, 저희도 볼 일이 있는바 이번에는 사양하겠습니다. 다시 방문할 일이 있으면 좋겠군요."

뵈릭은 제안을 거절한 것에 크게 개의치 않는 듯 계속 푸근하게 웃어 보였다.

"그럼 잘들 가시오! 참, 내가 댁들에게 주고 싶은 것이 있는데."

그렇게 말하며 뵈릭은 품 안에서 금속으로 된 작은 장신구를 건넸다. 투박하게 철로 빚어 낸 망치 머리의 형상이었다.

"토르 신의 망치라오. 어제 싸움에서 끈이 끊어져 대장장이에게 새것을 부탁해 놨다오. 남아도는 물건이 생겼다 싶었더니, 손님에게 건네라고 생긴 모양이군. 먼 땅에서 왔으니 선물삼아 가져가시오."

호연은 망치 장신구를 받아 들고 고개 숙여 인사했다.

"감사합니다. 왔던 증표로 삼을게요."

작별 인사로 손을 흔드는 뵈릭을 뒤로 하고, 시영과 호연은 세워 둔 구름차로 돌아왔다. 문을 열기 전 뒷좌석을 살핀 호연은, 조수 파트릭이 웅크린 자세 그대로 코를 골며 자고 있는 것을 발견했다. 순간 호연의 머릿속에 많은 생각이 교차했다. 죽어서도 잠이 들려면 들 수가 있구나 하는 생각과 함께, 깨어 있는 동안 내내 두려움을 호소하던 그를 꼭 깨워야만 하는지 고민도 들었다.

하지만 마음이 바쁜 시영은 개의치 않고 운전석 문을 벌컥 열었다. 그 소리와 흔들림에 움찔하며 깨어난 파트릭을 안쓰럽게 바라보며, 호연도 조수석 문을 열고 올라탔다.

파트릭이 허둥지둥 물어 왔다.

"뭐, 뭐야. 또 어디로 가는 거야?"

시영이 대답했다.

"저희 볼 일은 다 봤습니다. 이제 엘리시움으로 돌아갑니다."

그 대답을 들은 파트릭의 얼굴이 다시금 하얗게 질렸다. 그는 떨리는 목소리로 부탁했다.

"저기, 있잖아, 응? 아까 그 험한 길을 또 날아가는 거지? 응? 또 겪고 싶지 않은데, 그냥 날 여기다 버리고 가면 안 될까? 응?"

절박한 부탁이었지만, 절박한 만큼 말도 안 되는 소리라는 걸 시영도 호연도 알 수 있었다. 호연이 그를 타일렀다.

"페레이라 박사님하고 약속한 게 있는 거 아시잖아요. 같이 돌아가셔야 해요."

그 이름을 꺼내자, 파트릭은 더는 불평하지 못하고 다시 뒷좌석 구석에 틀어박혀 신음만 흘리기 시작했다.

"……망할 박사……."

호연은 그에게 깊은 측은지심이 들었다.

시영은 다시 구름차의 시동을 걸고, 호연에게 부탁했다.

"채호연 망자님, 처음 엘리시움으로 가던 길에 떠올리셨던 것들을 기억하십니까?"

길잡이의 역할은 건너편 저승의 모습을 떠올리는 것이었다. 호연은 고개를 끄덕였다.

"네. 다시 떠올려 볼게요."

구름차가 출발했다. 차는 숲속 샛길로 빠르게 접어들었다. 도착했을 때 온 길을 다시 되짚어가며, 호연은 머릿속에서 그 유명한 음악을 떠올렸다. '차라투스트라는 이렇게 말했다.' 이성과 경이를 녹여 낸 듯한 음악. 그리고 그 음악을 배경으로 세워 유명해진, 태양과 지구와 달이 교차하는 유명한 영화의 오프닝 신. 인류의 진화와 과학과 지성을 말하는 듯한, 상징적인 곡조. 제목에서 떠오르는 니체의 말, '신은 죽었다^{Gott ist tot.}'

구름차는 제법 빠른 속도로 숲 속을 가로질렀다. 처음 도착했던 들판으로 나오자, 밤의 어둠이 내려앉은 들판 한가운데에 환하게 빛나는 원형의 통로가 보이기 시작했다. 밤낮이 없는 회색빛 저승의 하늘이 비쳐 보이고 있었다.

시영은 구름차를 통로 안쪽으로 몰아갔다.

모든 어둠이 걷혔다.

*

예슬이 변성대왕부에 들어와 처음 목격한 것은 땅 위를 구르고 있는 거대한 공들이었다. 하늘을 날면서 언뜻 내려다보면 마치 바닥에 구슬이 제멋대로 굴러다니는 것처럼 보이지만, 그 구슬 같은 공 하나하나의 크기는 사람을 깔아뭉개고도 남을 만큼 거대했다. 공들이 구르며 내는 요란한 우르릉 하는 소리가 제법 멀리 떨어져 있는 구름차 위까지 들려왔다. 돌들의 경로를 가로질러 길이 나 있었는데, 아무도 쓰지 않는지 황량하게 방치되어 있었다.

"저게 다 뭐죠?"

신기해하며 묻는 성관에게, 조 선임이 대신 대답했다.

"아, 저게 변성대왕부 앞에 있다는 철환소鐵丸所인가 보네요."

"네, 맞습니다."

수현이 확인해 주었다. 예슬은 기억을 더듬어 변성대왕부에 가는 길에 거쳐 가야 한다는 고난의 장소를 떠올려 냈다. 사방 팔백 리에 거대한 쇠공이 굴러다녀서 망자는 그 공을 피해 다니거나 공에 짓눌리거나 하며 고통을 받는다는 곳이었다. 그 말대로라면 저 길을 따라 망자들이 이동한다는 이야기인데, 길의 상태가 영 좋지 않았다.

"저 길은 지금은 안 쓰는 건가요?"

예슬은 운전석의 수현에게 물었다. 현대화된 지옥에 그런 고난이 남아 있을 리 없다는 짐작이었다. 예상대로 수현은 고개를 끄덕이며 설명했다.

"네. 지하로 터널을 파서 망자들이 공을 피해 갈 수 있도록 통로를 새로 만들어 두었습니다. 그렇게 하면서 지하에 다른 설비들을 좀 설치했죠. 철환소는 지금 저승 전체에 전력을 공급하는 발전소로 사용되고 있습니다."

"발전소라고요?"

"세상에!"

성관과 조 선임이 차례로 화들짝 놀라는 사이, 예슬은 홀로 '그럴 수도 있지' 하며 고개를 끄덕이고 있었다.

이내 성관이 손가락을 딱 하고 튕기더니 흥분해 말했다.

"아하, 저 쇠공들이 스스로 움직여 다니니까 땅 위에서 쇳덩이가 움직이는 거에 자기장을 어떻게 걸어서 전기를 만들어 쓰는, 그런 건가 보네요!"

수현은 겸연쩍게 웃으며 그 질문에 대답했다.

"앞서 저승을 거쳐 간 엔지니어 망자분께서 설계해 놓으신 건데, 저는 그 원리까지는 잘 모르겠네요. 말씀하신 그런 원리가 아마 맞을 겁니다."

철환소를 지나쳐 구름차가 조금 더 깊이 저승 안쪽을 향해 날았다. 변성대왕부를 구성하는 주요 건물들이 보이기 시작했다. 건물들을 내려다보며 예슬이 물었다.

"변성대왕부에서는 지금 어떤 죄를 심판하나요? 제 기억에는 앞서 다섯 대왕이 심판하고 남은 여죄를 심판한다는 걸로 알고 있는데요."

조 선임이 끼어들었다.

"어? 저는 그냥 무난하게 주색이나 도박의 죄를 논하고 덕을 쌓으라고 하는 대왕이라고 기억하는데요."

뒤이어 성관도 고개를 갸웃거렸다.

"살인자나 강도범 같은 중범죄자를 처단하는 게 변성대왕 아닌가요?"

저마다 달리 기억하는 변성대왕의 모습에, 수현이 정리에 나섰다.

"모두 어느 정도 맞게 알고 계십니다. 평범하게 살아 온 사람들은 앞선 다섯 판관부에서 어느 정도 재판이 마무리돼요. 변성대왕부에서는 그 정도를 넘는 죄를 심판합니다. 이승에서 형사 사건으로 취급되는 음주, 도박, 그리고 폭력과 관련된 죄들의 책임을 묻습니다."

이승에서도 명백히 범죄로 취급되는 행위를 저지른 자, 특히 타인에게 신체적 또는 경제적 피해를 크게 입힌 망자들이 변성대왕부의 심판 대상이었다. 음주운전으로 교통사고를 낸 적이 있거나, 도박에 빠져 가산을 탕진해 일가족을 고통스럽게 만들었거나, 재산이나 원한을 이유로 사람을 죽거나 다치게 만든 범죄자들은 죽어서도 다시금 재판을 받아야만 했다.

성관이 그 설명에 의문을 제기했다.

"……사실 그렇게 엄한 처벌을 받아야 맞는 일이기는 한데요. 혹시 일사부재리의 원칙 같은 걸 주장하는 사람들은 없었나요? 이승에서 이미 옥살이를 치렀는데 저승에서 왜 또 재판을 받아야 하냐, 라거나."

수현은 딱 잘라 대답했다.

"이승 법하고 저승 법은 별개죠. 상관없는 문제고요. 무엇보다…… 저승에 올라오는 망자들이 이승에서 제대로 모든 처벌을 받고 오지는 않는다고요."

예슬 일행 세 명이 모두 헉하고 숨을 들이켰다. 이곳은 저승이었고, 생전에 마땅한 벌을 안 받고 떵떵거리는 자들을 향해 죽어서라도 벌 받으라고 뭇 사람들이 항상 기도하는, 그런 장소였다.

"그러면 이승에서 솜방망이 처벌된 사람들 다 여기 와서 제대로 벌 받는 건가요?"

조 선임이 조심스럽게 묻자, 수현은 한숨을 내쉬었다.

"그러려고 노력합니다. 저희가 이승보다는 공정해야죠."

수현은 이어서 변성대왕부의 심판 과정을 설명했다. 변성대왕부에서는 업경을 이용해 과거 범죄 상황을 소상히 재생한 뒤, 가해자에게 변명이나 반성의 기회를 주고 있었다. 변성대왕부 근무를 위해 특별히 훈련된 녹사들이 가해자에게 비슷한 질문을 계속 반복하여, 진심으로 반성하고 있는 게 맞는지, 또는 추호도 뉘우칠 의사가 없는지를 확인한다. 판관은 그 전체 문답 과정을 지켜본 뒤, 죄인이 가해 사실을 진심으로 뉘우치지 않는 경우 조용히 판결을 내린다.

"변성대왕부의 선고 내용은 망자에게 바로 알려지지 않습니다. 망자는 진술만 하고 그냥 나가게 되죠. 원래는 죄가 있다고 판단이 되면 그렇게 나가는 길이 곧장 독사지옥毒蛇地獄으로 연결되어 뱀 구덩이에 빠지게 되어 있었습니다만……."

"여기도 지옥은 없어진 거죠?"

예슬의 물음에 수현은 긍정했다.

"네. 대신 변성대왕부에서 유죄로 판단이 되면, 나중에 윤회 가능한 선택지가 조정됩니다. 저희가 어지간하면 축생도로는 환생을 안 시키는데, 이 정도로 죄를 지은 영혼은 인간의 몸을 벗어나게 만들어서 리셋시킬 필요가 있습니다. 한편으로 다른 선업이 아무리 커도 극락도나 인간도로의 윤회는 원천 봉쇄됩니다."

구름차는 변성대왕부를 지나 저승 하늘을 계속 날아갔다. 변성대왕부에서 태산대왕부로 가는 길은 거대한 산이 가로막고 있었다. 구름차는 그 산을 관통하는 터널로 진입했다.

"암철처闇鐵處 터널입니다."

원래 깜깜한 어둠 속을 더듬어 걷다가 벽면에 무자비하게 솟아 있는 철 가시에 찔려 가며 통과해야 하는 굴이었지만, 현대화된 지금은 철 가시를 모두 철거하고 조명이 설치된 데다 구름차의 통행을 위한 차도, 망자들의 통행을 위한 인도가 난간으로 분리되어 있었다.

"저승 정말 쉬워졌네요……."

성관이 창밖을 내다보며 감탄인지 아쉬움인지 모를 말을 흘렸다.

터널을 빠져나오자 일곱 번째 대왕부인 태산대왕부가 모습을 드러냈다. 옛 전통에서는 시비송사로 남을 괴롭힌 자들을 벌하는 대왕이며, 49재의 마지막을 담당하는 대왕이기도 했다. 수현은 태산대왕부의 본청 건물 상공을 선회하며 변화된 태산대왕부의 모습을 설명했다.

"태산대왕부에서는 지금 지상의 일반 법률이나 표준 체계를 위반 또는 남용한 죄를 판단하고 있습니다."

무의미한 시비송사를 벌하는 전통에 비교적 부합하는 모습
이었고, 판단하는 죄의 내용은 좀 더 구체적으로 발전해 있었
다. 악성 민원을 반복해 관계자를 고통스럽게 한 자, 민사 고소
를 밥 먹듯이 반복한 자, 고소 고발을 협박 수단으로 악용한 자,
피해자에게 무고죄를 뒤집어씌우려 한 가해자, 법의 허점을 악
질적으로 노려 이익을 취한 자들이 태산대왕부에서 추가적인
죄의 대가를 치르게 되어 있었다. 또한 거래나 측량을 할 때 저
울눈이나 단위계를 속이는 등 표준 체계를 기만한 죄도 판단
대상이었다.

단위계 이야기가 나오자, 예슬은 문득 예전에 호연이 했던
짓궂은 농담이 떠올라 물었다.

"그러고 보니…… 비표준 단위계를 쓴 것도 죄가 되나요?"

수현은 물론 조 선임과 성관이 일제히 관심을 보였다. 모인
시선에 약간 부담감을 느끼며 예슬은 질문을 이어 갔다.

"어, 호연이가요…… 같이 죽어서 온 과학도 친구인데, 미터
법 말고 야드나 파운드 같은 비표준 단위계는 지옥에서나 쓰는
거라고 농담을 한 적이 있거든요."

"으하하하하. 맞다, 그런 말이 있죠?"

성관이 폭소를 터트렸다. 곁에서 조 선임은 황당한 이야기를
들었다는 듯 혀를 내두르고 있었다. 수현은 난감한 미소를 흘
리며 설명했다.

"그렇진 않습니다. 그런 걸 전부 잘못으로 볼 거면 생전에 홉, 되, 말이나 할, 푼, 리 써 본 사람들 전부 벌줘야 하게요? 평이나 인치 안 써 보신 분도 드물 거고요. 대신 그런 여러 단위계를 악용해서 남들을 기만하거나 사리사욕을 채운 사람들의 죄를 살핍니다."

구름차는 이어서 과거의 거해지옥鋸解地獄을 대체하는 태산대왕부 교정청 상공을 가로질렀다. 수현의 설명에 따르면 이곳에서는 구금된 망자들에게 계속해서 새로운 규칙에 적응하게 만드는 과제를 준다고 했다. 이승과 비슷한 집단생활 공간으로 꾸며 놓은 교정청 시설에 구금하는데, 규칙을 하나도 어기지 않고 연속 5일을 버티면 나갈 수 있었다.

대신, 규칙이 매일 조금씩 바뀌는 것이 관건이었다.

"그걸로 교화가 되나요?"

예슬의 물음에 수현은 싱긋 웃어 보이며 설명을 덧붙였다. 처음에는 누구나 연속 5일 정도는 쉬우리라고 믿지만, 빡빡한 생활 규칙 한 권 전체가 매일 통째로 바뀌기 때문에 그것을 매일 외우는 것은 보통 어려운 일이 아니었다. 전력을 다해도 어디 한 군데에서는 실수가 빚어지기 마련이고, 그 실수 하나하나를 추궁당해야 했다. 지금까지 연속 5일을 버틴 망자는 단 한 명도 없었다는 수현의 말에 예슬 일행은 놀라움을 숨기지 못했다.

"그렇게 계속 반복하다가 보면 더는 못 하겠다고, 내가 잘못했다고 울며 비는 분들이 나오세요. 그걸 반성으로 판단하고 구금이 해제되는 구조입니다."

법과 시스템에 의해 고통을 받는다는 것이 어떤 기분인지 영혼 깊이 새기게 만드는 과정이었다.

태산대왕부의 마지막 시설은 커다란 버스 터미널이었다. 터미널 건물은 태산대왕부의 심판정 건물과 교정청 건물에 각각 구름다리로 연결되어 있었다.

"저승에 고속버스가 다녀요?"

조 선임이 신기해하며 물었다.

"네. 여기까지 오면서 마땅히 큰 죄목이 없었거나 죄를 청산한 분들은 여기서 버스를 타고 곧장 오도전륜대왕부의 윤회청으로 이동하시게 됩니다. 이때 이미 환생처는 정해져 있고, 티켓을 보고 윤회청에서 환생문을 배정합니다. 그런데 이다음에 오는 몇몇 지옥에서 추가적으로 심판을 받으셔야 하는 분들은 철창이 설치된 호송차 편으로 평등, 도시, 전륜대왕부 심판정으로 이송됩니다."

"그런 사람들은 중죄인들인가요?"

관심을 드러내며 묻는 성관에게, 수현은 고개를 저었다.

"중죄인인 경우도 있지만, 그렇지 않은 경우도 있습니다. 이다음 단계의 세 판관부는 죄를 심판하는 기능만 담당하고 있지는 않거든요. 아예 심판을 목적으로 하지 않는 경우도 있고요."

"심판을 안 한다고요?"

이번에는 조 선임이 놀라며 물었다. 뒤이어 예슬도 조심스럽게 의아함을 드러냈다.

"시왕저승 설화에서 죽은 뒤 49일이 지날 때까지 재판이 끝나지 않으면 최대 3년까지 걸리는 가혹한 절차를 밟는다고 했던 걸로 기억하는데, 의외네요."

예슬은 이 뒤에 남은 저승들의 명목을 떠올려 보았다. 죽은 지 백일째에 만나는 평등대왕은 부정축재자를 징벌하여 못이 박힌 철판 위에 떨구는 철상지옥鐵床地獄으로 보내고, 죽은 지 1년째에 만나는 도시대왕은 성적으로 풍기를 문란케 한 이들을 징벌하여 칼바람이 몰아치는 풍도지옥風途地獄으로 보내며, 죽은 지 3년째에 만나는 오도전륜대왕은 어리석은 죄, 남녀를 구별하지 못한 죄, 그리고 자식을 두지 않은 죄를 벌하여 온통 어둠뿐인 흑암지옥黑闇地獄에 던져 놓는다고 했다.

연이은 질문에 수현은 잠시 침묵했다. 여러 가지를 생각하는 듯, 핸들을 꼭 붙잡은 채 차창 너머 먼 데를 바라보고 있었다. 정적에 잠긴 채로 구름차는 계속해서 저승 하늘을 날아갔다. 태산대왕부를 뒤로 하고 평등대왕부를 향해 날아가던 구름차가 평등대왕부의 입구인 얼음 계곡 위에 놓인 돌다리를 지나칠 때쯤에야, 수현이 다시 입을 열었다.

"……이 뒤의 세 저승은 설화랑은 정말 많이 다르게 바뀌었습니다. 설화대로라면 벌해야 할 것을 제대로 벌하지 못하거나, 벌하지 말아야 할 것을 벌하게 되는 곳들이었거든요."

구름차는 빠르게 돌다리를 통과해 평등대왕부로 진입했다. 평등대왕부를 통과하는 도로에는 〈강풍주의, 비행금지〉라고 적힌 표지판이 내걸려 있었다. 구름차는 고도를 낮추어 양옆에 방풍벽이 세워진 도로 위를 미끄러지듯 나아갔다.

평등대왕부의 본청 건물과 심판정 건물은 생각보다 크지 않았지만, 교정청의 규모는 다른 곳보다 압도적으로 컸다. 커다란 사무동에 더해, 수용 시설로 보이는 창문도 나지 않은 거대한 건물이 열 채나 연이어 서 있는 모습은 웅장하다 못해 위압감을 주기까지 했다. 수현이 교정청 현관 앞에 구름차를 세우고 설명을 시작했다.

"평등대왕부는 지상에서의 체제 자체를 위반하거나 동원해서 많은 사람들에게 광범위한 피해를 준 자들을 징벌합니다. 부정축재는 지금도 벌하고 있지만, 현재 평등대왕부가 다루는 많은 죄목들 중 하나에 불과합니다."

조 선임이 조심스럽게 물었다.

"체제를 위반하거나 동원하다니…… 어떤 걸 말하나요?"

성관이 끼어들었다.

"게이트나 권력형 비리 같은 거 아니겠어요? 부정부패, 썩은 정치인들, 악랄한 재벌들……."

수현은 고개를 끄덕였다.

"그것도 포함됩니다. 그리고 전쟁이나 내란, 체제 전복에 관련된 죄인들도 포함됩니다."

그야말로 지상의 체제에 관한 가장 무서운 죄. 예슬은 그 무게가 느껴지는 것 같아 침을 꿀꺽 삼켰다. 그때 성관이 고개를 갸웃거리며 질문했다.

"그런 죄를 저승에서 다뤄도 되는 건가요? 이승에서는 문제가 안 되거나 반대로 정말 억울한 경우도 있었을 텐데…… 성공한 쿠데타라든지, 간첩이나 보안법 같은 걸로 누명을 쓴 사람들이라든지……."

그 질문에 수현은 한숨을 내쉬고 대답했다.

"그건 이승의 판단 방법이고요. 저희가 벌하는 것은 그런 과정에서 수많은 사람들을 부조리에 몰아넣거나, 다치게 하거나, 심지어 학살한 죄입니다. 반란에 성공했든 실패했든 상관하지 않고요, 누명을 쓴 분들은 당연히 제외하게 됩니다."

그 말을 듣자, 조 선임이 살짝 손을 들며 굉장히 조심스레 말을 꺼냈다.

"저기, 강수현 비서관님, 그럼 질문이 하나 있는데요. 혹시 여기 지옥에 그럼 죽은 그……."

하지만 거기까지 질문을 들은 수현은 곧장 손사래를 치며 그 말을 가로막았다.

"아니요, 묻지 마세요. 평등대왕부 교정청에 누가 들어가 있는지는 특히 기밀사항입니다. 아무리 시국이 엄중해도 제가 그걸 발설할 수는 없습니다."

조 선임은 퍼뜩 놀라 말문을 닫았다. 하지만 뒤이어 성관이 그 질문에 올라탔다.

"아니, 그런데 사실 궁금하잖아요. 한국 현대사가 그렇게 순탄했던 것도 아닌데, 예를 들어서…….."

수현은 이번에는 살짝 언성을 높여 다시금 막아섰다.

"그러니까 물어보셔도 대답해 드리지 않을 것이고, 저는 여러분이 저승에 오셔서까지 이승의 정치적인 이야기를 하지 않으셨으면 좋겠는데요. 여러분이 상상하는 어떤 독재자나 학살자가 어쩌면 평등대왕부 감옥에 들어가 있을 수도, 그렇지 않을 수도 있습니다. 들어가 있다고 기뻐하시거나 안 들어가 있다고 기분 나빠하시거나, 그럴 만한 이야기는 좀 피했으면 좋겠는데요, 안 그런가요?"

"그, 그렇죠…… 예……."

성관도 멋쩍은 듯 머리를 긁적이며 물러섰다. 차 안의 분위기가 순식간에 냉랭해졌다.

가시방석에 앉은 기분이 된 예슬이 분위기를 환기하고자 다른 질문을 던졌다.

"저기, 지금 '감옥'이라고 하셨죠? 평등대왕부 교정청이 이렇게 큰 이유가 있나요?"

수현은 이제야 할 만한 이야기로 되돌아왔다는 듯, 다시 차분한 어조로 설명을 시작했다.

"……평등대왕부 교정청은 영혼을 강력하게 정화해서 내 보내는 곳입니다. 재물이나 권력을 탐해 다른 사람들을 쉽사리

희생시킨 망자들이 머무르는 곳이지요. 그런 망자들에게 일말의 뉘우침이 깃들지 않는 한, 이곳을 나서지 못합니다. 이곳에서만큼은 망자의 체류 기한을 정해 두지 않습니다."

이곳에서는 모든 망자를 일인실의 감옥에 가두고 있었다. 특징은 모든 방마다 업경과 스피커가 설치되어 있다는 것이었다. 업경에는 망자가 생전에 저지른 일로 인해 피해를 입은 당사자들의 모습이 나타나 말없이 망자를 노려보는 장면이 계속해서 재생되도록 되어 있었다. 스피커는 망자에 대한 사후의 부정적 평가를 들려 주는 용도였다. 이승에서 망자의 생전 잘못을 논하고, 역사적 평가를 부정적으로 내리고, 심지어 그 죽음에 기뻐하는 내용을, 교정청 소속의 아나운서가 건조한 목소리로 읽어 주는 것이다.

그런 방 안에 망자를 무기한 가두어 두게 되어 있었다. 영혼은 식사를 하거나 화장실을 갈 필요가 없고, 거듭 죽을 수도 없으니, 한번 닫힌 방문이 다시는 열리지 않아도 상관없었다. 좁은 독방 안에서 영혼은 비로소 죄를 뉘우칠 기회를 가지거나, 또는 악랄하게 버티다 마침내 망가지고 만다. 그 뒤에야 비로소 독방을 나서게 된다.

"평등대왕부 관원들의 주요 업무 중 하나는 업경과 스피커로 재생할 기록의 편집입니다. 이곳에 오는 죄인들은 종종 자신들이 어떤 더 큰 일을 해 내기 위해 그 모든 잘못을 저질렀다고 믿어요. 보고 듣는 생전의 기록들에서 그런 자부심을 끄집어 낼 부분을 철저히 배제합니다."

조 선임이 불쑥 물었다.

"요컨대 시민을 죽인 독재자에게는 경제 발전의 공이 있었다는 사후 평가를 들려 주지 않는 식이군요?"

수현은 능숙하게 그 질문을 받아넘겼다.

"안에 누가 들어가 있는지와 관련해서는 일체 답변 안 드린다고 제가 말씀드렸죠?"

조 선임은 다시 물러났지만, 수현의 중립적인 답변을 자기 원하는 방향으로 해석했는지 조금 전보다 약간은 후련한 표정이었다.

구름차가 다시 출발했다. 평등대왕부의 영역을 지나며 다시 고도를 높여 도시대왕부로 이어지는 험한 산길 위를 빠르게 날아갔다.

머지않아 모습을 드러낸 도시대왕부는 조금 전의 평등대왕부와는 달리, 본청에 연결된 심판정 건물이 다섯 채나 붙어 있었다. 교정청은 사무용 건물만 있는 간소한 구성이었다.

"도시대왕부가 바람피운 남녀를 벌하는 곳이던가요?"

조 선임의 물음에, 수현은 조금 답답한 듯 한숨을 내쉬고는 말했다.

"예전에는 그랬죠. 지금은 좀 초점이 바뀌었습니다. 세상이 바뀌면서, 정말 중요한 죄가 더 많이 생겼거든요."

수현은 도시대왕부의 본청 건물 현관에 차를 대고, 둘러볼

곳이 있다며 모두에게 내릴 것을 권했다.

도시대왕부의 현관에 들어서자 가장 먼저 보이는 것은 로비 정면에 붙어 있는 커다란 동판들이었다. 열 개의 동판이 벽에 내걸려 있고, 그중 맨 앞에 위치한 네 개 동판의 윗부분에는 음각에 칠을 흘려 넣은 큼지막한 글자가 새겨져 있었다. 각각 '성적 폭력', '인종 차별', '증오 폭력', '사상 폭력'이라는 글귀였다. 동판의 제목으로 여겨졌다.

제목이 적혀 있는 네 개의 동판들에는 그 아래로 빼곡한 글씨가 새겨져 있었다. 그 내용은 온통 누군가의 성명과 그가 저지른 죄목에 대한 것들이었다. 네 개의 동판에 걸쳐, 온갖 성적인 폭력 행위에 더해, 일제강점기 이후로 벌어진 각종 민족주의나 이념 대립에 의한 차별과 폭력에 관한 죄들이 잔뜩 나열되어 있었다. 심지어 사건의 발생 장소는 남북한과 해외를 가리지 않았다. 부산에서 일어났던 간첩 조작사건의 사례 바로 다음에 신의주에서 일어난 부당한 밀고 사건이 연이어 적혀 있었다.

그리고 그 뒤의 여섯 개 동판은 제목도 내용도 채워지지 않은 채 텅 빈 상태로 내걸려 있었다.

묵직한 글씨와 흉흉한 내용에 압도되어 망연하게 동판을 바라보는 예슬 일행에게, 수현이 설명을 시작했다.

"도시대왕부는 원래 혼인 관계에서의 외도나 풍기문란을 처벌해 왔습니다. 단지 그것이 도덕적으로 옳지 못한 행위라서가 아니라, 가족이나 사회의 화목을 파괴하는 결과로 이어졌기 때문입니다. 이미 몇백 년 전부터, 도시대왕부에서는 혼인 관계나 신분 고하를 떠나서 성적 착취를 일삼은 자들 모두를 이곳에서 벌하고 있었습니다.”

지금은 그조차도 구시대적이라고 판단되어, 모든 차별적 폭력을 도시대왕부에서 처벌하는 형태로 죄목이 크게 변동되었다. 성적 착취를 벌하다 보면 모든 성폭력을 다루게 되고, 성폭력을 죄로서 논하다 보면 성차별을 말하지 않을 수 없게 되고, 나아가서는 성별, 인종, 정체성 등을 축으로 한 모든 차별과 그에 따른 폭력을 징벌하는 특별 재판부로 재탄생한 것이다.

“원래 도시都市대왕부의 이름은 뭇 사람들에게 자비를 베푼다는 뜻으로, 이승 사회의 화목을 유지하는 게 목적이었습니다. 하지만 세상이 점점 발전하면서 그 목적 자체마저도 의심할 수밖에 없게 되었죠.”

살아생전 차별과 폭력을 저지르고서는 자신의 행동이 사회의 화목을 위해서였다고 강변하는 자들이 있었지만, 그들의 죄를 사해 줄 수는 없었다. 한편 차별과 폭력을 고발하고 규탄하는 피해자들이야말로 사회의 화목을 깨트린 바 있었지만, 그것이 잘못이라며 그들을 벌할 수는 없었다.

이승 사회의 평화를 위한다며 개별 영혼의 고통을 묵살해 오지 않았는지 의심하게 되었다며, 수현은 동판 앞에 서서 설명을 이어 갔다.

"현재 도시대왕부는 각종 사회적 폭력이나 차별 행위에 대한 가중 처벌과 함께, 그 피해를 회복하는 과정도 지원하고 있습니다."

가해자는 환생으로부터 장기간 배제시키고, 시왕저승의 모든 교정 프로그램을 총동원해 자신의 행위를 뉘우치도록 하고 있었다. 또 도시대왕부의 교정청에는 별도의 시설이 없고, 앞선 다른 대왕부가 보유한 교정시설의 일부를 빌려 사용한다.

"앞서 중죄를 짓지 않은 경우에도 태산대왕부에서 호송되는 경우가 있다고 말씀드렸죠? 성폭력이나 차별 폭력을 당한 피해자들도 도시대왕부를 거쳐 가시게 됩니다."

피해자는 도시대왕부에서 영혼에 남은 상처를 치유하기 위한 특별 카운슬링을 받고, 그 과정에서 도시대왕부 관원이 가해자의 신상과 가해 정황을 진술 받는다. 그 내용은 앞으로 피해자와 가해자가 저승에서라도 마주치는 일이 없도록 시왕저승 전체에 전파되어, 두 망자의 동선을 철저히 분리하도록 돕는다. 또한 피해자보다 가해자가 나중에 사망하는 경우, 앞서 저승을 거쳐간 피해자의 진술 내용을 참조하여 추후 가해자의 심판이 이루어질 수 있도록 자료로 활용한다.

"저 빈 동판들은 뭔가요?"

조 선임의 물음에 수현이 대답했다.

"저 네 가지 죄목만으로 사회에서 벌어지는 모든 폭력을 설명할 수 없으니까요. 저희는 계속해서 이승에 다른 종류의 폭력이나 차별이 벌어지지 않는지 관찰하고 있습니다. 충분한 사례가 모이면, 다음 동판에 새로운 죄목이 적히게 될 겁니다."

도시대왕부에 대한 설명을 마무리하는 수현에게, 성관이 질문했다.

"궁금한 게 있는데요. 어떤 차별이 존재하는지 존재하지 않는지 저승에서 어떻게 확인하죠? 죽은 뒤에 차별당했다고 주장하기만 하면 그걸 모두 차별당한 걸로 치는 거면 좀 그렇지 않나요……."

기다린 질문이라는 듯 고개를 끄덕이며 질문을 듣던 수현은, 성관이 말을 마치자마자 곧바로 답했다.

"당연히 그렇게 단순하게 평가하지는 않습니다. 저희 저승은 사람의 일생을 두고 심판을 진행해 왔습니다. 일생을 되돌아보는 과정에서 명백히 차별 폭력의 피해나 가해로 의심되는 부분들이 나타납니다. 모든 사후 심판 과정에서 정보들을 취합하고 시간을 들여 면밀히 분석합니다."

수현은 덧붙여 설명했다.

"그리고 차별과 폭력의 피해자가 된 분들 중 적지 않은 수가 일찍 사망하십니다. 이승에서 입은 상처로부터 회복할 기회를 충분히 누리지 못한 분, 자기 자신으로서 살아갈 기회를 누리지 못한 분께서, 불행하게도 저승에도 상대적으로 일찍 도착하곤 합니다. 저희는 그런 분들의 목소리를 귀담아듣고, 그분들보다 늦게 도착할 가해자의 심판에 반영할 방안을 고민합니다."

누구나 태어나는 순서대로 죽는 것은 아니다. 수명이 다해 저승에 온다는 것은, 수명이 다하기 전에 찾아온 다른 죽음의 위기를 모두 피한 뒤라야 가능한 일이다. 물론 그런 죽음의 위기는 사고나 질병으로 찾아올 수도 있다. 하지만 사람은 다쳐서만 죽는 것이 아니다. 사회에서 배제되거나 사회로부터 차별을 받으면, 사람은 살아갈 이유를 빼앗긴다. 그래서 그중 누군가는 남들보다 저승에 먼저 도착하고 만다.

예슬은 순간 뒷머리가 아찔해지는 느낌을 받았다. 수현의 답을 들은 성관 또한 새삼스럽게 충격을 받은 듯 굳은 표정이었다. 한참 후 안타까움이 묻어나는 목소리로 중얼거렸다.

"하긴 그도 그렇겠네요…… 그런 걸 견디기 힘드시면 보통은……."

그때 조 선임이 수현에게 물었다.

"그렇다면…… 피해자가 일찍 죽어서 가해자보다 먼저 도착했기에…… 이 저승에 비로소 질서가 확립된다고, 그렇게 믿어도 될까요?"

하지만 그 질문에 수현은 고개를 저으며 단호하게 부정했다.

"아니요, 그렇다고 그걸 그런 식으로 받아들이시지는 않으셨으면 좋겠습니다. 저승은 피해자의 이른 죽음을 정의의 수단으로 여기지 않습니다. 통계상 그렇고, 현실적으로 그렇다는 것이죠."

질문을 했던 조 선임은 움찔하더니, 이내 납득한 듯 고개를 끄덕였다.

"······이해했어요. 그걸 그렇게 단순하게 여기면 안 되겠네요."

수현도 마주 고개를 끄덕였다.

"네. 저승에 무언가를 고발하러 오시는 것보다는, 이승에서 편안한 삶을 살아 가시다 때를 맞이해 오시기를 늘 바라고 있습니다. 단지······ 그런 삶을 선택할 여지조차 빼앗기신 분들을 위해서 저희는 최선을 다할 뿐입니다."

연민과 슬픔이 뒤엉킨 무거운 공기가 일행들 사이에 내려앉았다.

수현은 일행을 다시 구름차로 안내했다. 이제 시왕저승의 마지막 대왕부인 오도전륜대왕부로 향할 차례였다. 차에 올라타며 조 선임이 물었다.

"다음이 마지막이죠? 가기 전에 질문이 하나 있는데요."

운전석에서 뒤를 돌아보는 수현에게 조 선임은 조금 주저하다가 말했다.

"죄목이 과거와는 많이 바뀌었다고는 하셨는데, 원래 전통대로라면 저부터 거기서 벌 받아야 하는 것 같아서 좀 신경이 쓰이는데요······."

"예? 무슨 일이라도 저지르셨어요?"

놀라서 묻는 성관을 돌아보며, 조 선임은 핀잔 섞인 말투로 대꾸했다.

"아무것도 안 저지른 게 문제죠. 결혼 안 하고 자식 안 둔 죄를 벌한다는 말이 있다고요. 저, 결혼할 생각이 전혀 없었어서."

그 이야기를 들은 수현은 쓴웃음을 지었다.

"아까도 말씀드렸죠? 벌하면 안 될 것은 이제 벌하지 않습니다. 세상이 얼마나 바뀌었는데 그런 죄를 아직도 따지고 있겠어요."

조 선임은 안심한 듯 고개를 끄덕이면서도 계속 불안한지 되물었다.

"그럼 문제없는 거죠?"

수현은 고개를 끄덕이며, 조금 짓궂게 말했다.

"그런 죄목이 아직도 있다면 제가 더 많이 걸릴걸요?"

그 말과 함께 수현은 구름차를 다시 출발시켰다. 예슬은 수현의 말에 묘하게 감정이 녹아들어 있는 듯해 신경이 쓰였지만, 일단은 도시대왕부에서 목격한 내용의 기록을 우선하기로 하고 두루마리와 만년필을 다잡았다.

구름차가 저승 하늘을 날아 또다른 산 하나를 넘자, 넓게 펼쳐진 구릉지대가 나타났다. 도시대왕부 쪽의 산비탈이 길게 내리막을 이루는 곳에 여러 건물들이 서 있었다. 조금 더 나아간 곳에는 저승의 대지가 끝나고 있었다. 그 너머에는 캄캄한 어둠뿐이었다. 대지의 끝 부분에 거대한 건물이 서 있고, 그 뒤로 어둠을 향해 뻗어 나가는 거대한 인공 구조물의 형상이 어렴풋이 시야에 들어왔다.

"앞에 보이는 것이 오도전륜대왕부 소속의 건물들이고, 저 멀리 보이는 것이 육도윤회를 관리하고 실행하는 윤회청입니다."

수현은 그렇게 말하고는 구름차의 고도를 서서히 낮추며 건물 쪽으로 접근했다.

전륜대왕부의 건물 구성은 묘한 데가 있었다. 딱 한 채의 건물만 매끈하게 현대적으로 개장되어 있었고, 그 주변에는 낡은 동양식 건물 여러 채가 불이 꺼진 채 방치되어 있었다. 수현은 현대화된 건물이 오도전륜대왕부의 본청이고, 다른 건물들은 모두 사용하지 않는 건물들이라고 소개했다. 본청 앞마당에는 수많은 사람들이 오가며 물건을 옮기고 있었다. 소육왕부에서 피난 온 관원들과 그들을 돕는 전륜대왕부 관원들이었다. 원래 사용하지 않던 건물 한 채에 '임시 좌도왕부'라는 현수막이 내걸려 있고 불이 환하게 밝혀져 있었다. 구름차의 일종으로 보이는 트럭에다 짐을 싣고 윤회청을 향하는 모습도 보였다.

"저 많은 건물들이 그럼 평소에는 다 비어 있어요?"

조 선임이 신기해하며 물었다.

"그렇습니다."

"음, 저승의 마지막 관문치고 너무 황량한 거 아닌가 싶네요."

성관이 이어서 감상을 말하자, 수현이 그 이유를 설명했다.

"왜냐면 지금 오도전륜대왕부에서는 망자 심판을 취급하지 않기 때문입니다."

"네?"

"뭐라고요?"

"진짜요?"

수현의 말에 예슬, 조 선임, 성관이 동시에 기겁하며 놀랐다. 새로워진 저승의 재판에 대한 설명을 기록하며 여기까지 왔는데, 아예 재판을 포기한 대왕부가 있었던 것이다. 예슬은 오도전륜대왕부가 심판하는 죄를 되새겨 보았다. 조금 전 조 선임이 말한 것처럼, 자손을 낳지 못한 것을 죄로 취급하던 곳이었다. 또한 여러 문헌이나 전승에서 '남녀 구별을 못 한 죄'를 일컬어 징벌의 대상으로 보았다.

'벌하면 안 될 것은 이제 벌하지 않는다'는 수현의 말이, 죄목을 고치는 정도에 그치지 않는다는 것을 예슬은 깨닫게 되었다.

말문이 막힌 예슬 일행에게 수현이 자세히 설명했다.

"오도전륜대왕부가 다루는 죄목들은 먼 옛날 시왕저승이 지금의 모습으로 있던 때부터 죄로 여겨져 왔습니다. 그때는 이승에서도 그것들을 죄로 여겼으니까요. 단도직입적으로 말해서, 요즘 말로 '정상 가족'을 꾸리지 못한 것을 모조리 죄로 취급하던 시기가 있었습니다. 결혼에 이르지 못하거나 아이를 낳지 못한 것이 죄가 되고, 아이를 낳을 수 없는 상대와 사랑에 빠지는 것마저 비난의 대상이 되던 시기가 있었습니다."

수현은 깊이 한숨을 내쉬고는 설명을 이어 갔다.

"……아까도 말씀드렸지만, 이제는 그런 것으로 사람을 벌할 수가 없습니다. 저승에는 가장 억울한 사람들이 먼저 찾아옵니다. 오도전륜대왕부의 법정은 가장 억울한 호소가 메아리

치던 곳이었습니다."

그렇게 말하는 수현의 얼굴에는 숨길 수 없는 환멸감이 드러났다. 성관이 심각한 표정으로 턱을 만지며 추임새를 넣었다.

"하긴, 그렇겠네요…… 동성애 쪽은 몰라도, 결혼을 못 하거나 아이를 못 낳은 것까지 벌하면 잔인하죠. 환경이나 건강 때문에 어쩔 수 없는 경우도 있을 텐데."

그러자 수현은 더 깊게 한숨을 내쉬며 성관에게 말했다.

"이승에서 바로 그런 소리를 들으면서 억울함을 쌓아 온다니까요."

명백한 핀잔이었다. 성관은 자신이 실언이라도 했느냐는 듯이 당황하며 예슬과 조 선임을 돌아보았다. 예슬은 그를 안쓰럽게 바라보며 말했다.

"어느 쪽이든 본인이 그렇게 살아 가기로 결정한 것이고, 어느 쪽이든 태어날 때부터 바꿀 수 없는 정체성인 경우도 있어요. 처음부터 하나님이 그렇게 지어 내려 보내신 거죠. 본인이 본인 모습대로 살아 가겠다는 게, 남에게 큰 피해를 주는 일도 아니잖아요."

성관은 공감하기가 어려운지 뒷머리를 긁적이며 변명처럼 말했다.

"그래도 그런 모습을 보이면 아무래도 다른 사람들이 보기 좀 그렇지 않았을지……."

"서로 다른 사람들이 모여서 살아 가는 게 사회잖아요."

이번에는 조 선임이 단호하게 잘라 말했다. 한껏 찌푸린 시선으로 성관을 바라보며 조 선임은 덧붙였다.

"기존의 사회에 맞춰서 모 안 나게 살아 가라는 말인데, 처음부터 그런 모양으로 태어난 이들에게 어쩌라는 건지 모르겠거든요. 그리고 누가 모를 쪼고, 누가 모 난 데를 깎아 나가야 하는지 정해져 있나요? 내가 내 모습대로 살아 있는 것만으로 죄라니 세상에 그런 법이 어디 있어요."

조 선임의 강한 질책에도 끙 하니 앓는 소리를 내며 썩 납득이 가지 않는 듯한 모습을 보이는 성관에게 예슬은 차분히 타이르듯 말했다.

"……인터넷 방송하셨다면서요. 가끔 회사에서 광고수익 안 나오게 막는 딱지 같은 거 강제로 붙이지 않아요?"

"음, 네, 가끔……."

"그렇게 강제로 규제를 당할 만한 영상이었나요? 성관 씨가, BJ고려맨이 만들고 싶어서 만든 영상이었을 거 아녜요."

"그야 당연히 그렇죠……."

"그렇게 강제로 '넌 기준에 안 맞으니까 알아서 고쳐 와라'는 소리를 온 세상이 한 사람에게 하고 있다고 생각해 보세요. 그렇게 눈치 주는 쪽이 죄짓는 건지, 눈치 받는 쪽이 죄짓는 건지."

거기까지 예슬이 설명하자, 비로소 성관은 약간 납득할 수 있는 모양이었다. 썩 명쾌함이 느껴지는 표정은 아니었지만 논리적으로 이해는 할 수 있겠다는 듯이 천천히 고개를 끄덕이기 시작했다. 그러던 성관이 어깨를 살짝 늘어트리고 말했다.

"……어렴풋이 알겠지만, 아직 온전히 공감이 되지는 않네요. 그렇다면 저는 이 주제에 대해서는 입을 닫도록 하겠습니다. 잘 모르는 것에 대해 함부로 말한 것 같아서 좀…… 쪽이 팔리네요. 음."

조 선임은 영 미덥지 못하다는 듯 성관을 바라보고 있었지만, 예슬은 이 정도로도 감지덕지라는 생각이 들었다. 한 번에 이해가 잘 안 된다는 이유로 자기 주장만 반복하거나 의견이 다른 상대를 멀리하려는 이들을 얼마나 많이 만났었는지.

예슬은 분위기를 환기하려는 마음에 수현에게 다른 질문을 꺼냈다.

"그럼 심판을 중지한 후로 전륜대왕부는 어떤 역할을 하고 있나요?"

수현은 저 멀리 차창 너머를 가리켜 보였다. 주요 건물들로부터 조금 떨어진 곳에, 마치 대학 기숙사를 연상시키는 큰 건물들이 여러 채 서 있었다. 방치된 건물들이 많은 본청 주변과 달리, 저편의 건물들은 규모도 크고 깨끗한 데다 거의 모든 창문에 환하게 불이 켜져 있었다.

"엄청나게 번쩍거리네요. 뭐 하는 데인가요?"

조 선임의 질문에 수현은 의외의 답을 건넸다.

"옛 흑암지옥 자리에 세워진 연구소입니다."

흑암지옥 자리라니. 예슬은 기묘한 아이러니를 느꼈다. 원래 망자들을 암흑 속에 집어 던지던 곳에, 저렇게 번쩍이는 건물들이 들어서 있는 것이 신기했다. 수현은 연구소 쪽으로 구름차를 몰아 가며 설명했다.

"이 연구소는 오도전륜대왕부 심판 절차 개혁을 연구하기 위해 세워졌습니다. 심판이 정지된 것은 지금으로부터 약 50여 년 전입니다. 그 뒤 이승에서 정체성의 탄압을 당했던 경험이 있는 망자들이 이곳에 모여서 새로운 죄목과 심판 절차를 정의하는 토의와 연구를 이어 가고 있습니다."

"잠깐, 50년이요? 그렇게 오래 전에요?"

조 선임의 반문에, 수현은 고개를 끄덕였다.

"네. 충분히 숙의해야 할 일이니까요. 저승에는 수명의 제한이 없으니까, 할 수 있는 모든 고민을 다 해도 시간이 다하는 일은 없습니다. 세대를 거치면서 바뀌거나 바뀌지 않는 차별의 경험을 누적해 나간다는 의미도 있고요."

구름차가 연구소 상공에 이르렀다. 구름다리로 이어진 연구소 건물 사이로 정원이나 산책로와 같은 부대 시설들도 눈에 띄었다. 옥상에도 휴게 시설이 있었는데, 여러 망자들이 모여 담소를 나누는 모습을 볼 수 있었다. 그 풍경을 내려다보며 수현이 설명을 이어 나갔다.

"무엇보다 여기서는 불철주야 연구에만 매달리는 것은 아니니까요…… 이승에서 잔뜩 상처 입은 영혼들이, 차별받은 경험이나 소수자성을 공유하는 이들과 함께 어울리며 마음 편히 쉬는 공간이기도 합니다. 공식적인 사후의 자조自助 모임이라고 생각하셔도 되겠네요."

"이 모임에서는 전륜대왕부의 미래에 대해서 어떤 방향으로 이야기를 나누고 있나요?"

예슬이 물었다.

"제가 기억하는 대로라면, 크게 두 가지 의견으로 요약되고 있습니다."

처음에는 죄목의 방향을 뒤집어 소수자를 차별한 죄를 묻자는 의견이 우세했다. 하지만 도시대왕부가 차별 폭력에 대한 심판을 강화함에 따라 이러한 의견은 자연히 줄어들었다. 지금은 오도전륜대왕부에 새로운 역할을 부여하자는 방향으로 건설적인 의견을 나누고 있었다. 크게 봤을 때, 이승에서 차별을 받다가 억울하게 죽은 피해자들을 구제하는 일을 담당하도록 해야 한다는 의견과, 오도전륜대왕부의 원래 기능을 모두 폐지하고 윤회 전생만을 담당하게 하자는 의견으로 나뉘어 있었다. 그렇게 갈라진 의견이 자연스럽게 한쪽으로 모아지기를 기다리고 있다고, 수현은 부연했다.

"계속해서 새로운 망자들이 연구소에 입소하시기 때문에, 이승의 차별 행태에 대한 최신 정보가 꾸준히 들어옵니다. 언젠가는 어느 한쪽 의견이 대세가 되겠죠. 그때까지 몇 년이 걸리든, 지켜보자는 것이 현재 염라대왕 폐하와 오도전륜대왕 폐하의 결정이었습니다."

열심히 내용을 받아 적으며 고개를 끄덕이던 조 선임이, 문득 떠올랐다는 듯이 수현에게 물었다.

"그러면, 여기서 가장 발언권이 강한 그룹은 어떤 사람들인가요?"

"발언권이요?"

"네. 차별받는 소수자에도 여러 그룹이 있잖아요? 이를테면 성소수자의 분류에도 여러 가지가 있듯이."

수현은 빙긋 웃으며 고개를 저었다.

"그런 식의 특정 그룹은 없습니다. 망자들끼리 서로 친하게 지내거나 경원시하는 집단이 있기는 해요. 하지만 특정 정체성에 따른 파벌…… 이를테면 '혼혈인 그룹'이나 '게이 그룹' 같은 건 없습니다. 누구 목소리가 더 클 것도 없고요."

"그래도 수가 더 많거나 더 억울한 차별을 당했거나 하는 쪽이 있지 않나요?"

조 선임의 이어진 질문에, 수현은 어깨를 으쓱했다.

"글쎄요. 그걸 한 줄로 세워서 비교할 수는 없는걸요. 어떤 망자들이 다른 망자들보다 특별히 더 억울하다는 식으로 볼 수는 없지 않나, 저는 그렇게 생각해요. 새로 오시는 분들 중에 간혹 그런 억울함을 주장하는 분들이 계시지만, 저희는 그걸 고통받은 영혼에 남은 상처로 보고요…… 이곳에 편안하게 오래 머물러 계시다 보면 대부분 생각을 달리 하세요."

"그렇게 말하는 사람이 있긴 있군요……."

조 선임이 뭔지 알겠다는 듯 말하자, 수현은 고개를 끄덕여 보였다.

"왜 없겠어요. 다 이승에서 온 분들인데."

질문을 주고받으며 유의미한 특징들을 적어 가던 예슬은, 수현의 대답에서 다시금 기묘한 느낌을 받았다. 수현이 전하는 연구소 이야기는 묘하게 생생했다. 무례한 상상이라는 생각을 하면서도, 예슬은 마치 수현이 전륜대왕부 연구소에서 생활한 경험이 있지 않았을까 상상했다. 그렇지만 그걸 물어볼 용기는 없었다. 어쩌면 묻지 말아야 할 질문인지도 모르겠다고 생각했다.

구름차는 연구소 상공을 벗어나, 마침내 저승의 끄트머리를 향해 날기 시작했다. 길게 이어지던 내리막 비탈은 높이를 가늠할 수 없는 깎아지른 절벽으로 끝나고 있었다. 절벽 너머에는 온통 암흑뿐이었다. 그 절벽 위에 예슬 일행이 기록해야 하는 마지막 시설물이 서 있었다. 윤회청과 환생문이었다.

구름차 창밖을 내려다보니 절벽 끝에 세워진 거대한 5층짜리 건물이 눈에 들어왔다. 그 뒤 허공으로 이어지는 커다란 테라스를 한 눈에 확인할 수 있었다. 테라스의 바닥에는 수레바퀴 모양의 법륜法輪 문양이 그려져 있었다. 또 그 주위로 설치된 서른여섯 개의 문이 바로 망자의 영혼이 환생을 위해 통과하는 환생문이었다. 긴급 결정된 해저로의 환생을 앞두고, 윤회청의 엔지니어들이 환생문을 새로 조정하느라 바쁘게 뛰어다니고 있었다.

수현이 설명했다.

"원래 이곳에서 육도윤회의 길이 나뉩니다. 극락도와 지옥도로 향하는 각각 한 개씩의 문과, 아귀도와 수라도로 향하는 각각 네 개씩의 문이 있고요. 축생도로 향하는 두 개의 문이 배정되어 있었습니다. 나머지는 전부 인간도로 통하게 되어 있었고요."

이어서 수현은 환생문의 가장 중요한 특징에 대해 설명했다.

"김예슬 망자님께서는 이미 들어서 알고 계시겠습니다만, 축생도를 제외한 모든 문은 인간의 몸으로 태어나는 길입니다."

"예?"

"진짜로요?"

조 선임과 성관이 잇따라 깜짝 놀라며 되물었다. 곧이어 성관이 수현에게 질문했다.

"아니, 그러면 결국 지금까지 죗값을 나눠 벌해 온 의미가 없지 않나요?"

수현은 고개를 저어 부정했다.

"모든 망자가 인간의 몸으로 다시 태어난다고 해도, 향하는 행선지와 살아 갈 처지는 다릅니다. 인간도가 가장 평균적인 경우에 해당하고요. 그외의 네 가지 문에는 그 특징에 맞는 망자들이 환생하도록 조치하고 있습니다."

고개를 갸우뚱하던 성관은 다시 물었다.

"그럼 예를 들어서, 극락도에 들어가면 막, 부잣집 같은 데 태어나고 그러는 건가요?"

수현은 애매하게 웃으면서 대답했다.

"음…… 망자분들은 보통 그렇게 믿으시더라고요."

긍정이라 보기도 부정이라 보기도 어려운 태도였다. 그때 곁에서 문답을 듣고 있던 조 선임이 조금 강한 어조로 수현에게 따져 물었다.

"잠시만요, 강수현 비서관님. 그게 정말 사실인가요? 인간 세상에서의 편치 못하거나 불행한 삶이 전생의 죄로 인해 결정되는 거라고요? 너무 불공평하지 않나요? 전생의 기억을 쥐고 다시 태어나게 하는 것도 아니면서……."

조 선임은 약하게나마 수현에게 항변하고 있었다. 갑작스러운 감정적 대응에 놀란 예슬은 조 선임을 타이르며 물었다.

"저기, 조 선임님, 그렇게까지 화를 내시는 이유라도 있으신가요?"

예슬이 어깨를 다독이자, 조 선임은 조금 맥이 빠진다는 듯 한숨을 토하고는 예슬을 바라보며 말했다.

"제 사촌들 중에 선천적으로 몸이 불편한 동생이 있었어요. 집안 웃어른들이 그 동생 볼 때마다 하는 소리가 있었거든요? '전생에 무슨 죄를 지어서 저렇게 태어났냐'고. '집안도 지지리도 못 사는데 병원비나 축내는 신세'라는 등, '무슨 죄를 받아서 저 꼴이냐'…… 저 그 말이 진짜로 싫었거든요."

수현은 조 선임의 성난 넋두리를 운전석에서 차분히 듣고 있었다.

"본인은 기억도 못하는 전생의 업보를 갚는다는 별 이상한 이유를 들먹이면서, 아무것도 모르는 사람이 태어날 때부터 고생을 겪는 게 당연하게 취급되는 게 싫었어요. 그런데 저승을 진짜로 그렇게 운영해 왔다고요? 자기 죄도 모르는 채로 환생시켜서 제멋대로 힘든 곳에 보냈다고요?"

조 선임의 한탄은 다시 수현에게 날아드는 날 선 질문으로 끝났다. 수현은 구름차를 허공에 정지시킨 뒤, 핸들에서 손을 떼고 뒷좌석 쪽으로 제대로 몸을 돌려 조 선임을 바라보았다. 그러고는 대답했다.

"……음, 일단 어떤 말씀이신지 저희도 충분히 알고 있습니다."

"알면서 그래요?"

"네. 변명처럼 들릴지도 모른다는 것은 압니다만, 망자님의 사촌 동생께서 전생에 무슨 죄를 지어서 그렇게 태어났다는 건, 단정할 수 있는 사실이 아닙니다. 차라리 집안 어르신들이 못된 말로 구업口業을 지으셨다고 보는 게 맞죠."

수현의 말을 가로막으려 몇 차례 시도하던 조 선임은, 집안 어른들을 싸늘하게 비판하는 말을 듣고 숨을 들이켰다. 단죄의 말에 가까운 수현의 표현에서 느낀 두려움과, 못된 어르신들의 못된 말을 강하게 비판해 주었다는 데 대한 만족감이 뒤섞여, 조 선임의 눈가가 떨리고 있었다.

그런 조 선임을 계속 지긋이 바라보며 수현이 설명을 이어 갔다.

"그렇게 눈에 보이는 것만으로 육도와 업보를 단정해서는 안 됩니다."

"어, 그렇지만 극락도는 부잣집에 태어나는 거라고 좀 전에……."

의아하게 묻는 성관에게, 수현은 선을 긋듯이 말했다.

"그러니까, 망자분들께서 그렇게 믿곤 하신다고요. 그리고 그 믿음은, 사실과는 거리가 있습니다. 제가 좀 더 분명하게 설명해 드릴 걸 그랬네요."

수현은 세 명의 망자들과 차례로 시선을 맞추며 간곡한 어조로 설명을 이어 나갔다.

"이거 하나는 분명히 말씀드릴게요. 부잣집에 태어난다고 극락도의 소생은 아닙니다. 신체에 장애를 갖고 태어난다고 전생에 악업을 지어 벌을 받은 것이 아닙니다. 편한 출생처와 힘든 출생처라는 것도 지나치게 단선적으로 판단한 것입니다. 육도윤회는 그런 식으로 단순하게 구성되지 않습니다."

수현은 짤막한 한숨을 내쉬고는 이어서 말했다.

"저희가 악행을 저지른 망자의 영혼을 수라도나 지옥도로 보내는 것은, 죄의 대가로 고생해 보라는 게 아닙니다. 그 환경에서 영혼에 다른 것들을 새겨서 다시 돌아오라고 보내는 것입니다. 어려움을 극복하고, 도덕적인 타락을 이겨 내고, 가까운 곳에 있는 불의에 함부로 동조하지 않을 기회를 주기 위함입니다. 천 년도 전에 지금과 같은 육도윤회의 틀을 짤 때부터, 이 원칙은 유지되어 왔습니다."

"그렇다고는 해도, 결국 힘들고 가난한 데 태어나게 만들어서 선행을 쌓게 하겠다는 것처럼 들리는데요?"

성관이 물었다. 수현은 조금 환멸 섞인 표정으로 대답했다.

"……거듭 말씀드리지만, 육도가 꼭 그렇게 작동하지는 않습니다. 돈 많은 부잣집이 수라도의 출생처인 경우도 있습니다. 내전을 겪는 나라로 가는데도, 육도는 극락도를 가리키는 경우도 있습니다. 심지어, 망자분에 대한 최고의 예우로써 축생도에 보내드리는 경우도 있고요. 인세人世의 잔인함을 더 겪지 않으시기를 바라는 마음에서요. 이렇게, 육도의 윤회는 윤회청이 망자 한 분 한 분에 대해 치밀하게 고민한 결과로 운용되고 있습니다. 하나하나 설명드리려면 너무나 복잡한 원칙들이고, 더욱이 지상의 잣대로 이해하려고 하면 쉽게 받아들이시기 어려운 부분도 많을 겁니다. 그 점을 이해해 주셨으면 해요."

잠시 말이 없던 조 선임은 고개를 설레설레 저었다. 개인적인 고통을 자극받고 만 탓인지 잠깐 사이에 조 선임은 굉장히 피로해 보였다. 조 선임은 손가락으로 관자놀이를 누르며 불만스러운 감정을 계속 토로했다.

"……아무리 그래도 이건 아니에요. 차라리 인간 세상이 아닌 다른 데로 환생하게 하는 거라면 모를까, 인간 세상을 지옥으로 쓰다뇨. 저승에 어떤 원리 원칙이 있는지는 모르겠지만,

죽은 지 얼마 안 된 저로서는 정말…… 받아들이기가 어렵네요. 어려운 사람들이 겪는 가난이나 고통을, 잘난 사람들이 저지르는 악행을 적당히 합리화하는 것에 불과하잖아요…….”

그렇게 말하며 깊은 숨을 토해 내는 조 선임이었다. 예슬이 조심스럽게 대화에 끼어들었다.

“……저도 조 선임님 말씀에 조금 공감이 가요.”

예슬까지 이 화제에 참여할 줄 예상치 못했는지, 수현은 조금 움찔하더니 고개를 살짝 떨구며 말했다.

“그렇습니까.”

하지만 예슬은 이야기를 자연스레 다른 방향으로 이어 나갔다.

“그렇지만 제 생각에 시왕저승에서 그 부분에 대해 전혀 고민하지 않았을 리는 없을 것 같아요. 지옥을 철폐하고, 차별이나 혐오 범죄를 들여다보고, 소수자 차별을 보상해 줄 정도로 변화한 저승에서, 그런 고민을 아예 안 했을 거라고 생각하지 않아요. 제 짐작이 맞나요?”

조금 풀린 표정으로, 수현은 예슬의 질문에 대답하면서 모두를 차례로 돌아보았다.

“……그렇게 짐작해 주셔서 감사합니다. 네, 그렇습니다. 윤회청은 이미 50여 년 전부터 그 문제를 연구하고 있습니다.”

윤회청은 각각의 윤회도를 겪은 영혼들이 환생 이후에 과연 어떤 삶을 살게 되고 어떤 영향을 받는지 추적 조사를 진행하고 있었다. 시간이 오래 걸린 것은 환생시켜 보낸 영혼이 다시 죽을 때까지 지켜보아야 비로소 결과가 나오기 때문이었다. 연구가 어렵기도 했다. 이승으로 되돌아간 영혼은 전 세계로 흩어졌기 때문에, 반드시 시왕저승으로 되돌아온다는 보장이 없었다. 또 이승의 삶을 한 차례 겪은 결과 영혼이 얼마나 성숙하거나 타락했는지를 다시 확인하는 것이 쉽지 않았다.

이번 대재해로 인해 연구 자체를 중단하게 되면서, 시왕저승은 자신들의 뿌리가 되는 육도윤회 자체에 대해서 의심해 보는 단계를 겪는 중이었다.

"저희도 다 압니다. 빈익빈 부익부를 알고, 어려운 환경에서는 잘못된 선택을 할 가능성이 더 높다는 우려도 잘 압니다. 자신이 행한 폭력이나 범죄의 이유로 전생의 업을 들먹이는 이들이 너무 많아서, 판관부에서 늘상 심판의 대상으로 삼아 왔습니다. 그런 삶을 거쳐 억울하게 죽은 사람들도, 그런 처지를 살아 본 사람들도, 전부 저승으로 와서는 똑같은 말로 하소연하세요. 저희가 모를 리가 있겠습니까. 그래서 바꿔 나가는 중이었습니다…… 저승 전체를 말이죠."

그렇게 말하는 수현의 표정과 말투에는 복잡한 감정이 실려 있었다. 이어 나가는 어조는 당당하고 선명했다. 바뀌어 가는 저승을 자랑하고 싶어 하는 마음이 느껴졌다. 하지만 그렇게 말하고 있는 수현의 표정에는 진한 아쉬움이 맴돌고 있었다. 결국 그 모든 개혁이 알두스의 섬광과 함께 멈춰 버렸던 것이다.

수현의 이야기를 한참 동안 듣고 있던 조 선임은 휴 하고 한숨을 뱉더니 수현에게 고개를 꾸벅 숙였다.

"……죄송합니다. 갑자기 화를 냈죠 제가."

"아닙니다."

조 선임의 짧은 사과를 정중히 받은 수현은, 조 선임은 물론 일행 모두를 돌아보며 말했다.

"저희가 저승을 돌아본 이유는 기록을 남기기 위해서였죠? 여러분께서 판단하시기에 육도윤회나 그 흐름에 정녕 동의하기가 어려우시면, 그 부분을 어떻게 기록할지는 여러분께 전적으로 맡기겠습니다. 누락하셔도 상관없습니다."

저승의 모습을 있는 그대로 기록해 남기자던 취지를 생각하면, 상당히 무거운 제안이었다. 불만을 토로했던 조 선임을 포함해, 예슬과 성관 또한 수현의 제안을 곰곰이 생각하기 시작했다. 오래지 않아 성관이 고민을 포기한 듯 고개를 저으며 조 선임을 바라보았고, 조 선임 또한 예슬을 바라보았다.

"그래도 이 자리에서 가장 전공 지식이 깊은 분이시니까, 연구원님께 맡길게요."

예슬은 부담감을 느끼면서도, 조금 전부터 생각하던 바를 말했다.

"그렇다면 저는 있는 그대로 기록하는 편을 택하겠어요."

"있는 그대로라면, 시왕경의 전통대로라는 뜻인가요?"

조 선임의 물음에, 예슬은 고개를 저었다.

"아니요, 지금 변화된 모습대로요."

예슬의 답을 들은 조 선임은 예상하지 못했는지 놀란 표정을 지었다.

"변화된 모습대로라면 축생도를 제외하고는 모두 다시 인간 세상으로 보낸다는 내용까지 전부 다요?"

성관이 예슬에게 묻자, 예슬은 고개를 끄덕이며 자기 생각을 설명했다.

"네. 왜냐면 그 내용까지 적어야 지금의 시왕저승이 온전히 보존된다고 생각해요. 그래야만 시왕저승이 해 오던 개혁도 다시 이어질 수 있겠죠. 저는 재해로 이어 가지 못한 연구가 완성되는 날이 언젠가 왔으면 좋겠어요."

예슬의 이야기를 들은 성관은 곧 납득한 듯 고개를 끄덕였다. 조 선임도 잠시 뒤 굳었던 얼굴을 풀며 천천히 고개를 끄덕였다.

"그래요…… 바꿔 나간다고 하셨으니까. 믿어 볼게요. 믿는다면…… 있는 그대로를 기록해야겠죠, 역시."

조 선임의 말을 들은 수현은 많이 안도한 듯했다.

그런 수현에게 예슬이 물었다.

"기록에 남겨야 할지는 모르겠지만, 궁금한 게 한 가지 있는데요."

"네, 말씀하십시오."

"어떻게 이렇게까지 바뀔 수 있었던 거죠?"

시왕저승을 빙 둘러 돌아보는 내내 예슬의 마음 한구석에서 조금씩 자라나던 의문이었다.

"우리가 이승에서 상상하던 저승의 모습은 정말 이렇지 않았어요. 신화 속의 이야기였고, 전통문화 속의 이야기잖아요? 우리가 상상할 수 있는 가장 보수적인 신화들 중 하나가 사후 세계에 대한 신화이기도 하고요. 권선징악 그 자체니까요. 그런데 어떻게 이렇게까지 변화할 수 있었는지 정말 궁금해요."

예슬의 질문에, 수현은 차분한 목소리로 답했다.

"……도시대왕부에서나 전륜대왕부에서 말씀드렸던 내용과 같습니다. 신화는 결국, 저승은 본래 그래야 한다는 관습 같은 거죠. 그리고 저승에는 그런 여러 관습에 대해 쉬이 납득하지 못했던 사람들이 먼저 오게 되어 있고요."

수현은 쓸쓸하게 웃으며 덧붙였다.

"이승이 살아 남은 가해자들의 땅이라면, 저승은 먼저 죽은 피해자들의 땅입니다. 예전에 끔찍한 지옥이 존재했던 이유도 그래서였을 겁니다. 아까 소개해 드렸던 염라대왕님 말씀처럼, 먼저 죽은 이들이 자신을 죽게 내버려 둔 이들에게 하는 잔인한 화풀이였던 거겠죠."

이야기를 이어 가는 수현의 얼굴은 차분하게 가라앉아 있었다. 수현의 이야기를 들으며 숨을 집어삼키던 성관이, 수현의 말을 받아서 질문을 꺼냈다.

"……와, 진짜 그렇겠네요. 그러면 저승에 일하는 공무원분들도 대개는……."

수현은 고개를 끄덕였다.

"천수를 다 누린 분들은 생전의 죗값을 정산하고 나서 무난히 환생하시는 분들이 많습니다. 하지만 생전에 억울함이나 아쉬움이 있었던 망자들은, 풀어야 할 원과 지어야 할 업이 생기기 마련입니다."

이런저런 생각이 떠오르는지 잠시 눈을 감고 침묵하던 수현은, 곧 다시 입을 열었다.

"그래서 저희들은 계속해서 고민하게 됩니다. 어떻게 하면 억울하게 죽은 망자들을 저승이 달래줄 수 있을지, 혹시라도 억울한 망자들을 낡은 기준으로 벌하게 되는 일이 생기지는 않을지, 반대로 이승에서 누릴 것은 다 누리고 올라온 가해자들을 어떻게 징벌하는지, 그들이 다시 태어나서 같은 짓을 저지르지 않도록 보장할 방법은 없을지……."

수현의 그 말은 마치 자기 고백과도 같이 들렸다.

예슬은 송제대왕부 교정청에서 있었던 일을 떠올렸다. 관원이 된 경위에 대하여 말을 아끼던 수현의 모습. 정말 새삼스럽지만, 한눈에 보기에도 수현의 외견은 그리 나이 들어 보이지 않았다. 예슬이 수현을 처음 봤을 때는 두루마기를 입은 학생이라고 생각했을 정도였다. 심지어 두루마기 안에 입은 옷은 아무리 봐도 고등학교 교복 같았다.

만약 사망했을 때의 모습을 그대로 간직하고 있는 거라면,

어린 나이에 이승을 등질 이유가 있었을 것이라는 상상이 예슬의 머릿속으로 밀려 들어왔다. 많은 이유가 떠올랐다. 성적 때문이었을까, 진로 고민이었을까, 가족과 다투었을까, 왕따를 당했을까…… 어쩌면 그런 흔한 이유를 넘어서는 무엇이었을지도 모른다고 예슬은 생각했다. 한 명의 인간으로 살아가기 위한 마음을 잔인하게 꺾어 놓을 만한 일들은 너무나도 많았다.

예슬은 또 옛 오도전륜대왕부의 죄목에 대해 이야기하면서 진한 환멸감을 드러내던 수현의 모습을 떠올렸다. 전륜대왕부의 소수자 연구소에 대해 마치 스스로 겪어 본 것처럼 말하던 모습 또한 마음에 남아 있었다.

많은 생각을 떠올리고 있는 예슬의 속마음을 아는지 모르는지, 수현은 미소 지으며 예슬에게 말했다.

"……그런 저희들이 앞으로 더 개혁해 나갈 미래를 믿어 주셔서 감사하다는 말씀을 드리고 싶습니다."

저승의 개혁.

예슬의 마음속에서는 더 많은 생각들이 가지를 치기 시작했다.

이승에서 회자되던 것과 전혀 달라진 죄목들에 대해 간단히 설명은 모두 들었다. 듣다 보니 거기에 대한 더 자세한 내막이 알고 싶어졌다. 정확히 언제 어떤 과정을 거쳐 논의가 이루어졌는지. 지옥을 없애기로 결정하는 과정에 어떤 토론이 있었는지.

도시대왕부의 죄목을 풍기문란에서 사상과 혐오에 대한 죄로 확대해 간 과정은 어떠했는지. 오도전륜대왕부의 인습적인 죄목이 과연 누구의 어떤 주장에 의해 규탄 받고 사라지게 되었는지……. 예슬은 자신의 손에 들린 두루마리에 옮긴 저승의 모습이 아직도 너무 많은 것을 놓치고 있지 않나 하는 염려를 지우기 어려웠다.

예슬은 시왕저승을 더 연구하고 싶었다.

하지만 마음의 다른 한 구석에서는 걱정과 두려움이 동시에 일었다. 예슬은 자신이 이만큼 시왕저승의 일에 깊이 관여하게 될 거라고는 상상조차 하지 않았다. 생전에 전공으로 공부할 때는 문화적 흥미 이상의 관심을 가지지 않았다. 그 작은 관심이 모태신앙을 압도해 여기까지 왔다. 이대로 이 저승을 되살리는 일에 발을 들인다면, 자신은 온전히 이 저승의 망자가 되는 게 아닐까 하는 두려움이 들었다.

그것이 두려운 이유는 단 한 가지. 신앙심이 깊었던 예은과 다른 가족들로부터 멀어지는 것이 아닐까 하는, 마음속 뿌리 깊은 곳까지 잠식해 들어오는 회복 불가능한 고립감이었다.

그때 운전석 쪽에서 버저 음이 흘러나왔다. 통신기에서였다. 수현은 몸을 돌려 통신기를 집어 들고, 통화를 연결했다.

"강수현 비서관입니다. 네, 맞습니다. 네……."

통신기 너머에서 제법 긴 설명이 이어지고, 그걸 듣는 수현의 얼굴은 시종 굳어 있었다.

"……그것까지 확인했습니까? 잘하셨습니다…… 예, 그럼 확실하게…… 알겠습니다."

수현은 통신기를 내려 놓고 잠깐 침묵하더니, 구름차의 핸들을 돌리며 고도를 낮추었다. 제법 빠르게 하강한 구름차는 윤회청 건물 옥상에 착륙했다. 갑자기 차를 돌리는 수현의 행동에 예슬 일행이 의아해하던 차에, 차가 착륙한 것을 확인한 수현은 문을 열고 내리면서 말했다.

"김예슬 망자님, 중요한 소식이 있으니 잠시 따라 내려 주세요."

"네? 저요?"

예슬은 깜짝 놀랐다. 조 선임과 성관이 눈빛으로 무슨 일인지 궁금해하는 눈치였지만, 예슬은 달리 해 줄 말이 없었다. 짐작이 가는 바는 있었지만 그 이야기를 이 둘 앞에서 해도 될지 확신이 없었다. 예슬은 모르겠다는 듯 고개를 빠르게 저어 둘러대고는 수현을 따라 차에서 내렸다.

차에서 약간 떨어진 곳에 이르렀을 때 수현이 예슬에게 말했다.

"갑자기 내리시게 해서 죄송합니다. 다른 두 분 앞에서 드릴 말씀은 아닐 것 같아서요."

예슬의 프라이버시이기도 하고, 저승이 호의로 편의를 봐 준 건에 대해 공공연히 이야기하고 싶지는 않았다고 덧붙이며, 수현은 본론으로 이야기를 이어 갔다.

"김예슬 망자님 가족분에 대해 알아보라고 지시했던 내용에 대해서 비서실에서 연락이 왔습니다. 그쪽에서는 그쪽대로 선의를 가지고 조사를 좀 더 해 보려고 했던 모양입니다."

"더 하다뇨?"

의아해하는 예슬에게 수현은 설명했다.

"혹시 모른다며 동생분에 더해 양친 분의 행방까지 찾아 보려 한 모양입니다."

예슬은 크게 놀랐다.

수현의 말에 따르면, 당장 후속 업무가 없어진 비서진들이 예슬의 요청 건을 듣고 조금 헌신적으로 자료를 뒤졌다고 했다. 염라대왕부의 재판 기록을 전수 조사해 예은이 거쳐 갔는지를 확인하는 한편으로, 활성 수명부 전수조사 당시 만들어진 수명부의 색인을 확보해 예슬의 양친이 혹시 지금 저승에 유입된 사망자 중에 있지 않은지 확인한 것이다. 수명부 원본이 대부분 소실된 상황이어서 망자의 기록을 열람하기는 어렵게 되었지만, 그 사람의 수명부가 존재했는지 여부는 색인을 통해 쉽게 알 수 있었다.

예슬은 설명이 이어지는 동안 점점 커지는 희망을 억누르기 위해 애써야 했다. 혹시 섣부른 기대를 품었다가 기대했던 답을 듣지 못한다면, 희망적인 대답이 돌아오지 않는다면, 그 충격을 감당할 자신이 없었다.

"그렇게 가능한 모든 자료를 조사한 끝에 확인했습니다."

조사 경과에 대해 설명을 마친 수현이 결론을 이야기했다.

"김예은님은 시왕저승을 통과하신 기록이 없습니다. 사망하신 시점 전후의 기록에서 성명, 주소, 사인 등이 동일한 기록을 발견할 수 없었습니다."

예슬은 이를 꽉 악물었다. 기대하지 않으려고 마음먹지 않았던가. 그리고 수현은 뒤이어 말했다.

"양친 분들 또한, 수명부 색인상에 아예 존재하지 않았습니다. 종교적인 이유로, 저희 저승으로 오실 분들이 아닌 것으로 파악됩니다."

낙심의 파도가 거세게 몰아쳐 왔다. 예슬은 아쉬움에 고개를 떨구었다. 기대하지 말자고 마음먹었지만, 기대를 안 하는 편이 오히려 이상했다.

"괜찮아요."

그 낙심을 인정하고 싶지 않은 마음이 컸다. 예슬은 마음속으로 결론을 맺기도 전에, 입을 열어 말했다.

"괜찮아요, 정말. 괜찮아요. 네."

괜찮을 리가 없기 때문에 이렇게 반응하는 것임을 스스로도 알고 있었지만, 어쩔 수가 없었다. 수현은 그런 예슬의 모습을 안절부절못하며 바라보다가, 깊이 고개를 숙였다.

"죄송합니다. 기대하시는 결과를 알려 드릴 수가 없었습니다."

예슬은 마음 한구석이 무너져 가는 것을 느꼈다. 부모님도, 예은도, 모두 깊은 신앙심에 따라 죽은 뒤 하나님 품으로 돌아갔다는 뜻이리라. 그것은 잘 된 일이 맞는데, 자신만 홀로 이곳 염라대왕의 터전에 남겨진 것이 당황스럽고, 외롭고, 슬펐다. 친구인 호연과 함께 올 수 있었고, 이곳에 와서 여러 가지 일들에 도움을 주고, 새로운 것들을 배울 기회까지 얻었지만, 가족들과 저승에서까지 영영 생이별하게 되었다는 사실을 받아들이는 것은 분명 마음의 한구석을 무너뜨리는 것이었다.

그렇지만 예슬은 그렇게 무너지는 마음을 다잡고 싶었다. 예슬은 요동치는 마음을 이성으로 덮어씌우려는 듯이, 입을 열었다.

"……엄연한 사실인걸요. 제가 기대한다고 해서 결과가 바뀌거나 하지는 않겠죠…… 애써 주셔서 감사해요. 그리고 오히려 저는…… 마음이 편하네요."

예슬은 그렇게 말했다. 새빨간 거짓말이라는 생각이 들면서도, 가장 진실된 말이라고 생각했다.

"서로 완전히 길이 엇갈렸다는 걸…… 인정할 수 있게 되었네요."

그렇게 인정하고 더는 슬픈 걱정을 하고 싶지 않았다. 예슬이 억누르고 다시 억누르고 있는 마음이었지만, 눈앞의 수현이 그것을 알아차리지 못할 리 없었다. 그렇지만 수현으로서도, 더는 어떻게 예슬의 심정을 다독일 방법이 없었다. 상도 벌도 모두 윤회를 전제로 하는 저승이었기에, 헌신하는 영혼들에게 돌려 줄 수 있는 보상이 극히 제한적이라는 것은 답답하고 슬픈 일이었다.

수현이 할 수 있는 일은 위로뿐이었다.

"……깊은 유감을 표합니다."

예슬은 애써 웃으며 고개를 저었다.

"아녜요. 이제 정말로, 홀로서기를 할 때라고 생각하면 되겠죠."

그렇게 말하며 예슬은 가슴께에서 주먹을 꼭 움켜쥐었다. 이승에서는 종종 예은의 사진이 걸린 로켓을 목에 걸고 다니곤 했다. 지금은 그 자리에 없는 예은의 사진을, 예슬은 기억을 더듬어 꼭 움켜쥐었다.

'안녕, 그곳에서 평온하기를. 주님께서 그 아이를 지켜 주시기를.'

죽은 뒤 시왕저승의 끝에서, 예슬은 몇 년 만에 진심을 다해 신에게 기도했다.

*

시야가 확보된 순간 돌아보니, 구름차는 들판 위를 달리고 있었다. 시영은 차를 멈춰 세웠다. 생소한 저승 세계여서 정확한 위치를 가늠하기는 어려웠지만, 주변의 풍경으로 미루어 보아 엘리시움에서 멀지 않은 곳이라는 짐작이 들었다.

아니나 다를까, 들판 저쪽에서 급히 달려오는 여러 명의 모습이 보였다. 페레이라 박사와 두 명의 조수들이었다. 호연은 차 문을 열고 내려서 손을 흔들어 보였다. 시영도 뒤따라 차에

서 내렸다. 뒷좌석의 증인 파트릭은 진이 다 빠져 차 문을 열
기운도 없어 보였다.

허겁지겁 달려온 페레이라 박사는 일행의 귀환을 매우 반가
워했다.

"기다리고 있었습니다! 여러분이 들판에서 갑자기 사라지는
것을 목격했습니다. 잘 다녀오셨습니까?"

시영은 건조하게 고개를 끄덕였다.

"네, 발할라에 도달할 수 있었습니다."

호연 또한 웃으며 답했다.

"덕분에 잘 다녀왔어요. 따라 오신 조수분께서도 증언해 주
실 수 있을 거예요……."

그러고서 호연은 구름차의 뒷좌석으로 시선을 돌렸다.

"오! 무슈 파트릭 그리모!"

페레이라 박사가 직접 달려가 문을 열었다. 조수들이 달려와
진이 빠져 앉아 있는 조수 파트릭을 부축해 내리게 했다. 파트
릭은 몇 걸음 못 걸어가서 바닥에 주저앉았다. 조수들은 그에
게 물을 마시게 하며 정신을 차리게 도왔다.

호연은 문득 발할라에서 받아 온 증표를 떠올리고는 문지기
뵈릭이 건네준 토르의 망치 장신구를 페레이라 박사에게 건넸
다. 박사는 장신구를 유심히 들여다보더니, 이내 그 상징을 알
아보고는 고개를 연신 끄덕였다.

"토르의 망치…… 과연, 그렇군요…… 정말로 사후세계 간

의 이동이 가능하단 말이로군요."

기대하던 결과를 얻게 되어 매우 고무된 표정이었다.

시영과 호연으로서는 시왕저승을 출발할 때 계획했던 목적을 모두 달성한 셈이었지만, 아직 해결하지 못한 일이 한 가지 있었다. 감탄하며 생각에 잠겨 있는 페레이라 박사에게 호연이 물었다.

"페레이라 박사님, 저희가 출발할 때 다른 실험 한 가지를 도와주셨으면 한다고 말씀하셨죠?"

발할라에 넘어갈 수 있도록 자료를 제공해 준 대가를 치를 때였다.

"아참, 그 이야기를 해야겠군요."

페레이라 박사는 고개를 끄덕이며 화답했다.

"저희가 다른 저승의 존재에 대해 확신하지 못하고 있었다는 점에 대해서 앞서 말씀을 드렸었죠."

"네."

호연과 시영을 번갈아 돌아보며, 페레이라 박사는 미소 지어 보였다.

"지금 이렇게 보여 주신 것으로 그 부분은 확증이 되었습니다. 그런데 만약 다른 저승의 모습을 확인할 수 있다면, 저는 다른 가설 하나도 증명할 수 있지 않을까 생각해 왔습니다."

그렇게 운을 떼고, 페레이라 박사는 어떤 단어를 또박또박 힘주어 말했다.

"'보편적 사후세계 가설'이라는 것을 들어 보셨습니까? ……
아니, 들어 보셨을 리 없겠군요."

호연은 페레이라 박사가 강조해 말한 가설의 이름이 기억에
남아 있었다. 도서관에서 북유럽 사후세계에 관한 문헌을 열람
하기 직전, 페레이라 박사가 지나가듯 말한 적이 있었다.

"도서관에서 언급하신 기억이 나네요."

페레이라 박사는 호연이 맞장구를 치자 기쁜 듯 더 활짝 웃
으며 가설에 대해 설명하기 시작했다.

"기억하고 있었군요! 그 가설은 즉…… 세상에는 구체적인
종교의 차이를 가리지 않는 보편적인 믿음에 대한 저승이 있지
않느냐는 것입니다. 요새는 이곳 엘리시움의 특수성을 강조하
려는 뜻에서 언급되는 가설입니다만, 원래는 신앙인들의 저승
에 대한 가설을 세우다가 나온 이론입니다."

시영과 호연은 차분히 그의 설명을 경청했다.

엘리시움의 학자들에게 있어서 종교인들이 가는 사후세계
는 언제나 지적 탐구의 대상이었다. 이곳에 무신론자들만이 모
여 있다면, 그 많은 신앙인들은 죽어서 어디로 향했는지 의문
을 가질 수밖에 없었다. 세상의 많은 종교들이 서로 다른 사후
세계를 가질 것이라는 가설은 빠르게 정설로 채택되었다. 불분
명한 것은 아브라함계 유일신교, 즉 유대교, 기독교, 이슬람교
를 아우르는 신앙의 사후세계관이었다. 이 종교들은 각각 별개
의 종교로 보기에는 공유하는 경전이나 비슷한 믿음의 요소가

너무 많았다. 그렇다고 하나의 사후세계를 공유한다고 보기에는 너무 명백히 다른 결을 지닌 종교였다.

이 같은 문제는 심지어 같은 종교로 취급되는 신앙 안에서도 생기는 문제였다. 저마다의 종교마다 하나씩의 사후세계가 있으리라는 추측은, 가톨릭과 정교회를, 구교와 신교를 각각 별개의 종교로 볼 것이냐 하는 물음으로 이어졌다. 유대교에는 수많은 지파가, 개신교에는 무수히 많은 교단이 있었다. 이슬람교 또한 순니와 시아로 나뉘는 큰 교파의 분열이 존재했다.

"이처럼 교단이나 교파마다 믿음의 종류가 조금씩 다를 텐데, 그들 각각이 그들만의 사후세계를 누릴 것으로 생각하는 것은 무리가 아니냐는 지적이 있었습니다. 마침내, 넓게 보면 아브라함 계열의 모든 유일신교를 믿은 영혼들이 하나의 사후세계로 가게 될지도 모른다는 가설이 나왔지요."

비록 지상에서는 믿음과 교리가 분열되어 서로 다투고 있지만, 그들이 정녕 단일한 창조주를 신앙의 대상으로 삼는다면 사후에는 창조주가 약속한 하나의 사후세계로 모여들 것이라는 추측이었다.

"그래서 '보편적' 사후세계라고 부르는 거군요."

호연이 가설의 내용을 이해하고 맞받아치자 페레이라 박사는 고개를 끄덕이며 덧붙였다.

"예. 거기서 더 뻗어 나가면, 유일신교는 우주 전체에 하나의 조물주만이 존재한다는 믿음이므로, 인간이라는 종족이나 지구라는 행성을 떠나서 초우주적으로 존재하는 보편적인 사후세계가 존재하지 않을까 하는 가설까지 나아갑니다."

그리고 이 첨언은 너무 엄청난 이야기였기에, 호연은 조금 당황했다.

"저기, 박사님, 그건 너무 지나친 비약이 아닐까 싶은데요……."

만약 그런 사후세계가 존재한다면, 정말로 온 우주를 지배하는 단 하나의 신적 존재가 있다는 의미와 다름없었다. 평소 종교관이 희박했던 호연으로서는 아직 거기까지 상상하고 싶지 않았다. 페레이라 박사 또한 그런 반응을 충분히 이해하는 듯 보였다.

"저도 늘 그게 고민입니다. 하지만 이것이 비약인지 아닌지, 최소한 검증할 방법조차 없었지요. 여러분들이 나타나기 전까지는 말입니다."

페레이라 박사는 호연을 지긋이 바라보며 말했다.

"도서관 로비에서 발표하신 내용을 들었습니다. 기독교 사후세계를 거쳐서 여기까지 오셨다고 했죠? 그 풍경을 기억하고 계십니까?"

호연은 기독교 저승에 도착했던 때를 다시 떠올렸다.

"어, 네. 지평선 너머에 궁전 같은 게 있고……."

그 아득한 너머에서 자신의 영혼 깊은 곳을 홀리듯 존재하던 궁전을 떠올리자, 호연은 괜스레 소름이 끼쳤다. 하지만 페레이라 박사는 딱히 지금 당장 호연의 상세한 증언을 필요로 하

330

는 것은 아닌 모양이었다.

"과연, 이해했습니다. 그럼 이걸 받아 주십시오."

페레이라 박사가 건넨 것은 제본된 책 한 권이었다. 시영이 그걸 받아들었다.

"이게 무엇입니까?"

"여러분이 발할라에 가 계신 동안, 저와 조수들이 도서관에서 수집해 만든 책자입니다. 여러 민담이나 경전의 발췌본을 엮어 만든, 이슬람교의 사후세계 교리입니다."

거의 비슷한 책을 한 권 만든 뒤 발할라를 다녀온 입장에서, 호연은 페레이라 박사가 원하는 도움이 무엇인지 이내 짐작할 수 있었다.

"저기, 그럼 부탁이라는 게……."

페레이라 박사는 신중하게 고개를 끄덕였다.

"이 자료를 읽고, 이슬람교의 사후세계를 방문할 수 있도록 협조해 주셨으면 합니다."

호연은 조금 전 페레이라 박사가 길게 설명한 가설의 내용과 이 부탁이 관련되어 있으리라고 생각했다.

"보편적 사후세계 가설을 검증하시려는 건가요?"

"그렇습니다."

예상대로 페레이라 박사는 단호히 고개를 끄덕였다.

만약 보편적 사후세계 가설이 사실이라면, 이슬람교의 사후세계를 목표로 해 나아간들 기독교의 저승과 같은 곳으로 가게 될 것이 분명했다. 하지만 만약 시영과 호연이 보고 왔던 기독교 저승과 전혀 다른 풍경이 펼쳐진다면, 보편적 사후세계 가설은 부정되게 된다.

시영은 페레이라 박사에게 물었다.

"한번 모셔다 드리기만 하면 됩니까?"

"그렇습니다. 저승 간 이동 방법을 알려 주셨으니 저희가 직접 방문해 봐도 되겠습니다만, 그런 실험을 더 이어 가기 위해서는 학술원 멤버들을 설득해야 합니다. 한 번만 더 도와주신다면 저희는 보편적 사후세계 가설 증명의 단초를 얻을 수 있고, 그다음의 연구는 저와 제 조수들이 스스로 이어 나갈 수 있겠지요."

요컨대 곧바로 직접 저승 여행에 나설 자신이 없으니, 원하는 곳으로 한번 데려다 달라는 말이었다. 저승과 저승을 여행하는 방법은 쉽지는 않았지만 그렇게까지 어려운 일도 아니었다. 엘리시움에도 저승 자동차는 존재하니 그들 스스로 탐구하라고 내버려 두어도 되지 않을까, 호연은 생각했다. 단지 도움을 받은 것에 대한 부채감이 계속 마음을 잡아 눌렀다.

호연은 시영을 돌아보며 물었다.

"비서실장님, 괜찮을까요?"

처음의 목적을 모두 달성한 상태에서 곁다리로 다른 일을 하게 된 셈이라, 시영이 이를 어떻게 생각하는지 알고 싶었다. 질문을 받고 잠시 책을 만지작거리며 고민하던 시영은, 오래지 않아 결론을 내렸다.

"……앞서 미리 약속한 도움이기도 하고, 저희들에게도 나쁜 선택은 아닐 것 같습니다."

시영은 이슬람 저승에 대한 정보를 얻는 것이 시왕저승으로 돌아가는 길을 편하게 만들 수 있으리라고 생각했다. 그곳이 정말 기독교인들의 저승과 같은 곳이든 그렇지 않든, 지리적 거리와 종교의 교세로 볼 때 중간 경유지로는 나쁘지 않은 선택이었다.

페레이라 교수는 시영이 긍정적인 반응을 보이자 매우 기뻐했다.

"좋습니다! 그러면 혹시 지금 바로 가능하실까요?"

"이번에는 정확히 누구를 어떻게 모셔다 드리면 되겠습니까?"

시영이 보다 구체적인 조건을 물었고, 페레이라 박사는 한껏 들떠 설명했다.

"두 분께서 차를 운행해 주시고, 이전에 목격하셨던 기독교 사후세계와 비교 증언을 해 주시면 됩니다. 뒷좌석에는 무슈 그리모와 제가 타고 가겠습니다. 만약 요약본을 읽기 어려우시면 그건 저나 무슈 그리모가……."

그때 한숨 돌리고 있던 조수 파트릭 그리모가 벌떡 일어나 페레이라 박사에게 소리쳤다.

"잠깐, 박사님!"

"무슨 일입니까? 무슈 그리모?"

태연하게 돌아보는 페레이라 박사에게, 파트릭은 울상이 되어 하소연했다.

"또 저보고 다녀오라는 말씀이십니까? 두 번은 무섭습니다!"

호연은 발할라에 다녀오는 동안 완전히 겁에 질려 있던 파트릭의 모습을 떠올렸다. 그리고 이 상황이 왠지 모르게 익숙하게 느껴졌다. 엘리시움 학술원라는 곳이 일종의 학술사회라면, 조수는 박사에게 꼼짝할 수 없다. 생전에 대학원생이었던 자신의 처지가 그대로 엿보여, 호연은 면식도 별로 없는 파트릭이 많이 애처로워 보였다.

그런 파트릭의 호소에도 불구하고, 페레이라 교수는 전혀 거리낌이 없었다. 오히려 그는 파트릭이 이상한 말을 한다는 듯 되물었다.

"아니, 나는 무슈 그리모야말로 가장 원하는 일일 줄 알았는데요? 전능하신 하나님을 만나 뵙고 싶지 않은 것입니까?"

파트릭은 두려움에 절박해졌는지 거세게 맞받아쳤다.

"이런 식으로 해서 천국에 들어갈 수 있을 거라고 생각 안 합니다! 심지어 이번에는 이슬람이라면서요!"

이때 주고받는 대화의 내용이 신경이 쓰이는 데다, 고성이 오가는 걸 말릴 생각도 있었던 호연이 끼어들었다.

"저기, 잠시만요. 저 분은 신앙인이신데 여기 무신론 저승에 계신 건가요……?"

발할라에 다녀오는 동안 겁에 질릴 때마다 신을 찾으며 비명을 지르던 그의 모습이 호연의 기억에 생생했다. 페레이라 박사는 설명하는 것을 깜빡했다는 듯 호연에게 말했다.

"아, 무슈 그리모는 독특한 배경을 지닌 연구자입니다. 생전에는 종교에 대한 믿음이 없이 살다가 젊은 나이에 비명횡사했는데, 사후에 발췌 성경의 사본을 읽고 나서 개종을 했거든요."

사후에 개종이라.

저승의 여러 새로운 법칙들에 대해 이해를 넓혀 가야 하는 상황에 대해 각오는 하고 있었지만, 이건 그중에서도 정말 독보적으로 굉장한 이야기였다. 한 믿음 체계를 가지고 죽은 사람이 사후에 개종을 할 수가 있단 말인가?

"그게…… 가능한가요?"

의아해하며 묻는 호연에게 페레이라 박사는 너무나도 태연하게 긍정했다.

"엘리시움에서는 뭐든지 가능하니까요."

호연은 그녀의 단언에 할 말을 잊어버렸다. 아무리 그래도 그게 가능한가? 정말 가능한가? 믿음이란 무엇인가? 영혼이란 무엇인가? 짧은 순간 굉장한 혼란에 잠긴 호연을 내버려 두고, 페레이라 박사는 파트릭의 어깨를 붙잡고 설득하기 시작했다.

"무슈 그리모, 발할라에 다녀오는 과정이 고통스러웠나 봅니다. 그 점은 내가 이해하겠어요. 하지만 무슈 그리모, 엘리시움 학술원에서 당신만큼 아브라함 종교에 대한 지식이 해박한 사람은 드물 것입니다. 그리고 이렇게 말하면 당신에게 잔인할

지도 모르겠지만, 이분들의 힘을 빌어 천국의 문턱을 밟고 오는 것일 뿐입니다. 무슈 그리모도 나도 이미 한번 죽은 영혼이고, 천국에 들어가는 일은 일어나지 않을 겁니다."

간곡한, 어쩌면 위압적인 상사의 설득에 휘말린 조수 파트릭은 위축된 채 고개를 떨구고 있었다. 그런 그에게 페레이라 교수가 달콤한 제안을 건넸다.

"돌아오면 이 건으로 같이 논문을 씁시다. 학술원의 정식 멤버가 되는 거예요."

이승에서든 저승에서든, 출세의 길을 틀어쥔 이가 건네는 제안을 아랫사람이 거부하기란 정말 어려운 것이었다. 결국 파트릭이 고개를 끄덕이며 동행을 수락했다.

페레이라 교수는 바로 시영을 돌아보며 물었다.

"지금 바로 가능하시겠습니까?"

씁쓸한 표정으로 그 광경을 지켜보고 있던 시영은, 별다른 말 없이 답했다.

"……그렇게 하죠."

그 뒤는 일사천리였다.

이슬람 사후세계에 관한 요약본은 온통 프랑스어로 적혀 있었다. 어느 동승자든지 건너편 저승의 모습을 깊이 떠올리기만 하면 된다는 시영의 설명에 결국 페레이라 박사 본인이 낭독하기로 했다. 원래는 그조차도 파트릭에게 떠넘길 생각이었던 모양이지만, 주저하는 파트릭을 끌고 가기 위해 최소한의 수고를 하려는 것처럼 보였다.

운전석에는 시영이, 조수석에는 호연이, 뒷좌석에는 페레이라 박사와 파트릭이 나란히 앉았다. 페레이라 박사의 다른 조수들이 멀리서 지켜보는 가운데, 구름차는 다시 엘리시움을 등지고 평원의 외곽을 향해 낮은 고도로 날아가기 시작했다. 머지않아, 발할라로 떠날 때 보았던 것과 같은 굽이치는 언덕이 나타났다. 한참이 지난 후 험한 계곡으로 접어들었다. 차창 밖으로 보이는 익숙한 풍경을 파트릭은 구석에 틀어박혀 눈을 꼭 감은 채 외면하고 있었지만, 페레이라 박사는 매우 흥미롭게 관찰하고 있었다. 요약본을 읽는 내내 곁눈으로 풍경을 살피던 페레이라 박사가 이윽고 도저히 참을 수 없었는지 감탄사를 날렸다.

"세상에, 엘리시움에 이런 절경이 있는지 몰랐는데요."

운전석의 시영이 고개를 끄덕였다.

"원래 저승의 경계를 넘으려면 험한 길을 거치게 됩니다."

"정말 놀랍군요."

그렇게 감탄하던 페레이라 박사는 계속해서 요약본을 읽어나갔다. 박사가 한 문장 한 문장을 또박또박 읽을 때마다, 계곡이 굽이치는 정도가 점점 더 심해졌다. 시영은 능숙한 운전 솜씨로 방향을 전환해 가며 계속해서 앞으로 나아갔다.

한편 호연은 뒷좌석의 파트릭이 걱정되어 뒤를 돌아보며 물었다.

"괜찮으세요?"

파트릭은 눈을 감은 채 고개를 끄덕였다. 그러고는 기도하듯이 중얼거렸다.

"……바라옵건대 아버지께서 저를 거두어 주옵소서……."

호연은 그에게 측은함을 느꼈다.

차가 몇 차례 크게 흔들렸다. 파트릭은 그동안에도 나직이 기도를 중얼거리며 눈을 꼭 감고 있었다. 그 곁에서 페레이라 박사는 프랑스어로 요약된 이슬람 사후세계에 대한 여러 구절을 계속해서 소리 높여 읽고 있었다.

"……섭리로써 죽음을 맞이하리니, 이는 너희들이 모두 피하고자 했던 일이로다……."

계곡에 안개가 가득차고, 시야가 완전히 흐려졌다. 차가 여러 차례 흔들리고, 곧 뿌연 안개가 황금색 빛으로 씻겨 나가듯이 흩어졌다. 시영은 구름차를 천천히 멈춰 세웠다. 풍경이 완전히 달라진 것을 발견한 페레이라 박사는 눈을 휘둥그레 뜬 채 창문 밖을 바라보았다. 그러고 나서 떨리는 목소리로 소리쳤다.

"맙소사! 정말로 저승의 경계를 넘다니!"

호연 또한 조심스레 창문 밖을 내다보았다. 그리고…… 기억에 있는 것과 매우 흡사한 경치를 목격하게 되었다. 평탄한 대지, 그 위를 가득 덮은 하얀 구름. 은은한 미색으로 빛나는 하늘. 그리고 지평선에 위치한, 오직 윤곽으로만 볼 수 있는 거대한 하늘의 성채…….

아차 하고 호연은 빠르게 성채의 그림자로부터 눈을 돌렸다. 그대로였다. 같은 풍경이었다.

"여긴…… 비서실장님, 저만 그렇게 느끼는 건 아니죠?"

호연은 다급히 시영에게 물었다. 시영 또한 지평선 너머를 보지 않으려는 듯 분주히 시선을 돌리다 호연을 바라보며 고개를 끄덕였다.

"네, 같은 장소라고 생각됩니다."

경유 목적으로 진입했던 기독교 저승과 놀랍도록 비슷한, 아니, 동일한 풍경이었다. 호연과 시영이 기시감을 드러내는 것을 본 페레이라 박사의 흥분은 한층 더 드높아졌다. 박사는 뒷자리에서 손뼉을 치며 좋아했다.

"같은 장소라니! 놀랍군요. 정말 놀라워요! 최소한 두 가지 갈래의 아브라함계 종교가 동일한, 적어도 유사한 사후세계를 공유하고 있다는 증명이군요! 이것을 어떻게 해석해야 할지는 학술원 멤버들과 토의를 해 봐야겠습니다. 보편적 사후세계 가설이 사실이라는 방향으로 한 걸음 다가갈 수 있겠군요!"

혼잣말을 계속하며 새로 목격하게 된 사후세계의 풍경에 대한 학술적 기쁨을 감추지 못하던 페레이라 박사는, 옆자리의 조수 파트릭의 어깨를 흔들며 그에게 지시했다.

"무슈 그리모, 지금 풍경을 기록해 두도록 해요."

하지만 파트릭은 담담한 표정으로 대답 없이 어딘가를 응시하고 있었다. 대답이 없자 페레이라 박사가 그를 다그쳤다.

"무슈 그리모?"

재촉에도 불구하고 파트릭은 고요한 표정으로 한 곳만을 뚫어져라 바라보고 있었다.

호연은 파트릭의 침묵이 신경 쓰였다. 그녀가 뒷좌석을 돌아보는 순간 파트릭과 눈이 마주쳤다. 눈빛에 압도되어 움찔하고 당황하고 만 호연이었지만, 파트릭의 시선이 자신을 넘어 그 방향의 무언가를 멀리 바라보고 있다는 느낌을 받았다. 파트릭의 시선이 향하는 곳을 좇던 호연은 그의 시선이 정면 차창 너머 지평선에 닿은 것을 깨달았다. 그 끝에는…… 광휘의 성채가 있었다.

그때 파트릭이 조용히 입을 열었다.

"……그렇군요, 이 곳이…….."

비록 호연이 그와 오랜 시간을 함께하진 않았지만, 그동안 내내 겁에 질려 있거나 신경질적이었던 파트릭의 목소리라고는 상상하기 어려울 정도로 고요하고 차분한 읊조림이었다.

파트릭의 모습에서 이상함을 느낀 페레이라 박사가 조금 심각한 표정이 되어 그에게 말했다.

"무슈 그리모, 경외심을 느끼는 것은 이해하지만 우리는 지금 이곳에 연구를 위해 온 겁니다. 무엇보다 우리가 지금 찾아온 곳은 무슬림들이 오는 곳이고, 당신과는 상관이…….."

"그렇지 않습니다."

파트릭이 페레이라 박사의 말을 끊었다. 박사는 당혹했다.

"무슈 그리모?"

다음 순간, 파트릭이 구름차의 문을 열고 밖으로 나섰다. 말릴 틈도 없는 단호한 행동이었다.

"잠깐, 무슈 그리모!"

그리고 당황한 호연이나 시영이 반응하기도 전에, 이번에는 페레이라 박사가 문을 열고 그를 뒤따라 내렸다. 호연은 그들을 도로 차로 불러들일 심산에 문을 열려고 했지만, 시영이 소리쳐 말렸다.

"잠깐, 망자님!"

고함과 함께 호연의 눈앞으로 오른팔을 뻗어 호연의 주의를 돌린 시영은, 움찔해 멈추는 호연에게 빠르게 고개를 저었다.

"위험합니다."

"하지만, 하지만 저분들……!"

안절부절못하는 호연에게 시영이 다시금 단호히 말했다.

"저희는 이 저승의 법칙에 대해 완전히 아는 것이 없습니다. 밖에 나가는 건 너무 위험합니다!"

시영의 말이 타당하다고 호연은 생각했다. 하지만 지금 타당한지 아닌지를 따지고 있을 상황이 아니었다. 그런 미지의 저승에 내려 버린 두 망자가 있었다. 파트릭은 차에서 내린 뒤 천천히 지평선의 성채를 향해 걸음을 옮기고 있었고, 페레이라 박사가 그를 뒤쫓고 있었다. 호연은 차에서 내리는 대신 차창을 열고 소리쳤다.

"그리모 씨! 박사님! 차로 돌아오세요!"

하지만 파트릭도 페레이라 박사도 호연의 외침에 반응하지 않았다. 페레이라 박사는 이미 한참을 걸어간 파트릭의 앞을 가로막고, 그의 어깨를 붙잡아 흔들며 소리쳤다.

"무슈 그리모! 위험하지 않습니까! 차로 돌아가세요!"

하지만 파트릭은 차분한 목소리로 말했다.

"박사님. 제가 항상 불안과 공포에 시달렸던 것을 기억하시죠."

그렇게 말하며 그는 절제된 동작으로 페레이라 박사의 손을 떼어 냈다. 너무나 주저 없고 단호한 동작이어서, 박사는 저항조차 하지 못했다. 이해할 수 없다는 표정으로 자신을 바라보는 페레이라 박사에게, 파트릭이 하는 말소리가 차 안에까지 들려 왔다.

"엘리시움에 온 것은 제 본의가 아니었습니다. 저는 살아생전에 어떠한 종교적 교리도 접할 수 없었거든요. 죽은 뒤에야 믿고 따를 만한 가르침을 접한다는 것은 불행했어요. 게다가 믿음을 불신하는 사람들이 모아 놓은 조각난 자료만으로 신앙을 접하게 되는 것은 거대한 공포였습니다."

"알고 있습니다! 그래서 연구를 하는 것이 아니었나요!"

"그랬습니다. 하지만 그건 그동안 이곳에 올 방법을 알지 못했기 때문이었던 것 같습니다."

둘의 대화로부터 호연은 직감할 수 있었다. 파트릭은 지평선 너머의 성채에 매료된 것이었다. 염라대왕전에 떨어진 자신마저도 저 휘황찬란한 지평선을 똑바로 바라볼 자신이 없었다. 하다못해 사후에 기독교 전통을 익히고 믿음을 키워 온 망자라면, 더 강력한 이끌림을 느낄 거라는 생각이 호연의 뇌리를 스쳐갔다. 근거 없는 추측이었지만, 파트릭의 결기가 너무 강해 보였다.

"무슈 그리모, 당신은 지금 이성을 잃었어요!"

페레이라 박사의 호소인지 절규인지 모를 외침에도 불구하고, 파트릭은 여전히 조금의 동요도 느껴지지 않는 목소리로 대답했다.

"아니요, 박사님. 이건 이성을 넘어선 기쁨과 회한일 뿐입니다. 이제야 이곳에 올 수 있었다는 안도감이지요. 왜 진작 길을 떠나지 못했을까 하는 후회가 남을 뿐입니다. 저를…… 섭리가 저를 부르고 있습니다."

더는 대화가 통하지 않자 페레이라 박사는 낭패감에 성을 내며 파트릭의 어깨를 다시 붙잡았다.

"무슈 그리모! 차로 돌아가세요! 그렇지 않으면 내가……."

최후통첩에 다름없는 경고를 하는 페레이라 박사의 억센 행동은, 마치 파트릭을 강제로 차로 끌고 올 셈인 양 보였다. 하지만 박사의 경고는 끝을 맺지 못했다. 호연이 다급히 소리쳤다.

"박사님! 위에!"

실랑이를 벌이고 있던 페레이라 박사와 조수 파트릭의 위로 큰 그림자가 드리워졌다. 호연은 그 그림자를 드리운 존재가 무엇인지 짐작이 갔다. 그래서 더 이상 바라보고 싶지 않아 눈을 피했다. 하지만 불과 찰나 동안 시야에 들어왔을 뿐임에도 불구하고 그 기괴한 형체의 잔상은 영혼의 시야에 예리한 상처를 입히듯 들어왔다.

한편 호연이 의도한 바는 아니었지만, 페레이라 교수는 위를 똑바로 올려다보고 그 형체를 온전히 목도하고 말았다. 살아 있는 새의 날개를 몇 개나 반죽해 짓이긴 듯한 뭉텅이가 퍼덕이고 있었다. 그리고 날갯죽지마다 형형한 눈빛의 눈이 빛나고 있었다.

페레이라 박사는 비명도 지르지 못하고 다리에 힘이 풀려 주저앉았다. 그런 페레이라 박사를 비켜서, 파트릭은 머리 위에 뜬 기괴한 형체를 똑바로 응시하며 앞으로 몇 걸음 걸어갔다. 그러고는 그 자리에 무릎을 꿇고 손을 맞잡았다. 가장 간절하고 약하며 가엾어 보이는 자세로 기도하는 그의 머리 위로, 천사가 천천히 내려앉았다.

그리고 천사의 무수한 날개가 하나씩 움츠러들며 파트릭을 온전히 감쌌다.

"무슈 그리모!"

페레이라 박사가 그렇게 외친 순간.

빛이 있었다. 호연도, 시영도, 페레이라 박사도, 아무것도 볼 수 없었다. 그 빛이 천사에게서 뿜어져 나온 것인지, 감싸 안긴 파트릭에게서 나온 것인지, 지평선 너머의 성채로부터 쏟아진 것인지, 아니면 사방의 하늘이 한순간에 밝아지며 쏟아진 것인지 구분할 수 없었다. 하지만 그 빛은 시야를 허락하지 않는 빛이었고, 그곳에 자리한 영혼들이 느낄 수 있는 가장 순수한 형태의 빛이었다.

빛이 거두어졌다고 생각한 순간 천사는 날개를 펼친 채 구름이 깔린 대지 위에 고요히 서 있었다.

파트릭의 모습은 보이지 않았다.

주저앉은 채 망연자실 천사를 바라보고 있는 페레이라 박사를 향해, 천사가 천천히 다가오기 시작했다.

"마, 맙소사!"

페레이라 박사는 비명을 내지르며 허겁지겁 일어서려 했지만, 다리에 힘이 들어가지 않아 도로 주저앉고 말았다. 그 광경을 본 호연은 이번에야말로 차 문을 열고 뛰쳐나갔다. 시영이 다시 말릴 새도 없었다. 호연은 빠르게 달려가 페레이라 박사의 어깨를 붙잡아 일으켰다. 그러고는 박사를 둘러업고, 구름차를 향해 뛰었다. 자신보다 체격이 큰 성인 여성을 등에 업는 것도, 그러고서 달리는 것도, 이승에서라면 상상할 수도 없는 일이었지만, 하려고 마음먹자 할 수 있었다. 어쩌면 이곳이 사후세계이기 때문이었을 것이다.

호연은 뒷좌석 문을 벌컥 열고 페레이라 박사를 차 뒷좌석에

던져 넣다시피 하고, 자신도 뒤따라 뒷좌석으로 올라타 거세게
문을 닫았다. 이미 죽어 가쁠 리가 없는데도 숨이 가빠 왔다.

"채호연 망자님, 괜찮으십니까?!"

시영이 다급히 묻자, 호연은 빠르게 고개를 끄덕였다.

"네! 괜찮아요."

간신히 한숨 돌린 호연이 창밖을 바라보자, 천사가 구름차의
정면에 거리를 두고 버티고 서서 이쪽을 가만히 응시하고 있었다.
그 눈 하나하나를 바라보기만 해도 소름이 끼쳤다. 호연은 다
시 시선을 회피했다.

넋이 빠져 있던 페레이라 박사가 멍하니 중얼거렸다.

"……여러분, 이게 대체 무슨 일이죠?"

완전히 같은 심정이던 호연도 고개를 저으며 말했다.

"저도 모르겠어요……."

그때 깊은 한숨을 내쉰 시영이 말을 꺼냈다.

"……애써 해석해 보건대, 아마 그분께서 이곳 저승에……
'받아들여진' 것이 아닌지 의심해 봅니다."

시영이 구체적으로 말하지는 않았지만, 차에 탄 이들 모두가
그 표현이 의미하는 바가 무엇인지 알고 있었다. 이곳은 아마
도 유일신교의 사후세계, 요컨대 천국이고, 천사의 부름을 받
은 뒤 그가 사라졌다면, 그는 천국에 입장한 것이라고밖에 달
리 생각할 도리가 없었다.

페레이라 박사는 넋이 나간 듯 고개를 저으며 시영의 추측을

부정했다.

"아닙니다, 아녜요. 이미 죽은 영혼인데요? 그런 게 가능할 리가!"

호연으로서도 쉽게 믿을 수 없는 이야기였다. 사후에 종교를 얻은 이가 그 신앙의 저승으로 완전히 받아들여진다는 것이 과연 가능한 일인지 의문이 남았다. 하지만 시영은 담담한 목소리로 말했다.

"가능할 거라고 생각합니다."

그리고 호연은 곧 이 차의 운전대를 누가 잡고 있는지 떠올렸다.

"무리한 가정입니다! 그렇게 확신하는 근거라도 있나요!"

페레이라 박사가 거세게 따져 묻자, 시영은 고개를 끄덕였다.

"제가 그랬기 때문입니다."

시영이야말로 한 저승에서 다른 저승으로 옮겨와, 원래 떠나온 저승이 망자들의 기억 너머로 흩어졌는데도 염라대왕부에서 일하고 있는 존재였다. 이미 죽은 뒤에도 영혼이 충분한 믿음을 가지고 있다면, 저승의 경계를 넘어 다른 저승의 존재로 화할 수 있다는 산 증인이나 다름없었다.

혼란스러워하는 페레이라 박사에게 호연은 시영의 배경을 짤막하게 설명해 주었다. 곧 박사는 그 모든 사실을 빠르게 받아들였다. 박사 본인에게는 결코 좋은 일이 아니었다. 이미 죽은 영혼도 믿음을 고쳐 세울 수 있다는 새로운 가설이 자리 잡자, 박사의 머릿속이 그로부터 파생되는 온갖 새로운 고민거리들로 가득 차고 말았다. 페레이라 박사는 얼굴을 부여잡으며 신음을 흘렸다.

"나는, 나는 이런 사실까지 밝혀 낼 생각이 없었는데……."

알아낼 계획이 없었던, 알아내고 싶지 않았던, 어쩌면 알아내서는 안 되는 것이었을지도 모르는 지식을 깨우쳐 버린 이의 뼈아픈 절규였다.

호연은 그런 페레이라 박사를 어떻게 위로해야 할지, 어떻게 다그쳐야 할지 막막하기만 했다. 연구자로서 굉장히 큰 충격과 두려움에 노출되었으리라는 것은 짐작할 수 있었지만, 타인이 말이나 행동으로 그 감정을 추스를 수 있을 거라는 생각이 들지 않았다. 막다른 길에 치닫는 듯한 상황을 다시 움직이게 만든 것은 외부의 존재였다.

"박사님, 연구 협조를 더 해 드려야 할까요?"

시영이 페레이라 박사에게 건조한 목소리로 물었다. 딱히 배려가 느껴지지 않는 말투에 페레이라 박사는 약간 원망스러운 표정으로 시영을 바라보았다. 시영은 그 시선을 받자 조용히 차창 너머를 가리켜 보였다.

조금 전의 천사가 아주 천천히, 깃털을 움직이며 차를 향해 다가오고 있었다. 그 움직임은 마치 억지로 쫓아 내지는 않겠지만 슬슬 떠나기를 바란다는 재촉처럼 보였다. 두려운 형상이

다가오는 것을 본 박사 또한 같은 감각을 느꼈을 터였다.

박사는 결국 고개를 떨구고 심호흡을 한 번 하더니 조금은 진정된 목소리로 말했다.

"……아니요, 이제 돌아갑시다. 엘리시움으로……."

시영은 말없이 구름차의 액셀을 밟으며 핸들을 오른쪽으로 크게 꺾었다. 구름차는 곧 지평선의 성채를 뒤로 하고 달리기 시작했다. 호연은 자신이 무엇을 떠올려야 하는지 알고 있었다. 교향시와 니체와 온갖 무신론적인 주장들을 되새기는 한편, 호연은 어서 이곳을 빠져나가고 싶다고 강하게 느꼈다.

구름차가 대지를 덮은 흰 구름 아래로 잠겨 들며 잠시 수직으로 낙하하는 듯하더니, 머지않아 엘리시움의 상공으로 떨어져 내렸다. 차는 크게 도시를 선회하며 고도를 낮추더니, 일행이 처음 출발했던 평원으로 돌아와 땅 위에 내려앉았다.

박사의 조수들이 구름차를 향해 달려왔다. 그리고 출발 전의 파트릭처럼, 그러나 그와는 전혀 다른 이유로 기력이 없어진 페레이라 박사를 부축해 차에서 내리게 했다. 조수들은 등에 매고 있던 배낭에서 간이 의자를 꺼내 박사를 앉히고, 냉수가 담긴 텀블러를 건네 마시게 했다.

박사의 소진된 모습과 보이지 않는 파트릭의 모습에 당혹해하는 조수들에게, 페레이라 박사는 이슬람 저승을 탐사하러 간 길에 있었던 이야기를 전했다. 시영과 호연이 설명을 보충했고, 모든 이야기를 들은 조수들은 대경실색했다.

냉수를 들이켜고 평정심을 회복한 페레이라 박사는 잠긴 목소리로 말하기 시작했다.

"……두 가지 가능성이 있습니다. 첫 번째는 보편적 사후세계 가설이 진실이어서, 이슬람교의 사후세계가 기독교의 사후세계와 동일하거나 유사한 곳일 가능성. 두 번째는…… 제가 낭독하던 이슬람 전승들보다, 무슈 그리모가 마음속의 하나님에게 보내던 기도가 더 강하게 영향을 미쳤을 가능성입니다."

그러고서 페레이라 박사는 슬픈 표정으로 시영과 호연을 돌아보며 말을 이었다.

"유능한 조수를 잃었습니다. 하지만…… 여러분 말씀이 맞을지도 모르겠습니다. 무슈 그리모는 신을 믿지 않는 이곳 엘리시움에서도 독보적으로 해박한 종교 지식인이었습니다. 나는 그렇게 생각 안 하지만…… 그건 정말로 '신앙'이었을지도 모르겠군요."

다시 고개를 떨군 박사는 진절머리 난다는 듯 고개를 천천히 저었다.

"죽은 뒤에도 개종하는 것이 가능하다는 이야기를, 학술원에 어떻게 보고해야 할지 고민입니다."

숙제를 풀러 갔다가 더 큰 숙제를 안고 온 답답함과 막막함에 더해, 아끼는 조수를 갑자기 잃었다는 아쉬움이 묻어 나왔다. 사후세계는 이미 죽은 이들의 공간이고, 이승으로 돌아가지 않는 이상 모두가 더 이상 죽음을 두려워하지 않고 살아 갈 수 있는 곳이었으리라. 페레이라 박사와 조수들은 죽은 이후로 처음으로 죽음에 가까운 상실을 경험한 셈이었다. 충격이 클 거라고 호연은 생각했다.

그러나 호연은 마음을 다잡기로 했다. 그 충격에 연민을 표하는 것보다 중요한 일이 있었다. 자신들에게는 자신들 나름대로 해야 할 일이 남아 있었다. 호연은 최대한 정중하고 배려하는 마음을 담아, 페레이라 박사에게 천천히 말을 건넸다.

"박사님, 음…… 제가 개인적으로 그 고민을 도와드리고 싶기는 하지만……."

하지만 호연이 살짝 운만 떼었음에도, 페레이라 박사는 그 뒤에 나올 말을 모두 예상한다는 듯 손을 뻗어 손사래를 치며 호연의 뒷말을 막았다.

"아니, 아닙니다! 여러분은 충분히 새로운 것들을 보여 주셨습니다. 이 뒤는 학술원 멤버인 제가 감당할 일입니다."

약속한 만큼의 협력을 얻었으니 무언가를 더 부탁할 염치가 없다는 말처럼 들렸다. 다른 한편으로는 지금 당장 더 이상의 새로운 일들을 감당할 준비가 되어 있지 않다는 두려움처럼 들리기도 하는 말이었다. 호연은 페레이라 박사의 말에 그 둘 모두가 섞여 있으리라고 생각했다.

페레이라 박사는 의자에서 일어났다. 평정심을 많이 회복한 모양새였다. 박사는 시영과 호연을 번갈아 보며 말했다.

"……여러분들 덕분에 저희 쪽에서는 앞으로 많은 이야기를 나누게 될 것 같습니다. 지상의 재해에 대한 저승 생존 대책을 꾸리고 있다고 했지요?"

시영과 호연이 나란히 고개를 끄덕였다.

"네."

페레이라 박사는 지친 미소를 지으며 말했다.

"어쩌면 그 과정에서 어디선가 다시 만나 교류하게 될지도 모르겠군요. 이제 여러분은 여러분이 해야 할 일을 하십시오."

작별 인사였다.

"감사합니다. 그럼 저희는 이만 실례하겠습니다."

"덕분에 저희야말로 많은 도움을 받았습니다."

차례로 인사말을 건넨 시영과 호연에게, 페레이라 박사가 덕담을 건넸다.

"건승을 빕니다!"

시영과 호연은 페레이라 박사에게 고개 숙여 인사하고는 다시 구름차에 올라탔다. 이제 시왕저승으로의 귀환만이 남아 있었다. 호연이 시영에게 물었다.

"이번에도 다시 경유를 할까요?"

시영은 잠시 생각하더니 고개를 저었다.

"……조금 모험이 될지도 모르지만, 빠르게 돌아가고 싶은 마음입니다. 여기서 바로 건너갈 수 있을지 시도해 보겠습니다."

"괜찮을까요?"

걱정스레 묻는 호연에게 시영은 드물게도 활짝 웃으며 대답했다.

"괜찮습니다. 가다가 힘들면 다시 다른 길로 돌아가면 됩니다."

시영의 그 모습으로부터 호연은 조금씩 희망이 차오르는 것을 느꼈다.

"네!"

많은 것들을 알아냈고, 많은 이들을 만났다. 그 정보를 가득 싣고, 다시 출발했던 곳으로 돌아가는 길. 시영은 통신기 화면에 시왕도를 표시하고, 시왕굿 노래를 차분히 읊조리기 시작했다.

구름차는 엘리시움의 외곽을 향해 달리기 시작했다. 지형은 조금 전과는 비교도 할 수 없이 빠른 속도로 험해졌다. 순식간에 구름차는 깎아지른 높은 절벽의 좁은 틈바구니를 쏜살같이 빠져나가고 있었다. 이승에서는 일부러라도 만들 수 없을 것 같은 비현실적인 험지였다. 곳곳에 튀어나온 바위 턱을 위로 아래로 날아 피하며, 꺾어 드는 틈바구니를 능숙한 코너링으로 피해 나아갔다. 곧 시야가 흐려지고 온 사방이 안개로 가득 찼다.

하지만 구름차의 진로를 위협하며 가까이 다가오는 절벽의 모습만큼은 간신히 확인할 수 있었다. 시영은 계속해서 노래를 읊으며 그 모든 장애물을 신들린 듯 피해 나갔다.

곧, 차창 밖으로 아무것도 보이지 않게 되었다.

다음 순간 시야가 트이고 낯익은 계곡이 나타났다. 칼날로 된 나무가 무수히 자라난, 어두운 하늘 아래의 험한 계곡.

시영과 호연은 사출산에 도착했다.

시왕저승으로 돌아온 것이다.

*

선명칭원 2층 사무실의 대형 테이블 위에 무수한 기록용 두루마리들이 펼쳐져 있었다. 예슬과 일행들이 시왕저승을 한 바퀴 돌면서 저마다 채록한 메모들이었다. 같은 순간에 같은 것을 보고 들으면서 세 명이 저마다의 시점에서 적은 내용이었다. 이 내용을 편집해 하나로 모으는 것이 마지막 남은 숙제였다.

차례로 펼쳐 놓은 두루마리의 엄청난 양은 시각적으로도 압도적이었다. 작성할 때는 이 정도로 많을 거라고는 예상하지 못했는데, 막상 모아 놓고 보니 정리해야 할 내용이 너무나 많았다. 셋이 각자 기록한 내용을 놓고 일단 어디부터 어디까지가 같은 내용인지를 정리하고, 그 내용에 대해 토의하면서 하나의 자료로 모으기로 했다. 이승에서라면 컴퓨터에 자료를 띄워 놓고 실시간으로 고쳐 쓰며 진행할 수 있었겠지만, 저승에는 그런 편리한 문물이 아직 없었다.

"워드 프로세서가 있으면 좋았을 텐데……."

막막함을 느낀 예슬이 말했다. 조 선임도 처치 곤란하다는 듯한 시선으로 테이블을 한동안 응시하다가, 곧 타협안을 제시했다.

"두루마리는 거의 무한정으로 있는 모양이니까, 초안을 많이 쓰고 폐기하는 방향으로 하죠."

수기로 어떻게든 하자는 말에, 성관이 걱정스러운 말투로 물었다.

"손으로 다 쓰면 팔 아프지 않겠어요?"

예슬은 그런 성관에게 되물었다.

"……아프세요?"

"……안 아픈가요?"

묻기는 했지만 막상 반문 당하니 그렇다고 말할 자신은 없는 모양이었다. 조 선임이 참견했다.

"죽은 몸이 어떻게 근육통을 느껴요. 아프다고 믿으니까 아픈 거예요, 그건."

성관은 감탄사와 함께 고개를 끄덕였다.

"와, 그거 생전에 들었으면 짜증났을 말인데 여기서 들으니까 뭐라고 못하겠네요."

농담처럼 이야기하고 있었지만, 예슬이 생각하기에 조 선임의 말이 정말로 맞아 보였다. 여기저기 돌아다니는 과정 중에 정신적인 피로함은 있었지만, 오래 걸어 다니거나 구름차 좌석에 한참 앉아 있었다는 이유로 근육통 비슷한 것을 느낀 적은 없었다. 산 몸뚱이가 아니라 죽은 영혼이 되었구나 하는 자각이 새삼스럽게 들었다.

작업에 착수하기 위해 예슬은 마음을 다시 굳게 먹고 두루마리들을 직시했다. 먼저 편집 방향을 정해야 했다. 예슬은 조 선임과 성관을 향해 물었다.

"우선, 조금 전에 말씀드렸던 기조에는 다들 동의하시죠?"

"지금 시왕저승의 모습을 있는 그대로 적자는 거 말이죠?"

조 선임의 물음에 예슬은 고개를 끄덕였다. 대답을 들은 조 선임은 팔짱을 끼고 약간의 주저함을 내비쳤다.

"기억하시겠지만, 썩 마음에 들지 않는 부분들도 있기는 하지만요……."

"저로서도 이게 이런 형태로 괜찮은가 하는 부분들이 있었습니다만."

성관 또한 마찬가지였다. 하지만 곧 조 선임과 성관은 저마다 망설임을 떨친 듯 뒤이어 말했다.

"그래도 그걸 인위적으로 저희 마음대로 고쳐 쓰면 또 다른 문제가 생기겠죠."

"어렵게 쌓아온 역사에 후대의 인간이 함부로 손을 대면 안 될 테고요."

예슬은 비로소 안도했다. 내색하지는 않았지만, 여기서 다시 편집 방향을 놓고 옥신각신 이야기를 나누는 일은 피하고 싶었다.

좀 더 솔직하게는, 더 이상 갈등 상황을 마주하고 싶지 않다는 게 진짜 속마음이었다. 예슬은 어서 일에 집중하고 싶었다. 특별한 이유는 없었다. 해야 할 일에 매진하지 않으면, 예은을 포함한 가족들과 완전히 다른 세상에 도착했다는 사실만 계속 되짚으면서, 뒤늦은 후회를 반복하게 될 것 같은 기분이어서였다. 더는 고민거리에 가로막히는 일 없이 빠르게 일들을 진행하고 싶었다.

그런 예슬의 복잡한 심경을 아는지 모르는지, 조 선임은 함께 예슬에게 동의를 표한 성관을 향해 싱긋 웃으며 농을 쳤다.

"제법 듣기 좋은 이야기를 하시네요? 역사에 후대의 인간이 손을 대면 안 된다니."

성관도 짐짓 으스대며 맞받아쳤다.

"제가 누굽니까, BJ고려맨이라고요. 구독자 수가 12만 명, 실버 버튼에 빛나는……."

그 모습을 보자, 예슬은 조금 더 마음이 놓였다. 앞으로 작업을 해 나갈 풍경이 썩 껄끄럽거나 삭막할 것 같지 않아서였다.

예슬이 두루마리 정리를 시작하자고 말하려는 순간, 버저 음이 울렸다. 강수현 비서관이 연락용으로 쓰라며 놓고 간 통신기에서였다. 예슬은 급히 통신기를 집어 들었다. 조작이 익숙지 않아 통화 버튼을 누르는 데 시간이 조금 걸렸지만, 예슬은 곧 통신을 연결할 수 있었다.

"네, 김예슬입니다."

〈강수현입니다! 지금 바로 광명왕원으로 와 주시겠습니까?〉

통신기 너머로 수현의 다급한 목소리가 들려왔다. 예슬은 긴장했다.

"무슨 일이죠?"

〈비서실장님과 채호연 망자님이 귀환했습니다! 지금 막 진광대왕부에서 출발해 이쪽으로 오고 계시답니다!〉

이미 없는 심장이 철렁하는 기분이었다. 예슬은 통신기에 대고 소리쳤다.

"다, 당장 갈게요!"

〈비서실로 오시면 됩니다!〉

"네!"

통신이 끊어졌다. 조 선임과 성관은 통신기에 대고 소리를 지르는 예슬을 보고 깜짝 놀란 듯했다. 조 선임이 조심스레 예슬에게 물었다.

"……무슨 큰일이라도 났나요?"

"어, 다른 저승을 살펴보러 갔던 분들이 귀환했어요. 제 친구도 거기에……."

거기까지 들은 조 선임과 성관은 상황을 바로 파악할 수 있었다. 두 명은 예슬의 등을 떠밀었다.

"어서 다녀오세요! 간단한 정리는 해 놓고 있을게요."

"낭보 기대합니다!"

예슬은 고개를 끄덕이고는 화답했다.

"다녀올게요!"

예슬은 선명청원 2층 회의실을 빠져 나오자마자 계단으로 내려가지 않고 위로 올라갔다. 3층으로 올라가면 광명왕원으로 바로 연결되는 구름다리가 있어서였다. 천장이 유리로 된 구름다리를 건너가는 동안, 멀리서 날아와 광명왕원에 내려앉는 구름차의 모습이 보였다. 예슬은 조금 더 빠르게 뛰었다. 숨이 찰 것 같았다. 달리기 전에는 숨이 차지 않으리라고 믿었는데. 예슬은 살아생전에 한 번도 이렇게 빨리 달려 본 적이 없었다. 빠른 속도로 광명왕원 복도를 내달렸다. 엘리베이터가 있었던 것 같지만, 위치가 기억나지 않았다. 눈에 보이는 대로 계단을 허겁지겁 오르기 시작했다. 전혀 힘들지 않았다.

영혼의 힘은 간절한 마음에서 나오는 것임이 틀림없었다.

7층까지 단숨에 올라왔다. 한쪽으로 가면 비서실, 다른 쪽으로 가면 대회의실이었다. 예슬은 비서실 쪽으로 달렸다. 웅성거리는 소리가 들려왔다. 예슬은 열려 있는 문 안으로 뛰어들었다.

문 근처의 회의용 탁자를 둘러싼 소파 위에, 호연이 지친 모습으로 앉아 있었다.

"호연아!"

예슬이 호연을 불렀다.

"와, 그렇게 막 엄청 오래 지난 건 아닌 것 같은데 엄청 오랜만인 거 같다 얘……."

호연은 인사 나누는 게 새삼스럽고 어색한지 떨떠름하게 예슬에게 말했지만, 예슬은 오직 순수한 반가움과 안도감에 호연에게 달려갔다.

호연의 옆에 앉은 예슬은 지쳐 보이는 호연을 붙잡고 물었다.

"얼마나 돌아다녔는데, 당연히 그렇지! 힘들진 않았어? 괜찮아?"

속사포처럼 묻는 예슬에게 호연은 미소 지어 보였다.

"힘은 들었는데, 이젠 괜찮아."

예슬은 그제야 휴 하고 긴 한숨을 내쉬었다.

"다행이다. 비서실장님은?"

"저쪽."

예슬의 물음에 호연은 비서실 안쪽을 가리켰다. 예슬은 이제는 조금 침착하게 비서실장실로 다가갔다.

비서실장실 안에는 이시영 비서실장이 집무석에 재석해 있고, 놀라서 한걸음에 달려온 강수현 비서관이 예슬과 마찬가지로 안도와 걱정을 가득 담아 그를 바라보고 있었다.

수현이 시영에게 간절한 목소리로 말했다.

"무탈하게 돌아오셔서 정말 다행입니다. 일단 조금이라도 휴식을 취하시지요……."

"쉬기는 요전에 충분히 쉬었습니다. 그리고 일단 지금 다녀온 결과를 정리해야 하지 않겠습니까."

쓴웃음을 지으며 대답하던 시영이 문간에 선 예슬을 발견했다.

"어서 오십시오. 기록물은 어떻게 되셨습니까?"

태연스럽게 묻는 시영에게 예슬은 곧장 대답했다.

"강수현 비서관님 덕분에 잘 정리되었어요. 그보다 다녀오신 결과는……."

예슬의 질문에, 주변의 모든 비서관들이 시영을 바라보았다. 이들 모두 아직 그 답을 듣지 못한 상태였던 모양이었다. 시영은 그렇게 자신을 바라보는 이들을 차례로 돌아본 뒤, 천천히 고개를 끄덕이며 대답했다.

"발할라를 방문하였고, 출발할 때 기대했던 내용을 확인했습니다."

시영의 입에서 답이 나온 순간 비서진들이 일제히 환호성을 질렀다. 누군가는 순수히 기뻐 소리치고, 누군가는 박수를 치고, 누군가는 경이감에 한숨을 내쉬고, 누군가는 차분히 웃음지었다. 수현은 거의 울 것 같은 얼굴이 되어 박수를 치고 있었다.

"다행이다, 정말 다행이야…… 정말로 다행이에요……."

예슬은 가슴을 묵직하게 누르던 짐 하나가 갑자기 사라진 것처럼 후련한 감정을 느꼈다. 발할라에 대해 제일 먼저 정보를 제공한 입장에서, 자칫 모든 예측이 헛된 공상에 그쳤으면 어쩌나 하는 부담이 계속 예슬의 마음 한구석에 남아 있었기 때문이었다.

일동의 환호가 조금 잦아들자, 시영은 곧장 뒤이어 말했다.

"그외에 몇 가지 새로 알아낸 지식들이 있습니다만, 그건 조금 차분히 정리하기로 하겠습니다. 우선은 염라대왕께 보고를 드리고, 앞으로 무엇을 어떻게 할지 폐하께 지시를 받아야 합니다."

시영은 다시금 거침없이 일을 추진해 나가기 시작했다. 시영은 예슬을 향해 물었다.

"김예슬 망자님, 염라대왕 폐하 알현에 동행해 주시겠습니까?"

"네? 제가요?"

갑자기 지목을 받아 예슬은 조금 놀란 듯했다. 하지만 시영은 이미 계획이 있는 모양이었다.

"기록물의 초안이 이미 완비되었다는 것을 포함해 보고 드릴 생각입니다."

예슬은 **빠른 결심**을 해야 할 순간이라는 것을 깨달았다.

"……네, 알겠습니다."

시영은 곧바로 집무석에서 일어나 발걸음을 옮겼다. 비서실을 나서며 시영은 한숨 돌리고 있던 호연에게도 동행을 권했다.

"채호연 망자님도 조금만 더 수고해 주십시오. 바로 염라대왕 폐하 앞에 보고 들어갈 예정입니다."

"아, 네!"

호연은 소파에서 튕기듯 일어났다. 그걸 본 시영은 곧장 염라대왕 집무실을 향해 걸어 나갔고, 예슬과 호연이 조금 허둥거리며 시영을 따라갔다.

시영은 성큼성큼 걸어갔다. 짧은 탐사 활동 가운데에서, 또 다른 많은 경험들이 시영의 영혼에 쌓였다. 염라대왕전으로 올라가는 계단을 한 칸 한 칸 내디디며, 시영은 그 경험의 순간들을 기억 속에 아로새겼다.

많은 것들을 보고 겪었다. 위기에 처한 중국 시왕저승을 보았다. 기독교의 천사를 마주쳤다. 서양 무신론자들이 모인 저승을 찾아내고, 북유럽 전사들의 저승에 당도했다. 사후세계에도 맛과 향기가 있을 수 있다는 것을 알았고, 그 느낌에 충격을 받았다. 사후에 개종이 가능하다는 사실을 본의 아니게 알게 되었고, 한 망자의 영혼이 승천하는 것을 눈앞에서 보았다.

시왕저승을 영원한 망각의 위기에서 벗어나게 할 수 있다는 실낱같은 희망이 생겨났다.

그리고 시영은 가장 간절하면서도 가장 두려운 생각을 떠올렸다. 소육왕부를 회복하고, 복사골을 회복할 수 있을지도 모른다는 가능성. 시영은 그 생각을 마음속 깊은 곳에 억눌렀다. 지금은 모두를 위한, 더 크고 바른 일들을 해야 할 시기였다. 그 모든 일들이 다 원만히 성사된 뒤에나 고민해 보자고 마음을 다잡으며, 시영은 마음속에 자물쇠 하나를 걸어 잠갔다.

비서실에서 다시 위로 향하는 큰 계단을 올라가면 8층에 위치한 염라대왕의 집무실이 나타난다. 문 앞을 지키고 서 있던 의전관이 시영을 알아보고 무거운 문을 활짝 연다. 이미 시영이 도착할 것을 내다보고 있었던 모양이었다.

집무실 한가운데 테이블 위에 많은 서류를 놓고 검토를 하던 염라대왕이, 서류를 내려 놓고는 시영을 바라보았다. 시영은 절도 있게 걸어가 고개를 깊이 숙였다.

"이시영입니다. 탐사를 마치고 방금 복귀했습니다."

염라대왕은 인자한 미소와 함께 깊은 안도감이 느껴지는 목소리로 화답했다.

"기다리고 있었습니다. 큰 탈 없이 돌아와 다행입니다."

짧은 치하를 마치자마자, 곧바로 염라대왕은 시영에게 물었다.

"우선 결론부터 듣겠습니다. 시왕저승이 소멸 후에 부활하는 것이 가능합니까?"

단도직입적인 질문에 시영은 고개를 끄덕였다.

"네. 가능한 것으로 결론지었습니다."

"그렇습니까. 상세 경과는 따로 보고할 예정입니까?"

"예, 조만간 서면으로 보고 드릴 예정입니다."

깔끔한 문답이었다. 시영은 잠시 생각을 정리한 뒤, 추가로 저승의 부활과 관련한 준비 사항을 보고하기로 마음먹었다.

"……또한 신앙의 재생을 위한 기록물과 관련해서, 망자들을 선발하여 초안 작성을 요청해 둔 상태였습니다. 김예슬 망자님, 현재 상태를 알려 주십시오."

지목을 받은 예슬이 곧장 보고를 시작했다.

"아, 네! 저를 포함해 문화 관련 배경지식을 가진 망자 세 명이 강수현 비서관의 안내로 시왕저승을 전부 둘러보았고요…….”

예슬은 자신이 시왕저승을 돌아본 이야기를 간략히 고해 바쳤다. 고문헌을 인용하기 어려워 현재의 시왕저승 모습을 새로 기록하기로 했다는 것에서 시작해, 지옥이 사라지고 교정청들이 들어선 것을 알게 된 이야기와, 설화 속에 나오던 죄목들을 모두 현대화된 죄목으로 고쳐 적은 것을 말했다. 도시대왕부와 오도전륜대왕부의 변모에 대해 함께 기록을 이어 간 모두가 있는 그대로 납득하지는 못했다는 사실까지 보고한 예슬은, 그럼에도 불구하고 지금의 모습을 그대로 기록해 시왕저승의 변화를 이어 갈 수 있게 하자는 결론을 내렸음을 보고했다.

모든 내용을 들은 염라대왕은 깊은 공감을 표했다.

“과연, 좋은 시도입니다. 그 결정에 지지와 감사를 표하고자 합니다.”

예슬은 조금 황송해하며 고개를 숙였다.

“저야말로 감사드립니다.”

곧이어 염라대왕은 시영을 향해 질문했다.

“그렇다면 이시영 비서실장에게 묻겠습니다. 이제 비서실 단위로 행동을 취할 만큼, 확실한 근거가 마련되었다고 판단합니까?”

시영은 잠시 고민했다. 우선은, 앞서 염라대왕이 지시하였던 내용을 다시 확인하기로 했다.

“이후 어떤 결정을 내릴지는 폐하께서 직접 판단하시겠다고 앞서 하문하셨습니다."

"그렇게 할 것입니다. 그래서 묻고 있는 것입니다. 그대는 망자와 함께 탐사에 나섰고, 직접 이국의 풍경을 보고 겪었습니다. 그 경험을 토대로 봤을 때, 어떻게 생각합니까?"

거듭 의견을 밝히기를 촉구하는 염라대왕에게 대답하기 위해, 시영은 이번 탐사의 경험을 반추했다.

시영은 엘리시움과 발할라에서 느꼈던 후각적 자극을 떠올렸다. 지나치게 자극적이고, 심지어 유혹적이라고 느껴질 정도였지만, 그 낯선 경험이 시영에게 전해 오는 분명한 메시지 하나가 있었다. 그 저승 세계들은 분명 실재하는 곳이었다. 시영이 홀로 골똘히 생각한 끝에 무언가를 착각했다고 판단하기에는, 시영 자신이 상상도 예상도 할 수 없던 경험들로 가득 채워져 있었다. 그런 놀라운 경험의 끝에 발할라에서 얻은 답은, 의심하기 어려울 만큼 뚜렷해 보였다.

시영은 염라대왕에게 아뢰었다.

"저는, 충분한 타당성이 있다고 판단합니다."

"알겠습니다."

시영의 답을 들은 염라대왕은, 다음으로 호연에게도 질문했다.

"동행한 채호연 망자에게도 묻겠습니다. 탐사의 성과는 있었습니까?"

호연 또한 대답하기에 앞서 자신이 겪은 일들을 떠올렸다.

처음에 탐사에 자원하면서 기대한 것처럼, 자기 손으로 어떤 성과를 이루어 낼 수 있었다. 하지만 그렇게 짧게 요약할 수 없는 경험들이 쌓였다. 아무도 바라봐 주지 않는 엘리시움 도서관의 로비에서, 소리 높여 학술적 관심을 요청하던 순간의 부끄러움과 뿌듯함. 때 묻지 않은 발할라의 밤하늘에서 알두스를 찾으며 느꼈던 계시적인 경외감. 천사를 만난 순간 느낀 공포와, 저승길을 넘어가지 못하는 동안 느낀 초조함. 어떤 일에 새롭게 도전해 성과를 이룩한다는 것은 그 성과 하나만으로 요약될 수 없다는 것을 다시 한번 느낄 수 있었다.

호연은 죽은 뒤인 지금에서야 비로소, 연구다운 연구에 발을 담가 본 느낌이었다. 단순히 정상재에게 억눌렸던 답답함을 해소하기 위한 것을 넘어서서 어쩌면 생전의 한이 풀린 것과도 같았다.

그리고 그 모든 경험들을 토대로 호연은 자신 있게 말할 수 있었다.

"네, 탐사에 성과가 있었고, 충분히 믿을 만한 결과라고 생각합니다."

두 명의 대답을 모두 들은 염라대왕은, 이윽고 만족스러운 미소를 지었다.

"알겠습니다."

염라대왕은 앉은 채로 오른손으로 죽비를 들고 왼손 위로 내리쳤다. 그리고 명령했다.

"의전관은 안유정 비서관을 들라 하십시오."

예상치 못한 이름이었다. 명령을 받은 의전관이 문을 열자, 미리 기다리고 있었던 듯 서류철 하나를 옆구리에 낀 안유정 비서관이 집무실로 걸어 들어왔다. 시영은 영문을 알 수 없어 물었다.

"안 비서관, 어떻게 된 일입니까?"

유정은 말없이 염라대왕 쪽을 바라보았고, 염라대왕이 대신 답했다.

"만약 여러분이 말한 것처럼, 이 저승이 사라졌다가도 다시 돌아올 가능성이 있다면, 그 경우에 우리가 무엇을 해야 하는 지를 미리 조사하도록 내가 지시했습니다."

시영은 당혹스럽게 염라대왕에게 물었다.

"폐하, 모든 것이 확실해질 때까지는 어떠한 결정도 내리지 않겠다고 제가 약속드리지 않았습니까. 하온데 이렇게 미리 준비를 하시다니요."

감사함과 원망이 뒤섞인 시영의 말에, 염라대왕은 그저 빙그레 웃으며 대답했다.

"비서실장, 그대 또한 기록물의 작성에 미리 나서도록 안배하지 않았습니까. 그대가 속단하지 않기를 바랐으나, 그대를 믿지 아니한 것은 아닙니다. 하물며 산신노군 어르신께서 허튼 말씀을 하셨을 리 없지 않습니까. 그런데도 내가 가만히 지켜보고만 있으리라 생각했습니까?"

또다시 신뢰로써 허를 찔렸다. 시영은 그저 염라대왕의 치밀하고 깊은 배려와 신임이 황송할 따름이었다.

염라대왕은 넌지시 손짓하여 안 비서관으로 하여금 준비해 온 내용을 보고하도록 지시했다. 안 비서관은 목청을 가다듬고 서류철을 꺼내 들어 읽기 시작했다.

"그럼 보고 드리겠습니다. '저승 부활 가설'이 사실이라고 확인될 경우에 고려해야 할 사항들을 다음과 같이 정리하여 보았습니다."

유정이 정리한 요점은 크게 세 가지였다.

첫째, 시왕저승이 만약 추후에 부활할 가능성이 있다면 저승의 소멸을 전제로 한 현재의 긴급 윤회 계획은 수정되어야만 한다. 지금은 모든 망자들을 최대한 빠르게 지상으로 내려보내고, 가능하면 저승의 관원들까지 모두 환생하는 것이 방침이었다. 하지만 지구가 멸망해도 훗날 시왕저승이 다시 살아날 가능성이 생긴다면, 차라리 그때를 기다려 환생하려는 영혼들도 분명 있을 것이었다.

"윤회정책비서관으로서 제언 드리건대, 모든 망자들에게 선택권을 주는 것이 바람직합니다."

언제 존재가 사라질지 모르는 저승을 피해 생명이 있는 육신으로 되돌아갈지, 또는 훗날 문명과 신앙이 부활하기를 기다리며 시왕저승에 남아 머무를지, 모든 망자들이 스스로 운명을 선택하도록 하자는 것이었다.

둘째, 시왕신앙을 부활시키기 위해 기록물을 만들어야 한다면 인원을 최대한 많이 투입하는 것이 바람직하다. 새로이 문화적 지식을 갖춘 전문가들을 망자들 가운데 초빙할 필요가 있으며, 또한 이미 각종 추론이나 조사에 기여한 바 있는 기존의 전문가들도 분야를 가리지 않고 일을 돕도록 할 필요가 있다.

셋째, 시왕신앙을 기록한 기록물이 이승에 전해지지 않는다면 모든 게 의미 없는 일이 될 터였다. 다행히 아직까지는 소수의 생존자들이 남아 있으니, 그들과 접촉해서 기록을 남길 방법을 알아볼 필요가 있다. 염라대왕의 기존 지시사항에 의해, 저승사자들이 생존자를 감시하고 그들의 생존을 도울 수 있도록 허락된 바 있었지만, 안 비서관은 좀 더 적극적인 개입이 필요하다고 역설했다.

"저승의 힘만으로는 할 수 있는 일이 아무것도 없습니다. 저승사자들이 생존자들에게 더 적극적으로 협조를 제안해서, 이승과 저승이 함께 방법을 찾아봐야 한다고 생각합니다. 전례가 없는 일입니다만, 이번 재해 자체가 전례 없던 일입니다."

안 비서관은 여기까지 보고를 마친 뒤, 서류철을 다시 접고 말했다.

"……이상입니다. 각각의 추진 여부와 그 세부 방안들에 대해서는 더 검토가 필요합니다만, 그 결정에는 염라대왕 폐하의 최종 결정이 필요합니다."

보고를 모두 들은 염라대왕은, 다시금 시영을 바라보며 물었다.

"비서실장으로서 이 내용에 대한 의견이 있습니까?"

시영은 안 비서관이 보고한 대책의 내용에 조금 놀라워하고 있었다. 시영 자신이 직접 대책을 고민했더라도 거의 같은 내용에 도달했을 거라는 생각이 들었다. 시영이 이끌어 온 비서실의 업무 방향을 잘 알고 디테일을 놓치지 않는 안유정 비서관의 꼼꼼한 성격 덕분이었다.

다른 사람을 위해 어떤 일을 대신해 놓는 것은 누구나 할 수 있지만, 마치 당사자가 한 것이나 다름없게 준비해 두는 이들은 흔치 않았다. 자신이 미처 놓칠 만한 부분까지 챙겨서, 흠이 생기지 않도록 도와주었다. 정말로 좋은 동료들을 두었다고 시영은 생각했다.

그 동료들을 믿고, 비서실에 주어지는 그 모든 책임을 혼자 감당하지 않아도 된다는 사실을 다시금 깨달았다.

시영은 염라대왕에게 대답했다.

"제안된 내용에 전적으로 동의합니다. 청하건대, 각각의 대책이 실행될 수 있도록 결정을 내려 주십시오."

염라대왕은 다시금 죽비를 손바닥에 내리쳤다. 그리고 선언했다.

"이시영 비서실장과 채호연 망자가 이국의 저승에서 확인한 바에 따라, 우리 시왕저승이 비록 가까운 시일 내에 멸망하는 처지를 피할 수 없으나, 그 기록을 이승에 남겨 후대에 전한다면 언젠가 지금의 모습 그대로 다시금 나타날 수 있다는 가능성을 알게 되었습니다. 이에 짐은 이시영 비서실장의 건의를 받아들여 다음 각각의 조치들을 실행하도록 명령합니다."

죽비 소리가 또 한 번 울렸다.

"첫째로, 망자들을 중심으로 '기록물 생산 그룹'을 구성하고, 김예슬 망자가 진행하여 온 기록물 준비 작업을 비서실 지원 하에 체계적으로 진행하도록 합니다. 또한 안유정 비서관의 건의와 같이, 앞서서 각종 조사, 연구 작업에 참여했던 모든 망자들은 이 작업에 집중할 수 있도록 하고, 다른 망자들 사이에서도 새로운 전문가를 수배하기 바랍니다. 기록물 본문의 작성은 물론, 기록물을 이승에 남길 방법 또한 계속해서 검토하기 바랍니다."

죽비 소리.

"둘째로, 망자들에게 이곳 저승에 잔류할 수 있다는 사실을 통지할 준비를 하기를 명합니다. 단, 혼란이 일어나지 않도록 하십시오. 망자들이 동요하거나 절망하도록 해서는 안 됩니다. 적합한 방법을 비서실에서 고민하여 실시하기 바랍니다."

죽비 소리.

"셋째로, 이승으로 파견되는 모든 저승사자들이 모든 생존자들과 접촉해 더 자유로운 대화를 나누도록 허용합니다. 생존을 보조하는 것에 더해, 필요하다면 수명을 연장할 수 있는 방안을 함께 강구하도록 합니다. 그리고 기록물 보존 방법이 확정되는 대로, 그 실행과 관련하여 즉시 생존자들의 협조를 받을 수 있도록 계획을 짜기 바랍니다."

마지막으로 한 번 더 이어진 죽비 소리와 함께, 염라대왕의 명령이 끝났다.

"이상이 짐의 지시사항입니다. 의견 있는 자가 있습니까?"

그때 호연이 옆에서 조심스레 손을 들었다.

"죄송합니다만, 건의사항 하나 올려도 될까요?"

"채호연 망자, 말씀하십시오."

염라대왕이 손짓과 함께 발언을 허락하자, 호연은 생각을 정리해 가며 천천히 운을 떼었다.

"모든 망자들이 기록물 작업에 집중하도록 명령하셨는데요, 다시 말해서…… 저를 포함해 이미 모여 있던 천문학자들도 모두 참여하도록 말씀하시는 것이신가요?"

"나는 그런 뜻으로 말하였습니다."

염라대왕의 답을 들은 호연은 다시 생각을 조금 가다듬더니, 건의사항의 본론을 꺼냈다.

"……꼭 전원 다 불러 모아야 할까요? 이쪽, 김예슬 망자가 이미 초안을 다 짰잖아요. 시작할 때 홍기훈 박사님도 고사하셨고, 다른 사람들이야 말할 필요도 없고…… 저도 사실 잘 모르는 분야이기도 하고요. 다른 망자분들 중에 잘 아는 분들을 찾거나, 차라리 다른 관원 분들 도움을 받거나 하는 게⋯⋯."

차분하게 논리적으로 이야기할 작정이었는데, 말이 점점 빨라지며 초조한 말투가 되어 갔다. 호연이 스스로의 조바심을 자각하고 곤란함에 젖어 갈 즈음, 염라대왕이 호연의 더듬거리는 말을 막아섰다.

"채호연 망자. 그대가 무슨 이야기를 하고 싶은지 알겠습니다."

순간 호연은 간파당했다는 생각이 들었다.

그랬다. 말이 빙빙 길어지게 된 것은 가장 피하고 싶은 아무개의 이름을 말하고 싶지 않아서였다.

모든 전문가 망자들을 불러 모은다면, 정상재 또한 다시 만나게 될 것이다. 그가 참여 의사를 보일지 어떨지는 미지수였으나, 만약 기꺼이 참여하겠다고 나선다면⋯⋯ 그 뒤에 벌어질 일을 생각하고 싶지 않았다. 만약 그가 이전의 컨디션을 회복해, 현란한 말솜씨로 작업을 장악해 나간다면? 그 성격에, 그 얄팍함으로?

논리적인 이유라면 얼마든지 댈 수 있었다. 천문학자들은 문화 기록물을 다루는 데 전혀 전문성이 없다. 그 이유로 자신까지 배제한다면 그 또한 수락할 수 있었다. 기록 편찬을 위해서는 그에 적합한 새로운 전문가들을 데려오는 것이 바람직해 보였다.

하지만 그런 온갖 이유들을 떠나서⋯⋯ 호연은 정상재와 또 같이 일하고 싶지 않았다. 그가 이곳 시왕저승에서 또 다른 일에 종사하도록 두고 싶지 않았다.

하지만 염라대왕은 그런 호연의 마음을 내다본 듯이 말했다.

"일부 망자의 추태는 내가 이 두 눈으로 직접 보았습니다. 그러나 지금 관원들은 저마다 해야 할 일들로 바쁜 상황이고, 망자들 사이에서 지식을 갖춘 이들을 불러 모으는 것은 생각보다 어려운 일입니다. 더 모으라고는 하였으나, 몇 명이나 더 참여할 수 있을지 걱정입니다. 나는 기왕에 모인 여러분들의 능력을 허투루 낭비하고 싶지 않습니다."

"……그렇군요."

호연은 약간 체념하듯이 대답했다. 하지만 염라대왕의 대답은 아직 끝난 것이 아니었다.

"그렇지만 만약 누군가가 참여함으로써 오히려 독이 되는 상황이 온다면, 그것을 제어할 권한을 부여하겠습니다."

그게 무슨 소리인가 하고 의아하게 바라보는 호연에게, 염라대왕은 말했다.

"염라대왕령으로 선언합니다. 기록물 생산 그룹의 총괄 책임자는 김예슬 망자와 채호연 망자로 규정합니다."

호연과 예슬은 전혀 예상치 못한 선언에 순간 어안이 벙벙해졌다. 염라대왕은 결정의 이유를 설명해 나갔다.

"김예슬 망자는 시왕저승 전체에 대한 기록을 이미 준비하였고, 채호연 망자는 이시영 비서실장을 보좌해 다양한 저승을 오갔습니다. 이 업무를 뒤이어 어떻게 이어 나가야 할지 가장 잘 알고 있으리라 믿습니다. 따라서 두 망자에게 기록물 생산 계획의 전권을 위임하고자 합니다. 장소의 선택과 회의의 진행 방식을 포함한 모든 부분의 결정 권한을 부여합니다. 선발된 전문가 망자를 원칙적으로 모두 참여토록 하되, 그들의 의견을 조율하는 권한을 둘에게 부여합니다."

이어서 염라대왕은 호연과 예슬을 번갈아 바라보았다.

"만약 감당할 수 없다고 생각하면 다른 방안을 찾겠으니 말하십시오."

호연과 예슬은 잠깐 심각한 고민에 빠졌다.

호연에게 어떤 영향력을 발휘하고 싶은 마음이 없었던 것은 아니었다. 인선을 조정할 수 없겠냐고 건의사항처럼 물었지만, 사실 자신의 노력을 봐서라도 정상재를 배제해 달라고 부탁한 것이나 다름없었다. 하지만 그렇게 할 수 있는 결정권을 공식적으로 내려 줄 거라고는 상상도 하지 못했다.

예슬은 내내 자신은 임시 책임자에 불과하고, 시영과 호연이 귀환하고 나면 비서실에서 더 나은 전문가를 데려와 진짜 책임자 자리에 앉힐 거라고 막연히 생각하고 있었다. 그래서 정말로 자신에게 중대한 권한이 주어지자, 그 책임이 무겁게 느껴졌다.

호연은 생각했다. 과연 자신이 정상재 교수를 제어할 수 있을까. 염라대왕이 내려 준 감투를 쓰면, 그의 고압적인 태도와 교묘한 말들을 상대할 수 있을까.

솔직히, 썩 자신은 없었다. 하지만 한 번쯤은 해 볼 만하다는 생각이 호연의 마음속에서 자라나기 시작했다. 적어도 이전처럼 무책임한 가설을 들이밀거나, 자신에게 그랬듯이 누군가의 의견을 부당하게 폄훼하는 일을 하지 못하게 붙들고 싶었다. 그러다가 만약 도를 넘는다면 쫓아내면 된다. 많은 고민 끝에 호연은 입을 열었다.

"……네, 감사합니다. 노력해 볼게요."

호연은 염라대왕의 제안을 수락했다.

그동안 예슬은 생각했다. 막 시작한 기록 정리 작업을 다른 이의 손에 넘기고 싶지 않았다. 학문적인 흥미가 생기기도 했다. 시왕저승의 변화된 모습을 문화적 기록물로 남기는 의미 있는 과정에 참여하고 싶었다. 그리고 뭔가에 열중해서, 다른 생각이 떠오르지 않게 하고 싶었다. 기록물 편집에라도 집중하지 않으면, 동생 예은과 부모님에 대해서 거듭 생각하는 것을 멈출 자신이 없었다. 부담스러운 마음과 슬픈 걱정이 교차한 끝에, 예슬은 염라대왕을 바라보며 말했다.

"……저도 계속 애써 보도록 하겠습니다."

예슬도 제안을 수락했다.

"좋습니다. 소기의 성과를 기대하겠습니다."

호연과 예슬의 대답을 들은 염라대왕이 인자한 미소와 함께 말했다.

그 말을 들은 순간, 호연은 마음속에 새삼스럽게 자신감이 차오르는 것을 느꼈다. 예슬은 무거운 책임감을 느끼고, 그 책임감의 무게에 안도했다. 중요한 역할이 주어진다면 다른 생각을 멈출 수 있으리라.

마지막으로, 염라대왕은 시영을 바라보며 말했다.

"이시영 비서실장, 그대가 이렇게 복귀하였으니 그대에게도 새로운 임무를 부여하고자 합니다."

시영은 조금 긴장된 표정으로 물었다.

"어떠한 임무를 말씀하십니까?"

염라대왕은 집무석 위에 놓인 두루마리를 들어 보였다.

"본디 그대에게 진행을 당부하려 했던 저승의 퇴거 계획입니다. 어느 정도 윤곽이 나왔는데, 나머지는 비서실장이 인수하여 마무리 짓기 바랍니다."

정말 일상적인 업무였다. 시영은 비로소 자신이 계속 일해 왔던 염라대왕부 비서실장직에 복귀하였다는 것을 온전히 느낄 수 있었다. 그 사이에 많은 일들을 겪었다. 앞으로 일해 나갈 방법은 과거와는 많이 다를 수도 있으리라. 시영은 염라대왕 앞에 기쁜 마음으로 고개를 조아렸다.

"분부대로 진행하겠습니다."

모든 의제가 정리된 것을 확인한 염라대왕은 마침내 산회를 선언했다.

"그럼 모두들 돌아가 각자가 해야 할 일에 매진하기 바랍니다."

그 건조한 선언과 함께, 시왕저승이 역사상 한 번도 시도한 적이 없었던 새로운 도전이 시작되었다.

6월 17일 아침 6시 30분. 고립 11일째.

바깥의 사정을 알 수 있는 방법이 아무것도 없는 지하 벙커 안에서 날짜가 가는 것을 알려주는 것은 달력에 그은 빗금뿐이요, 시간을 알려주는 것은 무심히 움직이고 있는 시계뿐이었다.

민관군 합동 특임부대 '솔개부대'의 부대장인 박인영 대위는 아침 세안을 마친 뒤 개인실 침대 위에 정자세로 앉아 두 손을 모으고 기도를 올렸다.

"하늘에 계신 우리 아버지여, 이름이 거룩히 여김을 받으시오며."

아무리 훈련받은 군인이라 하더라도 마음속에 스며드는 두려움을 온전히 지울 수는 없었다. 두려움을 지우는 방법은 결코 훈련으로는 배울 수 없는 것이다. 그처럼 특수한 직무를 맡는 이라면, 마음을 좀먹는 공포에 상대하기 위한 자신만의 방법을 가지고 있어야 한다. 누군가는 조국을 지킨다는 애국심으로, 누군가는 가족에 대한 사랑으로, 또 누군가는 임무가 끝난 뒤 진탕 술에 취하는 것으로 극복한다는 이야기가 있었다. 박인영 대위에게 그것은 신앙이었다.

"우리가 우리에게 죄 지은 자를 사하여 준 것 같이, 우리 죄를 사하여 주시옵고……."

이 모든 것이 의미 없는 복무는 아닐 것이다. 기쁜 일은 축복일 것이요, 어려운 일은 시험이리라. 주어진 임무에 충실하고, 의인이 되고자 노력한다. 말씀에 충실하고, 미혹됨을 경계한다. 하늘에서 정한 바대로 땅에서 이루어지는 그 어떤 일도 두려워할 필요는 없다고, 인영은 믿고자 했다. 아무리 힘든 상황에 휩싸이더라도, 믿음은 흔들리지 않는 기둥과도 같이 그의 마음의 중심을 지키고 서 있었다.

"……아멘."

기도를 마친 인영은 복장을 정돈한 뒤 곧장 지휘실로 향했다. 인영이 휴식과 수면을 취하는 동안, 부대 지휘권을 대행하고 있던 부부대장 이혜인 중위가 그를 맞이했다. 정해진 절차대로 간밤의 변동 상황을 체크하고, 0시 기준으로 작성된 비축 물자 목록을 인계 받았다. 이혜진 중위를 숙직실로 돌려 보낸 뒤, 인영은 물자 목록을 천천히 확인했다. 앞으로 40일 정도 버틸 수 있는 물자가 남아 있었다.

가장 중요한 자원은 물이었다. 상수도를 통해 깨끗한 물을 공급받아 대형 물탱크에 일정량을 비축한 뒤 공용수와 식수로 쓰고 있었는데, 이제 더는 물을 공급받을 수 없기 때문이었다. 지상이 화생방 공격을 당했다면 제일 먼저 물부터 오염될 것이기 때문에, 지상과의 정기 연락이 실패하면 즉시 급수밸브를 잠그는 것이 매뉴얼이었다. 6월 10일부터는 외부 상수도 수압이 급격히 떨어져 어차피 급수가 불가능하게 되었다.

매뉴얼에 따르면 만 30일간 은폐 상태를 유지한 뒤인 7월 7일 오전 2시부터는 지상으로의 접촉 시도가 허락되어 있었다. 그때까지 부대원 전원이 생존하는 데에는 문제가 없었다.

인영은 매일 아침 스스로에게 던지던 질문을 오늘도 반복했다. 정말 30일간을 대기해야 할까? 앞서 일어났던 통신보안 침해 사고로 인해, 외부 세계에 대재해가 일어났으리라는 것은 파악할 수 있었다. 이미 멸망했을지도 모르는 조국의 안보를 위해 근무 수칙을 준수할 필요가 있을까? 당장이라도 지상에 올라가 상황을 파악해야 하는 게 아닐까?

그리고 인영은 오늘도 같은 결론에 이르렀다. 수칙을 어겼을 경우 발생할 수 있는 리스크는 너무 다양해서 규정하기 어려웠다. 하지만 정말 대재해가 일어났다면 지금 올라가든 나중에 올라가든 같은 결과를 마주하게 될 것이었다. 새로운 변수가 없는 이상, 봉쇄를 유지하는 것이 옳은 선택이었다.

결론을 내린 인영은 6월 17일자 근무 일지의 첫 줄을 작성했다.

'봉쇄 유지 결정 재확인.'

그때, 지휘석의 인터폰에 수신등이 켜졌다. 인영은 수화기를 집어 들었다.

"통신보안. 지휘실 박인영 대위다."

"통신보안, 생활관 김인국 소위입니다. 특이사항 있어 연락 드렸습니다."

인영은 좋지 않은 예감을 느꼈다. 부대원들의 거주 공간인 생활관에서 특이사항이라니. 짐작 가는 일들 모두 흉한 것밖에 없었다. 안전사고가 일어났거나, 아니면 고립감에 지친 부대원이 좋지 않은 선택을 했다거나…….

"……인명사고인가?"

조심스럽게 묻는 인영이었다. 그런데 수화기 너머의 김인국 소위가 속시원한 대답을 하지 못했다.

"아니요, 그런 게 아니라……죄송합니다. 이 상황을 뭐라고 보고 드려야 할지 모르겠습니다. 아무래도 직접 오셔서 보시는 게 가장 이해가 빠르실 것이라고 생각됩니다만…….."

인영은 눈살을 찌푸렸다. 우물쭈물 대답하는 게 답답한 것과 별개로, 대체 무슨 상황이길래 이렇게 주저하고 있나 의구심도 들었다. 철저히 훈련받은 솔개부대 부대원이 이런 반응을 보이는 것은 기이한 일이다. 우선 인영은 다그쳐 물었다.

"가서 보는 것은 좋은데, 적어도 상황은 알고 가야 할 것 아니야? 가장 가까운 표준 상황이 뭔데?"

그리고 잠깐의 침묵을 깨고, 수화기 너머에서 황당무계한 답이 돌아왔다.

"······비무장 외부인 침입입니다."

"뭐야?!"

놀라 고함을 치지 않을 수 없었다. 인영은 곧 가겠다고 말하고는 수화기를 거칠게 내려 놓았다. 혼란스러운 와중에도 그는 대응 매뉴얼을 따지고 있었다. 비무장 외부인 침입인 경우 '선조치 후보고'가 원칙이라, 발견자가 즉시 해당 외부인을 제압하고 나서 부대장에게 보고토록 되어 있었다. 비무장 보고는 제압이 성공했다는 게 전제이므로 교전 준비는 필요 없었다. 그렇지만 조심해서 나쁠 것은 없다. 인영은 허리춤에 장교용 권총이 잘 수납되어 있는지를 확인하고, 인터폰을 대기 모드로 돌려 놓은 뒤, 곧장 생활관으로 뛰어나갔다.

좁고 어두운 벙커 복도를 달려가는 짧은 시간이 마치 천 년 같이 느껴졌다.

생활관에 이르자 문이 활짝 열려 있었다. 문 앞에서 김인국 소위가 혼란스러운 표정으로 서성거리고 있었다. 인영을 발견하고는 곧장 경례를 하는 그를 대동하고 생활관에 진입한 인영은, 그 '외부인'과 마주하게 되었다.

그리고 한 순간 심장이 내려앉을 뻔했다.

사인실인 생활관에서 휴식을 취하고 있던 부대 인원 세 명이 전부 방 구석에 몰려 있었다. 그리고 그 맞은편, 안쪽 오른편의 침대에 문제의 외부인이 앉아 있었다. 30대에서 40대로 보이는 짧은 머리카락의 여성으로, 시커먼 한복 두루마리를 입고 있었다. 침대 위에는 벗어 내려 놓은 듯한 갓이 보였다. 아무리 봐도 영락없는 저승사자의 행색이었다. 무엇보다 기이한 것은, 앉아 있는 그 외부인의 형상 뒤로, 생활관 벽에 붙여 놓은 안보 포스터가 희미하게 비쳐 보였다.

인영은 더는 상황을 해석하기를 포기했다. 중요한 것은 식별되지 않은 외부인이 생활관에 나타났다는 상황 그 자체였다. 인영은 먼저 생활관 책임자인 김인국 소위를 질책했다.

"제압하지 않았잖아!"

매뉴얼대로라면 저 외부인은 포박되어 바닥에 억류되어 있어야 했다. 김 소위는 억울하다는 표정으로 대답했다.

"불가능했습니다! 그, 무슨 유령 같아서, 물리적으로 제압이 불가능합니다! 그렇지만 그래서 비무장으로 판단하고…….."

해석을 더 어렵게 하는 말들이 돌아왔다. 인영은 외부인에게 캐물었다.

"여기는 국가 중요 보안시설이며 외부인의 출입이 제한된다! 성명과 신분을 밝혀라!"

침대에 앉아 있던 외부인은 차분하게 대답했다.

"명계 시왕저승 진광대왕부 사자파견국 월직차사이자, 염라대왕부 특명파견관원 유혜영이라고 합니다."

외부인은 그렇게 말하고, 농담하듯 웃어 보였다.

"아마 상상하시는 대로, 저승사자가 맞습니다. 저승을 대표해 여러분을 찾아왔습니다."

인영의 입에서 신음이 새어 나왔다.

"하나님 맙소사……"

인영은 지금 상황을 최대한 이성적으로 해석해 보려고 애썼다. 누군가가 벙커 문을 무단 개방해서 외부인을 들여 보냈는데, 그가 귀신인 척 둘러대고 있는 것은 아닌지 의심도 해 보았다. 하지만 누군가가 문을 개방했다면 개폐 신호기가 연결된 지휘실에서 그걸 모를 리 없었다. 그리고 무엇보다…… 정말로 뒤가 비쳐 보이지 않는가?

말을 잇지 못하는 인영을 바라보며, 저승사자는 차분한 목소리로 물었다.

"선생님께서 이곳 책임자이신가요?"

인영은 외부인과의 대화를 지속해야만 하는지 정말 고민이 많았다. 짧은 생각 끝에, 이대로 대치해 봐야 득이 없겠다는 결론이 나왔다.

"……시설 책임자 박인영 대위다."

저승사자는 고개를 끄덕이고는 동요라곤 느껴지지 않는 목소리로 계속해서 말을 걸어 왔다.

"지금부터 제가 하는 이야기를 잘 들으셔야 합니다."

그리고 반신반의할 이야기가 시작되었다.

그녀는 염라대왕이 사는 한국의 전통 저승에서 찾아왔고, 지구 멸망 상황에 대응하는 중이라고 했다. 천문학적 재해로 인해 지상은 방사선으로 구워져 죽음의 대지가 되어 버렸다. 극소수 생존자를 제외하고는 이미 전 인류가 사망한 상황이라고 전한 저승사자는, 산 사람들이 모두 죽고 나면 저승 세계도 존립의 위기에 처하게 되었다는 정말 믿기지 않는 이야기를 꺼냈다.

"……저는 염라대왕 폐하께 생존자와 접촉해 대책을 마련하도록 지시를 받았습니다. 이에, 서울 시내의 유일한 생존자 집단인 여러분을 찾아온 겁니다. 여러분의 도움이 필요합니다."

인영은 저승사자가 말하는 것을 들으며, 계속 생각했다.

벙커의 공기 정화 장치가 망가져 호흡 대기가 오염되었나? 산소 부족으로 인해, 또는 가스 혼입으로 인해 환각을 보고 있는 것은 아닐까? 아니면 자신이 굉장히 깊은 꿈 속에서 헛것을 보고 있는 것인가?

눈앞의 상황을 조금도 이해할 수 없었다. 이해 가능성의 문제가 아니라, 애초에 이해를 하고 싶지 않은 광경이었다. 귀신으로 추정되는 존재가 앉아서 지상의 상황을 전하며 저승 일에 협조해 달라는 소리를 하고 있었다. 조금이라도 이해를 시도하려는 순간 머릿속이 오염될 것만 같은 광경이었다.

"……여기까지 말씀드린 내용에서 궁금한 게 있으실까요?"

저승사자의 물음에 인영은 속이 뒤틀리는 기분을 느꼈다. 인영은 상황을 통제하에 두고 싶었다. 가장 인정할 수 없는 부분부터 부정하기로 했다.

"아니, 나는 귀신은 상대하지 않는다. 너는 환각인가?"

인영의 적대적 반응을 받은 저승사자는 처음으로 눈살을 찌푸렸다. 하지만 곧 차분함을 되찾은 저승자자는, 인영에게 물었다.

"믿기 어려우신 것도 이해합니다만, 저는 환각이 아닙니다. 어떻게 해 드리면 제가 실재하는 존재란 것을 믿어 주시겠습니까? 무엇이든 제시해 보십시오. 가능한 한 증명해 보이겠습니다. 벙커 바깥의 정보를 제공할 수도 있습니다."

귀신이 할 소리 치고는 지나치게 이성적이었다. 인영은 솔직히 조금 당황했다. 흔히 귀신이라고 하면 대화가 통하지 않는 악한 영혼에 가까운 것으로 이해하고 있었다. 그런 귀신이, 자신을 증명해 보일 테니 조건을 말해 보라고 논리적인 대화를 시도하고 있었다.

인영은 세차게 고개를 가로저었다. 모르긴 몰라도 이것은 사탄의 농간이다.

"아니, 나는 너와의 대화를 거부하겠다. 네가 무슨 정보를 말하든, 그 모든 것이 내 귀에 들리는 환각이 아니라고 보장할 수 없다. 그리고 도움 운운했는데, 그 또한 일고의 가치도 없다. 우리는 국가 보안시설을 지키는 인력들이고, 상부의 지시에만 절대 복종한다. 외부인을 상대할 이유는 없다."

그렇게 말하며 인영은 허리춤의 홀스터에 손을 가져갔다. 더 이상 허튼 소리를 한다면, 제압되지 않은 외부인으로 간주하고 어깨를 노려 발포할 작정이었다.

잠시 인영을 말없이 바라보던 저승사자는 곧 한숨을 내쉬고는 말했다.

"……어려울 거라고는 생각했지만 쉽지 않군요. 하지만 그렇다고 쉽게 설득을 포기할 생각은 없습니다."

저승사자가 손을 뻗어 갓을 집어 들었다. 그 동작을 목격한 인영은 신속하게 권총을 뽑아 저승사자를 조준했다. 하지만 자신을 향하는 총구에 놀란 기색도 없이, 태연히 갓끈을 맨 저승사자는 인영을 똑바로 쳐다보며 말했다.

"조만간 다시 뵙겠습니다."

다음 순간, 저승사자의 모습이 연기처럼 홀연히 흩어졌다. 인영은 견딜 수 없는 부조리함을 느꼈다. 저승사자가 사라진 그 자리에 권총을 한 방 쏴 갈기고 싶은 충동이 솟구쳐 올랐다가, 무익한 행동이라고 결론을 내렸다. 신경질적으로 권총을 다시 홀스터로 수납한 인영은, 다시금 상황을 자신의 통제하에 놓기로 했다.

전후 상황에 대해 더 자세히 설명해야 할 의무가 있는 자가 있었다.

"김인국 소위."

"네!"

인영은 성난 표정으로 캐물었다.

"조금 전에 그게 어디서 어떻게 나타났는지, 전부 똑똑히 말해."

＊

미국 동부 일광절약시간 6월 16일 오후 6시.

"똑똑히 다시 말해 봐. 누가 어떻게 되고 어디에 뭐가 나타났다고?"

미국 미시건 주 깊은 지하 암반에 건설된 연동 관측 간섭계 연구소, 통칭 'COIL'의 시설관리 책임자인 알버트 피네건 박사는 센터장인 에니스 최 박사에게 보고하면서 진땀을 빼고 있었다. 보고 내용이 개인적으로 마음에 들지 않는 데다, 본인도 정확히 이해하지 못하는 내용이었기 때문이었다.

"유진 케이시Eugine Casey 선임연구원이 기절했고, 그 자리에 유령이 나타난 걸 동료들이 목격했다고 합니다."

"재밌네."

에니스 최 박사는 책상에 턱을 괴고 굉장히 흥미롭다는 표정을 지어 보였다.

"일단, 미스 케이시는 왜 기절한 거야? 그 유령을 보고 나서야?"

"네. 같이 있던 위생실 직원 마슈드가 증언하기로는 그렇다고 합니다."

흐음, 하고 콧소리를 내던 최 박사가 피네건 박사에게 다시 물었다.

"그럼 마슈드도 그 유령을 본 거고?"

"네, 목격자는 케이시 연구원, 마슈드 직원, 그외에 그 자리에 있던 닥터 레니어와 닥터 웡까지 총 네 명이라고 합니다."

"유령은 지금은 사라졌고?"

피네건 박사는 고개를 끄덕였다.

"네. 뭐라고 알아들을 수 없는 말을 걸어 와서 이쪽도 이쪽 나름대로 말을 걸어 봤는데, 전혀 의사소통이 안 되어서 사라졌다고 합니다."

"감시 카메라 영상 같은 건 없어?"

타당한 의문이었다. 최 박사의 질문에, 피네건 박사는 손에 들고 있던 태블릿 PC를 조작해 영상을 재생한 뒤 최 박사에게 건네며 대답했다.

"찾았습니다만, 유령의 모습도 목소리도 찍히지 않았습니다."

영상은 연구소 생활 공동구의 복도를 비추고 있었다. 숙박실에서 나온 케이시 연구원이 세탁 카트를 밀고 가던 위생 직원 마슈드에게 세탁물 바구니를 건네고 있었다. 그러다가 갑자기 두 사람이 모두 허공을 바라보며 깜짝 놀라 물러서고, 곧 복도에 접어든 다른 두 명의 연구원들도 당황하며 허공을 가리키는 모습이 찍혔다. 케이시 연구원은 곧 휘청하며 쓰러졌고, 마슈드 직원이 급히 구내 전화기로 달려가 의무실을 호출하는 동안, 다른 박사 두 명이 허공에 대고 말을 거는 모습이 이어졌다.

해상도도 좋고, 소리도 아주 또렷하지 않았지만 누가 말하고 있는지 정도는 구별할 수 있었다.

"잘 찍혔네…… 그런데 미스 케이시는 왜 한국말 해?"

최 박사는 영상을 잠시 멈춰 세우고, 한 부분을 다시 재생했다. 케이시 연구원이 쓰러지기 직전에, '엄마야, 사람 살려'라고 한국어로 말하는 내용이 녹음되어 있었다. 피네건 박사가 답했다.

"그거라면…… 제가 알기로는 모친이 한국계인 것으로 알고 있습니다."

"아, '유진'이 한국 이름이었구나. 오호라."

감탄사를 흘린 뒤, 최 박사는 영상 앞부분을 다시 재생했다. 두 사람이 퍼뜩 놀란 순간은 아마 유령 출현 순간이었을 것이다. 그 뒤 케이시 연구원이 허공에 대고 말을 건네는 장면이 있었다. 최 박사는 그 부분에 영상을 멈춰세운 뒤, 피네건 박사에게 태블릿을 건네며 물었다.

"미스 케이시는 그 유령하고 대화를 나눈 모양인데? 설마 한국어로 말 건 거 아냐?"

피네건 박사는 태블릿을 회수한 뒤, 깊은 한숨을 쉬고는 최 박사에게 되물었다.

"……닥터 최, 한 가지 짚고 넘어가겠습니다. 지금 유령이 한국어로 말을 걸었냐는 가정을 세우고 있는 것 같습니다만, 유령은 실재하지 않습니다. 지금 어느 방향으로 논의를 전개하려는 겁니까?"

피네건 박사가 이 사건을 보고한 이유는 근무 직원들이 착란을 일으켰다고 판단해서였다. 90퍼센트 정도 확신하고 있었다. 지상으로 나갈 기약이 전혀 없어진 극한 상황에서 유령 소동 따위가 일어나는 것은, 예상할 수는 있는 일이었지만 전혀 바람직한 일이 아니었다. 그런데 이 오컬트 괴물 센터장은 일단 유령이 나타난 걸 대전제로 삼고 있는 모양이었다. 피네건 박사의 불만스러운 질문에, 최 박사는 오히려 당당하게, 거의 뻔뻔하게 보일 정도의 태연한 어조로 대꾸했다.

"목격자가 네 명이나 된다며. 실재하지 않는다고 보기도 어렵잖아. 그 유령 어떻게 생겼는지에 대한 증언도 일치하는 거고?"

피네건 박사는 즉답하지 못했다. 10퍼센트의 의심 가는 부분이 바로 그 부분이었다. 아직 의식을 회복하지 못한 케이시 연구원은 그렇다 치고, 나머지 세 명이 유령의 행색에 대해서 정확히 동일한 증언을 한 것이었다.

"……네, 그렇습니다. 동양인 남성으로, 검은 색 동양식 원피스를 입고 머리에 큰 모자를 썼다고 합니다. 이게 닥터 레니어가 그렸다는 스케치입니다만."

피네건 박사는 주머니에서 노트에서 찢어 낸 종이조각을 꺼내 최 박사에게 건넸다. 종이 위에는 과히 잘 그렸다고는 말하지 못할, 그러나 특징에 대해서는 빠짐없이 묘사하려고 노력한 그림이 그려져 있었다.

"닥터 레니어가 왜 이 모자를 '신의 모자'라고 부르는지 모르겠군요."

종이에는 대충 그린 커다란 모자를 가리키는 화살표와 함께 'Hat(God?)'이라는 주석이 붙어 있었다. 하지만 최 박사는 그 주석을 달리 해석했다.

"닥터 피네건, 비디오 스트리밍 서비스 구독 안 하지?"

"예?"

최 박사는 모자 그림을 톡 톡 손가락으로 두드리며 말했다.

"이 모자 이름이 '갓'이야. 한국드라마 시리즈 중에 옛 한국 왕조가 배경인 게 있는데, 등장인물들이 전부 이거 쓰고 나오거든. 닥터 레니어는 그걸 봤나 보네."

정말 대충 그린 그림이었지만 이렇게 생긴 모자가 이 정도로 크다면 갓으로 봐도 무방하리라. 하지만 최 박사가 그 모자를 갓으로 추정한 이유는 그뿐이 아니었다. 레니어 박사가 한국 사극을 보고 갓이 뭔지 알았다면, 이 옷도 전에 본 적이 있는 걸 그대로 묘사한 것임에 틀림없었다. 어설프게 그려진 옷은 한국 전통복인 한복이었는데, 특이한 점은 옷자락이 온통 새카 맣게 칠해져 있었다. 화살표로 '검은색'이라는 설명까지 붙어 있었다.

검은 한복에 갓을 쓰고 나타난 유령. 최 박사에게 짐작 가는 정체가 한 가지 있었다.

"이거 한국 전통에 나오는 사신인데."

"사신이라고요?"

피네건 박사가 황당하다는 듯 되물었지만, 최 박사는 진지하게 대답했다.

"응. 저승사자^{Grim Reaper}."

할 말을 잃은 피네건 박사를 앞에 두고 최 박사는 정색하며 자신의 가설을 거침없이 주장했다.

"유진 케이시 선임연구원 한국계라면서. 자기 눈앞에 갑자기 저승사자가 나타나서 뭐라고 말을 거는데, 까무러치지 않을 도리가 없었겠지. 그나저나 큰일 났네. 여기서 인원이 줄면 곤란한데. 의무실에 전해서 미스 케이시 건강상태 좀 체크하라고 해야겠어. 데려가려고 온 거 아닌가 모르겠네."

직원 건강을 살피자는 이야기는 분명 실무적으로 의미 있는 내용이었지만, 그 근거가 '저승사자가 잡아 갈까 봐서'인 것을 피네건 박사는 납득하기 어려웠다.

"닥터 최, 유령이…… 저승사자가 진짜 나타났다고 믿는 겁니까?"

하지만 최 박사는 시종일관 진지했다.

"다수가 목격하고 증언이 일치하는데 무슨 현상이라도 일어난 거겠지."

피네건 박사는 점점 에니스 최 박사 개인에 대해 황당함을 더해 갔다.

"이봐요, 에니스, 대체 저승사자가 왜 여기 옵니까?"

답답한 마음에 친분이 앞서면서 경칭이 날아가 버렸다. 최 박사는 별로 개의치 않아 하면서 대답했다.

"전 지구인들이 떼죽음을 당했는데, 저승사자가 어디든 못 나타나겠어?"

그렇게 말하던 최 박사가 한쪽 눈썹을 치켜뜨며 입을 다물었다. 턱을 괴고 있던 책상에서 물러나 의자에 깊이 기대 앉더니, 피네건 박사의 등 너머를 손가락으로 가리키며 말했다.

"저기 또 왔네."

피네건 박사는 진절머리가 나기 시작했다.

"에니스, 이럴 때 짓궂은 농담은 그만……."

그리고 그 손가락이 가리키는 방향을 따라 돌아보자, 센터장 실 출입문 앞에 검은 원피스를 입고 신의 모자를 쓴 반투명한 동양인 형체가 서 있었다.

"지저스 크라이스트!"

기겁한 나머지 제자리에서 발을 헛구르면서 피네건 박사는 엉덩방아를 찧고 등으로 넘어졌다.

"알버트!"

최 박사의 다급한 외침에, 피네건 박사는 허둥거리며 대답했다.

"괘, 괜찮습니다, 놀랐을 뿐……."

피네건 박사는 몇 초 정도 배려를 느끼고 있었지만,

"태블릿 간수 잘 해! 애플 서비스센터는 이제 못 가!"

그 마음은 곧 갔다 버려야 했다. 피네건 박사는 정색을 하고는 자리를 털고 일어났다. 화를 돋워서 놀란 걸 진정시킬 작정인가? 피네건 박사는 복잡한 마음으로 최 박사를 돌아보았지만, 최 박사는 문간의 유령에게 시선이 뺏겨 있었다.

유령이 입을 열었다.

"음, 놀라게 해 드릴 생각은 없었습니다. 들리시나요?"

썩 유창한 발음의 영어였다. 최 박사가 조금 들뜬 목소리로 피네건 박사에게 물었다.

"닥터 피네건, 봤지? 들었지? 나도 마찬가지인데."

피네건 박사는 대답할 기분이 아니었다. 하지만…… 보이고, 들렸다. 피네건 박사가 유령 쪽을 심난한 표정으로 바라보기 시작한 것을 긍정의 대답으로 이해한 최 박사는, 유령을 향해 손을 흔들어 보였다.

"안녕! ……당신, 저승사자야?"

단도직입적인 질문에, 유령은 헛기침을 하더니 두 손을 모으고 공손히 서서 자신의 정체를 밝히기 시작했다.

"제 소개를 드리겠습니다. 제 이름은 섀넌 강이고, 한국 전통 저승의 특별 대사이자, 임시 저승사자입니다. 앞서 저희 저승에서 저승사자를 보냈습니다. 그런데 언어가 통하지 않아서 영어를 쓸 수 있는 제가 왔습니다. 제가 말하는 걸 이해하시겠습니까?"

쓰는 단어가 쉽고 문장이 짧게 뚝뚝 끊어져서 그렇지, 발음은 좋은 영어 문장이었다. 피네건 박사는 이래도 되나 스스로 의문을 지니면서도, 유령에게 질문했다.

"다…… 당신이 그러면 조금 전에 케이시 연구원이 만난 유령, 아니, 저승사자와 같은 부류라고?"

저승사자는 고개를 끄덕였다.

"유진 케이시 님 말씀이시라면 맞습니다."

그때 눈동자를 동그랗게 뜨고 흥미진진하게 저승사자를 바라보던 최 박사가 피네건 박사에게 물었다.

"닥터 피네건, 한 가지 양해를 좀 구하고 싶은데."

"이 상황에서 무슨 말을 하려는지 감도 못 잡겠군요. 무엇입니까?"

"당신이 못 알아들을 말로 소통을 좀 시도해 봐도 될까?"

피네건 박사는 최 박사가 무엇을 하고 싶은지 알 것 같았다. 그리고 짐작이 사실이라면, 그 내용을 자신이 못 알아듣는 편이 마음 편할 거라고 생각했다. 피네건 박사는 포기했다.

"……마음대로 하십시오."

최 박사는 양해를 받자마자 사용 언어를 바꾸었다.

"저기, 한국말 할 줄 알아요? 나도 한국계 사람인데. 한국말로 할래요?"

약간 영어 굴림이 섞여 있지만 또렷한 한국어가 에니스 최 박사의 입에서 흘러나왔다. 처음에 자신을 섀넌이라고 영어 이름으로 소개했던 저승사자는, 곧장 반색하며 한국어로 이야기하기 시작했다.

"네? 어, 네! 다시 소개드리겠습니다. 명계 염라대왕부 비서실 사무관이자 특명파견관원인 강수현이라고 합니다. 선행하셨던 저승사자분께서 케이시 선생님 앞으로 방문했다가 그분께서 졸도하시는 바람에…….."

어색한 영어 이름을 한국 이름으로 고쳐 소개한 것은 물론, 영어로 말하던 것보다 훨씬 빠르고 어려운 말들을 쏟아 내기 시작했다. 최 박사가 기대한 대로, 한국 저승에서 온 한국 저승사자라면 한국어로 소통을 시도하는 게 나아 보였다. 특히 저승이 어쩌고 하는 추상적인 이야기를 나눌 거라면 더욱더.

최 박사는 가장 궁금했던 부분을 물어보기로 결심했다.

"그 이야기는 이해했어요. 케이시 연구원이나 다른 사람들을 저승으로 데려가려고 온 거예요?"

바로 이런 이야기. 최 박사의 질문에 대해 강수현 저승사자는 고개를 가로저으며 부정했다.

"아뇨, 그 반대 목적입니다. 저희는 여러분들을 살리려고……그리고 여러분들에게 도움을 요청하려고 왔습니다."

그리고 그 '도움'에 대한 설명을 시작했다.

그는 염라대왕이 사는 한국 전통의 '시왕저승'에서 찾아왔다고 소개했다. 현재 저승은 우주 방사선으로 인한 지구 멸망 상황에 대응하는 중이라고 전했다. 덧붙여 산 사람들이 모두 죽고 나면 저승 세계도 위기에 처하기 때문에, 저승 세계의 존립 기반이 되는 종교적 믿음을 후대에 기록물로 어떻게든 남기려는 계획을 추진하고 있다고 했다. 당연히 그 기록은 이승에 남겨야 했기에, 도움을 받을 수 있는 생존자들을 찾고 있다는 것.

여기까지 설명을 들은 최 박사는 갑자기 입에 군침이 도는지 입술을 핥았다.

"완전 재밌네……."

그렇게 말하는 최 박사의 목소리는 흥분으로 떨리고 있었다. 한편, 알아듣지 못할 언어로 이어지는 장광설에 진절머리가 난 피네건 박사가 물었다.

"기네요. 대체 무슨 이야기를 나누고 계신 겁니까?"

최 박사는 머릿속에서 이야기를 최대한 요약한 뒤 그걸 영어로 옮겨 보았다.

"지구 종말이 일어났잖아? 그래서 지구 종교들이 다 사라지고 나면 사후세계가 같이 망한대. 그거 막으려고 내려왔다는데?"

물론 피네건 박사가 이 이야기를 곧장 이해할 거라고 기대하지는 않았다. 최 박사의 예상대로였다. 피네건 박사는 하나도 이해하지 못했다는 표정으로 되물었다.

"……그다음은 대체 뭡니까? 반지라도 낄 겁니까? 아니면 기차역 벽이라도 들이받을 겁니까? 어디서 공중전화 박스라도 날아옵니까?"

"진정! 진정해, 알버트."

최 박사는 온갖 판타지 드라마 이야기를 꺼내며 어처구니없어 하는 피네건 박사를 진정시키려 했다. 피네건 박사는 상황을 도저히 납득할 수 없는 모양이었다.

"지금 당신이 저승사자가 총총거리는 말을 듣고 나한테 전하고 있지 않습니까!"

그렇지만 아무리 그래도 이걸 그냥 넘길 순 없었다. 최 박사는 잠시 흥분을 가라앉히고 정색했다.

"닥터 피네건, 그건 인종차별이야. 이건 어엿한 한국어라고."

흥분했던 피네건 박사도 한 발 늦게 그걸 자각했는지 입을 꾹 다물고 후회하는 기색이었다. 그 광경을 지켜보던 수현이 넌지시 최 박사에게 물었다.

"저 분 많이 놀라셨나 보네요."

최 박사는 어깨를 으쓱했다.

"솔직히 말할게요. 내가 안 놀라는 거지 여기 있는 사람들 누구라도 다 놀랄걸? 세상에 저승사자가 돌아다니는데 누가 안 놀라요?"

수현은 이해한다는 듯 고개를 끄덕였다. 에니스 최 박사는 씨익 웃어 보이면서, 수현에게 말했다.

"그리고 나는 별로 그렇게 놀라거나 하지 않았으니까요. 도움을 원하는 내용을 자세히 설명해 보겠어요?"

최 박사의 적극적인 반응에 수현은 눈에 띄게 안도하는 모양새였다. 앞서 보낸 저승사자가 언어 문제로 소통에 실패하고 온 뒤, 이승에서 영어를 조금이라도 배워 본 고위급 저승 관원을 물색하다가 결국 비서실의 수현이 직접 나선 상황이었다.

원래 찾아가려던 목표 생존자는 한국계인 유진 케이시 연구원이었지만, 말이 통하는 다른 한국계 책임자를 만날 수 있었던 것은 큰 행운이었다.

단지, 그 옆자리에 있는 미국인 박사가 몹시 신경 쓰였다. 그는 줄곧 경계심을 숨기지 않고 있었다. 수현은 피네건 박사의 눈치를 보며 최 박사에게 물었다.

"네, 어…… 더 자세한 설명은 영어로 하는 편이 나을까요?"

최 박사도 흘끗 옆을 돌아보았다. 주저앉았던 피네건 박사는 자세를 바로하고 일어서 있지만, 굉장히 방어적인 태도로 수현을 되도록 멀리하려는 기색이 역력했다. 자신이 통역해 주는 것으로는 한계가 있을 터였다. 최 박사는 영어로 말했다.

"음, 만약 할 수 있으면 그 편이 낫겠는데. 으음……"

문득 최 박사는 고개를 갸웃거리다가 수현에게 물었다.

"혼자 온 거지?"

"네?"

수현이 되묻자, 최 박사는 방 한쪽 구석을 가리켜 보였다.

"저기 저거."

수현이 돌아보고, 피네건 박사가 돌아보았다. 수현은 조금 놀라고, 피네건 박사는 얼굴이 핼쑥해질 정도로 놀랐다. 피네건 박사의 경우 이번에는 주저앉지도 못했다. 그냥 굳어 버린 것이다.

센터장실의 다른 쪽 구석에서 벽을 뚫고 유령 하나가 솟구쳐

나오고 있었다. 백발이 섞인 단정한 머리를 짧게 자른 장년의 남유럽계 여성의 어깨부터 머리까지가 벽을 뚫고 나온 상태였다. 벽에서 오른팔이 하나 더 빠져나왔다. 그녀는 게슴츠레 눈을 뜬 채 손을 흔들었다.

"당신들, 내가 보입니까? 내 말이 들립니까?"

스페인어 억양이 묻어나는 영어였다. 잇따라 나타나는 유령들에 기겁해 할 말을 잃어버린 피네건 박사와 달리, 최 박사는 반갑게 손을 흔들어 보이며 그를 맞이했다.

"잘 들립니다! 누구시죠?"

최 박사의 인사를 들은 유령은 만면에 화색을 띄우더니, 벽에서 걸어나오며 웅변하듯 양 팔을 좌우로 뻗고 자기 신분을 밝혔다.

"미항공우주국의 학자 동지들! 나는 사후세계의 학계를 대표해 찾아온 프란체스카 페레이라 박사라고 합니다! 당신들과 긴히 상의하고 싶은 게 있어서……."

그렇게 방 안에 몇 걸음 걸어 들어오며 자기 정체를 밝히던 페레이라 박사가 발걸음을 멈추고 굳어 버렸다. 한복 저승사자 복을 입은 수현을 발견한 것이었다. 페레이라 박사는 놀라서 수현을 가리키며 외쳤다.

"아니, 그 복장……!"

한편 수현도 조금 놀란 상태였다. 이시영 비서실장이 귀환한 뒤 있었던 상세 보고에서 들은 적이 있는 이름이었다. 수현은 더듬거리며 영어로 물었다.

"선생님이 그 페레이라 박사세요? 저희 상사 이시영 님이 말하던……?"

유령끼리 서로를 알아 보는 지경에 이르렀다. 피네건 박사는 체념의 한숨을 내쉬고는 고개를 설레설레 흔들었다. 세상이 망하기는 정말 망하고 있는 모양이었다. 그리고 그 모습을 지켜보는 에니스 최 박사의 동공과 성대는, 미지의 현상에 대한 짜릿한 흥분으로 떨리고 있었다.

"……와, 이거 개쩌는데?"

일러두기

· 본 작품은 픽션이며, 작품에 등장하는 인물, 단체, 사후세계는 모두 창작된 것입니다.

· 과학적 현상과 문화적 전통을 인용하는 과정에서, 필요한 경우 이야기에 맞추어 왜곡을 가하거나, 편의적으로 적용하거나, 완전히 창작한 경우가 있습니다. 따라서 본 작품은 어떠한 새로운 지식을 배우거나 도출하는 데 있어서 최초 출처로 사용하여서는 안 됩니다.

· 본 작품은 창작 시점인 2019~2021년 연간의 사회적, 문화적, 윤리적, 과학적 배경에 기초하고 있습니다. 따라서, 새로운 과학적 발견이나 사회문화적 환경의 변화로 인해 독자의 작품 경험이 달라질 수 있습니다.

· 본 작품의 배경에는 코로나바이러스감염증-19(COVID-19, 코로나19) 판데믹 확산으로 인한 사회적 영향이 반영되어 있

지 않습니다. 본 작품의 배경 시기는 2020년이지만, 코로나19가 발생 또는 확산되지 않은 것으로 간주합니다.

· 본 작품의 서사와, 본 작품에 등장하는 인물들의 인종, 성별, 정체성, 지향성 구성은 특정 인종, 성별, 정체성, 지향성에 대한 배제나 차별을 의도하지 않습니다.

· 본 작품에서 명시적으로 언급되지 않은 인물의 개인적 특징, 외모, 성별, 정체성, 지향성 등은 작가가 규정하지 아니하며, 작가는 이러한 부분에서 등장인물들이 반드시 사회적 다수성, 보편성, 정상성을 띠거나, 이분법적 분류 중 어느 하나에 속할 것으로 예단하지 아니합니다.

· 본 작품은 특정 실존인물, 국가, 문화, 종교, 신앙, 및 신앙의 대상 등에 대한 옹호나 비난을 의도로 창작되지 않았습니다.

· 또한, 작가는 본 작품의 전체 또는 일부 내용을 사회적 편견이나 차별을 옹호, 조장, 선동하려는 목적에서 인용하는 것을 반대합니다.

출간 이후 수정 또는 증보된 일러두기 내용은 아래에서 확인하실 수 있습니다.

작품의 참고문헌은 아래에서 확인하실 수 있습니다.

저승 최후의 날 2

초판 1쇄 발행 2022년 3월 31일
초판 2쇄 발행 2022년 10월 10일

지은이 시아란

기획 안전가옥
콘텐츠 총괄 이지향
프로듀서 김홍익, 정지원
고혜원, 김보희, 신지민, 윤성훈
이은진, 임미나, 조우리, 황찬주

퍼블리싱 박혜신, 이범학, 임수빈
편집 문정민
디자인 스튜디오 더블디

경영전략 나현호
비즈니스 이기훈
서비스 디자인 김보영
경영지원 홍연화

펴낸이 김홍익
펴낸곳 안전가옥
출판등록 제2018-000005호
주소 04779 서울특별시 성동구 뚝섬로1나길 5, 헤이그라운드 성수 시작점 201호
대표전화 (02) 461-0601
전자우편 marketing@safehouse.kr
홈페이지 safehouse.kr

ISBN 979-11-91193-41-1 (04810)

ⓒ 시아란 2022